황순원 단편선

독 짓는 늙은이

책임 편집·박혜경
동국대학교 국어국문학과와 같은 과 대학원 졸업.
현재 인하대학교 연구교수.
저서로는 『비평 속에서의 꿈꾸기』『상처와 응시』『세기말의 서정성』 등이 있고, 편저로는
황순원 소설선 『별』 등이 있음.

한국문학전집 08

독 짓는 늙은이

황순원 단편선

초판 1쇄 발행 2004년 12월 3일
초판 31쇄 발행 2024년 6월 17일

지 은 이   황순원
책임 편집   박혜경
펴 낸 이   이광호
펴 낸 곳   ㈜문학과지성사
등록번호   제1993-000098호

주   소   04034 서울 마포구 잔다리로7길 18(서교동 377-20)
전   화   02)338-7224
팩   스   02)323-4180(편집) 02)338-7221(영업)
전자우편   moonji@moonji.com
홈페이지   www.moonji.com

ⓒ ㈜문학과지성사, 2004. Printed in Seoul, Korea

ISBN 89-320-1560-0 04810
ISBN 89-320-1552-X(세트)

황순원 단편선

독 짓는 늙은이

박혜경 책임 편집

문학과지성사 한국문학전집 08

차 례

| 일러두기 |

1. 이 책에 실린 작품은 황순원이 1940년부터 1975년까지 발표한 작품 중에서 선정한 20 편의 단편소설이다. 각 작품의 정확한 출처는 주에 명기되어 있다.
2. 이 책의 맞춤법은 1988년 1월 19일 문교부 교시 '한글 맞춤법'에 따르는 것을 원칙으로 하였다. 단 작품의 분위기에 영향을 준다고 판단되는 방언이나 구어체 표현, 의성어 · 의태어 등은 그대로 두었다.

　　　　예) 숙부님께서나 <u>가슈</u>.

　　　　　　이분이 김선생 조카 되시는 <u>분이구랴</u>.

3. 원본의 한자는 가급적 한글로 바꾸었으며, 작품 이해에 도움이 될 만한 한자는 그대로 두고 괄호 안에 넣었다(예 ①). 반복적으로 등장하는 한자어는 최초에만 괄호 안에 한자를 병기하고 후에는 한글로만 표기하였다. 또 책임 편집자가 독자들의 이해를 위해 필요하다고 판단되어 부가적으로 병기한 한자는 중괄호([ ])를 사용하여 표기하였다 (예 ②).

　　　　예) ① 花郞의 後裔→화랑의 후예(後裔)

　　　　　　② 차마→차마[車馬]

4. 대화를 표시하는 『 』 혹은 「 」은 모두 " "로 바꾸었고, 대화가 아닌 강조의 경우에는 ' '로 바꾸었다. 또 책 제목은 『 』로, 영화 · 단편소설 등의 제목은 「 」로 표시했다. 말줄임표 '···' '...' '......' 등은 모두 '……'로 통일시켰다.
5. 외래어 표기는 1986년 1월 7일 문교부 교시 '외래어 표기법'에 따라 바꾸었다(예 ①). 단 작품의 제목이나 중요한 어휘로 등장하는 경우에는 원본을 그대로 살렸다(예 ②).

　　　　예) ① 쩌어날리스트→저널리스트

　　　　　　② 조선의 심볼(현 외래어 표기법으로는 '심벌')

6. 과도하게 사용된 생략 부호나 이음 부호는 읽기에 편하도록 조절하였다.
7. 책임 편집자가 부가적인 설명이나 단어 풀이가 필요하다고 판단한 경우에는 본문에 중괄호([ ])로 표시해놓거나 책의 뒤쪽에 미주로 설명을 붙여놓았다.

소나기

소년은 개울가에서 소녀를 보자 곧 윤초시네 증손녀딸이라는 걸 알 수 있었다. 소녀는 개울에다 손을 잠그고 물장난을 하고 있는 것이다. 서울서는 이런 개울물을 보지 못하기나 한 듯이.

벌써 며칠째 소녀는 학교서 돌아오는 길에 물장난이었다. 그런데 어제까지는 개울 기슭에서 하더니 오늘은 징검다리 한가운데 앉아서 하고 있다.

소년은 개울둑에 앉아버렸다. 소녀가 비키기를 기다리자는 것이다.

요행 지나가는 사람이 있어 소녀가 길을 비켜주었다.

다음날은 좀 늦게 개울가로 나왔다.

이날은 소녀가 징검다리 한가운데 앉아 세수를 하고 있었다. 분홍 스웨터 소매를 걷어올린 팔과 목덜미가 마냥 희었다.

한참 세수를 하고 나더니 이번에는 물속을 빤히 들여다본다. 얼굴이라도 비추어보는 것이리라. 갑자기 물을 움켜낸다. 고기 새끼라도 지나가는 듯.

소녀는 소년이 개울둑에 앉아 있는 걸 아는지 모르는지 그냥 날쌔게 물만 움켜낸다. 그러나 번번이 허탕이다. 그대로 재미있는 양, 자꾸 물만 움킨다. 어제처럼 개울을 건너는 사람이 있어야 길을 비킬 모양이다.

그러다가 소녀가 물속에서 무엇을 하나 집어낸다. 하얀 조약돌이었다. 그러고는 홀 일어나 팔짝팔짝 징검다리를 뛰어 건너간다.

다 건너가더니 홱 이리로 돌아서며,

"이 바보."

조약돌이 날아왔다.

소년은 저도 모르게 벌떡 일어섰다.

단발머리를 나풀거리며 소녀가 막 달린다. 갈밭 사잇길로 들어섰다. 뒤에는 청량한 가을 햇살 아래 빛나는 갈꽃뿐.

이제 저쯤 갈밭머리로 소녀가 나타나리라. 꽤 오랜 시간이 지났다고 생각했다. 그런데도 소녀는 나타나지 않는다. 발돋움을 했다. 그러고도 상당한 시간이 지났다고 생각됐다.

저쪽 갈밭머리에 갈꽃이 한 옴큼 움직였다. 소녀가 갈꽃을 안고 있었다. 그리고 이제는 천천한 걸음이었다. 유난히 맑은 가을 햇살이 소녀의 갈꽃머리에서 반짝거렸다. 소녀 아닌 갈꽃이 들길을 걸어가는 것만 같았다.

소년은 이 갈꽃이 아주 뵈지 않게 되기까지 그대로 서 있었다.

문득 소녀가 던진 조약돌을 내려다보았다. 물기가 걷혀 있었다. 소년은 조약돌을 집어 주머니에 넣었다.

　다음날부터 좀더 늦게 개울가로 나왔다. 소녀의 그림자가 뵈지 않았다. 다행이었다.

　그러나 이상한 일이었다. 소녀의 그림자가 뵈지 않는 날이 계속될수록 소년의 가슴 한구석에는 어딘가 허전함이 자리잡는 것이었다. 주머니 속 조약돌을 주무르는 버릇이 생겼다.

　그러한 어떤 날, 소년은 전에 소녀가 앉아 물장난을 하던 징검다리 한가운데에 앉아보았다. 물속에 손을 잠갔다. 세수를 하였다. 물속을 들여다보았다. 검게 탄 얼굴이 그대로 비치었다. 싫었다.

　소년은 두 손으로 물속의 얼굴을 움키었다. 몇 번이고 움키었다. 그러다가 깜짝 놀라 일어나고 말았다. 소녀가 이리 건너오고 있지 않느냐.

　숨어서 내 하는 꼴을 엿보고 있었구나. 소년은 달리기 시작했다. 디딤돌을 헛짚었다. 한 발이 물속에 빠졌다. 더 달렸다.

　몸을 가릴 데가 있어줬으면 좋겠다. 이쪽 길에는 갈밭도 없다. 메밀밭이다. 전에 없이 메밀꽃내가 짜릿하니 코를 찌른다고 생각됐다. 미간이 아찔했다. 찝찔한 액체가 입술에 흘러들었다. 코피였다. 소년은 한 손으로 코피를 훔쳐내면서 그냥 달렸다. 어디선가, 바보, 바보, 하는 소리가 자꾸만 뒤따라오는 것 같았다.

　토요일이었다.

개울가에 이르니 며칠째 보이지 않던 소녀가 건너편 가에 앉아 물장난을 하고 있었다.

　모르는 체 징검다리를 건너기 시작했다. 얼마 전에 소녀 앞에서 한 번 실수를 했을 뿐, 여태 큰길 가듯이 건너던 징검다리를 오늘은 조심성스럽게 건넌다.

　"얘."

　못 들은 체했다. 둑 위로 올라섰다.

　"얘, 이게 무슨 조개지?"

　자기도 모르게 돌아섰다. 소녀의 맑고 검은 눈과 마주쳤다. 얼른 소녀의 손바닥으로 눈을 떨구었다.

　"비단조개."

　"이름두 참 곱다."

　갈림길에 왔다. 여기서 소녀는 아래편으로 한 삼 마장쯤, 소년은 우대로 한 십리 가까잇길을 가야 한다.

　소녀가 걸음을 멈추며,

　"너 저 산 너머에 가본 일 있니?"

　벌 끝을 가리켰다.

　"없다."

　"우리 가보지 않을래? 시골 오니까 혼자서 심심해 못 견디겠다."

　"저래뵈두 멀다."

　"멀믄 얼마나 멀갔게? 서울 있을 땐 아주 먼 데까지 소풍 갔다."

소녀의 눈이 금세, 바보, 바보, 할 것만 같았다.

논 사잇길로 들어섰다. 벼 가을걷이하는 곁을 지났다.

허수아비가 서 있었다. 소년이 새끼줄을 흔들었다. 참새가 몇 마리 날아간다. 참 오늘은 일찍 집으로 돌아가 텃논의 참새를 봐야 할걸 하는 생각이 든다.

"아, 재밌다!"

소녀가 허수아비 줄을 잡더니 흔들어댄다. 허수아비가 대고 우쭐거리며 춤을 춘다. 소녀의 왼쪽 볼에 살포시 보조개가 패었다.

저만치 허수아비가 또 서 있다. 소녀가 그리로 달려간다. 그 뒤를 소년도 달렸다. 오늘 같은 날은 일찌감치 집으로 돌아가 집안일을 도와야 한다는 생각을 잊어버리기라도 하려는 듯이.

소녀의 곁을 스쳐 그냥 달린다. 메뚜기가 따끔따끔 얼굴에 와 부딪힌다. 쪽빛으로 한껏 갠 가을하늘이 소년의 눈앞에서 맴을 돈다. 어지럽다. 저놈의 독수리, 저놈의 독수리, 저놈의 독수리가 맴을 돌고 있기 때문이다.

돌아다보니 소녀는 지금 자기가 지나쳐온 허수아비를 흔들고 있다. 좀 전 허수아비보다 더 우쭐거린다.

논이 끝난 곳에 도랑이 하나 있었다. 소녀가 먼저 뛰어 건넜다.

거기서부터 산 밑까지는 밭이었다.

수숫단을 세워놓은 밭머리를 지났다.

"저게 뭐니?"

"원두막."

"여기 차미, 맛있니?"

"그럼. 차미맛두 좋지만 수박맛은 더 좋다."

"하나 먹어봤으면."

소년이 참외그루에 심은 무밭으로 들어가, 무 두 밑을 뽑아 왔다. 아직 밑이 덜 들어 있었다. 잎을 비틀어 팽개친 후 소녀에게 한 밑 건넨다. 그러고는 이렇게 먹어야 한다는 듯이 먼저 대강이를 한 입 베물어낸 다음 손톱으로 한 돌이 껍질을 벗겨 우적 깨문다.

소녀도 따라 했다. 그러나 세 입도 못 먹고,

"아, 맵고 지려."

하며 집어던지고 만다.

"참 맛없어 못 먹겠다."

소년이 더 멀리 팽개쳐버렸다.

산이 가까워졌다.

단풍이 눈에 따가웠다.

"야아!"

소녀가 산을 향해 달려갔다. 이번은 소년이 뒤따라 달리지 않았다. 그러고도 곧 소녀보다 더 많은 꽃을 꺾었다.

"이게 들국화, 이게 싸리꽃, 이게 도라지꽃……"

"도라지꽃이 이렇게 예쁜 줄은 몰랐네. 난 보랏빛이 좋아! ……근데 이 양산같이 생긴 노란 꽃이 뭐지?"

"마타리꽃."

소녀는 마타리꽃을 양산 받듯이 해보인다. 약간 상기된 얼굴에 살풋한 보조개를 떠올리며.

다시 소년은 꽃 한 옴큼을 꺾어 왔다. 싱싱한 꽃가지만 골라 소녀에게 건넨다.

그러나 소녀는,

"하나두 버리지 말어."

산마루께로 올라갔다.

맞은편 골짜기에 오손도손 초가집이 몇 모여 있었다.

누가 말한 것도 아닌데 바위에 나란히 걸터앉았다. 별로[1] 주위가 조용해진 것 같았다. 따가운 가을햇살만이 말라가는 풀냄새를 퍼뜨리고 있었다.

"저건 또 무슨 꽃이지?"

적잖이 비탈진 곳에 칡덩굴이 엉키어 끝물꽃을 달고 있었다.

"꼭 등꽃 같네. 서울 우리 학교에 큰 등나무가 있었단다. 저 꽃을 보니까 등나무 밑에서 놀던 동무들 생각이 난다."

소녀가 조용히 일어나 비탈진 곳으로 간다. 꽃송이가 달린 줄기를 잡고 끊기 시작한다. 좀처럼 끊어지지 않는다. 안간힘을 쓰다가 그만 미끄러지고 만다. 칡덩굴을 그러쥐었다.

소년이 놀라 달려갔다. 소녀가 손을 내밀었다. 손을 잡아 이끌어 올리며, 소년은 제가 꺾어다 줄 것을 잘못했다고 뉘우친다.

소녀의 오른쪽 무릎에 핏방울이 내맺혔다. 소년은 저도 모르게 생채기에 입술을 가져다대고 빨기 시작했다. 그러다가 무슨 생각을 했는지 홱 일어나 저쪽으로 달려간다.

좀만에 숨이 차 돌아온 소년은,

"이걸 바르면 낫는다."

송진을 생채기에다 문질러 바르고는 그 담음으로 칡덩굴 있는 데로 내려가 꽃 달린 줄기를 이빨로 끊어가지고 올라온다. 그러고는,

"저기 송아지가 있다. 그리 가보자."

누렁송아지였다. 아직 코뚜레도 꿰지 않았다.

소년이 고삐를 바투 잡아 쥐고 등을 긁어주는 척 후딱 올라탔다. 송아지가 껑충거리며 돌아간다.

소녀의 흰 얼굴이, 분홍 스웨터가, 남색 스커트가, 안고 있는 꽃과 함께 범벅이 된다. 모두가 하나의 큰 꽃묶음 같다. 어지럽다. 그러나 내리지 않으리라. 자랑스러웠다. 이것만은 소녀가 흉내내지 못할 자기 혼자만이 할 수 있는 일인 것이다.

"너희 예서 뭣들 하느냐."

농부 하나가 억새풀 사이로 올라왔다.

송아지 등에서 뛰어내렸다. 어린 송아지를 타서 허리가 상하면 어쩌느냐고 꾸지람을 들을 것만 같다.

그런데 나룻이 긴 농부는 소녀 편을 한 번 훑어보고는 그저 송아지 고삐를 풀어내면서,

"어서들 집으루 가거라. 소나기가 올라."

참 먹장구름 한 장이 머리 위에 와 있다. 갑자기 사면이 소란스러워진 것 같다. 바람이 우수수 소리를 내며 지나간다. 삽시간에 주위가 보랏빛으로 변했다.

산을 내려오는데 떡갈나무 잎에서 빗방울 듣는 소리가 난다. 굵은 빗방울이었다. 목덜미가 선뜻선뜻했다. 그러자 대번에 눈앞을

가로막는 빗줄기.

비안개 속에 원두막이 보였다. 그리로 가 비를 그을 수밖에.

그러나 원두막은 기둥이 기울고 지붕도 갈래갈래 찢어져 있었다. 그런대로 비가 덜 새는 곳을 가려 소녀를 들어서게 했다. 소녀는 입술이 파랗게 질려 있었다. 어깨를 자꾸 떨었다.

무명 겹저고리를 벗어 소녀의 어깨를 싸주었다. 소녀는 비에 젖은 눈을 들어 한 번 쳐다보았을 뿐, 소년이 하는 대로 잠자코 있었다. 그러면서 안고 온 꽃묶음 속에서 가지가 꺾이고 꽃이 일그러진 송이를 골라 발밑에 버린다.

소녀가 들어선 곳도 비가 새기 시작했다. 더 거기서 비를 그을 수 없었다.

밖을 내다보던 소년이 무엇을 생각했는지 수수밭 쪽으로 달려간다. 세워놓은 수숫단 속을 비집어보더니 옆의 수숫단을 날라다 덧세운다. 다시 속을 비집어본다. 그러고는 소녀 쪽을 향해 손짓을 한다.

수숫단 속은 비는 안 새었다. 그저 어둡고 좁은 게 안됐다. 앞에 나앉은 소년은 그냥 비를 맞아야만 했다. 그런 소년의 어깨에서 김이 올랐다.

소녀가 속삭이듯이, 이리 들어와 앉으라고 했다. 괜찮다고 했다. 소녀가 다시 들어와 앉으라고 했다. 할 수 없이 뒷걸음질을 쳤다. 그 바람에 소녀가 안고 있는 꽃묶음이 우그러들었다. 그러나 소녀는 상관없다고 생각했다. 비에 젖은 소년의 몸 내음새가 확 코에 끼얹혀졌다. 그러나 고개를 돌리지 않았다. 도리어 소년의 몸 기운으로 해서 떨리던 몸이 적이 누그러지는 느낌이었다.

소란하던 수숫잎 소리가 뚝 그쳤다. 밖이 멀개졌다.

수숫단 속을 벗어나왔다. 멀지 않은 앞쪽에 햇빛이 눈부시게 내리붓고 있었다.

도랑 있는 곳까지 와보니, 엄청나게 물이 불어 있었다. 빛마저 제법 붉은 흙탕물이었다. 뛰어 건널 수가 없었다.

소년이 등을 돌려댔다. 소녀가 순순히 업혔다. 걷어올린 소년의 잠방이까지 물이 올라왔다. 소녀는, 어머나 소리를 지르며 소년의 목을 그러안았다.

개울가에 다다르기 전에 가을하늘은 언제 그랬는가 싶게 구름 한 점 없이 쪽빛으로 개어 있었다.

그다음날은 소녀의 모양이 뵈지 않았다. 다음날도, 다음날도. 매일같이 개울가로 달려와봐도 뵈지 않았다.

학교에서 쉬는 시간에 운동장을 살피기도 했다. 남몰래 오학년 여자 반을 엿보기도 했다. 그러나 뵈지 않았다.

그날도 소년은 주머니 속 흰 조약돌만 만지작거리며 개울가로 나왔다. 그랬더니 이쪽 개울둑에 소녀가 앉아 있는 게 아닌가.

소년은 가슴부터 두근거렸다.

"그동안 앓았다."

알아보게 소녀의 얼굴이 해쓱해져 있었다.

"그날 소나기 맞은 것 때메?"

소녀가 가만히 고개를 끄덕였다.

"인제 다 낫냐?"

"아직두……"

"그럼 누워 있어야지."

"너무 갑갑해서 나왔다. ……그날 참 재밌었어. ……근데 그날 어디서 이런 물이 들었는지 잘 지지 않는다."

소녀가 분홍 스웨터 앞자락을 내려다본다. 거기에 검붉은 진흙 물 같은 게 들어 있었다.

소녀가 가만히 보조개를 떠올리며,

"이게 무슨 물 같니?"

소년은 스웨터 앞자락만 바라다보고 있었다.

"내 생각해냈다. 그날 도랑 건널 때 네게 업힌 일 있지? 그때 네 등에서 옮은 물이다."

소년은 얼굴이 확 달아오름을 느꼈다.

갈림길에서 소녀는,

"저 오늘 아침에 우리 집에서 대추를 땄다. 낼 제사지내려 구……"

대추 한 줌을 내어준다.

소년은 주춤한다.

"맛봐라, 우리 증조할아버지가 심었다는데 아주 달다."

소년은 두 손을 오그려 내밀며,

"참 알두 굵다!"

"그리구 저, 우리 이번에 제사지내구 나서 좀 있다 집을 내주게 됐다."

소년은 소녀네가 이사해 오기 전에 벌써 어른들의 이야기를 들어서 윤초시 손자가 서울서 사업에 실패해가지고 고향에 돌아오지 않을 수 없게 됐다는 걸 알고 있었다. 그것이 이번에는 고향집마저 남의 손에 넘기게 된 모양이었다.

"왜 그런지 난 이사 가는 게 싫어졌다. 어른들이 하는 일이니 어쩔 수 없지만……"

전에 없이 소녀의 까만 눈에 쓸쓸한 빛이 떠돌았다.

소녀와 헤어져 돌아오는 길에 소년은 혼자 속으로 소녀가 이사를 간다는 말을 수없이 되뇌어보았다. 무어 그리 안타까울 것도 서러울 것도 없었다. 그렇건만 소년은 지금 자기가 씹고 있는 대추알의 단맛을 모르고 있었다.

이날 밤, 소년은 몰래 덕쇠 할아버지네 호두밭으로 갔다.

낮에 봐두었던 나무로 올라갔다. 그리고 봐두었던 가지를 향해 작대기를 내리쳤다. 호두송이 떨어지는 소리가 별나게 크게 들렸다. 가슴이 선뜻했다. 그러나 다음 순간, 굵은 호두야 많이 떨어져라, 많이 떨어져라, 저도 모를 힘에 이끌려 마구 작대기를 내리치는 것이었다.

돌아오는 길에는 열이틀 달이 지우는 그늘만 골라 짚었다. 그늘의 고마움을 처음 느꼈다.

불룩한 주머니를 어루만졌다. 호두송이를 맨 손으로 깠다가는 옴이 오르기 쉽다는 말 같은 건 아무렇지도 않았다. 그저 근동에서 제일가는 이 덕쇠 할아버지네 호두를 어서 소녀에게 맛보여야 한다는 생각만이 앞섰다.

그러다, 아차, 하는 생각이 들었다. 소녀더러 병이 좀 낫거들랑 이사 가기 전에 한번 개울가로 나와달라는 말을 못해둔 것이었다. 바보 같은 것, 바보 같은 것.

이튿날, 소년이 학교에서 돌아오니 아버지가 나들이옷으로 갈아입고 닭 한 마리를 안고 있었다.

어디 가시느냐고 물었다.

그 말에는 대꾸도 없이 아버지는 안고 있는 닭의 무게를 겨냥해 보면서,

"이만하면 될까?"

어머니가 망태기를 내주며,

"벌써 며칠째 갈갈하구 알 날 자리를 보던데요. 크진 않두 살은 쪘을 거예요."

소년이 이번에는 어머니한테 아버지가 어디 가시느냐고 물어보았다.

"저, 서당골 윤초시 댁에 가신다. 제상에라도 놓으시라구……"

"그럼 큰 놈으루 하나 가져가지. 저 얼룩수탉으루……"

이 말에 아버지는 허허 웃고 나서,

"임마, 그래두 이게 실속이 있다."

소년은 공연히 열적어, 책보를 집어던지고는 외양간으로 가, 소 잔등을 한 번 철썩 갈겼다. 쇠파리라도 잡는 척.

개울물은 날로 여물어갔다.

소년은 갈림길에서 아래쪽으로 가보았다. 갈밭머리에서 바라보는 서당골 마을은 쪽빛 하늘 아래 한결 가까워 보였다.

어른들의 말이, 내일 소녀네가 양평읍으로 이사 간다는 것이었다. 거기 가서는 조그마한 가겟방을 보게 되리라는 것이었다.

소년은 저도 모르게 주머니 속 호두알을 만지작거리며, 한 손으로는 수없이 갈꽃을 휘어 꺾고 있었다.

그날 밤, 소년은 자리에 누워서도 같은 생각뿐이었다. 내일 소녀네가 이사하는 걸 가보나 어쩌나. 가면 소녀를 보게 될까 어떨까.

그러다가 까무룩 잠이 들었는가 하는데,

"허, 참, 세상 일두……"

마을갔던 아버지가 언제 돌아왔는지,

"윤초시 댁두 말이 아니여. 그 많던 전답을 다 팔아버리구, 대대루 살아오던 집마저 남의 손에 넘기더니, 또 악상까지 당하는 걸 보면……"

남폿불 밑에서 바느질감을 안고 있던 어머니가,

"증손이라곤 기집애 그 애 하나뿐이었지요?"

"그렇지. 사내애 둘 있던 건 어려서 잃구……"

"어쩌믄 그렇게 자식복이 없을까."

"글쎄 말이지. 이번 앤 꽤 여러 날 앓는 걸 약두 변변히 못 써봤다더군. 지금 같어서는 윤초시네두 대가 끊긴 셈이지. ……그린데 참 이번 기집애는 어린것이 여간 잔망스럽지가 않어. 글쎄 죽기 전에 이런 말을 했다지 않어? 자기가 죽거든 자기 입던 옷을 꼭 그대루 입혀서 묻어달라구……"

별

동네 애들과 노는 아이를 한동네 과수노파가 보고, 같이 저자에
라도 다녀오는 듯한 젊은 여인에게 무심코, 쟈 동복누이[1]가 꼭 죽
은 쟈 오마니 닮았디 왜, 한 말을 얼김에 듣자 아이는 동무들과
놀던 것도 잊어버리고 일어섰다. 아이는 얼핏 누이의 얼굴을 생
각해내려 하였으나 암만해도 떠오르지 않았다. 집으로 뛰면서 아
이는 저도 모르게, 오마니 오마니, 수없이 외었다. 집 뜰에서 이
복동생을 업고 있는 누이를 발견하고 달려가 얼굴부터 들여다보
았다. 너무나 엷은 입술이 지나치게 큰 데 비겨 눈은 짯짯하니 작
고, 그 눈이 또 늘 몽롱히 흐려 있는 누이의 얼굴. 아홉 살 난 아
이의 눈은 벌써 누이의 그런 얼굴 속에서 기억에는 없으나 마음
속으로 그렇게 그려오던 돌아간 어머니의 모습을 더듬으며 떨리
는 속으로 찬찬히 누이를 바라보았다. 참으로 오마니는 이 누이
의 얼굴과 같았을까. 그러자 제법 어른처럼 갓 난 이복동생을 업

고 있던 열한 살잡이 누이는 전에 없이 별나게 자기를 자세히 들여다보는 동복남동생에게 마치 어머니다운 애정이 끓어오르기나 한 듯이 미소를 지어 보였을 때, 아이는 누이의 지나치게 큰 입새로 드러난 검은 잇몸을 바라보며 누이에게서 돌아간 어머니의 그림자를 찾던 마음은 온전히 사라지고, 어머니가 누이처럼 미워서는 안 된다고 머리를 옆으로 저었다. 우리 오마니는 지금 눈앞에 있는 누이로서는 흉내도 못 내게스레 무척 이뻤으리라. 그냥 남동생이 귀엽다는 듯이 미소를 짓고 있는 누이에게 아이는 처음으로 눈을 흘기며 무서운 상을 해보였다. 미운 누이의 얼굴이 놀라 한층 밉게 찌그러질 만큼. 생각다 못해 종내 아이는 누이가 꼭 어머니 같다고 한동네 과수노파를 찾아 자기 집에서 왼편 쪽으로 마주난 골목 막다른 집으로 갔다. 마침 노파는 새로 지은 저고리 동정에 인두질을 하고 있었다. 늘 남에게 삯바느질을 시켜 말쑥한 옷만 입고 다녀 동네에서 이름난 과수노파가 제 손으로 인두질을 하다니 웬일일까. 그러나 아이를 보자 과수노파는 아이보다도 더 의아스러운 눈초리를 하면서 인두를 화로에 꽂는다. 아이는 곧 노파에게, 아니 우리 오마니하구 우리 뉘하구 같이 생겠단 말은 거짓말이디요? 했다. 노파는 더욱 수상하다는 듯이 아이를 바라보다가 그러나 남의 일에는 흥미없다는 얼굴로, 왜 닮았디, 했다. 아이는 떨리는 입술로 다시, 아니 우리 오마니 입하구 뉘 입하구 다르게 생기디 않았이요? 하고 열심히 물었다. 노파는 이번에는 화로에 꽂았던 인두를 뽑아 자기 입술 가까이 갖다 대어 보고 나서, 반만큼 세운 왼쪽 무릎 치마에 문대고는 일감을 잡으

며 그저, 그러구 보믄 다른 것 같기두 하군, 했다. 아이는 인두질
하는 과수노파의 손 가까이로 다가서며 퍼뜩 과수노파의 손이 나
이보다는 젊고 고아 보인다는 생각을 하면서, 우리 오마니 잇몸
은 우리 뉘 잇몸터럼 검디 않구 이뻤디요? 했다. 과수노파는 아이
가 가까이 다가와 어둡다는 듯이 갑자기 인두 든 손으로 아이를
물러나라고 손짓하고 나서 한결같이 흥없이, 그래앤, 했다. 그러
나 아이만은 여기서 만족하여 과수노파의 집을 나서 그 달음으로
자기 집까지 뛰어오면서, 그러면 그렇지 우리 오마니가 뉘터럼
미워서야 될 말이냐고 속으로 수없이 되뇌었다. 안뜰에 들어서자
누이가 안 보임을 다행으로 여기며 방 안으로 들어갔다. 그리고
책상 앞으로 가 란도셀² 속에서 산수책을 꺼내다가 그 속에 인형
을 발견하고 주춤 손을 거두었다. 누이가 비단 색헝겊을 모아 만
들어준 낭자를 튼 예쁜 각시인형이었다. 그리고 아이가 언제나
란도셀 속에 넣어 가지고 다니는 인형이었다. 과목은 요일에 따
라 바뀌었으나 항상 란도셀 속에 이 인형만은 변함없이 들어 있
었다. 아이는 인형을 꺼내 들었다. 그러자 지금 아이는 이 인형의
여태까지 그렇게 예쁘던 얼굴이 누이의 얼굴이나 한 것처럼 미워
짐을 어쩔 수 없었다. 곧 아이는 인형을 내다 버려야 한다는 걸
느꼈다. 그걸 품에 품고 밖으로 나섰다. 저녁 그늘이 내린 과수노
파가 사는 골목을 얼마 들어가다 아이는 주위에 사람 없는 것을
살피고 나서 주머니에서 칼을 꺼냈다. 칼끝으로 땅을 파가지고
거기에다 품속의 인형을 묻었다. 그러고는 그곳을 떠났다. 인형
인지 누이인지 분간 못할 서로 얽힌 손들이 매달리는 것 같음을

아이는 느꼈다. 그러나 아이는 어머니와 다른 그 손들을 쉽사리 뿌리칠 수 있었다. 골목을 다 나온 곳에서 달구지를 벗은 당나귀가 아이의 아랫도리를 찼다. 아이는 굴러 나동그라졌다. 분하다. 일어난 아이는 당나귀 고삐를 쥐고 달구지채로 해서 당나귀 등에 올라탔다. 당나귀가 제 꼬리를 물려는 듯이 돌다가 날뛰기 시작했다. 아이는, 그럼 우리 오마니가 뉘터럼 생겼단 말이가? 뉘터럼 생겼단 말이가? 하고 당나귀가 알아나 듣는 것처럼 소리를 질렀다. 당나귀가 더 날뛰었다. 아이의, 뉘터럼 생겼단 말이가? 하는 소리가 더 커갔다. 그러다가 별안간 뒤에서 누이의, 데런! 하는 부르짖음 소리를 듣고 아이는 그만 당나귀 등에서 떨어지고 말았다. 땅에 떨어진 아이는 다리 하나를 약간 삔 채로 나자빠져 있었다. 누이가 분주히 달려왔다. 그러나 아이는 누이가 위에서 굽어보며 붙들어 일으키려는 것을 무지스럽게 손으로 뿌리치고는 혼자 벌떡 일어나, 삔 다리를 예사롭게 놀려 집으로 돌아갔다.

갓 난 이복동생을 업어주는 것이 학교 다녀온 뒤의 나날의 일과가 되어 있는 누이가, 하루는 아이의 거동에서 자기를 꺼리고 있다는 것을 눈치 채고는 그런 동생을 기쁘게 해주려는 듯이, 업은 애의 볼기짝을 돌려대더니 꼬집기 시작했다. 물론 누이의 손은 힘껏 꼬집는 시늉만 했고, 그럴 적마다 그 작은 눈을 힘주는 듯이 끔쩍끔쩍하였지만, 결국은 애가 울지 않을 정도로 조심하면서 꼬집어대는 것이었다. 사실 줄곧 누이에게만 애를 업히는 의붓어머니에게 슬그머니 불평 같은 것이 가고 누이에게는 동정이 가던

아이였다. 그러나 이날 아이는 자기를 기껍게나 해주려는 듯이
이복동생의 볼기짝을 힘껏 꼬집는 시늉을 하는 누이에게 재미있
다는 생각이 일기는커녕 도리어 밉고, 실눈을 끔쩍일 적마다 흉
하게만 여겨졌다. 아이는 문득 누이를 혼내줄 계교가 생각났다.
그는 날렵하게 달려가 이복동생의 볼기짝을 진짜로 꼬집어댔다.
그리고 업힌 애가 울음을 터뜨리는 걸 보고야 꼬집기를 멈추고
골목으로 뛰어가 숨었다. 이제 턱이 밭은 의붓어머니가 달려나
와, 왜 애를 그렇게 갑자기 울리느냐고 누이를 꾸짖으리라. 아이
는 골목에서 몰래 의붓어머니가 나오기만 기다렸다. 사실 곧 의
붓어머니는 나왔다. 그리고 또 어김없이 누이를 내려다보면서,
앨 왜 그렇게 갑자기 울리니, 했다. 아이는 재미나하는 장난스런
미소를 떠올렸다. 그러나 다음 순간 아이는 누이의 대답이 어떨
까 하는 생각이 들면서, 이번에는 저도 모르게 미소가 걷히고 귀
가 기울여졌다. 그렇게 자기들을 못살게 굴지는 않는다고 생각
되면서도 어딘가 어렵고 두렵게만 여겨지는 의붓어머니에게 겁
난 누이가 그만 자기가 꼬집어서 운다고 바로 이르기나 하면 어
쩌나. 그러나 누이는 의붓어머니가 어렵고 힘들고 두렵게 생각
키우지도 않는지 대담스레 고개를 들고, 아마 내 등을 빨다가
울 젠 배가 고파 그런가 봐요, 하지 않는가. 아, 기묘한 거짓말
을 잘 돌려댄다. 그러나 지금 대담하게 의붓어머니에게 거짓말
을 하여 자기를 감싸주는 누이에게서 어머니의 애정 같은 것이
풍기어오는 듯함을 느끼자 아이는, 우리 오마니가 뉘 같지는 않
았다고 속으로 부르짖으며 숨었던 골목에서 나와 의붓어머니에

게로 걸어갔다. 그러고는, 난 또 애 엎구 어디 넘어디디나 않았나 했군, 하면서 누이의 등에서 어린애를 풀어내고 있는 의붓어머니에게 아이도 이번에는 겁내지 않고, 이자 내가 애 엉뎅일 꼬집었어요, 했다.

아이는 옥수수를 좋아했다. 옥수수를 줄줄이 다음다음 뜯어먹는 게 참 재미있었다. 알이 배고 줄이 곧은 자루면 엄지손가락 쪽의 손바닥으로 되도록 여러 알을 한꺼번에 눌러 밀어 얼마나 많이 붙은 쌍둥이를 떼어낼 수 있나 누이와 내기하기도 했다. 물론 아이는 이 내기에서 누이한테 늘 졌다. 누이는 줄이 곧지 않은 옥수수를 가지고도 꽤는 잘 여러 알 붙은 쌍둥이를 떼어내곤 했다. 그렇게 떼어낸 쌍둥이를 누이가 손바닥에 놓아 내밀면 아이는 맛있게 그걸 집어먹기도 했다. 그러나 이날 아이는 누이가, 우리 누가 많이 쌍둥이를 만드나 내기할까? 하는 것을 단박에, 싫어! 해버렸다. 누이는 혼자 아이로서는 엄두도 못 낼 긴 쌍둥이를 떼어냈다. 아이는 일부러 줄이 곧게 생긴 옥수수자루인데도 쌍둥이를 떼어내지 않고 알알이 뜯어먹고만 있었다. 누이는 금방 뜯어낸 쌍둥이를 아이에게 내주었다. 그러나 아이는 거칠게, 싫어! 하고 머리를 도리질하고 말았다. 누이가 새로 더 긴 쌍둥이를 뜯어내서는 다시 아이에게 내밀었다. 그러나 누이가 마치 어머니처럼 굴 적마다 도리어 돌아간 어머니가 누이와 같지 않다는 생각으로 해서 더 누이에게 냉정할 수 있는 아이는, 내민 누이의 손을 쳐 쌍둥이를 떨궈버리고 말았다. 그러던 어떤 날 저

녁, 어둑어둑한 속에서 아이가 하늘의 별을 세며 별은 흡사 땅
위의 이슬과 같다고 생각하고 있는데, 누이가 조심스레 걸어오
더니 어둑한 속에서도 분명한 옥수수 한 자루를 치마폭 밑에서
꺼내어 아이에게 쥐어주었다. 그러나 아이는 그것을 먹어볼 생
각도 않고 그냥 뜨물 항아리 있는 데로 가 그 속에 떨구듯 넣어
버렸다.

 아이는 또 땅바닥에 갖가지 지도 같은 금을 그으며 놀기를 잘했
다. 바다를 모르는 아이는 바다 아닌 대동강을 여러 개 그리고,
산으로는 모란봉을 몇 개고 그리곤 했다. 그러다가 동무가 있으
면 땅따먹기도 했다. 상대편의 말을 맞히고 뼘을 재어 구름이 피
어오르는 듯한 땅과 무성한 나무 같은 땅을 만드는 게 재미있었
다. 그날도 아이는 옆집 애와 길가에서 땅따먹기를 하고 있었다.
옆집 애의 땅한테 아이의 땅이 거의 잠식당하고 있었다. 한쪽 금
에 붙어 꼭 반달처럼 생긴 땅과 거기에 붙은 한 뼘 남짓한 땅이
남았을 뿐이었다. 그것마저 옆집 애가 새로 말을 맞히고 한 뼘 재
먹은 뒤에는 또 줄었다. 이번에는 아이가 칠 차례였다. 옆집 애가
말을 놓았다. 그것은 아이의 반달 땅 끝에서 한껏 먼 곳이었다.
그러나 아이는 기어코 반달 끝에다 자기의 말을 놓았다. 옆집 애
는 아이의 반달 땅에 달린 다른 나머지 땅에서가 자기의 말이 제
일 가까운데 왜 하필 반달 끝에서 치려는지 이상히 여기는 눈치
였다. 사실 어디까지나 반달 끝에다 한 뼘 맘껏 둘러 재어 동그라
미를 그어놓으면 얼마나 아름다울지 모르겠다는 아이의 계획을

옆집 애는 알 턱 없었다. 아이는 반달 끝에서 옆집 애의 말까지의 길을 닦았다. 이번에는 꼭 맞혀 이 반달 위에 무지개 같은 동그라미를 그어놓으리라. 아이의 입은 꼭 다물어지고 눈은 빛났다. 뒤이어 아이는 옆집 애의 말을 겨누어 엄지손가락에 버텼던 장가락[3]을 퉁기었다. 그러나 아이의 장가락 손톱에 맞은 말은 옆집 애의 말에서 꽤 먼 거리를 두고 빗지나갔다. 옆집 애가 됐다는 듯이 곧 자기의 말을 집어들며 아이가 아무리 먼 곳에 말을 놓더라도 대번에 맞혀버리겠다는 득의의 미소를 떠올렸다. 그러면서 아이의 말 놓기를 기다리다가 흐려지지도 않은 경계선을 사금파리 말을 세워 그었다. 아이의 반달 끝이 이지러지게 그어졌다. 아이가, 이건 왜 이르케? 하고 고함쳤다. 옆집 애는 곧 다시 고쳐 금을 그었다. 옆집 애는 아이가 자기의 땅을 줄게 그어서 그러는 줄로 알았는지 이번에는 반달의 등이 약간 살찌게 그어놓았다. 아이는 그래두, 것두 아냐! 했다. 그러는데 어느새 왔는지 누이가 등 뒤에서 옆집 애의 말을 빼앗아서는 동생을 도와 반달의 배가 부르게 긋기 시작했다. 그러나 아이는 누이가 채 다 긋기도 전에 손바닥으로 막 지워버리면서, 이건 더 아냐! 이건 더 아냐! 하고 소리 질렀다.

하루는 아이가 뜰 안에서 혼자 땅바닥에다 지도 같은 금을 그으며 놀고 있는데, 바깥에서 누이가 뒷집 계집애와 싸우는 소리가 들려, 마침 안의 어른들이 듣지 못하고 있는 것을 다행으로 열린 대문 새로 내다보았다. 아이가 늘 예쁘다고 생각해오던 뒷집 계집애의 내민 역시 예쁜 얼굴에서, 그래 안 맞았단 말이가? 하는 말소리가 빠른 속도로 계속되는 대로, 또 누이의 내민 밉게 찌그러진 얼굴에서는, 안 맞지 않구, 하는 소리가 같은 속도로 계속되고 있었다. 땅따먹기 하다가 말이 맞았거니 안 맞았거니 해서 난 싸움이 분명했다. 어느 편이 하나 물러나는 법 없이 점점 더 다가들면서 내민 입으로 자기의 말소리를 좀더 이악스레 빠르게들 하고 있는데, 저쪽에서 뒷집 계집애의 남동생이 달려오더니 다짜고짜로 누이에게 흙을 움켜 뿌리는 것이 아닌가. 그러자 뒷집 계집애의 예쁜 얼굴이 더 내밀어지며, 그래 안 맞았단 말이가? 하는 소리가 더 날카롭고 빠르게 계속되는 한편, 누이는 먼저 한 걸음 물러나며, 안 맞디 않구, 하는 소리도 떠져갔다. 뒷집 계집애의 남동생이 또 흙을 움켜 뿌렸다. 뒷집 계집애의 남동생이 흙을 움켜 뿌릴 적마다 이쪽 누이는 흠칫흠칫 물러나며 말소리가 줄고, 뒷집 계집애의 말소리는 더욱 잦아갔다. 그러자 아이는 저도 깨닫지 못하고 대문을 나서 그리로 걸어갔다. 아이를 보자 뒷집 계집애의 남동생이 우선 흙 뿌리기를 멈추고, 다음에 뒷집 계집애가 다가오기를 멈추고, 다음에 계집애의 말소리가 늦추어지고, 다음에 누이가 뒷걸음치던 걸음을 멈추었다. 그리고 누이는 뒷집 계집애의 남동생처럼 자기의 남동생도 역성을 들러 오는 것으로만 안 모양이어서 차차 기운을 내어 다가나가며, 안 맞디 않구, 안 맞디 않구, 하는 소리를 점점 빠르게 회복하고 있었다. 거기 따라 뒷집 계집애는 도로 물러나며 점차, 그래 안 맞았단 말이가? 하는 소리를 늦추고 있고, 뒷집 계집애의 남동생도 한옆으로 아이를 피하고 있었다. 그러나 아이는 싸움터로 가까이 가자 누이의 흥분된 얼굴이 전에 없이 더 흉하게 느껴지면서, 어디 어머니가 저래서야 될 말이냐는 생각에, 냉연하게 그곳을 지나쳐버리고 말았다. 그리고 등 뒤로 도로 빨라가는 뒷집 계집애의 말소리와 급작스레 떠지는 누이의 말소리를 들으면서도 아이는 누이보다 예쁜 뒷집 계집애가 싸움에 이기는 게 옳다고 생각하며 저만큼 골목 어귀에서 여물을 먹고 있는 당나귀에게로 걸어갔다.

열네 살의 소년이 된 아이는 뒷집 계집애보다 더 예쁜 소녀와 알게 되었다. 검고 맑고 깊은 눈하며, 깨끗하고 건강한 볼, 그리고 약간 노란 듯한 머리카락에서 풍기는 숫한[4] 향기. 아이는 소녀와 함께 있으면서 그 맑은 눈과 건강한 볼과 머리카락 향기에 온전히 홀린 마음으로 그네를 바라보기만 하면 그만이었다. 그러나 소녀 편에서는 차차 말없이 자기를 쳐다보기만 하는 아이에게 마음 한구석으로 어떤 부족감을 느끼는 듯했다. 하루는 아이와 소녀는 모란봉 뒤 한 언덕에 대동강을 등지고 나란히 앉아 있었다. 언덕 앞 연보랏빛 하늘에는 희고 산뜻한 구름이 빛나며 떠가고 있었다. 아이가 구름에 주었던 눈을 소녀에게로 돌렸다. 그러고는 소녀의 얼굴을 언제까지나 들여다보기 시작했다. 소녀의 맑은 눈에도 연보랏빛 하늘이 가득 차 있었다. 이제 구름도 피어나리라. 그러나 이때 소녀는 또 자기만 말끄러미 바라보고 있는 아이에게 느껴지는 어떤 부족감을 못 참겠다는 듯한 기색을 떠올렸는가 하면, 아이의 어깨를 끌어당기면서 어느새 자기의 입술을 아이의 입에다 갖다 대고 비비었다. 아이는 저도 모르게 피하는 자세를 취하였으나 서로 입술을 비비고 난 뒤에야 소녀에게서 물러났다. 벌떡 일어났다. 그리고 아이는 거친 숨을 쉬면서 상기돼 있는 소녀를 내려다보았다. 이미 소녀는 아이에게 결코 아름다운 소녀는 아니었다. 얼마나 추잡스러운 눈인가. 이 소녀도 어머니가 아니라는 생각이 불현듯 떠올랐다. 아이는 소녀에게서 돌아섰다. 소녀는 실망과 멸시로 찬 아이의 기색을 느끼며 아이를 붙들려 했으나 아이는 쉽게 그네를 뿌리치고 무성한 여름의 언덕길을 뛰어내릴 수 있었다.

하늘에 별이 별나게 많은 첫가을 밤이었다. 아이는 전에 땅 위의 이슬같이만 느껴지던 별이 오늘밤엔 그 어느 하나가 꼭 어머니일 것 같은 생각이 들어, 수많은 별을 뒤지고 있었다. 그러나 아이는 곧 안에서 누구를 꾸짖는 듯한 아버지의 음성에 정신을 깨치고 말았다. 아이는 다시 하늘로 눈을 부었으나 다시는 어느 별 하나가 어머니라는 환상을 붙들 수는 없었다. 아쉬웠다. 다시 아버지의 누구를 꾸짖는 듯한 음성이 들려 나왔다. 아이는 아쉬운 마음으로 아버지의 음성이 들려오는 창 가까이로 갔다. 안에서는 아버지가, 두번 다시 그런 눈치만 뵀단 봐라, 죽여 없애구 말 테니, 꼭대기 피두 안 마른 년이 누굴 망신시키려구, 하는 품이 누이 때문에 여간 노한 게 아닌 것 같았다. 좁한 일에는 노하는 일이 없는 아버지가 이렇도록 노함에는 심상치 않은 일이 일어났음이 틀림없었다. 의붓어머니의 조심스런 음성으로, 좌우간 그편 집안을 알아보시구려, 하는 말이 들려 나왔다. 이어서 여전히 아버지의, 알아보긴 쥐뿔을 알아봐! 하는 노기 찬 음성이 뒤따랐다. 이번엔 누이의 나직이 떨리는 음성이 한 번, 동무의 오라비야요, 했다. 이젠 학교두 고만둬라, 하는 아버지의 고함에, 누이 아닌 아이가 등골이 서늘해짐을 느꼈다. 그러면서 얼마 전에 누이가 호리호리한 키에 흰 얼굴을 한 청년과 과수노파가 살고 있는 골목 안에 마주서 있는 것을 본 일이 생각났다. 그때 누이는 청년이 한반 동무의 오빠인데 심부름을 왔다고 변명하듯 말했고, 아이는 아이대로 그저 모른체하고 있었으나, 속으로는 누이 같은 여자와 좋아하는 청년의 마음을 정말 모르겠다고 생각했다. 그 청년과 누이가 만나는 것을 집안에서도 알았음이 틀림없었다. 지금 안에서 의붓어머니의 낮으나 힘이 든 음성으로, 얘 넌 또 웬 성냥 장난이가! 하는 것만은 이제는 유치원에 다니게 된 이복동생을 꾸짖는 소리리라. 요사이 차차 의붓어머니가 어렵고 두렵기만 한 게 아니고 진정으로 자기네를 골고루 위해주고 있다는 것을 깨닫게 된 아이는, 동복인 누이의 일로 의붓어머니를 걱정시키는 것이 아버지에게보다 더 안됐다고 생각됐다. 다시 의붓어머니의 조심성 있고 은근한 음성으로, 넌두 생각이 있갔디만 이제 네게 잘못이라두 생기믄 땅속에 있는 너의 어머니한테 어떻게 내가 낯을 들겠니, 자 이젠 네 방으루 건너가그라, 함에 아이는 이번에는 의붓어머니의 애정에 얼굴이 달아오르면서, 정말 누이가 돌아간 어머니까지 들추어내게 하는 일을 저질렀다가는 용서 않는다고 절로 주먹이 쥐어졌다. 어디서 스며오듯 누이의 흐느끼는 소리가 들려왔다. 두번 다시 그런 일만 있었단 봐라, 초매(치마)루 묶어서 강물에 집어넣구 말디 않나, 하는 아버지의 약간 노염은 풀렸으나 아직 엄한 음성에, 아이는 이번에는 또 밤바람과 함께 온몸을 한 번 부르르 떨었다.

 꽤 쌀쌀한 어떤 날 밤이었다. 의붓어머니가 아버지에게 애걸하다시피 하여 학교만은 그냥 다니게 된 누이보고 아이가, 우리 산보 가, 했다. 누이는 먼저 뜻하지 않았던 일에 놀란 듯 흐린 눈을 크게 떠 보이고 나서 곧 아이를 따라나섰다. 밖은 조각달이 달려 있었다. 그리고 수많은 별들이 빛나고 있었다. 싸늘한 바람이 불어왔다. 바람이 불어올 적마다 별들은 빛난다기보다 떨고 있는 것만 같았다. 아이는 앞서 대동강 쪽으로 난 길을 접어들었다. 누이는 그저 아이를 따랐다. 어둑한 속에서도 이제 누이를 놀래주리라는 계교 때문에 아이의 얼굴은 미소가 떠올라 있었다. 강둑을 거슬러 오르니까 더 서느러웠다. 전에 없이 남동생이 자기를 밖으로 이끌어낸 것을 의아하게 여기는 눈치로, 그러나 즐거운 듯이 누이가 아이에게, 춥디 않니? 했다. 아이는 거칠게 머리를 옆으로 저었다. 젓고 나서 어둠으로 해서 누이가 자기의 머리 저음을 분간치 못했으리라고 깨달았으나 아이는 잠자코 말았다. 누이가 돌연 혼잣말처럼, 사실 나 혼자였다믄 벌써 죽구 말았어, 죽구 말디 않구, 살믄 뭘 하노…… 그래두 네가 있어 그렇디, 둘이 있다 하나가 죽으믄 남는 게 더 불쌍할 것 같애서…… 난 정말 그래, 하며 바람 때문인지 약간 느끼는 듯했다. 아이는 혹시 집에서 누이의 연애 사건을 알게 된 것이 자기가 아버지나 의붓어머니에게 고자질한 것으로 잘못 알고 있지나 않나 하는 생각이 들자, 누이를 쓸어안고 변명이나 할 듯이 홱 돌아섰다. 누이도 섰다. 그러나 아이는 계획해온 일을 실현할 좋은 계기를 바로 붙잡았음을 기뻐하며 누이에게, 초매 벗어라! 하고 고함을 치고 말았다. 뜻밖에 당하는 일로 잠시 어쩔 줄 모르고 섰다가 겨우 깨달은 듯이 누이는 어둠 속에서 조용히 저고리를 벗고 어깨치마를 머리 위로 벗어냈다. 아이가 치마를 빼앗아 땅에 길게 폈다. 그리고 아이는 아버지처럼 엄하게, 가루 눠라! 했다. 누이는 또 곧 순순히 하라는 대로 했다. 그러나 아이는 치마로 누이를 묶어 강물에 집어넣는 차례에 이르러서는 자기의 하는 일이면 누이가 죽는 한이 있더라도 아무 항거 없이 도리어 어머니다운 애정으로 따라 할 것만 같은 생각이 들며, 누이가 돌아간 어머니와 같은 애정을 베풀어서는 안 된다고 치마 위에 이미 죽은 듯이 누워 있는 누이를 그대로 남겨둔 채 돌아서 그곳을 떠나고 말았다.

누이는 시내 어떤 실업가의 막내아들이라는 작달막한 키에 얼굴이 검푸른, 누이의 한반 동무의 오빠라는 청년과는 비슷도 안한 남자와 아무 불평 없이 혼약을 맺었다. 그리고 나서 얼마 안되어 결혼하는 날, 누이는 가마 앞에서 의붓어머니의 팔을 붙잡고는 무던히나 슬프게 울었다. 아이는 골목에 몸을 숨기고 있었다. 누이는 동네 아낙네들이 떼어놓는 대로 가마에 오르기 전에 젖은 얼굴을 들었다. 자기를 찾고 있음이 틀림없다고 생각하면서

34

도, 아이는 그냥 몸을 숨기고 있었다. 그리고 누이가 시집간 지 또 얼마 안 되는 어느 날, 별나게 빨간 놀이 진 늦저녁때 아이네는 누이의 부고를 받았다. 아이는 언뜻 누이의 얼굴을 생각해내려 하였으나 도무지 떠오르지가 않았다. 슬프지도 않았다. 그러다가 아이는 지난날 누이가 자기에게 만들어주었던, 뒤에 과수노파가 사는 골목 안에 묻어버린 인형의 얼굴이 떠오를 듯함을 느꼈다. 아이는 골목으로 뛰어갔다. 거기서 아이는 인형 묻었던 자리라고 생각키우는 곳을 손으로 팠다. 흙이 단단했다. 손가락을 세워 힘껏힘껏 파댔다. 없었다. 짐작되는 곳을 또 파보았으나 없었다. 벌써 썩어 흙과 분간치 못하게 된 지가 오래리라. 도로 골목을 나오는데 전처럼 당나귀가 매여 있는 게 눈에 띄었다. 그러나 전처럼 당나귀가 아이를 차지는 않았다. 아이는 달구지채에 올라서지도 않고 전보다 쉽사리 당나귀 등에 올라탔다. 당나귀가 전처럼 제 꼬리를 물려는 듯이 돌다가 날뛰기 시작했다. 그리고 아이는 당나귀에게나처럼, 우리 닐 왜 쥑엔! 왜 쥑엔! 하고 소리질렀다. 당나귀가 더 날뛰었다. 당나귀가 더 날뛸수록 아이의, 왜 쥑엔! 왜 쥑엔! 하는 지름 소리가 더 커졌다. 그러다가 아이는 문득 골목 밖에서 누이의, 데런! 하는 부르짖음을 들은 거로 착각하면서, 부러 당나귀 등에서 떨어져 굴렀다. 이번에는 어느 쪽 다리도 삐지 않았다. 그러나 아이의 눈에는 그제야 눈물이 괴었다. 어느새 어두워지는 하늘에 별이 돋아났다가 눈물 괸 아이의 눈에 내려왔다. 아이는 지금 자기의 오른쪽 눈에 내려온 별이 돌아간 어머니라고 느끼면서, 그럼 왼쪽 눈에 내려온 별은 죽은 누이가

아니냐는 생각에 미치자 아무래도 누이는 어머니와 같은 아름다
운 별이 되어서는 안 된다고 머리를 옆으로 저으며 눈을 감아 눈
속의 별을 내몰았다.

겨울 개나리

상철은 수술실 밖에서 담배만 연방 피워댔다.

처제인 영이의 수술은 실로 길었다. 불안과 초조가 뒤엉킨 긴
시간이었다. 오후 한시부터 여섯시 반까지, 삼십 분이 덜한 여섯
시간이나 걸렸다. 수술이 끝났을 땐 시월 하순께의 날이 다 저물
어 있었다.

신경외과 레지던트로 있는 고등학교 동창 윤의 말이, 뇌 후측에
서 작은 달걀만 한 혹을 떼어냈다고 한다. 악성인지 어쩐지는 아
직 모른단다.

상철은 특별히 윤의 안내로 외인 출입금지로 되어 있는 회복실
엘 들어가 보았다. 장모와 아내에게는 보이지 않는 게 좋을 거라
고 해서 그만두었다. 사실 보이지 않는 게 잘했다 싶었다.

끔찍한 몰골이었다. 머리는 온통 붕대로 감고, 양쪽 눈은 광선
을 피하기 위해 가제로 가리고, 산소흡입기가 코에 끼워진, 찌부

러지게 퉁퉁 부은 얼굴은 도시 영이 같지도 않고, 산 사람 같지도 않았다. 그처럼 얼굴이 부은 것은 수술할 때 환자를 엎드려놓고 하기 때문이라고 윤이 설명해주었다.

뇌에 종양성 혹이 생겼다는 진단이 내려졌을 때, 장모는 수술을 하느냐 어떡하느냐를 상철에게 의논해왔다. 장인은 연전에 세상을 떠나 없고, 중학교에 다니는 어린 처남뿐이라 의논 상대가 상철 자기밖에 없다는 걸 알고 있다. 그러나 상철은 얼른 결단을 내려주지 못했다. 아직 우리나라 의술로는 종양성 뇌수술에 있어서 수술 도중과 직후의 사망률이 칠팔 할, 사망은 않더라도 반신불수나 전신불수되는 경우가 이삼 할, 완전히 성공하는 율은 전무하다시피 하다는 얘기를 들어 알고 있었던 것이다.

결국 환자 자신이 머리의 통증을 견디다 못해, 죽는 한이 있더라도 수술을 해달라고 하여 결정을 짓게 되었다.

지난봄, 여고 2년이 되면서부터 영이는 가끔 누웠다가 일어나려면 골이 앞으로 쏟아지는 듯이 아프다곤 해 병원에 가보았으나 원인을 알 수 없었다. 아플 때는 뇌신이나 사리돈으로 가라앉히곤 했다. 그런데 여름 한동안은 좀 괜찮았다가 가을철에 들어서면서 점점 동통이 심해가더니 아무런 약으로도 진통이 듣지 않게되고 나중엔 골을 인두로 지지는 것 같은 고통까지 받기에 이르렀던 것이다. 상철은 환자가, 위험하기 짝이 없는 수술을 자진 원하지 않을 수 없었던 것을 짐작할 수 있을 것 같았다.

환자는 수술한 지 닷새 만에 눈을 뜨기는 했다. 그러나 사람을 알아보지를 못했다. 그리고 말은 물론, 듣지도 못하고 사지를 움직이지도 못했다.

상당히 중한 환자라도 이삼 일이 지나면 대개 병실로 옮겨야 한다는 것을, 레지던트 윤의 후의로 일주일간이나 그냥 회복실에 둘 수 있었다. 회복실에 있는 동안 환자는 호전도 악화도 되지 않았다.

그사이 뇌에서 떼어낸 혹은 검사한 결과 악성으로 판명되었다. 악성이면 앞으로 육 개월을 넘기기 어렵다는 것이다. 그래도, 하고 기대를 버리지 않고 있던 가족들은 맥이 풀렸다. 그 중에도 장모는 그 소릴 듣자 그만 병원 복도에서 쓰러질 듯 몸을 가누지 못했다.

회복실에서 병실로 옮긴 뒤에도 환자의 상태는 마찬가지였다. 어쨌든 사는 데까지는 살려야 할 것이었다. 환자를 전문적으로 지키고 보살필 사람이 하나 필요했다.

그래서 한 간호보조원 아줌마를 얻게 되었다.

병원 사람의 소개로 얻은 아줌마는 보매 사십이 좀 넘었음 직한 여인이었다. 키는 작달막하나 야무진 몸집과 둥근 얼굴이 건강해 보였다. 그 점은 좋았으나 입꼬리가 처지고 눈두덩이 두꺼운 품이 어딘가 자상치 못하고 성깔머리가 있을 듯한 인상이었다. 이런 여자가 어떻게 의사표시라고는 조그만치도 하지 못하는 중환자의 갖가지 시중을 돌볼 수 있을까 의심스럽게 생각됐다. 등창이 나거나 못이 박이지 않도록 두 시간만큼씩 몸을 돌려 눕히는 것은 차치하더라도, 환자의 식사를 규정에 의해 잘 지킬 수 있을까가 문제였다. 먼저 우유와 계란과 미음을 링거 병에 넣어 환자의 코로 디민 고무관을 통해 먹인다. 그리고 두 시간 후에 야채와 소고기 끓인 국물을 먹이고, 다시 두 시간 후에 과일즙을 준다. 밤에 잠자는 시간을 빼고 하루 세 차례 되풀이한다. 이 세 차례의 각각의 시간을 지켜야 할 것은 말할 것도 없지만, 과일즙을 제외한 다른 음식물은 농도와 온도를 적당히 조절해야 한다. 이러한 것들을 아줌마가 제대로 해나갈는지.

게다가 아줌마에 대한 꺼림칙한 뒷얘기까지 있었던 것이다. 얼마 전까지 아줌마는 이 대학병원 수술실과 회복실에서 잡일을 해왔는데 그만 큰 실수를 저지르고 쫓겨났다는 것이다. 그 실수라는 것이, 아줌마에게 회복실의 응급환자를 잠시 봐달라 하고, 당번 간호사가 변소엘 다녀와 보니 환자 코에 꽂은 산소흡입기가 빠져 있고 환자가 그것으로 하여 죽고 말았다는 얘기였다. 아줌마가 간호보조원으로서 적임이 아니라는 생각은 더욱 굳어질 수밖에 없었다.

그것은 장모나 아내의 생각도 마찬가진 듯했다. 그러나 당장 다른 도리가 없었다. 간호과에 등록돼 있는 간호보조원들이 두 사람이나 왔다가 환자의 상태를 보고는 머리를 절레절레 흔들고 돌아가버린 실정이니 누구든 맡아 보아주겠다는 것으로 참아야지, 이 사람 저 사람 고를 계제가 못 되었다. 그저 앞으로 좋은 사람을 구할 때까지 임시로 둬보는 수밖에 없다는 것이 가족들의 일치된 의견이었다.

출입문에 면회사절을 써 붙이고, 여하한 사람도 병실에는 들이지 않았다. 학교 담임선생이나 친구들까지도 번번이 그냥 돌려보내야 했다. 환자에게 의식이 없으니 선생이건 누구건 들여다본다고 별다른 충격을 받을 걱정은 없었다. 단지 어떤 사람에게라도 환자의 흉한 모양을 보이고 싶지 않은 것이었다. 보고 나서 환자의 상태를 이 입 저 입 옮길 것이 싫었다. 아줌마에게 외부 사람은 아무도 들이지 말라고 단단히 일러두었다.

환자의 얼굴의 부기는 얼마 안 가서 가셔졌으나 눈을 떠 이리저리 안구를 돌리긴 하면서도 여전히 장님이었다. 이쪽에서 그 눈길을 좇아 초점을 맞추려 해도 소용없었다. 말할 수 없이 답답하고 기막힌 노릇이었다. 장모와 아내는 때때로 환자의 귀에 바싹 입을 대고, 이름을 불러보고는 걸핏하면 눈물을 찔끔거렸다.

신체 중에서 그런대로 움직이는 것은 이 눈알과 입이었다. 어쩌다 하품 비슷한 것을 하며 입을 벌리기도 하고, 입맛 같은 것을 다시기도 하는 것이다. 그외는 손가락 발가락 하나 옴짝달싹을 못했다. 한갓 숨이 채 끊어지지 않은 육괴에 지나지 않았다.

그러한 환자가 아직 살아 있다는 표정 같은 것을 보이는 때가 있었다. 몸을 돌려 누일 때, 또는 관절과 근육이 굳어지지 않게끔 병원 전속 안마사에 의해 사지를 주무르고 관절을 굽혔다 펴는 물리치료를 받을 때 아프다는 빛을 보일 적이 있는 것이다. 그것도 소리는 내지 못하고 얼굴 가죽만이 찡그려지는 것이다. 보기에 안된, 이 얼굴의 일그러짐으로 해서 환자의 생명을 확인한다는 것은 서글프고 안타까운 일임이 틀림없었으나, 그렇게나마 살아 아픈 표시라도 하는 걸 가족들은 대견스러워했다. 또 한 가지, 환자에 따라서는 삼 개월 가량 걸려 의식이 회복되는 수도 있다는 병원 측 말이 한 가닥 희망을 주었다.

병실은 동남간향 방이라 결코 침침하지는 않았다. 그러나 방 안에 감도는 속 깊은 그늘을 덜기 위해 커다란 쪽빛 유리화병에 언제나 싱싱한 꽃을 가득 꽂기를 거르지 않았다.

다른 간호보조원을 구하지 못한 대로 해를 넘겼다. 환자의 의식은 그냥 어둠에 갇힌 채.

레지던트 윤의 주선으로 지금까지 있는 독방 입원실을 삼등 입원실 요금으로 있게 되었다.

이제는 가족들도 환자의 시선을 맞춰본다든지, 이름을 불러보고 우는 일은 없어졌다.

그런데, 두고 보니 날이 갈수록 아줌마의 간호가 대단한 것이었다. 의외였다. 다른 간호보조원을 구하지 못해 그냥 아줌마를 둬두게 된 것이 오히려 얼마나 잘된 일인지 모른다는 생각을 가족들은 하게 됐다.

상철은 상철대로 처음 아줌마에 대해 품었던 경솔한 선입관을 뉘우쳐야 했다. 그렇지만 불쾌한 뒷맛은 물론 아니었다.

아줌마의 무언 속의 간호는 고용인으로서의 의무만이 아닌 그대로 환자에 풀려든 그런 간호였다.

얼마 전부터 환자는 낮과 밤을 바꾸고 있었다. 낮에는 자고 밤에는 깨어 있는 것이다. 환자를 따라 낮을 밤으로 삼을 수는 없는 처지건만, 아줌마는 밤중에 잠이 들었다가도 환자를 옮겨 뉘어야 할 시각이나 음식을 줘야 할 시각을 한번도 지나쳐버리는 일이 없다고 간호사와 의사들까지도 감탄들을 했다.

　환자의 물리치료만 해도 병원 전속 안마사가 바빠서 미처 오지 못할 때는 아줌마가 대신 해주곤 했는데, 안마사가 할 때보다 환자가 덜 아파하는 것 같았다. 더구나 환자가 낮과 밤을 바꾼 뒤로는 아줌마가 시간 없이 수시로 환자를 주물러주었고, 전혀 안마사의 손을 빌릴 필요가 없게까지 되었다.

　이 밖에 아줌마는 환자가 그때그때 추워하거나 더워하는 낌새를 재빨리 알아채고 손을 쓰는 것이었다. 아줌마가 환자의 이불을 턱밑까지 꼭꼭 감싸주고 스웨터 같은 것으로 가려주었는가 싶으면 환자의 얼굴엔 소름이 돋아나고, 이불을 내리고 팔을 밖으로 내어놓아주었는가 싶으면 환자의 얼굴엔 열기가 떠오르곤 하는 것이었다.

　그리고 아줌마는 또 매일 가제에 반드시 미지근한 물을 축여 환자의 얼굴을 씻어주고, 약솜으로 입 안을 닦아주는 것도 빼놓지 않았다.

　이렇게 하여 봄이 이르렀을 무렵, 두 사람 사이에 생긴 도시 믿기 어려운 미묘한 감정 교류 같은 걸 보게 되었다.

　수술한 지 다섯 달 가까이 경과했건만 여전히 의식이 깜깜한 환자라 오줌똥을 때없이 쌌다. 한번은 기저귀를 갈자마자 오줌을 싸 아줌마가 볼기짝을 한 대 때렸다. 그랬더니 환자의 눈에서 주르르 눈물이 흐르는 것이었다. 섭섭함이나 미안함을 느낀 거나처럼.

　또 한번은 간호사가 맥박을 재는데 환자가 하품을 하다 그만 제

혀를 깨물었다. 대번 피가 흘렀다. 간호사가 아무리 입을 벌리려 해도 어찌나 악물었는지 영 벌려지지가 않았다. 그러자 아줌마가 다가가 환자의 입을 어루만지며, 아가 이러지 말구 입 좀 벌려라, 어서 응? 하고 타이르듯 하니까 그제야 악물었던 입을 스스로 여는 게 아닌가. .

하루는, 회사의 일이 바빠 병원엘 못 가다가 상철이 오래간만에 들렀다.

병실로 들어서면서 우선 상철은 주춤하지 않을 수 없었다. 고무 포를 깐 방바닥이 구둣발로 선뜻 밟기가 송구스러울 정도로 말짱 히 닦여 있는 것이었다.

방에는 아줌마 혼자였다. 오랜만에 보는 그네의 얼굴이 별나게 초췌해 있었다. 입 꼬리가 더 처지고, 두꺼운 눈두덩이 부어 눈을 내리덮고 있었다. 갑자기 몇 해를 한꺼번에 늙어버린 모습이었 다. 말없이 의자를 내놓는 그네에게 수고가 많으시다고 했더니 간단히, 뭘요, 할 뿐이다.

환자의 머리에 씌워졌던 털모자는 벗겨지고, 수술 때 빡빡 깎았 던 머리칼이 선머슴의 더벅머리만큼 돋아 있었다. 그리고 지금은 낮인데 깨어 있는 것이었다. 환자가 낮과 밤을 바꿨던 일을 생각 하고, 이제는 정상대로 돌아왔느냐고 물었더니 아줌마는 잠시 머 뭇거리다가, 아가가 나 밤잠 못 자는 게 안됐던 모양이죠, 했다.

상철은 한동안 환자의 얼굴에서 눈을 떼지 않고 있었다. 전처럼 포동포동하고 능금빛이 도는 얼굴은 아니었으나, 얼굴색이 곱게 피어 있는 것이었다. 수술 전 고통의 흔적인 듯 양미간에 새겨졌

던 주름살도 깨끗이 펴져 있었다. 악성이면 반년을 넘기기 어렵다
고 했는데, 도무지 죽음을 앞둔 환자의 얼굴로는 보이지 않았다.

이때 등 뒤에서 아줌마의 말소리가 들렸다. 아가, 응가하고 싶
으냐? 어린애에게 하는 듯한 삽삽한 말투였다. 도시 아줌마의 음
성이라고는 믿어지지 않을 정도였다. 상철은 환자의 표정을 살폈
다. 좀 전과 조금도 변함없이 허공에 아무런 초점도 없는 시선을
던지고 있을 따름이었다. 다시 아줌마가, 아가 조금만 참아라 응?
했다. 한결같이 어린애를 달래는 듯한 말씨에, 상철은 아줌마 쪽
을 돌아다보았다. 뒤를 받아내려는 듯 신문지 조각을 펴든 아줌
마의 눈길이 환자의 얼굴에 머물러 있었다. 부은 눈두덩 새로 새
어나오는 눈빛을 보고 상철은 가슴이 화끈했다. 아줌마의 시선엔
무표정한 환자의 얼굴로부터 무엇인가를 분명히 읽고 있는 빛이
역력했던 것이다. 상철은 어서 자리를 비켜야 한다는 걸 깨달았다.

돌아오는 길에 레지던트 윤의 방을 찾아갔다.

"환자의 상태가 아주 좋아 뵈는데?"

상철의 말에 윤은 고개를 갸우뚱하면서,

"글쎄."

하고는 얼굴에 미소를 띠우며,

"그 병은 저러다가도 언제 어떻게 급변할는지 예측을 불허하는
병인걸."

이런 상황 속에서 가족들의 발길이 차차 병원에서 떠갔다. 환자
의 음식 때나 아줌마의 월급을 주기 위해 열흘에 한 번, 보름에

한 번씩밖에 다녀가지 않게 되었다. 아줌마를 믿고 안심한 때문이기도 했지만, 가족들 편에서 엔간히 지쳐 있었던 것이다.

화병의 꽃이 시들어 있거나, 아무 꽃도 꽂혀 있지 않기가 일쑤였다. 화병만이 덩그마니 더 커 보였다.

한편 아줌마의 얼굴은 점점 더 못돼가, 본래의 둥그렇던 윤곽이 흉업게 쭈그러들었다.

그 반면 환자는 여름철에 엉치뼈 한옆의 약간 짓물렀다가 낫고는 별 등창도 나지 않고 땀띠 하나 없이 지냈다. 그러면서 얼굴색이 더욱더 뽀오얗게 피어났다. 머리칼도 꽤 자라 여기저기 핀을 꽂게끔 되었다.

이같이 여름도 지난, 그러니까 악성이면 넘기기 힘들다던 육 개월 아닌 십 개월도 훨씬 지난 어느 날 오후, 상철은 아내한테서 회사로 온 전화를 받았다. 병원에서였다. 환자가 위독하다는 것이다. 상철은 올 것이 기어이 왔구나 했다.

병실에서는 주치의와 윤과 간호사가 환자에게 수혈과 산소흡입을 시키며 응급가료를 하고 있고, 그 뒤에 장모와 아내가 손수건으로 얼굴을 가리고 서서 소리 죽인 울음을 울고 있었다.

환자는 금방 숨이 질 듯 눈을 똥그랗게 흡뜨고 눈망울을 한자리에 고정시킨 채 벌린 입으로 헉헉 숨을 몰아쉬고 있었다. 보기에 무척 괴로운 임종 같았다.

장모와 아내의 울음과는 어그러진 또 하나의 소리가 들려 상철은 뒤쪽을 보았다. 병실 한쪽 구석, 취사도구가 있는 옆에 무릎을 세워 그 위에 고개를 묻고 아줌마가 쪼그려 앉아 있었다. 유난히 몸집이 조그마해 보였다.

그것은 울음이라기보다 억누른 신음에 가까운 흐느낌이었다. 밀어닥치는 온갖 감정을 누르고 눌러 비어져 나오는 신음과도 같은 것. 상철의 귀에는 자꾸 아줌마에게서 비어져 나오는 이 소리만이 파고들어왔다.

그러나 예상과는 달리 이날 환자는 숨을 거두지 않았다. 한참 눈을 똥그랗게 굳히고 금시 숨이 넘어갈 것처럼 헉헉거리다가, 땀을 쫙 뽑고는 스르르 잠이 들어버리는 것이었다.

상철은 이상한 생각에 엉겨들었다. 환자가 아줌마의 신음 같은 흐느낌 소리를 틀림없이 들으면서 잠들었으리라는 것이었다. 그게 가능하냐 안 하냐를 따지기 전에 그렇게 믿고 싶은 마음이었다.

의사와 간호사가 나가고, 가족들의 울음이 그친 뒤에도 아줌마의 흐느낌은 잠시 더 계속되었다.

환자가 숨을 거둔 것은 그로부터 석 달이나 더 지난, 진눈깨비 흩날리는 날이었다. 환자가 수술을 받은 지 만 일 년하고 한 달 보름쯤 뒤였다.

병원에서, 환자가 운명했으니 속히 오라는 전갈이 왔다면서 차를 세워놓고 회사에 들른 아내와 함께 상철은 병원으로 달려갔다.

집이 먼 데다가 이내 택시를 잡아탈 수 없었던 듯 장모도 그제야 들어섰다. 아내와 장모는 서로 붙들고 울음을 터뜨렸다.

상철이 아줌마더러 어떻게 된 일이냐고 물었다. 그러자 아줌마는 요전에 보았을 적보다 더 무거워 보이는 눈꺼풀을 내리깐 채 대답이 없었다.

대답이 없는 아줌마에게서 시선을 비키는데 침대 머리맡 탁자 위 화병에 꽂힌 개나리가 눈에 들어왔다. 삐죽삐죽 마구 뻗은 가지에 꽃이 성글게 피어 있었다. 아줌마가 어디서 꺾어다 꽂아 피웠을 것이었다. 진눈깨비 내리는 비철에 핀 꽃이라 그럴까, 유별나게 선명해 뵈는 노란 꽃빛이 시체를 덮은 흰 시트에까지 어리는 것 같았다.

상철은 아줌마에게 다시 어떻게 된 일이냐고 물으려다가 이 꽃이 아줌마 대신 아무것도 말할 게 없다고 하는 것 같아 그만두고, 레지던트 윤을 찾아가보기로 했다.

이날 윤은 애초 입가에 미소 같은 것을 띠우는 법 없이,

"내가 들어갔을 땐 이미 숨이 지구도 한참 뒤였어."

하는 것이었다. 그 말에는 사전 가족에게 임종을 알리지 못한 것은 병원 측의 잘못이 아니라는 뜻이 들어 있었다.

"글쎄 죽은 뒤에서야 그 아줌마가 간호사에게 알렸단 말야. 내가 연락을 받고 달려갔을 땐 벌써 아줌마가 환자의 눈을 감기고, 코에다 솜까지 막아놓고 있지 않겠어."

상철은 저번 때 아줌마에게서 본 비탄을 떠올리며,

"결국은 그 아줌마 혼자서 임종을 지켰다는 거지?"

"그렇지."

그리고 윤이 잠시 말을 끊었다가,

"저번 때 같지 않고 이번엔 별로 운 빛도 없이 침대 앞에 서 있던데."

좀 전에 아내와 장모가 울음을 터뜨렸을 때도 아줌마는 따라 울지를 않았다. 울음도 자기 혼자서 미리 다 울어뒀다는 건가.

"괴로운 임종이었을까?"

상철은 저번 때 환자가 괴로워한 모습을 떠올리며 말했다.

"그야 모르지. 직접 보지 못했으니까…… 한 가지 이런 일은 있었데. 간호사한테 들은 얘긴데, 저번 일이 있은 후부터 아줌마는 항상 환자더러 타이르듯이 말하더래. 아가, 죽더라도 곱게 가거라, 곱게 가, 응? 하고 말야. 그래선지 어쩐지 몰라도 말끔한 얼굴이 마음 푸욱 놓고 아주 깊은 잠을 자는 것만 같았어. 갓 감긴 머리엔 빗자국이 곱게 나 있고…… 그 병은 마지막이 평온치 않은 데다가 입에서 더러운 것이 나오는 게 보통인데."

상철은 담배를 꺼내어 붙여 물며 윤에게도 한 대 주었다.

윤은 금방 자기는 피웠다고 하면서 말을 이었다.

"그 방은 병실이 아니고, 두 사람의 살림방이었지. 하여튼 최근엔 간호사 의사 할 것 없이 신발을 벗고야 그 방엘 드나들었으니까. 어디 친부모 자식 간이라고 그럴 수가 있겠어. 글쎄 감기 같은 것은 어느 한쪽이 걸리면 으레 다른 쪽도 걸리곤 했으니 말야. 두 사람은 우리가 헤아릴 수 없는 데까지 서로 통하고 있었어. 환자가 언제 죽으리라는 것도 다 알고 있었을걸. 결국 알고도 안 알린 거라고 봐야 할 거야."

상철은 이제 더 할 말도 없고, 더 들을 말도 없었다. 아줌마의 극진한 간호는 의학적 진단을 뒤엎고 환자를 제 명 이상 오래 살게 한 셈이었다. 그리고 이왕 성한 사람이 되지 못할 바에는 의식이 돌아오지 않은 채 숨을 거둔 편이 차라리 나았다 싶었다.

염을 할 때 수의는 아줌마의 원대로 그네의 손으로 입혔다.

관을 시체안치소에 옮겨놓고, 구내매점에서 초를 사갖고 돌아온 아내가 급한 말투로 이런 걸 알렸다.

"그 아줌마가 간호보조원을 그만뒀대요. 지금 등록을 취소하고 돌아갔다지 뭐예요."

그러나 상철은 창 너머로 눈을 주며 미리 예기나 했던 얘기처럼 듣고 있었다.

다음다음날은 활짝 갠 포근한 날씨였다. 장례 때도 아줌마의 모양은 뵈지 않았다.

산골 아이

도토리

곰이란 놈은 가으내 도토리를 잔뜩 주워 먹고 나무에 올라가 떨어져보아서 아프지 않아야 제 굴을 찾아 들어가 발바닥을 핥으며 한겨울을 난다고 하지만, 가난한 산골 사람들도 도토리밥으로 연명을 해가면서 일간 가득히 볏짚을 흐트러뜨려놓고는, 새끼를 꼰다, 짚세기를 삼는다, 섬피'를 엮는다 하며 한겨울을 난다.

산골 사람들이 어쩌다 기껏 즐긴대야 정말 곰만이 다니는 산골 길을 넘어서 주막을 찾아가는 일이다. 안주는 도토리묵이면 그만이다. 그러다 눈 같은 것이라도 만나면 거기서 며칠이고 묵는 수밖에 없다. 옷을 입은 채 뒹굴면서. 그러노라면 안주로 주머니 속에 넣고 온 마늘이 체온에 파랗게 움이 트기도 한다. 그러다가도 집으로 돌아오는 길은 아직 숫눈길이어서 곰의 발자국 같은 발자국을 내면서 돌아온다.

진정 이런 가난한 산골에서는 눈이 내린 날 밤 도토리를 실에다 꿰어 눈 속에 묻었다 먹는 게 에의 큰 군음식이었다. 그리고 실꿰미에서 한 알 두 알 빼먹으며 할머니한테서 듣고도 남은 옛이야기를 다시 되풀이 듣는 게 상재미다.

"할민, 넷말 한마디 하려마."

하고 조를라치면 할머니는 으레,

"애, 이젠 그만 자라, 너무 오래 앉아 있다가 포대기에 오줌 쌀라."

한다.

"싫어, 넷말 한마디 해주야디 뭐."

"넷말 너무 질레하믄 궁하단다."

"싫어. 그 여우 넷말 한마디 해주야디 뭐."

그러면 할머니는 그 몇 번이고 한 옛이야기를 되풀이하는 게 싫지 않은 듯이 겯고 있는 실꾸리를 들여다보면서,

"왜 여우고개라구 있디 않니?"

하고 이야기를 꺼낸다.

그러면 또 애는 언제나같이,

"웅 있어."

하고 턱을 치켜들고 다가앉는다.

"거긴 말이야, 넷날부터 여우가 많아서 여우고개라구 한단다. 바루 이 여우고개 너믄 마을에 한 총각애가 살았구나. 이 총각애가 이 여우고개 너머 서당엘 다녔는데 아주 총명해서 글두 썩 잘

52

하는 애구나. 그른데 하루는 이 총각애가 전터럼 여우고갤 넘는
데, 데쪽에서 꽃 같은 색시가 하나 나오드니 총각애의 귀를 잡구
입을 맞챘구나. 그러드니, 꽃 같은 색시가 제 입에 물었던 알록달
록한 고운 구슬알을 총각애 입에다 넣어주었닥 총각애 입에서 도
루 제 입으루 옮게 물었닥 했구나. 총각애는 색시가 너무나 고운
데 그만 홀레서 색시가 하는 대루만 했구나. 이르케 구슬알 옮게
물리길 열두 번이나 하드니야 꽃 같은 색시가 아무 말 없이 아까
온 데루 가버렸구나. 저낙(저녁)때 서당에서 집으루 돌아올 때두
꽃 같은 색시는 아츰터럼 나와 총각애 입을 맞추구 구슬알 옮게
물리길 열두 번 하드니야 아츰터럼 온 데루 가버렸구나. 이르케
날마다 총각애가 서당에 가구 올 적마다 꽃 같은 색시가 나와 입
맞챘구나. 그른데 날이 갈수룩 총각앤 몸이 축해가구, 글공부두
못해만 갔구나. 그래 하루는 훈당이 총각애보구 왜 요샌 글두 잘
못 외구 얼굴이 상해만 가느냐구 물었구나. 그랬드니 총각앤 그
저 요새 집에서 농사일루 분주해서 저낙에 소 멕이구 꼴 베구 하
느라구 그렇디, 몸만은 아무데두 아픈 데가 없다구 그랬구나. 그
래두 총각앤 나날이 더 얼굴이 못돼만 갔구나. 그래 어느 날 훈당
이 몰래 총각애의 뒤를 쫓아가봤구나……"

여기서 할머니는 엉킨 실을 입으로 뜯고 손끝으루 고르느라고
이야기를 끊는다.

애는 이내,

"그래서? 응?"

하고 재촉이다.

"그래 숨어서 꽃 같은 색시가 총각애 입에다 입맞추구 구슬알을 열두 번씩이나 물레주는 걸 봤구나. 그래 다음날 훈당은 총각앨 불러서 꽃 같은 색시가 구슬알을 물레주거들랑 그저 꿀꺽 생케버리라구 닐렀구나. 그리구 만일 구슬알을 생키디 않구 꽃 같은 색시가 하라는 대루만 하다간 이제 죽구 만다구 그랬구나. 이 말을 듣구 총각앤 훈당이 하라는 대루 하갔다구 했구나. 그른데 그날두 훈당이 몰래 뒤따라가봤드니 총각앤 구슬알을 못 생켔구나."

여기서 이야기 듣던 애는 또,

"생켔으믄 둏을걸잉?"

한다.

"그럼. 그래 총각앤 자꾸만 말 못 하게 축해갔구나. 그래 훈당이 보다못해 오늘 구슬알을 생키디 않으믄 정 죽구 만다구 했구나. 그리구 꽃 같은 색시가 구슬알을 물레주거들랑 그저 눈을 딱 감구 생케버리라구까지 닐러주었구나. 그날두 총각애가 여우고개 마루턱에 니르니낀, 이건 또 나날이 고와만 가는 꽃 같은 색시가 언제나터럼 나오드니, 총각애의 귀를 잡구 입을 맞추구 구슬알을 물레주었구나. 총각앤 정말 눈을 딱 감으믄서 구슬알을 생케버렸구나. 그랬드니 지금껏 꽃같이 곱든 색시가 벨안간 큰 여우루 벤해개지구 그 자리에 죽어넘어뎄구나, 총각애가 눈을 떠보니낀 눈앞의 꽃 같은 색시는 간데없구 큰 여우 한 마리가 꼬리를 내버티구 죽어 넘어데 있디 않갔니? 그만 너무 무서워서 그 자리에 까무러티구 말았구나. 그날두 훈당이 몰래 뒤따라갔다가 총각앨 업구

54

왔구나."

예서 애는 또 언제나처럼,

"그래 그 총각앤 어떻게 됐나?"

한다.

할머니는 정한 말로,

"사흘만 더 있었으믄 죽구 말걸 훈당 때문에 살았다. 그래 그뒤 부턴 훈당 말 잘 듣구 공부 잘해가지구 과거 급데했대더라."

"그리구 여우 새낀?"

"거야 가죽을 벳게서 돈 많이 받구 팔았다."

"지금두 여우가 고운 색시 되나?"

"다 녯말이라서 그렇단다."

여기서 애는 나무하러 가는 아버지를 따라가 내려다본 아슬아 슬한 여우고개의 가파른 낭떠러지를 눈앞에 떠올리며, 사실 그런 곳에서는 지금도 여우한테 홀릴는지 모른다는 생각을 해본다.

할머니가 그냥 실꾸리를 걸으며,

"이젠 자라 애."

한다.

그제야 이 가난한 산골 애는 도토리 꿰미를 들고 이불 속 깊이 들어간다. 곰 새끼처럼. 거기서 애는 이불을 쓰고, 자기만은 그런 옛말을 다 알고 있으니까 어떤 꽃 같은 색시가 나와도 홀리지 않 으리라는 생각을, 도토리를 먹으며 하다가, 그만 잠이 든다.

그런데 꿈속에서 애는 꽃 같은 색시가 물려주는 구슬을 삼키지 못한다. 살펴보니 아슬아슬한 여우고개 낭떠러지 위다. 그러니까

꽃 같은 색시는 여우가 분명하다. 할머니가 그건 다 옛이야기가 돼서 그렇다고 했지만 이게 분명히 여우임이 틀림없다. 그래 구슬알을 아무리 삼켜버리려 해도 안 넘어간다. 이러다가는 여우한테 홀리겠다. 그러면서도 색시가 너무 고운데 그만 홀려 하라는 대로만 하지 구슬을 못 삼킨다. 이러다가는 정말 큰일나겠다. 어떻게 하면 좋은가. 옳지, 눈을 딱 감고 삼켜보자. 눈을 딱 감는데 발밑이 무너져 낭떠러지 위에서 떨어지면서 깜짝 잠이 깬다. 입에 도토리알을 물고 있었다. 애는 무서운 꿈이나 뱉어버리듯이 도토리알을 뱉어버린다. 그러나 다음날 아침이면 이 가난한 산골 애는 다시 도토리를 먹는다.

크는 아이

눈이 오련다. 꼭 오늘밤 안으로 첫눈이 올 것만 같다. 이제 바람만 자면 곧 눈이 내리리라. 정말 함박눈이 펑펑 쏟아졌으면 좋겠다.

산골 아이는 화로에서 도토리를 새로 꺼내면서, 이제 눈이 내려 눈 속에 도토리를 묻었다 먹으면 덜 아리고 덜 떫으리라는 생각을 한다. 그러자 아이는 지난해 눈싸움을 하다가 중손이한테 면상을 맞고 운 부끄러움이 생각난다. 아찔하여 얼굴을 돌린 것까지는 괜찮았으나 발아래 흰 눈을 붉게 물들이는 게 제 코피인 것을 알자 그만 으아하고 울어버린 게 안됐다. 올해는 아무리 면상을 맞아 코피를 흘린대도 울지 않으리라. 아니 올해는 이편에서 증손이를 맞혀 울려주리라. 어서 눈이 왔으면 좋겠다.

그새 바람이 좀 잔 듯하다. 혹 그새 눈이 내리기 시작했는지도 모른다고 아이는 문을 열어본다. 그러자 잔 듯하던 바깥 어둠 속에서 기다리고나 있었던 것처럼 된바람이 몰려든다.

"문은 뭘 할라구 벌컥하믄 여니?"

하고 어머니가 꾸짖듯 말하고 다림질감에 떨어진 재를 훅훅 불어낸다.

아이는 문을 닫으면서 혼잣말로,

"아직 눈은 안 오눈."

한다.

"개처럼 눈 오는 건 뭘."

어머니의 말에, 다림질을 잡아주던 귀가 어두운 할머니가 눈이라는 말만은 알아들은 듯,

"눈 오니?"

하고 흐린 눈으로 문 쪽을 바라본다.

"아니."

하고 아이는 할머니가 알아듣도록 크게 대답한다.

"너이 아바진디는 왜 상게 안 오니, 또 당²에서 술추럼을 하는 게디."

하는 할머니의 역정 섞인 걱정에, 아이는 참말 눈이 내리기 전에 아버지가 돌아와야 할 걸 느낀다.

참 아버지는 여태 왜 안 돌아오는지 모르겠다. 몇 죽 안 되는 짚

세기를 여태 못 팔 리는 없다. 혹 장꾼에게 한 켤레 한 켤레 못 팔
겠으면 그 큰 돼지를 그려 붙인 돼지표집에다 좀 싸게라도 밀어
맡기고 오면 그만일 터인데. 할머니 말대로 장거리에서 누구를
만나 술추렴을 하느라고 늦어지는가 보다. 그러지 않아도 겨울만
되면 허리가 결리는 아버지가 오늘 같은 날 늦어지면 어쩌나. 벌
써 몇 해 전 겨울 일이다. 타작마당에서 여느 때처럼 조 한 섬을
쉽게 져 달구지에 올려놓다가 그만 발밑 얼음판에 미끄러져 조
섬에 깔린 일이 있은 후부터 겨울철만 접어들면 허리증이 도지곤
하는 아버지. 그리고 또 해마다 술이 늘어가는 아버지. 좌우간 여
느 때는 아무렇더라도 오늘같이 눈이 온다든지 할 날은 일찍 돌
아와줬으면 좋겠다.

밖은 아직 이따금 바람이 휙익 몰려와 수수깡 바자를 울린다.

"얘, 등잔 심지 좀 돋과라, 어둡다."

하고 할머니가 흐린 눈을 들어 등잔불을 바라본다.

아이는 북어 알에선가 북어 이리에서 짜낸다는 애기름이 떨어
져 못 먹은 뒤로 할머니의 눈은 더 어두워져서 그렇지, 등잔 심지
가 낮아 그렇지 않다고 생각하면서도 등잔 가로 가 심지를 조금
돋우는 체한다. 그래도 한결 밝아진다. 그리고 밝으니까 한결 아
버지에 대한 걱정이 놓이는 것 같아 좋다.

"얘, 심질 좀더 돋과라."

하고 할머니가 이번에는 다림질감만 들여다보며 말한다.

아이는 또 이번에는 심지를 한껏 돋운다.

"얘, 웬 심질 그르케 돋구니?"

하고 어머니가 꾸짖는다.

아이는 등잔의 심지를 낮춘다.

"너이 아바진디는 정말 왜 상게 안 오는디 모르갔다."

하는 할머니 말에 이어서 어머니가 아이 쪽을 한 번 돌아보며,

"넌 또 웬 도토릴 그르케 먹니, 어서 자기나 해라."

한다.

가난한 산골 아이는 화로에서 도토리를 골라내며 검게 그을린 얼굴을 붉혀가지고 이불 속으로 들어간다. 그러나 아버지가 돌아 오기까지 자지 않으리라. 그러는 아이는 왜 아직 아버지가 안 돌 아오는지 모르겠다는 할머니도, 언제든지 할머니 앞에서는 아버 지의 말을 하지 않는 어머니도, 자기처럼은 아버지 걱정을 않는 것 같아 못마땅하다.

도토리 맛도 별로 없다. 등잔불이 아까보다 더 어두운 것 같은 데에 또 마음이 쓰인다. 이렇게 등잔불이 어둡고, 또 이렇게 따스 운 이불 속에서는 잠이 쉬 들 것 같아 안됐다.

아이는 어머니보다도 할머니에게 묻듯이,

"해 있어 당에서 떠났으믄 지금 어디쯤 왔을까?"

했으나 할머니는 못 들은 듯 잡은 다림질감만 들여다본다.

다시 더 큰 소리로 물을까 하는데 할머니가,

"산막골에나 왔을까."

한다.

산막골이라면 아직 여기서 한 오 리 가까이 된다.

"너이 아바진디는 해 있어 댕기디 않구 원."

하고 할머니가 역시 역정 섞인 걱정을 한다.

산막골이라는 데가 예서 장까지 가는 사이 제일 험한 곳이다. 늘 범이 떠나지 않는다는 소나무와 잡복이 우거진 골짜기. 아이는 한동네 반수 할아버지의 일이 떠오른다.

반수 할아버지가 젊었을 때인데, 양주가 산막골 근처에 밭김을 매러 갔다. 단 양주에 갓난아기 하나뿐이라, 애는 밭둑에 재워놓고 김을 매나갔다. 낮이 가까웠을 때 애가 배가 고픈지 깨어 울어댔다. 양주는 이제 매던 이랑이나 마저 매고 점심도 먹을 겸 애 젖도 먹이리라 하고 바삐 손을 놀렸다. 한데 갑자기 애 울음소리가 뚝 그치기에 돌아다보니 난데없는 큰 호랑이 한 마리가 자기네의 애를 물고 산막골로 올라가는 것이 아닌가. 이것을 본 반수 할아버지는 눈이 뒤집혀 쥐고 있던 호미 하나만을 들고 아내가 붙들 새도 없이 호랑이의 뒤를 쫓아 올라갔다.

반수 할아버지가 호랑이를 쫓아 굴을 찾아 들어갔을 때에는 마침 호랑이는 어린애를 앞발로 어르고 있었다. 그렇게 얼러 사람의 혼을 뽑고야 잡아먹는다는 말대로. 이것을 본 반수 할아버지는 다가들어가면서 호랑이의 잔허리를 끌어안았다. 여기에 놀란 호랑이가 그만 으엉 소리와 함께 빠져 달아나면서 똥을 갈겼다. 이것이 혼똥인 것이다. 이 혼이 나 갈긴 뜨거운 혼똥이 마침 엎어진 반수 할아버지 머리에 철썩 떨어졌다.

반수 할아버지 마누라의 말을 듣고 동네 사람들이 모두 쟁기를 하나씩 들고 고함을 치면서 굴까지 달려갔을 때에는 반수 할아버지가 애를 안고 굴에서 나오는 때였다. 애도 아무 일 없고 반수 할아버지도 아무 일 없었다. 그저 반수 할아버지의 머리만이 호랑이의 뜨거운 혼똥에 익어 껍질이 벗겨졌을 뿐이었다.

지금도 반수 할아버지는 머리에 완전히 머리털 한 오라기 없는 대머리로 동네에서 제일 나이가 으뜸 되도록 살아 있다. 그때의 애도 지금은 영감이 되어 손자를 둘이나 보았고.

아버지는 아직 안 돌아온다. 정말 산막골을 무사히 지나쳤으면 좋겠다. 아버지가 돌아오기까지 자지 않으리라.

어머니가 문을 열고 다리미를 밖으로 내대고 재를 까분다. 재가 날아나는 어둠 속에 희끗희끗 날리는 것이 보였다. 눈이었다. 어느새 정말 첫눈이 내리는 것이다. 아이는 어서 아버지가 눈을 털며 들어서기만 해줬으면 눈이 오니 얼마나 좋을까 한다.

아버지는 지금 눈을 맞으면서 돌아오리라. 끝없이 내리는 눈. 아이는 눈을 감으면 함박눈으로 쏟아지는 눈 때문에 아버지가 어디 있는지 분명치가 않다. 졸립다. 자서는 안 된다. 눈발 속에 분명치가 않은 아버지를 찾다가, 아버지가 눈발 속에 가려지고 말면서, 아이는 종내 잠이 들고 만다.

아이는 눈발 속이 아닌 우거진 소나무와 잡목 새에 아버지를 자꾸만 잃는다. 아버지 따라 장에 갔다 돌아오는 길이다. 아버지는 장에서 마신 술 때문에 비틀걸음이다. 명태 한 쾌를 빈 자루에 넣어 멘 아버지의 등이 무던히도 굽었다. 허리증이 더한가 보다. 아이는 천천히 걷는 자기도 못 따라오는 아버지를 잃지 않으려고 자꾸 돌아본다.

한 번 돌아다보니까 아버지가 없다. 아무리 소나무와 잡목 새를 자세히 살펴봐도 없다. 그러는데 저기 산골짜기로 백호 한 마리가 자기 아버지를 물고 올라가는 것이 아닌가. 아이는 눈이 뒤집힌다. 그리고 백호의 뒤를 따라 올라간다. 반수 할아버지는 호미라도 쥐었지만 자기는 맨손으로. 그렇지만 내 저놈의 호랑이를 잡아 메치고 아버지를 빼앗고야 말리라.

산막골에 우거졌던 소나무와 잡목이 어느새 그만 눈발이 돼버린다. 그리고 백호란 놈이 앞서 눈발 속에 보이지 않는다. 그러면 발자국을 찾아가리라. 작년 겨울 동네 돼지 새끼 물어갔을 때 내고 간 발자국을 보아 아이는 호랑이 발자국을 잘 안다. 한데 난데없는 눈덩이가 날아와 면상을 맞힌다. 증손이다. 붉은 코피가 이번에도 흰 눈에 떨어진다. 눈물이 난다. 그러나 울어서는 못 쓴다.

그냥 호랑이의 발자국을 찾아 올라가니까, 굴이다. 굴속에서는 정말 호랑이가 앞발로 아버지를 어르고 있다. 아이는 전에 반수 할아버지가 한 듯이 다가들어가면서 백호의 잔허리를 끌어안는다. 그랬더니, 이놈의 백호가 또 혼이 나 혼똥을 갈긴다. 꼭 머리에 떨어진다. 뜨겁다. 아무러면 내가 널 놔줄 줄 아니? 네 허리 동강이를 끊어버리고야 말겠다. 그냥 호랑이의 허리를 죄어 안는다. 백호는 죽겠다고 으르렁으엉 으르렁으엉 운다. 속히 동네 사람들이 올라와 백호 잡은 걸 봐줬으면 좋겠다.

백호는 그냥 운다. 한 번 더 안은 팔을 죄니까 백호의 허리가 뚝 끊어진다. 깜짝 깬다.

막 깜깜이다. 어느새 돌아와 누웠는지 아이의 옆에는 아버지가 잠들어, 그르렁후우 그르렁후우 코를 골고 있다.

 아, 마음이 놓인다. 이젠 아주 자야지. 그러는데 불현듯 무섬증이 난다. 아버지의 코고는 소리가 꿈속의 호랑이 울음처럼 무섭다. 아버지의 코고는 소리 새새 바깥 수수깡 바자의 눈이 부스러져 떨어지는 소리가 다 무섭다. 이불을 땀에 젖은 머리 위까지 쓴다. 요에서 굴러 떨어지는 도토리까지 무섭다. 이제는 어서 잠이 들었으면 좋겠다.

목넘이마을의 개

어디를 가려도 목을 넘어야 했다. 남쪽만은 꽤 길게 굽이든 골짜기를 이루고 있지만, 결국 동서남북 모두 산으로 둘러싸여 어디를 가려도 산목을 넘어야만 했다. 그래 이름지어 목넘이마을이라 불렀다.

이 목넘이마을에 한 시절 이른 봄으로부터 늦가을까지 적잖은 서북간도 이사꾼이 들러 지나갔다. 남쪽 산목을 넘어오는 이들 이사꾼들은 이 마을에 들어서서는 으레 서쪽 산 밑 오막살이 앞에 있는 우물가에서 피곤한 다리를 쉬어가는 것이었다.

대개가 단출한 식구라고는 없는 듯했다. 간혹 아직 나이 젊은 내외인 듯한 남녀가 보이기도 했으나, 거의가 다 수다한 가족이 줄레줄레 남쪽 산목을 넘어 와 닿는 것이었다. 젊은이들은 누더기가 그냥 내뵈는 보따리를 짊어지고, 늙은이들은 쩔룩거리는 다리를 질질 끌면서도 애들의 손목을 잡고 있었다. 여인들은 애를 업고도 머리에다 무어든 이고 있고.

이들은 우물가에 이르자 능수버들 그늘 아래서 먼저 목을 축였다. 쭉 한차례 돌아가며 마시고는 다시 또 한차례 마시는 것이었는데, 보채는 애, 아직 젖도 떨어지지 않은 어린것에게도 물을 먹이는 것이었다. 나지도 않는 젖을 물리느니보다 이것이 나을 성싶은 모양이었다.

다음에는 부릍고 단 발바닥에 냉수를 끼얹었다. 이것도 몇 차례나 돌아가며 끼얹는 것이었다. 어른들이 다 끝난 다음에도 애들은 제 손으로 우물물을 길어 얼마든지 발에다 끼얹곤 했다. 그러나 떠날 때에는 여전히 다리를 쩔룩이며 북녘 산목을 넘어 사라지는 것이었다.

저녁 녘에 와 닿는 패는 마을서 하룻밤을 묵는 수도 있었다. 그럴 때에는 또 으레 서산 밑에 있는 낡은 방앗간을 찾아들었다. 방앗간에 자리잡자 곧 여인들은 자기네가 차고 가는 바가지를 내들고 밥 동냥을 나섰다. 먼저 찾아가는 곳이 게서 마주 쳐다보이는 동쪽 산기슭에 있는 두 채의 기와집이었다. 그리고 바가지 든 여인의 옆에는 대개 애들이 붙어 따랐다. 그러다가 동냥밥이 바가지에 떨어지기가 무섭게 집어삼키는 것이었다. 바가지 든 여인들은 이따 어른들과 입놀림을 해봐야지 않느냐고 타이르는 것이었으나, 두 기와집을 돌아 나오고 나면 벌써 바가지 밑이 비는 수가 많았다. 이런 나그네들이 다음날 새벽 동이 트기 퍽 전인 아직 어두운 밤 속을 북녘으로 북녘으로 흘러 사라지는 것이었다.

어느 해 봄철이었다. 이 목넘이마을 서쪽 산 밑 간난이네 집 옆 방앗간에 웬 개 한 마리가 언제 방아를 찧어보았는지 모르게 겨 아닌 뽀얀 먼지만이 앉은 풍구 밑을 혓바닥으로 핥고 있었다. 작 지 않은 중암캐였다. 그리고 본시는 꽤 고운 흰 털이었을 것 같 은, 지금은 황토물이 들어 누르칙칙하게 더러워진 이 개는 몹시 배가 고파 있는 듯했다. 뒷다리께로 바싹 달라붙은 배는 숨쉴 때 마다 할딱할딱 뛰었다. 무슨 먼 길을 걸어온 것도 같았다. 그러고 보면 목에 무슨 끈 같은 것을 맸던 자리가 나 있었다. 이렇게 끈 에 목이 매여가지고 머나먼 길을 왔다는 듯이.

전에도 간혹 서북간도 이사꾼이 이런 개의 목에다 끈을 매가지 고 데리고 지나간 일이 있은 것처럼, 이 개의 주인도 이런 서북간 도 나그네의 하나가 아닐까. 원래 변변치 않은 가구 중에서나마 먼 길을 갖고 가지 못할 것은 팔아서 노자로 보태고, 그래도 짐이 라고 꾸려가지고 나설 때 식구의 하나인 양 따라나서는 개를 데 리고 떠난 것이리라. 애가 있어 개를 기어코 자기네가 가는 곳까 지 데리고 가자고 졸라대어 데리고 나섰대도 그만이다. 그래 이 런 신둥이개를 데리고 나서기는 했지만, 전라도면 전라도, 경상 도면 경상도 같은 데서 이 평안도까지 오는 새에, 해 가지고 떠나 온 기울떡 같은 것도 다 떨어져, 오는 길길에서 빌어먹으며 굶으 며 하는 동안, 이 신둥이에게까지 먹일 것은 없어, 생각다 못해 길가 나무 같은 데 매놓았는지도 모른다. 누가 먹일 수 있는 사람 이 풀어다가 잘 기르도록 바라서. 그래 신둥이는 주인을 찾아 울 대로 울고, 있는 힘대로 버르적거리고 하여 미처 누구에게 주워지기 전에 목에 맸던 끈이 끊어져 나갔는지도 모른다. 이래서 주인을 찾아 헤매다가 이 목넘이마을로 흘러들어왔는지도.

혹은 서북간도 나그네가 예까지 오는 동안 자기네가 가는 목적지까지 데리고 갈 수 없음을 깨닫고 어느 동네를 지나다 팔아버렸는지도 모른다. 혹은 또 끼니를 얻어먹은 집의 신세갚음으로 잘 기르라고 주고 갔는지도. 그것을 신둥이가 옛 주인을 못 잊어 따라나섰다가 이 마을로 흘러들어왔는지도.

그러고 보면 또 신둥이 몸에 든 황토물도 어쩐지 평안도 땅의 황토와는 다른 빛깔 같았다. 그리고 지금 방앗간 풍구 밑을 아무리 핥아도 먼지뿐인 것을 안 듯 연자맷돌께로 코를 끌며 걸어가는 뒷다리 하나가 사실 먼 길을 걸어온 듯 절룩거렸다.

신둥이는 연자맷돌도 짤짤 핥아보았으나 거기에도 덮여 있는 건 뽀얀 먼지뿐이었다. 그래도 신둥이는 그냥 한참이나 그것을 핥고 나서야 핥기를 그만두고, 다시 코를 끌고 다리를 절룩이며, 어쩌면 서북간도 나그네인 자기 주인이 어지러운 꿈과 함께 하룻밤을 머물고 갔을지도 모르는, 그러니까 어쩌면 이 방앗간에서들 자기네의 가련한 신세와 더불어 길가에 버려두고 온 이 신둥이의 일을 걱정했을지도 모르는, 이 방앗간 안을 이리저리 다 돌고 나서 그곳을 나오는 것이었다.

방앗간을 나온 신둥이는 바로 옆인 간난이네 집 수수깡 바자문 틈으로 들어갔다. 토방 밑에 엎디어 있던 간난이네 누렁이가 고개를 들고 일어서더니 낯설다는 눈치로 마주 나왔다. 신둥이는 저를 물려고나 나오는 줄로 안 듯 꼬리를 찰싹 올라붙은 배 밑으로 껴 넣고는 쩔룩거리는 걸음으로 달아나오고 말았다.

게딱지 같은 오막살이들이 끝난 곳에 채전이 있었다. 신둥이는
채전 옆을 지나면서 누렁이가 뒤따라오지 않는다는 것을 안 다음
에도 그냥 쩔룩거리는 반뜀걸음으로 달렸다. 채전이 끝난 곳은
판이 고르지 못한 조각 뙈기 밭이었다. 조각 뙈기 밭들이 끝난 곳
은 가물에는 물 한 방울 남지 않고 조약돌이 그냥 드러나는, 지금
은 군데군데 끊긴 물이 괴어 있는 도랑이었다. 신둥이는 여기서
괴어 있는 물을 찰딱찰딱 핥아 먹었다.

도랑 건너편이 바로 비스듬한 언덕이었다. 이 언덕 위 안쪽에
목넘이마을 주인인 동장네 형제의 기와집이 좀 새를 두고 앉아
있었다. 이 두 기와집 한중간에 이 두 집에서만 전용하는 방앗간
이 하나 있었다.

신둥이는 이 방앗간으로 걸어갔다. 그냥 쩔뚝이는 걸음으로. 그
래도 여기에는 먼지와 함께 쌀겨가 앉아 있었다. 신둥이는 풍구
밑을 분주히 핥으며 돌아갔다. 이러는 신둥이의 달라붙은 배는
한층 더 바삐 할딱이었다.

신둥이가 풍구 밑을 한창 핥고 있는데 저편에서 큰동장네 검둥
이가 보고 달려왔다. 이 검둥이가 방앗간 밖에서 잠깐 걸음을 멈
추고 이쪽을 향해 그 윤택한 털을 거슬러 세우면서 이빨을 시리
물고 으르렁댔을 때, 신둥이는 벌써 이미 한군데 물어뜯기기나
한 듯이 깽 소리와 함께 꼬리를 뒷다리 새에 끼면서도 핥는 것만
은 멈추지 않았다. 그러자 검둥이는 이내 신둥이가 자기와 적대

할 상대가 안 된다는 것을 알아챈 듯이 슬금슬금 신둥이의 곁으로 와 코를 대보는 것이었다.

신둥이가 암캐인 것을 안 검둥이는 아주 안심된 듯이 곁에 서서 꼬리까지 저었다. 신둥이는 이런 검둥이 옆에서 또 자꾸만 온몸을 후들후들 떨었다. 그러나 핥는 것만은 여전히 멈추지 않았다.

신둥이는 풍구 밑이며 연자맷돌이며를 핥고 나서 두 집 뒷간에도 들렀다 와서는 풍구 밑에 와 엎디어버렸다. 그러고는 절로 눈이 감기는 듯 눈을 끔벅이기 시작했다. 점점 끔벅이는 도수가 잦아져가다가 아주 감아버리는 것이었다. 검둥이가 저만큼 떨어져 앉아서 이편을 지키고 있었다.

그날 저녁때였다. 큰동장네 집에서 여인의 목소리로, 워어리 워어리 하고 개 부르는 소리가 들려 나왔다. 검둥이가 집을 향해 달려갔다. 신둥이도 일어났다. 그리고 아까 핥아 먹은 자리를 되핥기 시작했다. 그러다 신둥이는 무엇을 눈치 챈 듯 큰동장네 집으로 쩔뚝쩔뚝 걸어가는 것이었다.

사실 대문에서 들여다뵈는 부엌문 밖 개 구유에는 검둥이가 붙어 서서 첩첩첩첩 밥을 먹고 있었다. 신둥이는 저도 모르게 꼬리를 뒷다리 새에 끼고 후들후들 떨면서 그리로 가까이 갔다. 그러나 신둥이가 채 구유 가까이까지 가기도 전에 검둥이는 그 윤택한 털을 거슬러 세우며 흰 이빨을 시리물고 으르렁대기 시작하는 것이었다. 신둥이는 걸음을 멈추고 구유 쪽만 바라보다가 기다리려는 듯이 거기 앉아버렸다.

좀 만에야 검둥이는 다 먹었다는 듯이 그 길쭉한 혀를 여러 가

지 모양의 길이로 빼내가지고 주둥이를 핥으며 구유에서 물러났
다. 신둥이는 곧 일어나 그냥 떨리는 몸으로 구유로 가 주둥이부
터 갖다 댔다. 그래도 밑바닥에 밥이 남아 있었고, 구유 언저리에
도 꽤 많은 밥알이 붙어 있었다. 신둥이는 부리나케 핥았다. 그러
는 신둥이의 몸은 점점 더 떨렸다. 몇 차례 되핥고 나서 더 핥을
나위가 없이 된 뒤에야 구유를 떠나, 자기 편을 지키고 앉아 있는
검둥이 옆을 지나 그 집을 나왔다.

　신둥이가 다시 방앗간을 찾아가는데 개 한 마리가 앞을 막아섰
다. 작은동장네 바둑이였다. 신둥이는 또 겁먹은 몸을 움츠릴밖
에 없었다. 바둑이는 신둥이 몸에 코를 갖다 대었다. 그러자 이번
에는 신둥이 편에서 무슨 냄새를 맡아낸 듯 코를 들었다. 그러고
는 바둑이의 금방 밥을 먹고 나온 주둥이에 붙은 물기를 핥기 시
작하는 것이었다.

　바둑이가 귀찮다는 듯이 자기 집 쪽으로 걸어갔다. 신둥이는
그 뒤를 바싹 따랐다. 바둑이는 자기 집 안뜰로 들어가더니 한가
운데 자리를 잡고 앉아버렸다. 신둥이는 곧장 부엌문 앞 구유로
갔다.

　구유 바닥에는 큰동장네 구유 밑처럼 밥이 남아 있었고 언저리
로 돌아가며 밥알이 꽤 많이 붙어 있었다. 신둥이는 급히 그것을
짤짤 핥아먹고 나서야 그곳을 나와 방앗간 풍구 밑으로 갔다.

　밤중에 궂은비가 내리기 시작했다. 이튿날도 그냥 구질게 비가
내렸다. 신둥이는 날이 밝자부터 빗속을 떨며 어제보다는 좀 나
았으나 그냥 저는 걸음걸이로 몇 번이고 큰동장과 작은동장네 개

구멍을 드나들었는지 몰랐다. 처음에는 몇 번을 왔다갔다해도 구유 속은 궂은비에 젖어 있을 뿐, 좀처럼 아침먹이가 나오지 않는 것이었다. 그러는 동안에 밥이 나왔으나 이번에는 주인 개가 구유에서 물러나기를 기다려야 했다. 이렇게 해서 주인 개들이 먹고 남은 구유를 핥아 먹고, 그리고 뒷간에 들러 방앗간 풍구 밑으로 가서는 다시 누워버렸다. 낮쯤 해서 신둥이는 그곳을 기어나와 빗물을 핥아먹고 되돌아가 누웠다.

저녁때가 돼서야 비가 멎었다. 신둥이는 또 미리부터 두 기와집 새를 여러 번 왔다갔다해서 구유에 남은 밥을 얻어먹을 수 있었다. 이날 저녁은 작은동장네 바둑이가 입맛을 잃었는지 퍽이나 많은 밥을 남기고 있었다.

다음날은 아주 깨끗이 갠 봄날이었다. 이날도 신둥이는 꼭두새벽부터 두 집 새를 오고 가고 해서야 구유에 남은 밥을 얻어먹을 수 있었는데, 이날 신둥이의 걸음은 거의 절룩거리지 않았다. 방앗간으로 돌아가자 볕 잘 드는 곳에 엎디어 해바라기를 시작했다.

늦은 조반 때쯤 해서 이쪽으로 오는 인기척 소리가 나더니, 두 동장네 절가(머슴)가 볏섬을 지고 나타났다. 절가가 지고 온 볏섬을 방앗간 안에다 쿵 내려놓고 온 길을 되돌아서는데, 절가와 어기어 키를 든 간난이 할머니와 망판[1]을 인 간난이 어머니가 방앗간으로 들어섰다. 간난이 할아버지가 전에 동장네 절가살이를 산 일이 있어 뒤에 절가살이를 나와가지고도 이렇게 두 동장네 크고 작은 일을 제 일 제쳐놓고 봐주는 터였다.

간난이 어머니가 비로 한참 연자맷돌을 쓸어내는데 절가가 다시 볏섬을 지고 돌아왔다. 한 손에는 쇠고삐를 쥐고.

풀어헤치는 볏섬 속에서는 먼저 구들널기한 냄새²가 풍겨 나왔다. 신둥이가 무슨 밥내나 맡은 듯이 섬께로 갔다. 그러자 절가가 개 편을 눈여겨보지도 않고 그저, 남 이제 한창 바쁠 판인데 개새끼 같은 게 와서 거추장스럽다고 발을 들어 신둥이의 허리를 밀어찼다. 그다지 힘줘 찬 것도 아니건만 꿋꿋하고 억센 다리라 신둥이는 그만 깽 소리를 지르며 옆으로 나가쓰러졌다. 신둥이는 다시 해바라기하던 자리로 가 눕고 말았다.

첫 확을 거의 다 찧었을 즈음, 작은동장이 왔다. 작달막한 키에 머리를 빡빡 깎았다. 얼굴의 혈색이 좋아 마흔 가까운 나이가 도무지 그렇게 뵈지 않는 작은동장은 방앗간 안으로 들어서며 다부진 몸집처럼 야무진 목소리로,

"잘 말랐디?"

했으나 그것은 무어 누구에게 물어보는 말은 아니었던 듯 누구의 대답도 기다리지 않고,

"깨디디 않두룩 뎋게."

했다.

소 뒤를 따르던 간난이 할머니가 연자의 쌀을 한 옴큼 쥐어 눈 가까이 갖다 대고 찧어지는 형편을 살피고 나서 말없이 도로 놓았다. 잘 찧어진다는 듯.

작은동장이 돌아서다가 신둥이를 발견했다.

"이게 누구네 가이야?"

절가와 간난이 할머니와 간난이 어머니가 이쪽으로 고개를 돌릴 새도 없이, 작은동장의 발길이 신둥이의 허리 중동을 와 찼다. 신둥이는 뜻 않았던 발길에 깽 비명을 지르며 달아날밖에 없었다. 얼마를 와서 그래도 이 방앗간을 떠나지 못하겠다는 듯이 뒤돌아보았을 때에는 벌써 절가와 간난이 할머니와 간난이 어머니는 그게 누구네 개건 내 아랑곳 아니라는 듯이 자기네 일에만 열중해 있었는데 다만 작은동장만이 이쪽을 지키고 섰다가 돌멩이라도 쥐려는 듯 허리를 굽히는 게 보여 신둥이는 다시 있는 힘을 다해 달아나야 했다. 비스듬한 언덕길을 내리기 시작하는데 과연 돌멩이 하나가 날아와 옆에 떨어졌다.

신둥이는 어제 비에 제법 물이 흐르는 도랑을 건너, 김선달이랑이 일하는 조각 뙈기 밭 새를 지나기까지 그냥 뛰었다. 이런 신둥이는 요행 다리만은 절룩이지 않았다.

서쪽 산 밑 간난이네 집 옆 방앗간으로 온 신둥이는 또 먼지만 내려앉은 풍구 밑으로 가 누웠다. 그러나 얼마 뒤에 신둥이는 그곳을 나와 다시 동장네 방앗간을 찾아가는 것이었다. 비스듬한 언덕을 올라 방앗간 쪽을 바라보는 신둥이는 그곳에 작은동장의 모양이 뵈지 않음에 적이 안심된 듯 그쪽으로 발을 옮기기 시작했으나 문득 지금 한창 풍구를 두르고 있는 보매 우악스러울 것만 같은 절가에게 눈이 가자 주춤 걸음을 멈추고 그편을 한참 지켜보다가 그만 돌아서 온 길을 되걷는 것이었다.

낮이 기울어서야 간난이 할머니와 간난이 어머니가 앞집 수수깡 바자울타리를 끼고 이리로 오는 것이 보였다. 간난이 할머니와 간난이 어머니는 자기네 집으로 들어가기 전에 이쪽을 바라보았다. 신둥이는 이들이 자기를 어쩌지나 않을까 싶어 일어나 피하려는 눈치를 보였으나 두 여인은 물론 신둥이를 어쩌는 일 없이 자기네 집으로 들어가버렸다.

신둥이는 그길로 동장네 방앗간으로 갔다. 방앗간은 비로 한 번 쓸었으나, 그래도 여기저기 꽤 많은 쌀겨가 앉아 있었고, 기둥 같은 데도 꽤 두툼하게 겨가 붙어 있었다. 신둥이는 풍구 밑부터 들어가 마구 핥았다.

그날 초저녁이었다. 신둥이가 큰동장네 대문 안에 서서 지금 거의 다 먹어가는 검둥이의 구유 쪽을 바라보고 섰는데, 방문이 열리며 큰동장이 나왔다. 역시 작은동장처럼 작달막한 키에 머리를 빡빡 깎았다. 또한 혈색이 좋아 아주 젊어 보였다. 얼른 보매 작은동장과 쌍둥이나 아닌가 싶게 그렇게 모습이 같았다. 그러지 않아도 처음 보는 사람은 이 두 사람을 서로 바꿔 보는 수가 많았다.

이 큰동장이 뜰로 내려서면서 지금 구유 쪽에만 정신이 팔려 있는 신둥이를 발견하자 보지 못하던 개임에, 이놈의 가이새끼, 하고 발을 굴렀다. 목소리마저 작은동장처럼 야무졌다. 신둥이는 깜짝 놀라 개구멍을 빠져 달아나고 말았다.

큰동장이 대문을 나서는데 마침 저녁을 먹고 이리로 나오던 작은동장이 신둥이를 보고 이 개가 오늘 아침에 자기가 방앗간에서 쫓은 개라는 것과 지금 또 이 개가 형한테 쫓겨 달아나는 사실에 미루어, 언뜻 보지 못하던 이놈의 개새끼가 혹시 미친개나 아닌가 하는 생각이 든 듯, 갑자기 야무진 목청으로, 미친가이 잡아라! 하고 고함을 지르는 것이었다. 그러자 큰동장 편에서도 지금 꼬리를 뒷다리 새로 끼고 달아나는 뒷배가 찰딱 올라붙은 저놈의 낯선 개새끼가 정말 미친갠지도 모른다는 생각이 든 듯, 데놈의 미친가이 잡아랏 소리를 따라 질렀는가 하자 대문 안으로 몸을 날려 손에 알맞은 몽둥이 하나를 집어들고 나오더니 신둥이의 뒤를 쫓으며 연방, 미친가이 잡아랏 소리를 질렀다.

동장네 형제가 비스듬한 언덕까지 이르렀을 때 신둥이는 벌써 조각 뙈기 밭 새를 질러 달아나고 있었는데, 마침 늦도록 밭에 남아 있던 김선달이 동장네 형제의 미친개 잡으라는 고함 소리를 듣고 두리번거리던 참이라, 이놈의 개새끼가 미친개로구나 하고 삽을 들고 신둥이의 뒤를 쫓아가기 시작했다. 동장네 형제는 게서 더 신둥이의 뒤를 쫓을 염은 않고, 두 형제가 서로 번갈아, 미친가이 잡아랏 소리만 질렀다. 그것은 마치 자기네의 목소리를 듣고 김선달이 한층 더 기운을 내어 쫓아가 그 삽날로 미친개의 허리 중동을 내리찍도록 하라는 듯한, 그리고 자기네의 목소리를 듣고 어서 저쪽 서산 밑 사람들도 뭐든 들고 나와 미친개를 때려잡으라는 듯한 그런 부르짖음이었다. 이 부르짖음은 신둥이가 서쪽 산 밑 오막살이 새로 사라져 뵈지 않게 되고, 사이를 두어 김선달의 그 특징 있는 뜀질할 때의 윗몸을 뒤로 젖힌 뒷모양이 뵈지 않게 된 뒤에도 그냥 몇 번 계속되었다.

동장 형제의 목울대를 돋군 부르짖음이 그치자 아까보다도 별나게 고즈넉해진 것만 같은 이른 저녁 속에 서쪽 산 밑 사람들의 웅성거리는 소리가 바로 손에 잡히게 솟아오르더니, 좀 사이를 두어 엷은 안개가 어리기 시작하는 속을 몇몇 동네 사람들을 뒤로하고 김선달이 나타났다. 첫눈에 미친개 못 잡은 것만은 분명했다. 그래도 김선달이 채전을 지나 조각 뙈기 밭 새로 들어서기 전에 작은동장이 그쪽을 향해 소리를 질렀다.

"어떻게 됐노오?"

그것은 제가 질러놓고도 고즈넉한 저녁 속에서는 너무 지나치게 큰 소리를 질렀다고 생각되리만큼 큰 고함 소리가 되어 퍼져 나갔다.

대답이 없다. 그것이 답답한 듯 이번에는 큰동장이 같이 크게 울리는 고함 소리로,

"어떻게 됐어, 응?"

했다.

"파투웨다. 그놈의 가이새끼 날래기가 한덩이 있어야디요. 뒷산으루 올라가구 말았이요."

이것이 무슨 조화일까. 김선달의 말소리가 바로 발밑에서 하는 말소리 같으면서도 또 한껏 먼 데서 들려오는 말소리 같음은? 그만큼 고즈넉한 산골짜기의 이른 저녁이었다.

"그래 아무리 빠르믄 따라가다 놔뿌리구 말아? 무서워서 채 따라가딜 못한 게로군. 그까짓 가이새낄 하나 무서워서……"

큰동장의 말이었다.

김선달은 노상 무섭지 않은 것도 아니라는 듯, 그렇게 곧잘 누구나 웃기는 익살꾼답지 않게 큰동장의 말에는 아무 대꾸도 없

이, 안개 속을 좀 전에 일하던 밭으로 들어가 호미랑 찾아드는 것
이었다.

이날 어두운 뒤, 서쪽 산 밑 사람들은 아직 마당에들 모여 앉기
에는 좀 철 이른 때여서 몇 사람 안 되는 사람들이 차손이네 마당
귀에 쭈그리고 앉아 금년 농사 이야기며 햇보리 나기까지의 양식
걱정 같은 것을 하던 끝에, 오늘의 미친개 이야기가 나왔다. 그러
자 김선달이, 바로 그젯밤에 소를 빌리러 남촌에 갔다 늦어서야
산목을 넘어오는데 꽤 먼 뒤에서 이상한 개울음 소리가 들려와
혼났다는 이야기를 꺼냈다. 흡사 병든 개가 앓는 듯한 소린가 하
면, 누구에게 목이 매여 끌리면서 지르는 듯한 소리기도 하더라
는 것이었다. 그런데 이상한 것은 누가 목을 잡아매어 끄는 것치
고는 한자리에서 그냥 지르는 소리더라는 것이었다. 그래 지금
와서 생각하니 그놈이 아까의 미친개였는지도 모르겠다는 것이
었다.

쩍하면 남을 잘 웃기는 꾸밈말질을 잘해, 벌써부터 동네에서뿐
아니라 근동에서들까지 현세의 봉이 김선달이라 하여 김선달이란
별호로 불리는 사람의 말이라 어디까지가 정말이고 어디서부터가
꾸밈말인지를 분간하기 어렵다고 동네 사람들은 생각하는 것이었
으나, 차손이 아버지가 김선달의 말 가운데 누가 개 목을 매 끌
때 지르는 것 같은, 그러면서도 한자리에서 그냥 지르는 개울음
이더라는 대목에 무언가 생각키우는 바가 있는 듯 담배침을 퉤
뱉더니, 혹시 그것이 며칠 전 이곳을 지나간 서북간도 이사꾼의
개인지도 모른다는 말을 했다. 그 서북간도 나그네가 어느 나무

에다 매논 것이 그만 발광을 해가지고 목에 맨 줄을 끊고 이렇게 동네로 들어온 것인지도 모른다는 것이었다. 그리고 짐승이란 오랫동안 굶으면 발광을 하는 법이라고 하며, 기실 김선달이 들은 개울음 소리는 이렇게 발광한 개가 목에 맨 끈을 끊으려고 지른 소리였음이 틀림없다는 것이었다.

그러나 거기 한자리에 앉았던 간난이 할아버지는 차손이 아버지의 말도 그럴듯하다고는 생각했지만 좀 전에 마누라에게서 들은, 아침에 동장네 방앗간에서 보았을 때나, 방아를 다 찧고 돌아오는 길에 이쪽 방앗간에서 보았을 때나, 그 신둥이개가 미친개로는 뵈지 않더라는 말이 떠올라, 좌우간 그 개가 참말 미쳤는지 어쨌는지 자기가 직접 보지 않고는 알 수 없는 일이라고 했다. 그개가 미쳤건 안 미쳤건 이제 다시 동네로 내려올 것도 분명하니. 차손이 아버지도 그놈의 미친개가 이제 틀림없이 또 내려올 테니 모두 주의해야겠다고 했다.

그런데 이때 벌써 신둥이는 어둠 속에 묻혀 서쪽 산을 내려와 조각 돼기 밭 새를 지나 반뜀걸음으로 동장네 집들을 찾아가고 있었다. 어둠 속에서도 주의성 있는 걸음걸이였다.

언덕길을 올라서서는 멈칫 걸음을 멈추고 방앗간 쪽이며, 두 동장네 집 쪽을 살펴보는 것이었다. 그러고 나서야 아주 조심성 있는 반뜀걸음으로 큰동장네 집 가까이로 갔다.

개구멍을 들어서니 검둥이는 이제는 신둥이와는 낯이 익다는 듯이 아무 으르렁댐 없이 맞아주었다. 신둥이는 곧장 구유부터 가서 핥기 시작했다.

작은동장네 바둑이도 이제는 신둥이와는 낯이 익다는 듯이 맞아주었다. 여기서도 신둥이는 곧장 구유부터 가서 핥았다.

작은동장네 집을 나온 신둥이는 동장네 방앗간으로 가 낮에 한물 핥아 먹은 자리며 남은 자리를 또 핥았다. 그러나 거기서 잘 생각은 없는 듯 그곳을 나와 다시 서쪽 산 밑을 향하는 것이었다.

이튿날 아침, 일찍 일어나기로 유명한 간난이 할아버지가 수수깡 바자문을 열고 나오다가 방앗간 풍구 밑에 엎디어 있는 신둥이를 발견하고 되들어가 지게 작대기를 뒤에 감추어가지고 나왔다. 미친개기만 하면 단매에 죽여버리리라. 신둥이 편에서도 인기척 소리에 놀라 일어났다. 그러면서 어느새 신둥이는 꼬리를 뒷다리 새로 끼고 있었다. 저렇게 꼬리를 뒷다리 새로 끼는 게 재미적다. 간난이 할아버지는 한자리에 선 채 신둥이 편을 노려보았다. 뒤로 감춘 작대기 잡은 손에 부드득 힘을 주며.

그래도 주둥이에 거품을 물었다든지 군침을 흘린다든지 하지 않는 걸 보면 이 개가 미쳤대도 아직 그다지 심한 고비엔 이르지 않은 것 같았다. 눈을 봤다. 신둥이 편에서도 이 사람이 자기를 해치려는 사람인지 어떤지를 알아보기나 하려는 것처럼 마주 쳐다보았다. 미친개라면 눈알이 붉게 충혈되거나 동자에 푸른 홰를 세우는 법인데 도무지 그렇지가 않았다. 그저 눈곱이 끼어 있는 겁먹은 눈이었다. 이런 신둥이의 눈은 또, 보매 키가 장대하고 검은 얼굴에 온통 희끗희끗 세어가는 수염이 덮여 험상궂게만 생긴 간난이 할아버지의 역시 눈곱이 낀, 그리고 눈초리에 부챗살 같은 굵은 주름살이 가득 잡힌, 노리는 눈이긴 했으나 그래도 이 눈이 아무렇게 보아도 자기를 해치려는 사람의 눈이 아님을 알아챈 듯이 뒷다리 새로 껴 넣었던 꼬리를 약간 들기 시작하는 것이었다. 미친개가 아니다. 적어도 아직까지는 미치지는 않은 개다. 간난이 할아버지는 뒤로 감추었던 작대기 든 손을 늘어뜨리고 말았다.

그러자 간난이 할아버지의 손에 쥐어진 작대기를 본 신둥이는 깜짝 놀라 허리를 까부라뜨렸는가 하자 쑥 간난이 할아버지의 옆을 빠져 달아나는 것이었다. 이런 신둥이의 뒤를 또 안뜰에 있던 누렁이가 어느새 보고 나왔는지 쫓기 시작했다. 간난이 할아버지는 언뜻 그래도 저 개가 미친개여서 누렁이를 물지나 않을까 하는 생각이 들어, 워어리 워어리 누렁이를 불렀다. 그러나 그때는 벌써 누렁이가 신둥이를 다 따라 막아섰을 때였다. 신둥이는 뒷다리 새에 꼈던 꼬리를 더 끼는 듯했으나 누렁이가 낯이 익다는 듯 저쪽의 코에다 이쪽 코를 갖다 대었을 때에는 신둥이 편에서도 코를 마주 내밀며 꼬리를 쳐들기 시작했다. 간난이 할아버지는 다시 한번 미친개는 아니라고 생각했다.

이날 언덕을 올라선 신둥이는 그길로 동장네 뒷산으로 올라가는 것이었다. 거기서 신둥이는 큰동장과 작은동장이 집에서 나가기를 기다리려는 듯이.

조반 뒤에 큰동장과 작은동장은 그즈음 아랫골 천둥지기 논 작답[3]하는 데로 나갔다. 차손이네가 부치는 큰동장네 높디높은 다락배미 논을 낮추어 간난이네가 부치는 작은동장네 깊은 우물배미 논에다 메워, 두 논 다 논다운 논을 만들려는 것이었다. 차손이네와 간난이네는 벌써 해토 무렵부터 온 가족이 나서다시피 해서 이 작답 부역을 해오고 있었다.

큰동장, 작은동장이 작답 감독을 나간 뒤에도 한참 만에야 신둥이는 조심스레 산을 내려와 두 집의 구유를 핥았다. 방앗간으로 가 새로 앉은 먼지와 함께 겨도 핥았다. 뒷간에도 들렀다. 그러고는 그길로 다시 동장네 뒷산으로 올라가 어느 나무 밑에 엎디어 버리는 것이었다. 그래 낮이 기울고, 저녁때가 지나, 밤이 되어 아주 어두워진 뒤에야 또 산을 내려와 두 집에 들렀다가 서쪽 산밑 방앗간으로 돌아오는 것이었다. 돌아오는 길에 도랑에 고인 물을 핥아 먹고서.

아침마다 간난이 할아버지가 수수깡 바자문을 나서면 신둥이가 마치 간난이 할아버지보다 먼저 일어나기로 마음이라도 먹은 듯이 이미 방앗간을 나와 저쪽 조각 뙈기 밭 샛길을 걸어가는 뒷모양이 보이곤 했다.

이러한 어떤 날 밤, 신둥이가 큰동장네 구유를 한창 핥고 있는데 방문이 열리며 동장이 나왔다. 큰동장은 발소리를 죽여 광문 앞에서 몽둥이 하나를 집어 들고 살금살금 신둥이 뒤로 다가왔다. 그제야 신둥이는 진작부터 큰동장의 행동을 모르는 바 아니었으나 차마 구유에서 혓바닥을 뗄 수가 없어 그냥 있었다는 듯이 홱 돌아서 대문 쪽으로 달아나는 순간, 큰동장은 신둥이의 눈이 있을 위치에 이상히 빛나는 푸른빛을 보았다. 정말 미친개다, 하는 생각이 퍼뜩 큰동장의 머릿속을 스쳤으나 웬일인지 고함을 지를 수가 없었다.

신둥이가 대문 옆 개구멍을 빠져나갈 때에야 큰동장은, 데놈의
미친가이 잡아랏 소리를 지르며 뒤를 쫓았다. 어둠 속에서도 신
둥이가 뒷산 쪽으로 꺼불꺼불 달아나는 것을 알 수 있었다. 큰동
장은, 데놈의 미친가이 잡아랏 소리를 연방 지르며 신둥이의 뒤
를 그냥 쫓아갔다. 그러나 바싹 따라가 몽둥이질할 염은 못 냈다.
자꾸 신둥이와 가까워지기가 무서워지는 것이었다. 그 대신 이번
에는 큰동장의 입에서 미친가이 잡아랏 소리가 점점 더 그악스럽
게 커가는 것이었다. 신둥이가 뒷산으로 올라가 뵈지 않게 되고,
거기서 몇 번 더, 데놈의 미친가이 잡아랏 소리를 지른 다음, 지
금 이 큰동장의 고함 소리를 듣고 이리로 달려오는 작은동장이며
집안사람들 쪽으로 내려오면서 큰동장은, 일전에 김선달보고 그
까짓 미친개 한 마리쯤 따라가다 무서워서 채 못 따라갔느냐고
나무라던 일이 생각나, 정말 지금 안뜰에서 단번에 그놈의 허리
중동을 부러뜨리지 못한 것도 분하지만 밖에 나와서도 기운껏 따
라가면 따를 수도 있을 듯한 걸 무서워서 따라가지 못한 자신에
게 부쩍 골이 치밀던 차라, 이리로 몰려오는 집안사람들을 향해,
너희들은 뭘들 하고 있느냐고, 버럭 소리를 지르는 것이었다.

　다음날 아침, 큰동장은 작답 감독 나가기 전에 서산 밑 동네로
와서 만나는 사람마다 그놈의 미친개 아주 진통으로 미쳤더라고,
어젯밤 눈알에 새파란 홰를 세워가지고 달려드는 걸 겨우 몽둥이
로 쫓아버렸다고, 그러니 이번에는 눈에 띄기만 하면 어떻게 해
서든지 즉살을 시켜야지 큰일나겠더라는 말을 했다. 동네 사람들
은, 벌써 어젯밤 이쪽 산 밑에서 빤히 들린 큰동장의 그악스런 고

함 소리로 또 미친개가 나타났다는 걸 알고 있었으나 그 미친개가 눈에다 새파란 홰까지 세워가지고 사람에게 달겨들게 됐으면 이만저만하게 미친 게 아니라는 불안과 함께, 정말 눈에 띄기만 하면 처치해버려야겠다는 맘들을 먹는 것이었다.

그런데 신둥이 편에서는 신둥이대로 더욱 조심이나 하는 듯, 큰 동장 작은동장에게는 물론, 크고 작은 동장네 식구 어느 한 사람에게도, 그리고 서쪽 산 밑 누구한테도, 눈에 띄지 않는 것이었다.

그러한 어떤 날 밤, 뒷간에 나갔던 간난이 할머니가 뛰어 들어오더니, 지금 막 뒷간에 미친개가 푸른 홰를 세워가지고 와 있다는 말을 했다. 언젠가 신둥이가 처음 이 마을에서 미친개로 몰렸을 때 자기 보기에는 그렇지 않더라던 간난이 할머니도 눈에 홰를 세운 신둥이를 보고는 정말 아주 미친개로 말하는 것이었는데, 이 간난이 할머니의 말을 듣고도 그냥 간난이 할아버지는 사람이나 개나 할 것 없이 굶거나 독이 오르면 눈에 홰가 켜지는 법이라는 말로, 그 개도 뭐 반드시 미쳐서 그런 건 아닐 거라는 말을 했다. 그러니 뭐 와서 다닌다고 그렇게 무서워할 건 없다고 했다. 그러다가 간난이 할아버지는 문득 신둥이가 자기네 뒷간에 와 있다는 것은 다름 아닌 자기네 귀중한 거름을 먹기 위함일 거라는 데 생각이 미치자 다짜고짜 밖으로 나가 지게 작대기를 들고 뒷간으로 갔다. 과연 뒷간 인분이 떨어지는 바로 그 자리에 번뜩 푸른 홰가 보였다. 이놈의 가이새끼! 소리와 함께 간난이 할아버지의 작대기가 뒷간 기둥을 딱 후려갈겼다. 푸른 홰가 획 돌더니 저편 바자 틈으로 희끄무레한 것이 빠져나가는 게 보였다.

이런 일이 있은 후부터 신둥이의 그림자는 통 누구의 눈에도 띄지 않았다. 그러다가 그해 첫여름 두 동장네 새로 작답한 논에 때마침 온 비로 모를 내고 난 어느 날, 마을에는 소문이 하나 났다.

김선달이 조각 뙈기 밭에서 김을 매다가 쉴 참에 담배를 한 대 피우고 있노라니까 저쪽 큰동장네 뒷산 나무 새로 무언가 어른거리는 것이 있어 눈여겨보았더니 그게 다름 아닌 미친개더라는 것이다. 그런데 이 미친개는 혼자가 아니고 뒤에 다른 개들을 데리고 있더라는 것이다. 그것은 큰동장네 검둥이요, 작은동장네 바둑이요, 또 누구네 개인지는 분명치 않으나 한 마리 더 끼여 있더라는 것이다.

사실 이 김선달의 입에서 나온 말대로 큰동장네 검둥이며 작은동장네 바둑이가 이틀씩이나 집에 들어오지 않았다. 크고 작은 두 동장은 그놈의 미친개가 종시 자기네 개들을 미치게 해가지고 데려갔다고 분해하고 한편 겁나했다. 그런데 이때 동네에서는 간난이 할아버지가 집안사람들보고 아예 그런 말은 내지 못하게 해서 모르고 있었지만 간난이네 개도 나가서 이틀씩이나 들어오지 않는 것이었다.

그러는 동안 동네에서는 어제오늘 동장네 뒷산에서 으르렁대는 개소리를 들었다는 사람이 적지 않았다. 낮뿐 아니라 밤중에도 그런 소리를 들었다는 사람들이 있었다. 크고 작은 동장은 그놈의 미친개를 몰이해서 쳐 죽이지 않은 게 잘못이라고 분해했다.

사흘 만에 크고 작은 동장네 개들은 전후해서 들어왔다. 간난이네 개도 들어왔다. 개들은 집에 들어오자마자 그늘을 찾아 엎디더니 침이 질질 흐르는 혀를 빼가지고 헐떡이다가 눈을 감고 잠이 들어버리는 것이었다. 이틀 새에 한결 파리해진 것 같았다.

크고 작은 동장은 그날도 새로 작답한 논의 모낸 구경을 나갔다가 일부러 알리러 나온 절가의 말을 듣고, 그럼 됐다고, 들어온 김에 잡아치우자고, 절가와 간난이 할아버지를 앞세우고 들어왔다.

간난이 할아버지가 맨손으로 검둥이께로 갔다. 큰동장이랑 보고 있던 사람들은, 저 늙은이가 저러다 큰일나려고! 하는 마음으로 멀찌감치 떨어져 서서 바라보고만 있었다. 간난이 할아버지는 검둥이의 머리를 쓰다듬어주었다. 검둥이가 졸린 듯 눈을 다시 감으며 반갑다는 표시로 꼬리를 움직여 비모양 땅을 몇 번 쓸었다.

간난이 할아버지가, 무엇이 이 개가 미쳤다고 그러느냐고 큰동장 편으로 돌아섰다. 그러나 큰동장은 아직 미쳐 나가게 되지 않은 것만은 다행이라고 하면서 눈을 못 뜨고 침을 흘리는 것만 봐도 미쳐가는 게 분명하니 아주 미쳐 나가기 전에 잡아치우자고 했다.

절가가 미친개는 밥을 안 먹는다는데 어디 한번 주어보자고 부엌으로 들어가 밥을 물에다 말아가지고 나왔다. 그러나 검둥이는 자기 앞에 놔주는 밥을 무슨 냄새나 맡듯이 주둥이를 갖다 댔는가 하자 곧 도로 눈을 감아버리는 것이었다. 큰동장은, 자 보라고 했다.

간난이 할아버지는 지금 검둥이가 저러는 것은 며칠 동안 수캐 구실을 하고 돌아온 탓이라고 했다. 그랬더니 큰동장은 펄쩍 뛰며, 그 미친가이하구? 그럼 더구나 안 된다고 어서 올가미를 씌우라는 것이었다. 그러면서 큰동장은 혼잣말처럼, 마침 초복날이 며칠 남지 않았으니 복놀이 겸 잘됐다고 했다.

간난이 할아버지는 하는 수 없었다. 이미 개 목에 끼울 올가미까지 만들어가지고 섰는 절가의 손에서 밧줄을 받아가지고 그것을 검둥이의 목에 씌우고 말았다. 밧줄 한끝은 절가가 잡고 있었다. 절가는 재빠르게 목을 꿴 검둥이를 대문께로 끌고 가더니 밧줄을 대문턱 밑으로 뽑아가지고 잡아 죄었다. 뜻 않았던 일을 당한 검둥이는 아무리 깨갱 소리를 지르며 버르적거려도 쓸데없었다.

검둥이의 깨갱 소리를 듣고 작은동장네 바둑이는 바라다 뵈는 곳까지 와서, 서쪽 산 밑 개들은 한길까지 나와서 짖어댔다. 그러는 동안 검둥이의 눈에 파아란 불이 일고 발톱은 소용없이 땅바닥이며 대문턱을 마지막으로 할퀴고 있었다. 큰동장은 개 잡을 적마다 늘 보는 일이건만 오늘 검둥이의 눈에 켜진 불은 별나게 파랗다고 하며 아무래도 미쳐가는 개가 분명하다고 다시 한번 생각하는 것이었다. 검둥이는 똥을 갈기고 그러고는 온몸에 마지막 경련을 일으키며 축 늘어지고 말았다.

작은동장네 집으로 갔다. 바둑이는 벌써 자기가 당할 일을 알아차린 듯 안뜰로 피해 들어가 슬슬 뒷걸음질만 치고 있었다. 그래 목에 올가미를 씌우는 데도 손이 걸렸다. 그리고 절가는 더 날쌔게 밧줄을 잡아당겨야 했다. 이렇게 해서 바둑이도 죽고 말았다.

뒤꼍 밤나무 밑에다 큰동장네 가마솥을 내다 걸었다. 개 튀길 물을 끓여야 했다. 그러는데 큰동장과 작은동장이 무슨 의논을 하는 듯하더니 절가더러, 북쪽 목 너머에 있는 괸돌마을의 동장과 박초시를 모셔오라는 것이었다.

두 마리의 개가 토장국 속에서 끓어날 즈음, 오른골을 포마드로 진득이 재워 붙인 괸돌동장과 잠자리 날개같이 모시 고의적삼에 감투를 쓴 뚱뚱이 박초시가 이곳 동장네 절가 어깨에다 소주 두 되를 지워가지고 왔다.

곧 술좌석이 벌어졌다. 먼저 익었을 내장부터 꺼내 술안주를 했다. 술이 두어 순배 돌자 큰동장이 먼저 저고리를 벗어젖히며,

"자 웃통들 벗읍세, 그리구 우리 놀민놀민 한번 해보세."
했다.

큰동장이나 작은동장은 지금 자기네가 먹는 개고기가 미쳐가는 개의 고기란 걸 말 않기로 했다. 그런 말을 해서 상대편의 식욕을 덜든지 하면 재미없는 일이니.

"초복놀이 미리 잘하눈."
하고 괸돌동장이 웃통을 벗었다. 작은동장도 따라 벗었다.

박초시만은 모시적삼을 입은 채였다. 여태까지 아무런 술좌석에서도 웃통을 벗지 않을 뿐 아니라 오늘처럼 아무리 가까운 곳이라 해도 출입할 때 두루마기를 입지 않고 온 것만 해도 예의에 어그러졌다고 생각하는 박초시인지라, 그보고는 누가 더 웃통을 벗으라는 말을 하지 않았다.

"복날엔 우리 동리서 한번 해보디?"

하며 괸돌동장이, 그때는 한몫 얼려야 하네, 하는 뜻인 듯 박초시를 쳐다보니 박초시도 좋다는 듯이 고개를 한 번 끄덕여 보였다.

괸돌동장이 그냥 박초시를 쳐다보며,

"왜 길손이네 가이 있디 않아? 걸 팔갔다네, 요새 길손이 채독땜에 한창 돈이 몰리는 판이라 눅게 살 수 있을 거야, 개가 먹을 걸 먹디 못해 되기 말랐디만 그 대신 틀이 커서 괜티 않아."
했다.

박초시는 괸돌동장의 말이 다 옳다는 듯이 다시 한번 감투 쓴 고개를 끄덕여 보였다.

개 앞다리의 살이 상에 올랐다. 뒷다리의 살이 상에 올랐다. 간난이 할아버지는 술안주를 당해내느라 분주히 고기를 뜯어야 했다. 그러는 새 저녁이 빠른 이곳에 어느덧 기나긴 첫여름날의 저녁그늘이 깃들기 시작하였고, 술좌석에서는 한 되의 술이 아가리를 벌리고 자빠지자 이어 새 병이 들어와 앉았다. 모두 웬만큼씩 취했다.

큰동장도 이제는 취한 기분에 오늘 잡은 개는 사실은 미친개였다는 말과 미친개 고기는 보약이 되는 것이니 마음 놓고들 먹으라는 말쯤 하게 됐다. 그러면 괸돌동장은 또 맞받아, 보약이 되다뿐인가, 이 가이고기가 별나게 맛이 있다 했드니 그래서 그랬군, 우리 배꼽이 한번 새빨개디두룩 먹어보세, 하고 이런 때의 한 버릇인 허리띠를 풀어 배꼽을 드러내놓기까지 하는 것이었다.

작은동장이 또 버릇인 자기 까까머리를 자꾸 뒤로 쓸어 넘기며 괸돌동장과 박초시에게, 개새끼 하나 얻어달라는 말을 했다. 괸돌동장이 먼저 받아, 마침 절골에 사는 자기 사돈집에 이즘 새끼 낳게 된 개가 있으니 염려 말라는 말로, 개종자도 참 좋다는 말을 했다. 여기서 작은동장은, 그거 꼭 한 마리 얻어달라고, 그래 길러서 또 잡아먹자고 했다.

박초시는 그저 좋은 말들이라고 가만한 웃음을 띤 채 고개만 끄덕였다. 그러는 박초시의 등에는 땀이 배어 점점 흰 모시적삼을 먹어들어가고 있었다. 다른 세 사람의 벗은 등과 가슴에서는 개기름 땀이 번질거렸으나 모두 차차 저녁그늘 속에 묻혀 들어가고 있었다.

절가가 남포등을 내다 밤나무 가지에 걸었다. 남폿불빛 아래서 개기름땀과 괸돌동장의 포마드 바른 머리가 살아나 번질거렸다. 그리고 겔겔 풀어진 눈들을 하고 둘러앉아 잔을 돌리고 고기를 뜯고 그러다가 모기라도 와 물면 각각 제 목덜미며 가슴패기를 철썩철썩 때리는 것이란 흡사 무슨 짐승들이 모여 앉았는 것 같기도 했다.

괸돌동장이 소리를 한번 하자고 하며, 제가 먼저 혀 굳은 소리로 노랫가락을 꺼냈다. 작은동장이 그래도 꽤 온전한 목소리로 받았다. 박초시는 그저 혼자 조용히 무릎장단만 쳤다. 첫여름밤 희미한 남폿불 밑에서 이러는 것이 또 흡사 무슨 짐승들이 한데 모여앉아 울부짖는 것과도 같았다.

그러지 않아도 서쪽 산 밑 차손이네 마당귀에 모여 앉았던 사람들 가운데, 김선달은 전부터 개고기를 먹고 하는 소리란 에누리 없이 그때 잡아먹는 개가 살아서 짖던 청으로 나온다는 말을 해

모두 웃겨오던 터인데, 이날 밤도 귄돌동장과 작은동장의 주고받는 소리를 두고, 저것은 검둥이 목소리 저것은 바둑이 목소리 하여 사람들을 웃기는 것이었다. 그리고는 웃긴 김선달이나 웃는 동네 사람들이나 모두 한결같이 그까짓 건 어찌 됐든 언제 대보았는지 모르는 비린 것을 한번 입에 대보았으면 하는 생각뿐이었다. 이날 밤 큰동장네 뒤꼍 밤나무 가지에는 밤 깊도록 남포등이 또한 무슨 짐승의 눈알이나처럼 매달려 있었다.

다음날 크고 작은 동장은 서쪽 산 밑으로 와서 자기네 개 외에 다른 개도 한 마리 미친개를 따라다니는 걸 보았다니 대체 누구네 개인지 하루바삐 처치해버리라고 했다. 그리고 만일 자기네 개가 미친개 따라갔던 걸 알면서도 감추어두었다가 이후에 드러나는 날이면 그 사람은 이 동네에서 다 사는 날인 줄 알라는 말까지 하는 것이었다.

물론 간난이 할아버지는 누렁이를 그냥 두었다. 닷새가 지나고 열흘이 지나도 미쳐 나가지 않았다. 그새 서산 밑 사람들은 오래간만에 방앗간 먼지를 쓸고 보리방아를 찧었다. 신둥이는 밤에 틈을 타가지고 와서는 방아 주인이 다 쓸어가지고 간 나머지 겨를 핥곤 했다. 이런 데 비기면 이제 와서는 바구미 생기는 철이라고 동장네 두 집이 조금씩 자주자주 찧어가는 방앗간의 쌀겨란 말할 수 없이 훌륭한 것이었다.

두 달이 지나도 누렁이는 미쳐 나가지 않았다. 서쪽 산 밑 사람들은 오조 갈을 해 들였다.[4] 방아를 찧었다. 가난한 사람들은 일년 중에 이 오조밥 해먹는 일이 큰 즐거움의 하나였다. 어떻게 그렇게 밥맛이 고소하고 단 것일까. 그리고 가난한 사람들은 이런 오조밥을 먹으면서 옛말에, 오조밥에 열무김치를 먹으면 처녀가 젖이 난다는 말이 있는 것도 딴은 그럴 만하다고들 생각하는 것이었다.

이즈음 신둥이는 밤 틈을 타서 먹을 것을 찾아 먹고는 이 서산 밑 방앗간에 와 자곤 했다. 그동안 누구한테도 눈에 띄지 않아 얼마큼 마음이 놓이는 모양이었다. 그러나 다음날은 사뭇 일찍이 그곳을 나와 산으로 올라가는 것을 잊지 않았다. 간난이 할아버지의 눈에도 띄지 않게끔.

이러한 어떤 날, 동네에는 이전의 그 미친개가 서산 밑 방앗간에 와 잔다는 소문이 났다. 차손이 아버지가 보았다는 것이다. 아직 어두운 새벽에 달구지 걸댓감을 하나 꺾으러 서산에 가는 길에 방앗간에서 무엇이 나와 달아나기에 유심히 보니 그게 이전의 미친개더라는 것이다. 그리고 이 미친개는 어두운 속에서도 홀몸이 아니더라는 것이다. 밤눈이 밝은 차손이 아버지의 말이라 모두 곧이들었다.

언덕 위 크고 작은 동장이 이 말을 듣고 서산 밑 동네로 내려왔다. 오늘밤에 그 산개(지금에 와서는 크고 작은 동장도 그 개를 미친개라고는 하지 않았다. 그것은 그 개가 정말 미친개였더라면 벌써 아무것도 먹지 못하고 나중에 제가 제 다리를 물어뜯고 죽었을 것이라는 걸 알기 때문에)를 지켰다가 때려잡자는 것이었다. 홀몸이 아니고 새끼를 뱄다면 그게 승냥이와 붙어 된 것일 테니 그렇다면 그 이상 없는 보양제라고 하며, 때려잡아가지고는 새끼만 자기네가 차지하고 다른 고길랑 전부 동네에서 나눠 먹으라는 것이었다.

밤이 되기를 기다려 크고 작은 동장은 서쪽 산 밑 동네로 와 차손이네 마당에 사람들을 모아가지고 제각기 몽둥이 하나씩을 장만해 들게 했다. 그 속에 간난이 할아버지도 끼여 있었다. 간난이 할아버지는 물론 그 신둥이 개가 전과 달라졌다고는 생각지 않았으나 이 개가 그동안도 자기네 집 옆 방앗간에 와 자곤 했으면 으레 자기네 귀한 뒷간의 거름을 축냈을 것만은 틀림없는 일이니, 그대로 내버려둘 수는 없다는 생각으로 이 기회에 때려잡아버리리라는 마음을 먹은 것이었다. 한편 동네 사람 누구나가 그렇듯이 이런 때 비린 것이라도 좀 입에 대어보리라는 생각도 없지 않아서.

밤이 퍽이나 깊어 망을 보러 갔던 차손이 아버지가 지금 막 산개가 방앗간으로 들어갔다는 걸 알렸다. 동네 사람들은 벌써 제각기 입 안에 비린내 맛까지 느끼며 발소리를 죽여 방앗간으로 갔다. 크고 작은 동장은 이 동네 사람들과는 꽤 먼 사이를 두고 떨어져 서서 방앗간 쪽을 지켜보고 있었다.

동네 사람들이 방앗간의 터진 두 면을 둘러쌌다. 그리고 방앗간 속을 들여다보았다. 과연 어둠 속에 움직이는 게 있었다. 그리고 그게 어둠 속에서도 흰 짐승이라는 걸 알 수 있었다. 분명히 그놈의 신둥이개다. 동네 사람들은 한 걸음 한 걸음 죄어들었다. 점점 뒤로 움직여 쫓기는 짐승의 어느 한 부분에 불이 켜졌다. 저게 산개의 눈이다. 동네 사람들은 몽둥이 잡은 손에 힘을 주었다. 이 속에서 간난이 할아버지도 몽둥이 잡은 손에 힘을 주었다. 한 걸음 더 죄어들었다. 눈앞의 새파란 불이 빠져나갈 틈을 엿보듯이 휙 한 바퀴 돌았다. 별나게 새파란 불이었다. 문득 간난이 할아버지는 이런 새파란 불이란 눈앞에 있는 신둥이개 한 마리의 몸에서 나오는 것이 아니고 여럿의 몸에서 나오는 것이 합쳐진 것이라는 생각이 들었다. 말하자면 지금 이 신둥이개의 뱃속에 든 새끼의 몫까지 합쳐진 것이라는. 그러자 간난이 할아버지의 가슴속을 흘러 지나가는 게 있었다. 짐승이라도 새끼 밴 것을 차마?

이때에 누구의 입에선가, 때려라! 하는 고함 소리가 나왔다. 다음 순간 간난이 할아버지의 양옆 사람들이 욱 개를 향해 달려들며 몽둥이를 내리쳤다. 그와 동시에 간난이 할아버지는 푸른 불꽃이 자기 다리 곁을 빠져나가는 것을 느꼈다.

뒤이어 누구의 입에선가, 누가 빈틈을 냈어? 하는 흥분에 찬 목소리가 들렸다. 그리고 저마다, 거 누구야? 거 누구야? 하고 못마땅해하는 말소리 속에 간난이 할아버지 턱 밑으로 디미는 얼굴이 있어,

"아즈반이웨다레."

하는 것은 동장네 절가였다.

그러자 저편 어둠 속에서 궁금한 듯 큰동장의,

"어떻게들 됐노?"

하는 소리가 들려왔다.

"파투웨다."

절가의 말에 크고 작은 동장이 한꺼번에 지르는 목소리로,

"파투라니?"

하는 소리에 이어 큰동장의 이리로 걸어오는 목소리로,

"틈새를 낸 놈이 누구야?"

하는 결난 소리가 들려왔다.

간난이 할아버지는 옆의 자기 집으로 들어갔다.

좀 뒤에 역시 큰동장의 결난 목소리로,

"늙은것은 뒈데야 해, 뒈데야 해."

하는 소리가 집 안까지 들려왔다.

이런 일이 있은 지 한 달쯤 뒤, 가을도 다 끝나고 이제 곧 겨울 나무 준비로 바쁜 어느 날, 간난이 할아버지는 서산 너머의 옛날부터 험한 곳이라고 해서 좀처럼 나무꾼들이 드나들지 않는, 따라서 거기만 가면 쉽게 나무 한 짐을 해올 수 있는 여웃골로 나무를 하러 갔다. 손쉽게 나무 한 짐을 해가지고 돌아오는 길에, 무심코 길 한옆에 눈을 준 간난이 할아버지는 거기 웬 짐승의 새끼가 뭉쳐 있는 걸 보았다. 이게 범의 새끼나 아닌가 하고 놀라 자세히 보니, 그것은 다른 것 아닌 잠든 강아지들이었다. 그리고 저만큼에 바로 신둥이개가 이쪽을 지키고 서 있는 것이었다. 앙상하니 뼈만 남아가지고.

간난이 할아버지가 강아지께로 가까이 갔다. 다섯 마린가 되는 강아지는 벌써 한 스무 날은 넉넉히 됐을 성싶었다. 그러자 간난이 할아버지는 다시 한번 속으로 놀라고 말았다. 잠이 들어 있는 다섯 마리 강아지 속에는 틀림없는 누렁이가, 검둥이가, 바둑이가 섞여 있는 게 아닌가. 그러나 다음 순간, 이건 놀랄 일이 아니라 응당 그럴 일이라고, 그 일견 험상궂어 뵈는 반백의 텁석부리 속에 저절로 미소가 지어지는 것이었다. 좀 만에 그곳을 떠나는 간난이 할아버지는 오늘 예서 본 일은 아무한테나, 집안사람한테도 이야기 말리라 마음먹었다.

이것은 내 중학 이삼년 시절 여름방학 때 내 외가가 있는 목넘이마을에 가서 들은 이야기로, 그때 간난이 할아버지와 김선달과 차손이 아버지가 서산 앞 우물가 능수버들 아래에 일손을 쉬며 와 앉아 이런 이야기 저런 이야기 끝에 한 이야기다. 간난이 할아버지가 주가 되어 이야기를 해나가는 도중 벌써 수삼 년 전 일이라 이야기의 앞뒤가 바뀐다든지 착오가 있으면 서로 바로잡고, 빠지는 대목은 서로 보태가며 하는 것이었다.

간난이 할아버지는 여웃골에서 강아지를 본 뒤부터는 한층 조심해서 누가 눈치 채지 못하게 나무하러 가서는 이 강아지들을 보는 게 한 재미였다. 사람이 먹기에도 부족한 보리범벅이었으나, 그 부스러기를 집안사람 몰래 가져다주기도 했다. 아주 강아지가 밥을 먹게쯤 됐을 때 간난이 할아버지는 집안사람들보고 아무 곳 아무개한테서 얻어오는 것이라 하며 강아지 한 마리를 안고 내려왔다. 한동네 곱단이네도 어디서 얻어준다고 하고 한 마리 안아다 주었다. 그리고 여웃골에서 그냥 갈 수 있는 절골 사는 아무개네도 한 마리, 서젯골 사는 아무개네도 한 마리, 이렇게 한 마리씩 다섯 마리를 다 안아다 주었다.

이런 이야기 끝에, 간난이 할아버지는 지금 자기네 집에 기르는 개가 그 신둥이의 증손녀라는 말과 원체 종자가 좋아서 지금 목넘이마을에서 기르는 개란 개는 거의 다 이 신둥이의 증손이 아니면 고손이라고 했다. 크고 작은 동장네 두 집에서까지도 요새 자기네 개가 낳은 신둥이개의 고손자를 얻어갔다는 말도 했다. 이런 말을 하는 간난이 할아버지는 이제는 아주 흰 서릿발이 된 텁석부리 속에서 미소를 띠는 것이었다.

내가, 그 신둥이개는 그뒤에 어떻게 됐느냐고 물었더니 간난이 할아버지는 금세 미소를 거두며, 그해 첫겨울 어느 사냥꾼의 총에 맞아 죽었다는 소문이 있었는데 사실 그후로는 통 보지를 못했다는 것이었다. 나는 공연한 것을 물어보았구나 했다.

황소들

아무래도 마음이 안 놓인다. 이 밤 안으로 아버지에게 꼭 무슨 일이 일어날 것만 같다. 바우는 씨돌이네 집 일간[1]에서 같은 또래의 애들과 함께 가마닛날 새끼를 꼬다 말고 오줌 누러 가는 척 밖으로 나온다.

깜깜이다. 하늘에는 별도 없다. 아버지가 오늘 아침 어머니보고, 음력으로 며칠이냐고 묻던 말이 생각난다. 어머니가 스무엿새라고 했다. 그러니까 아버지는 혼잣말로, 그럼 오늘 초저녁에는 달이 없겠군 했다. 그런 오늘밤이 날씨까지 흐려 깜깜이다.

아버지는 아까 저녁때 연거푸 담배를 몇 대 대통에 담아 피우면서 무엇을 생각하는 듯 앉았더니 어머니보고 불쑥 다시, 오늘이 분명 음력으로 스무엿새지? 하고 물었다. 심상치 않은 아버지의 얼굴이었다. 하기는 이런 심상치 않은 아버지의 얼굴은 오늘 처음 보는 건 아니다. 바로 며칠 전에만 해도 그렇게 의젓한 아버지가 밖에서 들어오면서 누구에게라 없이 분한 듯, 이놈의 세상은 또 속게만 매련이야, 했을 때에도 아버지는 그런 얼굴이었다.

이런 때의 아버지의 얼굴은 유난히 늙어 보인다. 이마의 주름살이 늘고 더 굵게 파인다. 정말 아버지의 주름살은 이런 때마다 늘고 굵어지는지도 모르겠다.

그런데 오늘 아버지의 심상치 않은 얼굴엔 어쩐지 오늘 안으로 아버지에게 무슨 일이 꼭 일어날 것 같은 기미가 보인다. 바우는 엊그제 어디선가 공출 관계로 많은 농사꾼이 붙들려갔다는 소문이 났을 때 지렁이도 밟히면 꿈틀거린다던 아버지의 말이 떠오른다. 바우는 그러니까 오늘 아버지에게 무슨 일이 일어난다는 것도 그게 어떠한 것이라는 걸 짐작할 수 있을 것 같았다. 더욱 잰걸음으로 집으로 돌아오는 바우의 눈앞에는 그 무서운 총대가 떠오른다. 가슴이 자꾸만 두근거린다. 바우가 집까지 와 보니 과연 안마당 어둠 속에는 동네 사람들이 모여 있는 게 아닌가. 봐라, 분명 무슨 일이 있지 않나. 가슴이 다시 두근거린다.

구멍 난 곳마다 더덕더덕 붙인 창호지 안에 반딧불 같은 등잔불이 켜져 있었으나 그것으로는 지금 안마당에 모인 사람이 누구누구인지는 알 길이 없다. 누구누구이기는 고사하고 대체 몇 사람이나 되는지도 모르겠다. 그저 짐작으로 여남은 될 것 같다.

바우는 문득 작년 가을 할머니가 돌아갔을 적 일이 생각난다. 그때도 동네 사람들은 안마당에 모여 웅성거렸다. 그러나 그때는 모인 사람들이 저렇게 사뭇 조심성 있게 수군거리진 않았다. 하기는 오늘밤 일어날 일이 할머니가 세상 떠난 것보다 더 큰일이니까. 할머니가 돌아갔을 때는 바우 자기도 어머니의 곡을 따라 울긴 했다. 그 아무것도 모르는 언년이까지 따라 울지 않았는가. 그러나 자기 집에 동네 사람들이 모여 웅성거리는 게 노상 흥이 나기도 했다. 그게 오늘밤은 조금도 그렇지가 않다.

저쪽 손톱이 타리만큼 바싹 담배를 빨다가 꽁다리를 던지는 사람은 거북이형이 분명하다. 그리고 거북이형이 담배꽁다리의 빨간 불티를 막 밟으려는 것을 가만있으라고 쭈그리고 앉으며 대통에 불티를 담는 사람은 또 개똥이 아버지가 분명하다. 불티가 개똥이 아버지 대통에 담기어 허공에 올라 개똥이 아버지의 입키만큼에서 빨갛게 탔다 까무룩해졌다 하다가 이번에는 그것이 이편으로 떠오기 시작한다. 자세히 보니 모두들 헤어져 이리로 나오는 기색이다. 지금 자기가 예 있는 것을 저편에 알려서는 안 된다. 바우는 급히 잿간 쪽으로 피한다. 그러고는 정말 오줌을 누기 시작한다. 오줌을 다 누고도, 그리고 동네 사람들이 다 흩어져 간 뒤에도, 한참이나 바우는 그냥 오줌을 누는 체하고 섰다. 그러노라니 좀 전에 할머니 세상 떠났을 적 일을 생각한 뒤라 그런지, 그때 할머니를 입관하자 할머니가 베던 베개를 이 잿간 도리 틈에 찔러두었던 일이 생각났다. 바우는 이 자기를 끔찍이 귀애해 주던 할머니의 베개가 왜 그렇게 꺼림칙하고 무섭던지 밤에는 아예 이 근처에 얼씬하지도 못했다. 그러나 지금에 와보니 그까짓 것 아무것도 아닌 것을 무서워했다. 죽은 사람이 베던 베개쯤 무어냐. 내가 몇 살이기에 그런 걸 무서워할꼬. 이래뵈도 열세 살인데. 아버지는 열네 살에 벌써 마루씨름을 했다던데. 그러면서도 바우는 그 베개 찔러두었던 걸 생각하면 오늘밤도 이 잿간에 혼자 있기란 기분 좋은 일은 아니었다. 절로 빠른 걸음으로 집 쪽으로 걸어간다. 그러나 속으로는 내가 여기 있기 꺼림해서가 아니고 지금 아버지가 무엇을 하나 어서 가보고 싶어서 이런다는 생각을 하면서.

물론 안마당에는 아무도 없다. 외양간에서 소가 씩씩거릴 뿐. 방에 들어가니 마침 아버지는 덧바지를 입고 있다. 틀림없이 어디 가려는 것이 분명하다. 어머니는 언년이를 재워놓고 등잔불 바특이 다가앉아 헌 옷을 깁고 있다가 고개도 안 들고 바우에게 왜 새끼 꼬러 가지 않느냐고 묻는다. 바우는 볏짚을 가지러 왔다고 거짓말을 한다. 그러고는 윗목 구석에 세워둔 잎 딴 볏짚을 가서 만지작거린다.

아버지가 밖으로 나간다. 어머니는 아무 말도 없다. 어머니는 왜 자기보고만 새끼 꼬러 가지 않느냐고 하고, 아버지보고는 어디 가느냐 묻지 않는지 모르겠다. 혹은 내가 들어오기 전에 벌써 아버지가 어디 간다는 말을 했는지도 모른다. 그런데 어머니는 저렇게 천연스레 앉아 있을 수 있을까.

하기는 바로 해방 전해 겨울 공출 때 아버지가 그 왜놈 순사에게 몹쓸 매를 맞은 뒤 충주로 붙들려갔을 적에도 밤마다 어머니는 저렇게 혼자 앉아 기움질을 하고 있었다. 그렇게 해서 아버지가 붙들려간 걱정을 좀 가라앉혀보려는 듯이, 그리고 또 아버지가 밤중에 놓여나온대도 깨어 있다 맞으려는 듯이.

그때 바우 자기는 자다가 밤중에 몇 번 깨어 봐도 어머니는 그냥 저 모양으로 앉아 있었다.

그러나 오늘밤 바우 자기는 아버지의 뒤를 따라가봐야 한다. 바우는 볏짚 반 아름을 옆구리에 끼고 문을 열고 나선다.

그새 아버지는 이미 사립문을 나섰을 줄 알았는데 연 문으로 새어나오는 희미한 불빛에 지금 아버지가 토방 한옆에 올려놓은 지게에서 작대기를 집어 들고 사립문 쪽으로 나가는 것이 보였다. 아주 늙은 노인의 뒷모양이었다.

해방 전해 겨울 그 몹쓸 매를 맞은 뒤부터 아버지는 허리를 잘못 쓴다. 젊어 한창때에는 힘쓰고 씨름 잘하기로 근동에 소문이 났던 아버지다. 나이 사십이 되어서도 때때로 동네 힘깨나 쓴다는 젊은이들보고, 먼저, 어디 씨름 한번 해보자고 하며 얼굴에 그 의젓한 웃음을 띠고 젊은이들의 허리춤을 잡는 것이었는데, 이 웃음이 확 퍼졌는가 하면 어느새 아버지는 훌떡 상대편의 배지기를 들어 메치곤 하는 것이었다.

이런 아버지가 그 몹쓸 매에 허리를 상한 뒤부터는 통 움쩍을 못한다. 사실 그것은 무시무시한 매질이었다. 말을 타고 공출 독려를 나왔던 그 코밑에 수염을 기른, 일견 점잖아 보이기 짝이 없는 왜순사는 다른 사람에게 본보기로라도 그래야 한다는 듯이 아직 공출 미납이라는 바우 아버지의 먹살을 그러잡더니 다짜고짜로, 네놈이 공출은 아니 하고 씨름은 잘한다지? 어디 나하고 한번 해보자 하고는, 에잇 소리를 지르며 아무 말 없이 서 있는 아버지를 유도라는 것으로 언 땅에다 이리 꼰지고 저리 꼰지고 했다. 아버지의 코와 입에서는 선지피가 흐르고, 그러자 왜순사는 제김에 독이 올라 나가넘어진 아버지의 허리 중동을 승마화 뒤꿈치로 마구 내리찧는 것이었다. 옆에서도 차마 치가 떨려 어찌할 바를 모를 지경이었다. 이런 뒤에 왜순사는 혼자 잘 일어나지도 못하는 아버지를 이끌고 충주로 들어갔다. 바우는 차마 오금이 자려 아버지가 끌려가는 것을 동구 밖까지도 따라가볼 수조차 없었다. 아버지의 모양이 씨돌이네 집 모퉁이를 돌아 뵈지 않게 된 지도 한참 만에야 바우는 갑자기 으아! 하고 울음을 터뜨렸을 뿐이었다. 지금 생각하면 그때 자기가 가만있은 것이 바보였다. 치를 떨고 보고만 있었다니!

그러니까 오늘밤 자기는 집에 가만히 있어서는 안 된다. 아버지와 함께 가야 한다. 바우는 아버지 지게 옆에 세워놓은 제 아기지게에다 볏짚을 내려놓고 제 작대기를 찾아 든다. 그리고 사립문을 나선다.

어두운 속에서도 아버지가 저만치 가는 걸 알 수 있었다. 바우는 아버지가 눈치 채지 못할 만큼 새를 두고 뒤따른다. 아버지는 아랫동네로 해서 동구 밖을 나선다.

동구를 벗어나 그 길을 두어 마장쯤 가면 냇둑에 이르는데, 이 냇둑에 이르기 얼마큼 전 길목에 늙은 느티나무가 한 그루 서 있다. 아버지는 그 느티나무께로 가더니 서는 눈치다. 바우도 멈춰선다. 그러고 보니 거기에는 아버지 혼자만이 아니고 여럿이 모여 서 있는 것이다. 가만가만 하는 소리지만 여럿의 말소리다. 그리고 다른 사람들도 아버지처럼 무슨 작대기 같은 것을 하나씩 들었다는 걸 알 수 있었다.

바우는 문득 저렇게 아버지랑 동네 사람들이 지금 느티나무 밑에 모인 것은 바우가 생각한 일이 일어나는 게 아니고 낟알 도둑을 잡기 위함인지도 모른다는 생각이 든다. 며칠 전엔 오쟁이네 콩을 밤중에 누가 꺾어갔다더니 어젯밤에는 또 개똥이네 밭에서도 잃었다는 소문이 났다. 이미 보리 양식마저 떨어져 굶는 집이 적지 않은 터라 남의 거건 말건 먼저 된 낟알을 가져다 먹는 일이 종종 있었다.

그래 오늘밤 동네 사람들은 저렇게 몰래 숨었다가 낟알 도둑을 잡으려는지도 모른다. 그리고 오늘 아버지가 어머니보고 오늘이 음력으로 며칠이냐고 물은 것도 밤에 달이 없어야 저렇게 몰래 숨었다가 도둑을 잡기 쉬우니까 그랬고. 그런데 느티나무 밑의 동네 사람들이 그곳을 떠나 냇가로 내려간다. 혹은 시내 저편을 지키려는지도 모른다. 좌우간 따라가자. 바우는 느티나무 밑으로 가서 시내 쪽을 바라본다. 어둠 속에서, 사람마다 발을 뽑을 것 없이 제가 업어 건너겠다는 것은 오쟁이의 말소리다. 그 목이 밭고 아랫도리에 비겨 허리가 짧은, 그러나 몸집이 둥글게 옹글어 힘깨나 쓰는 오쟁이. 그러자 바우는 이 오쟁이에 대해서 동네 사람들이 하는 놀림말이 떠오른다. 오쟁이를 낳자, 오쟁이 아버지는 그렇게 하면 애가 속히 큰다는, 씨앗 담아두는 오쟁이 속에 넣어 벽에다 매달았더니 갓난애가 어쩌나 기운차게 팔다리를 버둥거려대는지 그만 오쟁이가 못에서 벗겨져 떨어지고 말았는데, 마침 거꾸로 떨어지지 않아 살아났지만 그때 되게 엉덩방아를 찧었기 때문에 목과 허리가 내려앉은 것이 영 굳어져 커서도 저렇게 목이 밭고 허리가 짧다는 것이다.

이쪽 냇가에 사람의 기척이 없어진 뒤에야 바우는 냇둑으로 내려간다. 그리고 바우는 재게 발을 벗고 바짓가랑이를 정강이 위까지 걷어 올린 후 내를 건넌다. 발가락과 종아리가 제법 차다. 건너편에 닿자 바우는 잔디에다 쓱쓱 발을 문지른 후 신을 신고, 바짓가랑이는 채 내릴 겨를도 없이 앞선 아버지와 동네 사람들을 찾아 뒤따른다. 아버지와 동네 사람들이 거북이네 담배밭머리를 돌아 저만큼 가는 것을 알아낸다. 아버지와 동네 사람들은 아무 말들이 없다. 발소리만이 들릴 뿐. 그것은 사람이 여럿 가는 것이 아니고 뒷사람은 앞사람을 묵묵히, 앞사람은 그 앞사람을 또 묵묵히 따라 마치 소들끼리 줄지어 밤길을 가는 것만 같다. 그것도 꼭 다른 소 아닌 황소들끼리.

바우는 재작년 가을에 아버지를 따라 충주에서 지금 자기네가 먹이는 황소를 사가지고 이 길을 돌아오던 날 밤의 일이 생각났다. 마스막재에서 저문 해가 한강에 이르니 아주 졌다. 강을 건널 적에 송아지가 배를 안 타려고 해서 뱃사공과 자기는 고삐를 잡아당기고 아버지는 엉덩이를 떠밀어서야 겨우 배에 태웠다. 흰바윗골 동네로 들어가는 세어름길에 왔을 때에는 아주 밤이 되어 바우는 좀 무서웠다. 그날 밤은 오늘밤과는 달리 하늘에 별도 총총하고 초생달도 있어서 아주 깜깜하지는 않았지만.

그때 바우는 어른들한테서 들은 황소만 데리고 다니면 아무런 험한 곳도 무섭지 않다는 말을 생각하고, 지금 자기네가 데리고 가는 게 아직 송아지지만 황송아지라는 데 얼마큼 마음을 놓아보려고 했다. 그러나 그것도 동네 어른들이 몇 년 전에 어디선가 사실 있은 일이라고 하면서 한 이야기—— 어떤 총각애가 저녁때 소먹이러 나갔는데 얼마 후에 소만 혼자 뿔에다 피투성이를 해가지고 돌아온 것이다. 집안사람들은 필경 이놈의 소가 같이 갔던 애를 받아 죽인 거라고 한참 야단법석들을 하고 있는데 애가 돌아왔다. 받치기는커녕 손가락 하나 다친 데 없었다. 그 애의 말이, 소를 먹이며 서 있으려니까 별안간 소가 자기를 덮치기에 소한테 밟혀 죽는가 보다 했다는 것이다. 그러나 정신을 차리고 보니까 어느 틈에 왔는지 호랑이 한 마리가 이리 번쩍 저리 번쩍 소잔등을 넘어 다니며 어르고 있는 것이 아닌가. 그럴 적마다 소도 이리저리 몸을 피해 들어가는데(여기서 이야기하던 어른은, 사실은 소가 피하느라고 그러는 게 아니고 호랑이를 면바로 받을 틈을 노리느라고 그러는 것이라고 했다) 자기는 조금도 밟지를 않더라는 것이다. 그러다가 소가 어떻게 호랑이를 받아 죽였는지 소가 달아나기에 보니까 호랑이는 배가 터져 죽어 있더라는 것이다. (여기서도 이야기하던 어른은 으레 호랑이가 한번 쇠뿔에 닿기만 하는 날이면 소는 호랑이를 제기 차듯이 연달아 받아 창자를 해치고야 그만둔다는 말을 붙였다.) 이런 이야기가 떠올라 바우는 아무래도 자기네가 데리고 가는 소가 좀 큰 황소였으면 좋겠다고 생각했다. 그러면서 바우는, 이것도 옛말에 들은 호랑이란 놈은 사람이 잠을 자거나 길을 가거나 할 때 가운데 낀 사람을 가장 겁쟁이로 알고 먼저 물어간다는 말을 알고 있었으나, 자기는 아무래도 송아지 앞이나 아버지 뒤에 서기가 영 싫어 아버지와 송아지 새에 끼여 걷느라고 몇 번이나 송아지 뒷발통에 차였는지 모른다.

그때는 그래도 그런 황송아지라도 데리고 또 아버지와 함께였지만 오늘밤은 자기 혼자 이렇게 떨어져 걷는다. 참 오늘밤 같은 때 이제는 완전히 큰 소가 다 된 자기네 황소를 데리고 간다면 얼마나 마음이 든든할까. 그러나 지금 자기는 그때보다 두 살이나 더 나이를 먹지 않았느냐. 요맛 밤길을 무서워하다니. 더구나 이렇게 지게 작대기까지 들었는데. 그리고 고함 한마디면 자기 앞서가는 황소 같은 동네 사람들이 달려와줄 텐데. 그러면서도 바우는 노상 무섭지 않은 것도 아니어서 앞선 동네 사람들과의 새를 줄이기 위해 걸음을 빨리한다.

그런데 낮알 도둑을 잡으러 가는 터면 이만쯤에서 어디 숨었다 볼 것 같은데? 동네 사람들이 부치는 밭들은 거의 다 지나치고 이제 얼마 가지 않아 흰바윗골로 들어가는 세어름길이 된다. 그러자 바우는 문득 동네 사람들이 도둑을 잡으러 가는 것이 아니라 흰바윗골 사람들과 싸움을 하러 가는 길인지도 모른다는 생각이 든다.

대개 해마다 논물 댈 시절에는 물 때문에 몇 번씩 있는 싸움. 누구의 이빨이 부러졌다, 누구의 머리가 터졌다 하는, 당장 죽이느니 살리느니 하는 무서운 싸움. 피차의 등 뒤에는 세도가 있는 지주들이 있어서 뒷일은 염려 말고 논물만 먼저 대도록 하라는 것이다. 올해는 흰바윗골 지주의 아들이 큰 벼슬을 하게 됐다는 소문이 나더니, 막 자기네 좋도록만 물을 대라는 호령이 내렸다. 그런 걸 얼마 전 이쪽 지주 김대통 영감의 맏손자가 이번에 서울서

106

높은 벼슬자리에 올라앉게 되면서부터 김대통 영감은 저쪽 지주를 두고 괘씸한 놈이라고 이제 두고 보잔다더니, 그럼 그래서 혹 오늘밤 동네 사람들은 흰바윗골 사람들과 싸우러 가는 길인지도 모른다.

그런데 가만있자. 흰바윗골 사람들과 싸움은 피차의 동네 대표들이 모여 앞으로는 그런 일이 없도록 잘 의논이 됐다는 말이 있었는데?

사실 앞선 동네 사람들은 흰바윗골로 들어가는 길과 충주로 가는 길이 갈린 세어름길에서 흰바윗골로 들어가는 것이 아니고 충주로 가는 길을 잡아든다. 역시 아버지와 동네 사람들은 자기가 맨 처음 짐작했던 일로 해서 충주로 가는 길인 것이다.

이제 길은 외곬 충주로 잇닿았을 뿐. 이때 바우의 눈앞에는 그 무서운 총대가 떠올랐다. 뒤이어 그것이 어둠 속을 통해 쏜살같이 내리쳐졌다. 춘보의 어깻죽지 위로. 밀보리 공출이 미납된 탓이었다. 그러나 춘보는 첫 매에는 움쩍 안 했다. 오랜 세월 영양부족으로 희멀건 얼굴을 한 춘보는, 그러나 그 수다한 식솔을 두 어깨에 짊어지고 살아온 춘보는, 첫 매에는 움쩍 안 했다. 그 무서운 총대가 다시 내리쳐졌다. 이제 춘보는 쓰러지리라. 그리고 아버지가 허리를 상한 것처럼 춘보는 어깨를 못 쓰게 되리라. 매질하는 사내는 아무 대항 없는 춘보의 어깨를 다시금 내리쳤다. 춘보는 종내 쓰러지고 말았다. 이때 춘보의 눈에 빛나는 게 있었다. 눈물이었다. 그러고는 온몸을 떨기 시작했다. 마치 꿈틀거리듯이. 이 꿈틀거림은 춘보의 몸에서만 아니고, 그때 모였던 모든 동네 사람들에게서, 바우 자기의 몸에서도 일시에 일어났다. 그러나 그때는 그것뿐이었다. 사내는 이것도 전의 바우 자기 아버지처럼 혼자 일어나지도 못하는 춘보를 이끌고 충주로 들어갔다. 사실 그뒤로 춘보는 어깨를 잘 못 쓴다. 아버지가 허리를 잘 못 쓰듯이.

한강 둑에 이르렀다. 나루터 뱃사공과는 미리 얘기가 있었던 듯 동네 사람들은 지체 없이 하나 둘 배에 오르기 시작한다. 바우는 잠깐 걱정이 생겼다. 자기는 다음 배에 건너나, 이 배에 같이 건너나? 이 배에 건너자니 동네 사람들이 자기가 따라오는 것을 알기 쉽겠고, 다음 배에 건너자니 동네 사람들과 자기 새가 너무 떨어질 것만 같았다. 더구나 강을 건너서부터는 익지 못한 고갯길이다. 너무 뒤떨어졌다가 동네 사람들을 잃으면 큰일이다.

바우는 첫 배에 같이 오르기로 한다. 혹시 동네 사람들에게 들킨다 해도 설마 여기서 혼자 집으로 돌아가라고야 안 할 테지. 돌아가라면 누가 돌아가나. 그런데 배에서도 누구 하나 자기를 알아보는 사람은 없다. 아니 자기도 배 안의 사람을 누가 누군지 분간치 못한다. 아무도 말이 없다. 담배조차 피워 물지 않는다. 그저 어둠 속에서 배 젓는 소리만이 삐꺽삐꺽할 뿐이다. 바우는 그 삐꺽거리는 소리만을 듣고 있다. 바우는 전에 이 배를 타고 생각한 게 있었다. 이런 배를 타고 사나나달[2] 내려가면 서울이 된다지, 그 서울이라는 데를 한번 가봤으면 하고. 그러나 지금은 그런 생각 같은 것은 나지 않고 그저 삐꺽 소리를 들으며, 유난히 강이 전보다 넓은 것 같다는 것에만 마음이 쓰인다.

건너편 언덕에 닿자 동네 사람들은 또 소처럼 말없이 길을 걷기 시작한다. 바우는 다시 알맞게 새를 두고 뒤따른다.

이제 충주가 가까워온다는 생각에 바우의 눈앞에는 어둠 속을 통해 또다시 그 무서운 총대가 나타난다. 바우의 가슴은 자꾸만 떨린다. 그러면서 다시금 떠오르는 건 엊그제 어디선가 많은 농민이 붙들려갔다던 이야기. 그 이야기를 들을 때부터 바우는 어린 마음에도 그게 도무지 남의 일 같지가 않았다. 이런 바우니까, 지렁이도 밟히면 꿈틀거린다고, 오늘밤 아버지와 동네 사람들이 이렇게 충주를 찾아가지 않을 수 없다는 걸 안다. 알 뿐만 아니라 바우는 어디까지나 아버지 편인 것이다.

그런데, 아, 큰일이다. 바우의 눈앞에는 그 무서운 총대 앞에 아버지와 동네 사람들이 나가 쓰러지는 모양이 떠오르는 게 아닌가. 그러는 아버지와 동네 사람들의 눈에 빛나는 게 있었다. 눈물이었다. 그러고는 모두 꿈틀거린다. 마치 지렁이도 밟히면 꿈틀거린다는 듯이. 그리고 모두 울부짖는다. 이대루 가단 아무래두 다 굶어죽을 목숨여. 누가 공출을 안 하겠다는 건 아니여, 공평하게 해달라는 거지. 어떤 사람은 광 속에 쌀가마니를 가뜩 들이쌓아놓구 몰래 일본이나 다른 데루 팔아먹게 왜 내버려두느냐 말여. 밤낮 없는 사람만 들볶아댔자 뭐가 나올 거여. 아무래도 이대루 가다간 다 죽을 목숨여. 이 울부짖음은 모두 동네 사람들이 벌써부터 하던 말들이다.

바우는 어른들이 이런 말 하는 걸 들을 적마다 재작년 가을 자기가 아버지를 따라 소 살 돈을 빚내러 충주 김대통 영감네 집에 가서 본, 그 광 속에 치쌓인 낟알섬이 떠오름을 어쩌지 못했다. 그리고 그 광문에 달린 어른들 주먹보다도 더 큰 시커먼 자물쇠통도 함께.

지금도 바우의 눈앞에는 그 광 가득하던 낟알섬과 함께 광문에 달렸던 자물쇠통이 떠오른다. 좀처럼 해서는 열려지지 않을 것 같은 자물쇠통이다.

그러자 또 바우의 눈앞에는 쏜살같이 내리치는 것이 있었다. 그러나 그것은 자물쇠통을 족친 것이 아니고, 바로 꿈틀거리는 아버지의 허리를 내리친 것이었다. 그러지 않아도 허리를 잘 못 쓰는 아버지가 대번에 쓰러진다. 이렇게 되면 아버지를 내 등에 업어야 한다. 얼마 전에 자기는 가을나갔다 갑자기 허리증으로 움쩍 못하는 아버지를 업고 세 번 쉬어서 집까지 온 일이 있지 않느냐.

하늘은 마냥 캄캄할 뿐, 별 하나 뵈지 않는다. 오늘 아버지가 혼잣말로, 오늘 초저녁에는 달이 없겠군, 한 말이, 아버지는 오늘밤 달이 있기를 바랐는지 없기를 바랐는지 알 수 없지만, 지금 자기로서는 이런 때 이지러지다 남은 달이라도 있어주었으면 좋겠다. 달이 없겠으면 별이라도 좀 총총해줬으면 오죽 좋으랴. 그러는데, 아니 저기 앞에 한 무더기의 별이 나타났다. 아, 참 곱다. 저기가 충주로구나. 밤의 충주를 보는 건 이번이 처음이디. 이느새 마스막재까지 온 것이었다. 고개턱이라 여태껏 없던 밤바람이 동네 사람들을 따라가느라 훗훗해진 바우의 귀밑과 등을 스친다. 바우는 그것이 싫지 않았다.

그러나 다음 순간 이제부터다, 하는 생각에 바우는 저도 모르게 작대기 잡은 손에 힘을 준다. 그런데 웬일일까. 동네 사람들은 곧장 충주로 내려가는 것이 아니고, 왼편 쪽 남산으로 기어 올라가는 것이다. 모를 일이다. 좌우간 바우는 동네 사람들의 뒤를 따라 올라간다. 동네 사람들은 한곳에 자리를 잡고 앉는 눈치다. 바우도 한옆에 좀 떨어져 앉는다. 역시 누구 하나 입을 열지 않는다.

별안간 기침 소리가 두어 번 난다. 기침 소리로써 그것이 거북이형이라는 걸 알 수 있다. 그리고 또 그 기침 소리로써 거북이형은 앉아 있는 것이 아니라 일어서 있다는 것과, 이쪽을 향하고 있지 않고 저쪽을 향하고 있다는 걸 잘 알 수 있었다.

바로 그때 저쪽 어둠 속에서도 같은 마른기침 소리가 한 번 나더니, 누가 이리로 걸어오는 기척이 난다. 누구일까. 바우는 다시 가슴이 두근거린다. 그러자 거북이형 편에서도 마주 그리로 가는 것 같더니 소곤거리는 소리가 들린다. 싸움 목청이 아니어서 마음이 놓인다. 그러고 보니 지금 자기네가 앉아 있는 이 남산에 자기네뿐이 아니고, 자기네와 같은 사람들이 수없이 많이 와, 자기네처럼 앉아 있다는 걸 알 수 있는 듯했다. 바우는 적이 마음이 든든해짐을 느낀다.

더구나 별빛 같은 충주 거리의 전등불빛이 보여서 아까보다 낫다. 저기 왼편 한곳에 얼마큼 전등불이 모여 있는 곳이 정거장이리라. 기차 시간이 아닌지 기적 소리 하나 없다. 바우는 문득 그 기차를 타고 서울에 한번 가봤으면 한다. 그러자 이번에는 정거장 앞 큰길로 해서 충주 거리로 들어오는 버스 한 대가 눈앞에 떠

오른다. 서울서 오는 버스다. 버스는 뒤에 뽀오얀 먼지바람을 일
으키며 털럭털럭 달려온다. 버스는 거리 한곳에 와 멎는다. 사람
들이 내린다. 꽤는 내린다. 고만한 속에 어떻게 이렇게 많은 사람
이 탈 수 있는 것일까. 기차보다도 이 버스를 한번 타고 털럭털럭
흔들리며 서울로 가봤으면.

참, 버스가 와 닿고 떠나는 곳이 어디쯤일까. 바우는 전등불이
켜 있는 충주 거리를 이쯤일까 저쯤일까 하고 눈짐작으로 짚어본
다. 그러다가 바우는 문득 그것이 김대통 영감네 집 골목에서 두
어 집 건너 맞은편 쪽이었으니, 저쯤 되리라고 딴 데보다 전등불
이 총총한 곳에 눈을 멈춘다. 그러자 이번에는 또 재작년 가을 아
버지를 따라 소 사러 와서 들렀던 그 김대통 영감네의 으리으리
하게 큰 집이 눈앞에 턱 나타난다.

그때 아버지는 우람스런 대문을 들어서자마자 그 안에 김대통
영감이라도 앉았는지 오른편 미닫이 쪽을 향해 허리를 굽혔다.
바우도 아버지한테 배운 대로 그쪽을 향해 깊숙이 허리를 굽혔
다. 그러나 바우는 허리를 굽힐 때나 펼 때나 눈앞에서 미닫이의
유리알이 얼른거리는 것을 느꼈을 뿐, 그 도수장에 걸린 쓸개주
머니 같다는 코(이것은 김대통 영감이 듣지 않는 데서 동네 사람들
이 몰래 하는 말이다)와, 그 언제나 손에서 놓아보지 않는다는 크
디큰 대통이 달린 담뱃대는 보지 못한다. 그렇다고 유리창 속을
들여다볼 수도 없어서 그저 오늘 아버지가 나들이옷이라고 갈아
입고 온 저고리 잔등의 자기 손바닥만 하게 기운 자리에다 눈을
주고 있었다. 이윽고 미닫이 안에서 바우가 덜컥 놀랄 만큼 그리

고 미닫이 유리창이 쩌르렁 울리도록, 귀동아, 귀동아, 하고 누구를 부르는 김대통 영감의 목소리가 들려 나왔다.

중문 안에서 바우보다도 작은 아이 하나가 나와, 바우 아버지 손에서 치룽³을 받아가지고 안으로 들어간다. 미닫이 안 김대통 영감에게는 밖의 자기네가 와 있다는 것과 자기네가 무엇을 가지고 왔다는 것까지 빤히 내다보이는가 보다.

아버지는 바우보고 밖에 있으라고 하고는 신발을 벗고 손바닥으로 몇 번이고 버선바닥을 턴다. 바우는 안에서 빤히 내다보이는 미닫이 앞을 떠나 지금 아이가 사라진 중문께로 간다. 미닫이 여닫는 소리가 들린다. 아버지가 김대통 영감 있는 데로 들어간 것이다. 이제 아버지는 김대통 영감한테서 빚을 내야만 그렇게 벼르던 송아지를 사갈 수 있다.

중문이 열리며 귀동이가 빈 치룽을 내다 준다. 열린 중문 틈으로 들여다보이는 안채는 온통 으리으리한 유리문들이었다. 이래서 동네 사람들이 그처럼 침이 마르도록 이 집 얘기들을 했구나.

귀동이가,

"니 사는 데 감 많나?"

하고 말을 붙인다.

오늘 가져온 그 감을 보고 하는 말인가 본데 말투가 별나다.

바우가 고개를 끄덕이니까 귀동이는,

"우리 있는 데도 많다."

하고 이어서 무슨 말을 하려 하는데, 중문 안 저쪽에서, 귀동아, 하고 여인의 목소리가 부른다.

귀동이는 곧 안으로 들어간다. 그리고 좀 만에 다시 나오는데 작은 상에 국밥 두 그릇을 놓아가지고 나온다. 귀동이가 상을 들고 미닫이 앞까지 오니까 미닫이가 열리며 아버지가 나타난다. 그런데 아버지는 거기서 상을 받는 것이 아니고 밖으로 나오며 받는다. 방 안에서 김대통 영감의 목소리로, 들어와서들 먹지, 하는 말이 들려 나왔으나 아버지는, 아무 데서나 먹지유, 하고 상을 들고 바우 있는 데로 오더니 땅에 내려놓는다.

바우는 아버지와 마주앉아 밥을 먹기 시작한다. 쌀밥이다. 자기네는 공출이라는 게 생기기 전에도 좀처럼 쌀밥은 먹지 못했지만 공출이 시작되면서부터는 통 구경도 못하던 쌀밥이다. 게다가 고깃점은 뵈지 않아도 국물도 고깃국물이 분명하다. 입에 넣기가 바쁘게 그냥 넘어간다. 그런데 이 집에서는 이런 것을 늘 해먹는 모양이다. 이렇게 당장 해오는 것을 보니. 참 맛있다.

아버지가 자기 그릇의 밥을 한 술 떠서 바우 그릇에 덜어준다. 귀동이가 중문 밖에 서서 이쪽을 바라보고 있다. 바우는 귀동이 앞에서 좀 부끄럽다. 얼른 아버지보고, 싫어, 한다. 그렇지만 바우는 그것을 되 아버지 그릇에 떠 넣지는 못하고 그냥 먹는다. 아버지가 또 자기 그릇 속에서 집힌 듯 작은 고깃점을 하나 건져 바우 그릇에다 넣어준다. 바우는 좀더 크게, 싫다니까, 한다.

다 먹자 귀동이는 상을 들고 중문 안으로 들어가고, 아버지는 다시 사랑방으로 들어간다. 어서 아버지가 빚을 내가지고 나와 소를 사가지고 집으로 돌아가야 할 텐데.

별안간 김대통 영감의 재떨이 두들기는 대통 소리가 크게 울려

나왔다. 비위가 거슬릴 때면 무어나 두드리기를 잘 한다는데 아
마 돈을 얻기는 틀리는가 보다.

중문으로 또다시 귀동이가 나온다. 귀동이는 바우에게로 오
더니,

"니 몇 살이고?"

묻는다.

"열한 살."

"열한 살? 난 열 살이다."

귀동이는 사랑 쪽을 턱으로 가리키며,

"느그 아부지가? 좋겠다."

"니네 아부지 없니?"

"와 없노. 우리 집에 있다. 우리 집은 문갱(문경)인데, 문갱 아
나?"

바우는 모른다고 고개를 옆으로 젓는다.

"경상도다. 우리 있는 데는……"

하는데 중문 안에서 또 여인의 목소리로, 귀동아, 하고 부르는 소
리가 들린다.

귀동이는 하던 말도 채 못하고 급히 안으로 들어간다. 바우는,
귀동이는 어째서 자기 아버지 어머니 있는 집에 있지 않고 여기
와 있을까 하는 생각을 한다. 그러면서 귀동이가 들어간 중문 틈
으로 고개를 기웃해 본다. 마침 안뜰 한옆 광으로부터 귀동이가
무엇이 가득 든 자루를 메고 나오는 것이 보인다. 그리고 귀동이
가 닫으려고 하는, 어른들의 주먹보다도 큰 자물쇠통이 달린 광

문 안에 가득 쌓여 있는 낟알섬이 눈에 띄자 바우는 못 볼 것이나 본 것처럼 얼른 고개를 돌리고 만다.

좀 있더니 귀동이가 얼굴에 웃음을 담고 다시 나온다. 양쪽 볼에 보조개가 파인다.

이번에는 바우가 먼저 묻는다.

"그른데 너 왜 여 와 있니?"

"이 집 할배가 울 아부지한테 심부름시킬 아 하나 달라 캐서 안 왔나. 우리가 이 집 땅을 부치거덩. 우리 집에선 내 한 입 없는 기 어대라고. 내꺼정 식구가 말캉 아홉이다. 누 둘은 시집갔는데 도……"

"그래 너 집생각 안 나니?"

"와 안 나. 아부지보다 옴마 생각이 더 난다. 내 올 때 큰길꺼정 따라오믄서 안 울었나. 집에서보다 묵기는 더 잘 묵지만 집에 가고 싶다. 그라지만 아부지가 집생각 말고 잘 있으라 카드라. ……우리 집 디에도 감나무밭이 있는데 아까 니가 가온 감보다 더 굵다. 그거를 가실에 따서……"

이때 다시 여인의 목소리가 귀동이를 부른다. 귀동이는 또 하려던 말과 함께 웃음 띤 얼굴을 거두어가지고 곧 안으로 들어간다.

귀동이는 아무리 자기 아버지가 집생각 말고 잘 있으라고 했다지만 자꾸 집생각이 나는 모양이다. 이번에 나오면 그렇게 큰 감이 많은 집에 언제 가느냐고 물어보리라. 어서 귀동이가 나오면 좋겠다.

귀동이가 빠른 걸음으로 다시 나온다. 그러나 이번에는 바우한테 오는 게 아니고 심부름 갔다 오겠다고 하면서 대문께로 나간다.

조금 후에 미닫이 열리는 소리가 나고, 아버지가 나온다. 수심스런 얼굴이다. 돈을 못 냈는가 보다. 그때 뒤에서 김대통 영감의 쩌르렁하는 목소리로, 이 사람이 서 푼 변이면 거저 얻어가는데 왜 그렇게 죽어가나? 하는 말소리가 들려 나왔다. 바우는 빚을 얻기는 얻었나 보다 한다. 그런데 아버지는 왜 저렇게 기운이 없을까.

아버지는 이쪽으로 와 보자기에 싼 빈 치룽을 집어 들면서 보자기 한귀에다 오른편 엄지손가락 끝에 묻은 붉은 물감 같은 것을 문지른다. 바우는 그것이 무엇이며 왜 그것이 아버지 손가락 끝에 묻었는지를 모른다.

아버지는 바우 자기를 데리고 미닫이 앞으로 다시 가 아까 올 적처럼 허리를 굽힌다. 바우도 따라 했다. 그러면서 바우는 이번에는 이마 위에서 유리창이 번쩍이는 것을 느꼈을 뿐, 미닫이 안에 있어야 할 김대통 영감은 보지 못한다.

대문을 나왔다. 아버지는 그냥 수심스러운 얼굴로 서쪽에 기운 해를 쳐다보며, 소장 다 파했을 것 같다, 어서 가자, 하는 것이다.

그런데 한 가지 안된 게 있다. 귀동이보고 간다는 말을 못하고 오는 게 안됐다. 귀동이도 심부름 갔다 돌아와서 자기를 찾을는지 모른다. 바우는 골목을 빠져나오면서 몇 번이고 뒤를 돌아다보았으나 귀동이의 모양은 종내 뵈지 않는다. ……

바우는 저기 전등불이 빛나는 거리 그 김대통 영감네 집에 귀동이가 아직 있나 어쩌나 하고 궁금해진다. 바우는 그동안 몇 번 김대통 영감네 집에 다녀온 아버지에게 귀동이가 있더냐고 물었으나, 아버지는 번번이 모른다고 했다. 아마 어른들은 그런 덴 주의가 가지 않는 모양인지.

어둠 속에서 오쟁이의 낮은 목소리로, 아직 열시가 멀었나, 하고 혼잣말같이 하는 말소리가 들린다. 다 됐을 텐데, 춘보의 떨리는 듯한 역시 나지막한 목소리다. 그러면 지금 동네 사람들은 열시가 되기를 기다리는구나. 다시 아무도 말이 없다.

칙 칙, 누가 부싯돌을 긋는다. 그러자 여기저기서 낮으나 급한 소리로 쉬쉬한다. 부싯돌을 긋지 말라는 것이다. 아마 담뱃불 같은 것도 붙여서는 안 되는가 보다.

바우는 목덜미와 아랫도리가 좀 춥다는 걸 느낀다. 길을 걷느라 땀기 있던 몸이 아주 식고 냉기가 스며든다. 바우는 아까 내를 건너면서 걸어 올렸던 바짓가랑이가 그새 풀려내린 것을 마저 훑어내려 발목을 가린다. 그리고 지게 작대기를 놓고 팔짱을 낀다.

바로 그때다. 별안간 저 아래 충주 거리의 전등불이 온통 꺼진 것은. 그리고 이 전등불 꺼지기를 기다리고나 있었던 것처럼 와짝 동네 사람들이 일어선 것은. 바우도 저도 모르게 제 작대기를 집어 들고 일어선다. 거북이형이 무어라고 하면서 앞장을 서는 눈치더니, 동네 사람들이 울울 밀려 내려간다. 성난 황소들 같다. 이 성난 황소들은 바우네 동네 사람들뿐만 아닌 듯했다. 아까 거북이형이 누구와 만나 수군거리던 저쪽에서도, 그리고 좀더 저쪽에서도, 아니 이 남산 전체에, 틈틈이 자기네와 같은 사람들이 앉았다가 지금 충주 거리를 향해 내려가는 것으로 바우에게는 느껴졌다.

바우는 너무 갑작스러움에 잠시 떨리는 몸을 움직이지 못한다. 바보 같은 것, 바보 같은 것, 여기까지 와서…… 그제야 바우는 작대기 쥔 손에 힘을 주면서 어른들의 뒤를 쫓아 내려가기 시작한다. 무엇엔가 자꾸 걸리고 헛짚어 퍽퍽 넘어진다. 빨리 따라가야 할 텐데. 그러나 바우는 앞선 어른들에게서 점점 처진다. 나중에는 어둠 속에 어른들이 영 뵈지 않게 되고 만다. 그래도 바우는 그냥 달린다.

충주 쪽은 막 캄캄이다. 좀 전까지 전등불이 켜져 있다 꺼져서 그런지 더 캄캄한 것 같다. 그런 속에 몇 개의 불빛이 빠르게 이쪽저쪽으로 달리며 보였다 가려졌다 한다. 자동차는 자동차 같은데 이상한 소리를 낸다. 바우의 가슴은 연방 떨린다.

톡 톡 무엇이 튀는 소리가 들려온다. 바우는 저도 모르게 오뚝서고 만다. 그 무서운 총소리인 것 같다. 뒤이어 사람들의 아우성소리 같은 것이 들린다. 그 속에 쓰러져 넘어지는 아버지의 모양이 떠오른다. 큰일이다, 큰일이다, 왜 자기는 빨리 어른들을 쫓아가지 못했을까. 바보 같은 것, 바보 같은 것.

어둠 속에 확 불길이 일어난다. 아, 바우의 가슴속에서도 퍼뜩 불길이 일어남을 느낀다. 이런 바우의 가슴속에서는 또 뭇사람의 아우성 소리가 들린다. 아버지의 목소리가 분명히 섞인. 그것이 차차 자기 가슴속에서가 아니고 저기 불길이 이는 곳에서 들려오는 것으로 깨달아진다. 그러자 바우는 불길이 이는 쪽을 향해 다시 달리기 시작한다. 불난 곳이 그리 먼 것 같지도 않다.

거리로 들어섰다. 바우는 숨이 찬데도 불길이 이는 곳을 향해
그냥 달린다. 불난 곳은 고대 같으면서도 그냥 저쪽이다. 여기저
기 어둠 속에서들, 저 불난 곳이 어디냐고들 하는 소리가 들린다.
과히 멀지 않은 곳에서 이번에는 총소리가 분명히 몇 방 들린다.
뒤이어 또 뭇사람의 아우성 소리가 들린다. 그 무서운 총대가 바
우의 눈앞을 탁탁 막아선다. 그러나 어서 가자, 어서 가자.

바우는 큰거린 듯한 데로 들어선다. 여태껏보다 더 소란스러운
것 같다. 수많은 사람들이 와당와당 어둠 속을 달리는 것 같다.
그런가 하면 숨이 차 달리는 바우에게 이 큰거리가 그저 조용한
것 같기도 하다.

별안간 이상한 소리를 지르며 큰 불빛이 하나 쏜살같이 바우의
옆을 지나간다. 바우는 이 불빛 줄기 속에 적지 않은 사람들의 달
리는 모양과, 그 그림자들이 삽시간에 커졌다 작아졌다 다시 커
지면서 사라지는 것을 볼 수 있었다. 그때 바우는 자기가 지금 달
리는 오른편에 불난 곳으로 질러갈 수 있을 듯한 골목이 하나 있
는 것을 알아본다. 바우는 그 골목으로 꺾어든다.

골목을 들어서자마자 바우는 무엇에 부딪혀 주저앉고 만다. 순
간 부딪친 쪽에서도 어쿠쿠 소리를 지른다. 가마니를 진 사람이
었다. 바우는 떵해가지고 가뜩이나 숨이 찬 몸을 일으키지도 못
한다. 다행히 저쪽 사람은 고꾸라지지는 않고 어둠 속에서, 눈깔
이 삐었어? 한마디 소리를 꽥 지르고는 가던 길을 그냥 간다. 그
제야 바우는 일어섰다.

몇 발 떼자 또 앞으로부터 누가 바우에게 다가오는데 어둠 속에

잘 보이지는 않으나 굳은 힘을 쓰는 것이 이 사람도 무슨 무거운 짐을 진 것만은 분명했다. 이번에는 부딪치지 말아야지. 얼른 한쪽으로 비킨다. 그러면서 바우는 깜짝 놀란다. 지금 짐을 진 사람이 나온 집은, 막다른 곳에 자리잡은 바로 김대통 영감네 집이 아닌가. 내가 어떻게 여길 왔을까. 너무나 뜻밖이었다. 가까이 가본다. 활짝 열린 대문과 중문을 지나, 안뜰에 촛불을 들고 비스듬히 광 쪽을 향해 서 있는 사람이 보였다. 바우가 여태껏 두 번 자기 동네에 온 것을 먼발치로 본 김대통 영감이 틀림없었다.

"빨리빨리들 해라, 빨리들 해! ……죽일 놈들 경찰서에 불을 질러?"

김대통 영감의 음성이긴 하나 옛날같이 위엄기 있는 목소리는 아니었다. 숨죽인 다급한 음성이었다. 그러나 그 언제나 손에서 놓아본 적이 없다는 담뱃대만은 여전히 오른손에 들려 있었다. 그 대통이 허공에서 크게 흔들릴 때마다 촛불에 번뜩이곤 한다. 왼손에 든 촛불의 불자루도 꽤는 펄럭인다. 바람도 없는 것 같은데, 이런 촛불이 또 전에 그렇게 으리으리하던, 그러나 지금은 그저 검기만 한 유리문에 비쳐 얼른거렸다.

김대통 영감이 앞을 좀 보려는 듯 촛불을 눈키 위에 올렸다 내렸다 한다. 그러는 촛불에 김대통 영감의 늘어진 콧잔등 한쪽이 빛난다.

"애들아 좀 빨리들 해!"

더 큰 소리를 지른다.

광 쪽 어둠 속에서 또 가마니를 진 사나이가 김대통 영감의 앞을 지나 이리로 나온다.

그러는데 저쪽 어둠 속으로부터 웬 사람이 하나 김대통 영감에게로 조용히 다가와 불빛 속에 나타난다. 여인이었다.

"여보 이제 와서 괜히 이러다가……"

그러나 늙은 여인의 가는 말소리는 김대통 영감의 성난 목소리 때문에 끊기고 만다.

"잠자쿠 있어! 여자들이 뭘 안다구 참견여!"

늙은 여인은 하는 수 없다는 듯이 어둠 속으로 되사라진다.

흔들리는 김대통 영감의 손에서 껌벅 촛불이 꺼진다. 바람이라도 분 듯이.

"애 귀동아, 성냥 가져와. 죽일 놈들, 전기는 왜 끊어놓구……"

귀동이가 여태 예 있었구나. 바우는 새로이 가슴이 뛰기 시작한다. 귀동이! 그걸 자기는 예까지 와서 깜박 잊고 있었다니.

김대통 영감 앞에서 성냥이 그어졌다. 그리고 성냥불빛에 나타난 것은 틀림없는 귀동이였다. 바우는, 귀동아, 하고 부르고 싶은 것을 겨우 참는다.

그새 귀동이는 키도 꽤 컸고 밤이 돼서 그런지 많이 달라진 것 같다. 지금 귀동이의 얼굴엔 언젠가처럼 보조개가 패어질 것 같지는 않다. 그만큼 귀동이의 얼굴은 떵거칠어져[4] 있었다.

귀동이가 그은 성냥불에 촛불이 일단 켜졌는가 하자 다시 껌벅 꺼지고 만다.

"똑똑히 붙이지 못해?"

바우는 속으로 촛불이 꺼진 것은 귀동이의 잘못이 아닌데 한다.

122

다시 귀동이가 성냥불을 켰다. 흔들거리는 김대통 영감의 손에 그래도 이번에는 불이 제대로 댕겨졌다.

그러자 김대통 영감은 다시 어둠 속을 향해 소리를 지른다.

"어서 빨리들 해라, 빨리들!"

귀동이가 광 쪽 어둠 속으로 사라진다. 자기가 예 와 있다는 것도 모르고. 바우는 문득 다시 귀동이의 이름을 부르고 싶은 것을 겨우 참는다. 가마니를 진 사람이 나와 또 바우 앞을 지난다.

더 가까이서 아우성 소리가 들려온다. 바우는 생각한다. 이렇게 낟알섬을 몰래 옮기는 걸 자기는 막아야 하지 않느냐고. 바우는 잠시 아버지 찾아갈 생각도 잊고 저도 모르게 작대기 쥔 땀 밴 손에 힘을 준다.

이때 좀 전에 가마니 진 사나이들이 사라진 쪽에서 몇인가 모두 짐을 진 채 잰걸음을 쳐 오더니 황급히 바우 앞을 잇따라 지나간다. 그리고 김대통 영감 촛불 가까이 이르자 앞선 사람이 숨찬 소리로, 큰일났세유, 이주임 나리 댁으루두 한 무리 몰려왔습니다, 하고는 김대통 영감의 말도 기다리지 않고 비틀비틀 광 쪽 어둠 속으로들 사라진다.

"아니, 그 댁에두?"

이런 입속말과 함께 김대통 영감의 저고리 소매가 자르르 떨린다. 그 크디큰 대통이 몇 번 촛불에 번뜩인다. 그러는 김대통 영감은 지금 자기가 들고 있는 촛불을 어떻게 처치해야 좋을지 몰라하는 것 같았다.

김대통 영감은 비로소 생각난 듯 촛불을 입 앞에 당겨다가 혁혁

거리는 입김으로 분다. 늘어진 코끝이 마지막으로 빛나고 껌벅 불빛과 함께 어둠 속으로 사라진다. 거기에는 다시는 그 흔들거리는 손도 그 크디큰 대통도 없었다.

집

서당골에는 어제오늘 새 소문이 하나 났다. 막동이 아버지가 윗
골 소 사러 갔다가 다시 투전 바람이 났다는 것이다. 그리고 뒤이
어 난 소문이 막동이 아버지가 이번에는 자기네 집까지 팔았다는
것이다. 그 낡은 쓰러져가는 초가집마저. 산 사람은 물론 새 지주
전필수라는 것이다. 동네 늙은이 송생원은 엊저녁 막동이 아버지
가 마을로 들어오는 것을 보았는데, 그럼 그때 집을 팔아버린 게
분명하다는 말까지 했다. 그러고는 모두, 집값은 막동이 아버지
가 당장 투전 밑천이 떨어져 등이 단 판이라 사는 편에서 제대로
값을 놓아줬을 리가 없을 거라고 했다. 그런데 막동이 아버지는
벌써 이 집 판 돈마저 홀딱 날리고 말았다는 것이다. 그만큼 타곳
에서 왔다는 투전꾼은 날고 기는 투전꾼이라는 것이었다. 그러나
또 한 소문에는 막동이 아버지가 지금 집 판 돈을 밑천으로 투전
판 돈을 몽땅 쓸다시피 했다는 말도 돌았다. 한편 막동이네 집에

서는 막동이 할아버지가 아들이 집까지 팔아먹었다는 말을 듣고
는 이젠 아주 망했구나 하고 땅을 치고 통곡하더니 아들을 만나
기만 하면 당장 목을 쳐 죽인다고 시퍼렇게 낫까지 갈아두었다는
것이다.

　동네 소문대로 어제 막동이 아버지는 소 사러 갔던 돈 다 투전
판에 쓸어넣자 마을로 돌아와 집터와 거기 붙은 채전을 팔아버렸
다. 산 사람도 지난 사월에 민창호네 전답을 한목에 전부 사가지
고 새로 들어온 지주 전필수였다. 그저 소문과 좀 다른 것은 집까
지 팔았다는 말인데, 사실은 그 다 쓰러져가는 오막살이만은 빼
놓은, 집터와 채전이 매매됐을 따름이었다. 그리고 값만 해도 동
네 사람들의 추측처럼 헐값으로 넘어간 게 아니고, 이즈음 시세
치고 제값을 다 받은 것이었다. 이것은 지주 전필수의 의량이 보
통 사람과 다른 점이었다.
　이북에서는 토지 개혁이라는 게 실시됐다는 말이 돌고 있는 이
때에 이곳 민창호네 전답이니 집이니 할 것 없이 전부 사가지고
온 것부터 보통과 달랐다. 원래 남달리 농토 소유에 대한 열망이
컸던 것이다. 손바닥만 한 소작농으로 평생을 고생과 굶주림으로
허덕인 할아버지와 아버지를 바라보며 자라는 동안 그의 마음을
떠나지 않은 것은 어떻게 하면 너넉한 농도를 한번 가져보느냐
하는 생각뿐이었다. 서울서 조그만 고물상을 차려놓고 있던 그가
8·15 직후 일본인의 물건을 교묘하게 사고팔고 하여 큰돈을 잡자
머리에 떠오른 것이 농토였다. 세월이 이대로 가서 삼칠제로 소

작료를 받게 되면 말할 것 없고, 설혹 나중에 토지 개혁이란 걸 한다 해도 이북모양 무상으로 빼앗지는 않으리라. 그러니 이 통에 헐값으로 농토를 사자. 그러던 차에 우연히 어느 토지 중개인한테서 민창호네 농토 이야기를 들은 것이었다. 그는 곧 답품을 내려갔다. 거기서 전필수는 그곳 사람 송생원을 만나 민창호네가 8·15 직후 동네 사람들에게 쫓기어 서울로 올라갔다는 사실과 그가 다시는 은혜도 아무것도 모르는 무지한 농사꾼과는 마주서지도 않겠단다는 사실을 알았다. 전필수는 옳다구나 했다. 땅 팔 사람에게 그런 약점이 있으니 헐값으로 뗄 수 있을 것이다. 그리고 동네 사람들한테 쫓겨난 지주의 뒷자리니 조금만 잘해나가면 도리어 인심을 얻을 수가 있을 것이다. 사자. 값을 눌러서 사자.

이렇게 전필수가 민창호네 농토를 아주 헐값으로 사가지고 서당골로 들어오자 먼첨 동네 사람들을 놀라게 한 일이 하나 있었다. 그것은 전필수가 동네 사람들을 대하는 품이었다. 전필수는 전에 답품 왔을 때 안 송생원을 먼저 찾아가, 생원님이라고 깍듯이 존대해 부르고 자기더러는 말씀을 낮추라고까지 했다. 그러고는 동네 사람들보고도 자기보다 웬만큼만 연장이면 생원을 붙여 존대해 불렀다. 이것은 먼저 지주 민창호가 온 동네쳐놓고 아직 자기네의 완전한 소작인이 아닌 막동이 할아버지에게만 혀 꼬부라진 상례를 하는 외에는 어떤 수염이 허옇게 센 파파노인보고도 거침없이 하게 하나로 써오던 데 비기면 놀라운 사실이 아닐 수가 없었다.

전필수는 여러 가지로 생각한 바가 있었다. 먼저 지주가 쫓겨났다는 것은 다른 백 가지 이유 다 그만두고 그가 동네 사람들과 어울리려 하지 않았다는 데 제일 큰 원인이 있었을 게다. 지주라고 다 쫓겨나지 않는 걸 봐도 알 일이 아니냐. 그러니 우선 동네 사람들과 가까워져야 하는데 그러기 위해선 무엇보다도 술을 이용하는 게 상책이라고 생각했다. 전필수 자신은 술을 많이 못하면서도 송생원을 비롯해서 동네 늙은이들에게 기회 있는 대로 술대접을 했다.

그 효과는 곧 나타났다. 전필수의 집을 수리할 때였다. 8·15 직후 동네 젊은이들이 읍에서 온 낯선 청년들과 함께 먼저 지주 민창호가 살고 있던 집을 때리고 부수고 하여 형편없이 돼 있었다. 그것을 수리하는 데 전필수는 목수 코주부와 미장이만을 삯전을 주고 얻었을 뿐 소작인들이 모두 자진해서 한 품씩 잡일을 해주게까지 됐던 것이다.

수리하는 동안 전필수는 일하는 데 나와 손수 이것저것 거들어주었다. 그러다가 문득 눈이 가는 곳이 있었다. 막동이네 집이었다. 왼편이 앞쪽으로 쏠려 금방 쓰러질 것 같은 낡은 초가집이었다. 이제 이 초가집이 쓰러진다면 자기네 바로 집 뒤 낙숫물 듣는 밑을 둘러싼 돌 담장을 다치게 될 것이었다. 그렇도록 전필수네 뒷담장과 이 막동이네 집은 맞붙어 있었다. 전필수는 처음 답품왔을 때 느낀 것이지만, 이곳으로 자기가 오게 되는 날이면 꼭 이 초가집 터를 사 넣어야 하겠다고 마음먹었다. 그것은 단순히 뒤뜰을 넓혀야겠다는 생각과는 다른 의도에서였다. 초가집이 서 있는 대지와, 대지에 붙은 너른 채전을 합치면 네모반듯한 땅이 오

128

백여 평은 실히 될 것이었다. 전필수는 이 초가집 터와 채전을 쓸모 있게 이용하자는 것이었다. 거기에다가 과일나무 같은 것을 심으리라. 그것이 크기까지는 그냥 간작을 해먹을 수가 있고 그것이 다 크는 날이면 수입이 괜찮으리라. 더구나 앞으로 토지 개혁이라는 것이 실시된다 해도 자기가 손수 다루던 땅만은 그냥 자기 것이 된다니 온갖 힘든 품이 드는 농사일랑 자기로서 그다지 많이는 손 못 댈 것이고 그저 이런 뒤 울 안에 자기 같은 사람도 자주 돌보기만 하면 되는 과일나무를 심어 자기 것을 만들어 두는 게 상책이다. 그러니 아무쪼록 기회가 닿는 대로 이 터전을 사 넣도록 하자.

사실은 전필수뿐 아니고 먼저 지주 민창호도 이 터전을 사 넣으려고 했다. 그러나 민창호는 그저 큰 집 뒤뜰이 좀 널찍해야지 너무 좁다는 생각에서였다. 그래 동네 소작인 늙은이들을 내세워 몇 번 막동이 할아버지에게 보내보다가 오륙 년 전 민창호가 자기네 낡은 집을 헐고 새로 부연¹ 달린 지금의 집으로 바꿔 세울 계획을 하면서는 매일이다시피 사람을 보냈다. 그러나 막동이 할아버지는 번번이 그냥 돌려보냈다. 작년부터는 민창호네 밭을 부치는 작인이기도 했지만 그때까지는 자작농으로만 내려오던 막동이 할아버지가 자기네 땅뙈기 가운데 그중 아끼는 집터와 채전만은 자기 눈에 흙 들기 전에는 못 팔겠다는 것이었다. 민창호도 이 아직 완전히 자기 손아귀에 들어오지 않은 사람일뿐더러 고집이 센 막동이 할아버지를 어쩔 수 없어 그럼 어디 견뎌보라는 듯이 고래 같은 기와집을 숨이 막히도록 막동이네 집에다 바싹 들이대어

지었던 것이었다. 이런데도 안 팔고 견디겠느냐고.

그러나 전필수는 이 막동이네 터전을 사는 방법에 있어서도 민창호와는 완전히 달랐다. 전필수는 처음부터 이런 일이란 이편에서 사람을 내세운다 어쩐다 덤빌 것이 아니라, 그저 좋은 기회가 오기를 기다리는 게 제일이라고 생각했다. 전필수는 이 막동이네 터전을 사기 위해 사람을 내세우기는커녕 누구에게나, 비록 술좌석에서라도 비치는 법조차 없었다. 그저 아무 때고 좋은 기회가 오기만 기다리는 것이었다. 그리고 이 좋은 기회란 언제고 오고야 만다는 것을 믿고 있었다. 그런데 이 좋은 기회가 뜻밖에 속히 와 닿았다. 막동이 아버지가 몸소 자기네 터전을 안고 전필수 앞에 나타난 것이었다.

전필수는 그때까지 막동이 아버지가 투전꾼이었다는 것을 전혀 모르고 있었다. 하기는 막동이 아버지가 투전을 끊은 지도 어언간 일 년이 넘어 이즈음은 동네에서 그런 얘기가 입에 오르내리지 않고 있었으니까. 전필수를 찾아온 막동이 아버지는 천연스레 말했다. 지금 윗골에 황소 한 마리 팔 게 났는데 살려즉 돈이 좀 모자라 그러니 자기네 터전을 잡고 좀 돌려달라고.

그러나 전필수는 요새 어떤 걸 저당잡건 돈놀이할 시절이 아니라는 것을 잘 알고 있었다. 그렇다고 이편에서 먼저 그것을 팔고 말라는 말을 꺼내서는 안 된다는 것도 알고 있었다. 전필수는 그저 돈놀이할 돈은 없다고 했다. 급해진 막동이 아버지는 전에 민창호도 자기네 터전을 사려 들었으니 이 새 지주도 그것을 사라고 하면 그렇게 할는지도 모른다는 생각에 숫제 사버리라고 했다. 이제야 고기는 낚시를 문 것이었다. 전필수는 정 그 소를 사야겠으면 마침 자기네도 우차 사려던 돈(전필수는 금년에 벌써 물자리 좋은 논 두 떼기를 자작의 형식으로 부쳤다)이 있으니 그거로라도 어떻게 해보자고 하면서 마지못해 응하는 체했다. 그리고 땅값은 막동이 아버지가 달라는 대로 매평 십 원씩을 아무 에누리 없이 그냥 주기로 했다. 이런 흥정만은 값을 깎든지 해서 저편에서 아쉬운 뒷맛을 주어서는 안 되는 것이다. 단지 낡은 집이나마저 그 값에 넣자는 말을 할까 하다가 그것도 그만두고 말았다. 원래가 집이 소용되는 게 아닌 데다 자기가 사서 헐어버리지 않더라도, 이 초가집은 금년 안으로 헐고 다시 짓지 않을 수 없으리라. 지금 마당귀에 재목을 준비해놓은 것만 봐도 곧 다시 지을 모양이니 그것은 또 그때 가서 어디 다른 데다 집자리를 하나 빌려주면 되지 않으리. 혹 집자리로 마땅한 것이 없으면 먼저 지주 때지어둔 아랫동네 농막을 싼값에 주어도 그만일 것이다.

한편 막동이 아버지는 자기가 종내 자기네 터전을 팔아먹고야마는구나 하는 생각과 함께 늙은 아버지의 무섭게 노한 얼굴이눈앞에 어른거려 눈을 한 번 지그시 감았다. 이것을 밑천으로 기어이 한 밑 쥐고야 말리라. 그러고 나서 이 자기네 터전을 도로찾고 그리고 더는 말고 옛날처럼 자기네가 자작할 만한 땅떼기만이라도 장만하리라. 그러자 막동이 아버지는 당장 투전 밑천만가져가면 한 밑 쥘 것만 같은 생각이 들어 얼른 전필수에게, 혹소를 못 사게 되어 내일이라도 도로 돈을 가져오면 물러줘야 한다는 말을 했다. 전필수는 여기서도 쾌히 그러라고 했다. 앞으로

이런 동네 사람들과는 모든 일에 있어 이렇게 한 수 지는 것처럼
해야 한다. 그게 도리어 장차 이편에 이가 되는 수가 많으니까.
이렇게 해서 막동이네 터전이 매매되었다. 그러니 동네에 말이
돈 것처럼 막동이 아버지가 등이 달아 파는 것이라 사는 편에서
제값을 놓았을 리 없다는 것은 틀린 소문이었다.

막동이 아버지가 이 터전 판 돈을 몽땅 잃었다는 거나 반대로
투전판 돈을 모조리 쓸다시피 했다는 소문만은 둘 다 날 만도 했
다. 처음에 막동이 아버지는 터전 팔아간 돈을 거진 떼였다. 그러
다가 몇 박 연달아 잘 쥐어서 굉장히 따기도 했다. 그러나 막동이
아버지는 언제나처럼 적당한 시기를 가려 자리를 뜨지 못했다.
그래 다시 떼이기 시작한 것이었다. 대개 잡기에 패가망신하는
것이 이 적당한 시기를 가려 자리를 일어나지 못하는 데 달렸다
고도 할 수 있는 것이다. 주머니의 돈이 다 나가면 이제 밑천만
있으면 상대편 주머니를 털 수 있을 것만 같은 생각에 무슨 짓을
해서라도 밑천을 장만하게 마련이고, 상당히 돈을 딴 뒤에는 또
그 판돈을 마저 긁을 수 있으리라는 생각 때문에 종내 자리를 뜨
지 못하는 것인데 이게 사람의 끝없는 욕심이자 잡기의 한없는
매력일지도 모르나, 막동이 아버지는 그 중에서도 특히 이 자리
뜨는 시기를 잡지 못하는 것이었다. 이런 막동이 아버지에 비하
면 한동네 눈이 작아 뱁새라는 별명을 듣는 갑득이 아버지는 참
촉기 빠르게 이 시기를 잘 쟀다. 이 뱁새는 첫번에 작정한 액수의
밑천이 다 나가면 얼마 동안은 옆에서 남들이 하는 구경만 한다.

아직 자기의 운이 오지 않았다고. 뱁새 말에 따르면 떼인다고 등이 달면 밑천이 아무리 많아도 당하지 못한다는 것이다. 그러다가 노름판의 운이 이 사람에게서 저 사람에게로 바뀌는 기미를 타서 다시 들어가 앉는다. 그래 얼마큼 따다가 다시 잃기 시작하면 금방 오줌 누러 나가는 체하고 자리를 뜨고 만다. 뱁새 말로는 노름판 운이란 한참은 이 사람에게 또 한참은 저 사람에게 이렇게 옮아 다니는 것이 되어 얼마큼 따다가 떼이기 시작하면 그것은 벌써 운이 자기에게서 다른 사람에게로 옮아가기 시작하는 징조니까 한참 동안은 그 판에서 물러나는 게 상책이라는 것이다. 그런 뱁새는 딴 돈을 집에 가져다 두고 밑천으로 얼마만큼 남겨 가지고 다시 노름판으로 온다. 이렇게 뱁새는 투전으로 묘하게 살림살이 보탬을 해나가는 잡기꾼의 하나였다.

이런 뱁새의 촉기를 막동이 아버지는 전연 가지지 못한 것이었다. 이번 타곳에서 온 투기꾼을 상대로 하는 판에서도 그랬다. 막동이 아버지는 동네에 그런 소문이 날 만큼 앉은자리에서 터전을 팔아가지고 온 돈마저 거의 다 놔줬다가 또 한참 따던 것이 다시 떼이기 시작하여 본전을 새에 두고 얼마큼씩 땄다 잃었다 했다. 그러면서 막동이 아버지는 전필수에게 돈으로 도로 가져오면 터전을 물러달라던 다음날도 지나 보냈다. 막동이 아버지는 이미 그런 것은 잊고 있었다. 그새도 뱁새만은 몇 번인가 판의 기미를 보아 들어앉았다 물러났다 하며 돈냥이나 족히 따서 제 것을 만들고 있었다. 처음에 막동이 아버지는 재수 없다고 뱁새가 판에 끼는 걸 마다했으나, 뱁새는 그런 데는 아랑곳없이 그냥 낌새를 보아 드나들었는데, 나중에는 막동이 아버지도 투전에만 열이 떠 뱁새가 하는 짓은 눈에 보이지도 않는 듯했다. 영락없이 열병 앓는 사람의 짓이었다. 그러기에 잡기판이 파하는 때면 정말 중한 열병이나 앓고 난 사람처럼 얼굴에 그늘이 지고 온몸이 느른해지는 것이었다. 그러면 이것은 또 무슨 약이기나 한 듯이 술을 마시는 것이었다.

막동이 아버지가 이와 같은 투전판 열병 끝에 술을 잔뜩 먹고 제 오른쪽 엄지손가락을 작두로 찍어낸 일이 있었다. 이 오른쪽 엄지손가락은 투전꾼에게 있어서는 가장 중요한 역할을 하는 것이다. 죽느냐 사느냐 하는 죄임장을 죄일 때 투전 안장을 밑으로 옴츠리는 것이 이 엄지손가락인 것이다. 으레 투전꾼들은 죄임장이 바로 나오지 않으면 마치 그것이 엄지손가락의 탓이기나 한 듯이, 에익 망할 놈의 손가락 같으니, 하고 이 엄지손가락을 나무라는 것이다. 막동이 아버지가 이런 엄지손가락을 제 손으로 작두로 잘라버린 것이다. 8·15 얼마 전의 일이었다. 어디선가 타곳에서 청년 둘이 와서 투전판에 돈을 뿌려놓는다는 소문이 윗골에서 들려왔다. 막동이 아버지도 가만 앉았을 수 없는 노릇이었다. 갔다. 소문대로 스물두셋밖에 더 나 뵈지 않는 두 청년이 돈을 얼마나 가지고 왔는지 무한정하고 내놓은 것이었다. 막동이 아버지는 한때 상당히 땄다. 그러나 하룻밤을 지나 밝아올 녘에는 막동이 아버지의 밑천이 다 떨어지고 말았다.

막동이 아버지는 부랴부랴 집으로 내려와 아버지가 없는 틈을 살펴서 몰래 벌통 하나를 지고 윗골로 올라갔다. 그러나 그 꿀벌

한 통 판 돈도 다 날려버리고 말았다. 막동이 아버지는 다시 내려왔다. 두 통 남은 꿀통에서 또 한 통을 지고 갈 판이었다. 이런 막동이 아버지는 열병 환자 그것이었다. 이제는 아버지의 눈을 기일 겨를도 없었다. 그렇게 아버지가 정성을 들이는 꿀벌통을 들고 나오다가 들키는 날이면 당장 큰 변이 일어나리라는 것도 염두에 없었다. 요행 집에 아버지가 없었다. 벌통을 지고 나오는데 방문이 열리며 일곱 살짜리 딸애 점순이가 밖을 내다보고 곧 문을 닫았을 뿐이었다.

이렇게 해서 막동이 아버지가 벌통을 지고 윗골로 올라갔을 때에는 대전서 왔다던 두 젊은 투전꾼은 이미 가버리고 없었다. 그러나 막동이 아버지는 도로 벌통을 지고 집으로 내려오지는 않았다. 그것을 팔아 이번에는 술을 마셨다. 그러다가 닷새 만엔가 집으로 내려오려 할 때였다. 윗골로 소문이 하나 들어왔다. 그것은 이번에 왔던 두 젊은 놈이 투전 속임수로 이름난 사기꾼이라는 것이었다. 결국 막동이 아버지는 속은 것이었다. 열소리할 때부터 오늘날까지 이십여 년이나 손에서 투전장을 놓아보지 않았다고 해도 과언이 아닌 막동이 아버지였다. 이런 막동이 아버지가 아직 입에서 젖비린내 나는 어린것들에게 속은 것이었다. 처음에는 그놈들의 속임수를 눈앞에 잡아가지고 당장 모가지를 눌러 죽여버리지 못한 게 분했다. 그러나 차차 그런 분한 생각보다도 도리어 수치를 당했다는 부끄러운 생각이 앞섰다. 에익 투전장을 손에 쥐면 사람의 자식이 아니다! 그 달음으로 집에 달려와 작두에다 손가락을 찍어내고 말았던 것이다. 그리고 정말 그뒤로는 투전판 근처에도 얼씬하지 않았다. 동네에서들도 막동이 아버지가 사십 줄에 들더니 이제 사람 되는 모양이라고 했다. 그 중에서도 송생원은, 전에 어떤 투전꾼은 생전 다시는 투전장을 안 쥐겠다고 엄지손가락을 끊어버렸으나 그 상처가 채 아물기도 전에 다시금 투전장을 쥐고 하는 소리가, 공연히 손가락만 잘라서 요긴할 때 쓰지도 못하고 아프기만 했다는 이야기를 하면서, 막동이 아버지를 장하다고 했다. 사실 말이지 그동안 막동이 아버지가 웬만큼만 노름을 끊는 듯이 보였어도 막동이 할아버지가 아들에게 소 사오라는 돈을 맡길 리 만무했다. 그렇듯 완전히 투전을 끊었었다. 그랬던 막동이 아버지가 이상한 것이 계기가 되어 다시 투전판에 들어앉게 되었다.

윗골 소 팔겠다는 사람을 찾아갔더니 하는 말이, 좀 전에 막동이 아버지와 한동네에 사는 밀도꾼이 와서 가져다 잡겠다고 사놓고 갔으니 그 사람이 오거든 말해보라는 것이었다. 그가 오기를 기다리며 잠시 들어가 앉는다는 것이 공교롭게 투전판을 벌여놓은 집이었던 것이다. 타곳에서 온 투전꾼 상대로 꽤 큰 판이 벌어져 있었다. 좀 뒤에 막동이 아버지는 저도 모르게 그 판에 끼어들어가 있었다. 기다리던 밀도꾼이 와 소를 양보하겠노라는 말을 했을 때는 벌써 막동이 아버지의 귀에는 그런 말이 들어오지 않게 된 뒤였다.

서당골 동네에 막동이 아버지가 다시 투전 바람이 났다는 소문은 밀도꾼 입에서 나왔고, 터전을 팔았다는 소문은 전필수의 입에서 나온 것이었다. 전필수는 뜻하지 않았던 막동이 아버지가 투전꾼이라는 것을 알게 되자 아차 실수했구나 했다. 막동이 아버지 나이 지긋하기에 직접 거래를 했더니 그자가 투전꾼이었다니. 그러나 덤벼서는 안 된다. 좌우간 먼저 자기가 그러한 것을 샀다는 걸 막동이 할아버지에게 알려야 한다. 그것도 직접 찾아가 말을 하느니보다는 우선 소문을 내어 막동이 할아버지의 귀에 들어가게 한 후에 좀 씨가 사그라지는 눈치를 보다 찾아가는 게 좋다. 처음부터 직접 찾아가 말했다가 그 고집쟁이 같아 뵈는 영감이 자기는 모른다고 잡아떼는 날이면 재미없다.

전필수의 생각대로 막동이 할아버지는 이 소문을 듣자 집으로 돌아오면서 소리소리 질렀다. 이젠 아주 망했구나! 목을 쳐 죽일 놈아! 소 영각 같은 고함 소리였다. 그 낡아 기울어진 초가집이 금세 무너앉을 듯한 고함 소리였다. 이래서 동네에서는 아들이 들어오면 목을 쳐 죽인다고 시퍼런 낫을 갈아두었다는 말이 났지만, 실상은 막동이 할아버지 자신이 제 목을 쳐 죽고 싶은 심사였다. 이제 터전마저 팔았으니 자기네가 다시 일어서보기란 정말 틀려버린 것이었다. 남은 것이라야 모새 바닥같이 물이 잦는, 그것조차 손바닥만 한 천둥지기 논 한 뙈기와 자갈밭 한 뙈기였다. 하긴 그러지 않아도 벌써 작년부터 민창호네 밭을 소작할 수밖에 없는 처지에 이르러 있었지만, 그래도 어딘가 다시 일어나보리라는 바람만은 잃지 않고 있었다. 그런 바람마저 이제는 영 무너져 버리고 만 것이었다.

여태껏 어엿한 자작농으로 내려오던 것을 작년부터 남의 소작을 하지 않아서는 안 되게 되었다는 것부터가 막동이 아버지 탓이라는 것은 두말할 것도 없는 일이었다. 그러나 거기에는 삼 년 전에 막동이 할아버지가 일처리 잘못한 탓도 있었다. 빚을 갚기 위해 샘논을 민창호에게 넘긴 것까지는 할 수 없는 일이었으나, 개똥밭을 민창호에게 판 것만은 큰 실수였다. 막동이 할아버지의 속셈은 개똥밭을 팔아가지고 그 밭의 세 곱은 실히 되는 야산을 사 최문이(개간)를 하여 완전한 밭을 만들려는 데 있었다. 막동이네 식구로서는 적어도 그만한 넓이의 땅은 더 있어야만 일 년 계량²을 댈 수 있는 것이었다. 그리고 막동이 할아버지는 생각한 것이었다. 땅이란 원래 기름진 땅이 있는 게 아니고 걸우고 다루는데 달린 거라고. 개똥밭만 해도 어디 본시부터 개똥밭이었나. 막동이 증조할아버지가 겨울이니 여름이니 할 것 없이 이른 새벽 누구 일어나기 전에 동네로 다니면서 개똥을 주워다가 걸운 때문이지. 그게 어디 쉬운 일이냐마는 세상일치고 힘 안 들이고 되는 일이란 하나도 보지를 못했다. 무엇보다 최문이 땅에 대해서는 삼 년간 공출이 없다지 않느냐. 그래 야산을 사가지고 최문이를 시작한 것이었다. 예상했던 몇 배의 품과 힘이 들었다. 막동이 어머니는 물론 막동이와 점순이까지 나무뿌리를 뽑는다 돌을 들추어낸다 했다.

그러나 워낙 품이 많이 드는 데다가 기경머리³는 닥쳐오고 해서 채 나무뿌리나 돌들도 제대로 추려내지 못하고 그러니까 보습으로 갈지도 못한 땅에 삽과 호미를 쪼아가지고 보리를 심었다. 낟알이 될 리 없었다. 거름이라도 제대로 줬으면 모를 일이었다. 기

경머리까지만 해도 거름일랑 최문이 땅을 위주해서 내리라 했건
만 막상 닥쳐놓고는 아무래도 좀더 확실성이 있는 윗밭에다 거름
을 내고 말았다. 최문이 땅에는 공출이 없으니, 거기다 거름을 내
야 한다고도 생각해보았지만 윗밭의 낟알이 잘 안 돼 공출이 모
자라면, 최문이의 소출로라도 충당을 해야 하니 결국 마찬가지였
다. 그럴 바에야 좀더 확실성이 있는 윗밭에 거름을 내는 수밖에
없었다. 막동이 할아버지는 보리 종자를 뿌리면서 얼마나, 여기
다 그 아모니(암모니아)라는 금비를 더도 말고 단 한 가마만이라
도 먹여봤으면 했는지 모른다. 그러나 이것은 막동이네로서는 도
저히 바랄 수 없는 일이었다. 다음 해에나 좀 잘 걸워볼밖에.

　그러나 다음 해에도 기경머리가 되어서는 별수 없이 얼마 되지
않는 거름을 거의 윗밭에다 내고 말았다. 그해에는 좀 낫다는 것
이 종자를 거둔 정도였다. 그런 데다 큰일날 일이 하나 생겼다.
최문이 땅에 대한 공출이 나온 것이었다. 면에서 하는 말이, 금년
에는 군에서 배당된 공출량이 워낙 세어서 최문이 땅에까지 부담
시키지 않을 수 없게 됐다는 것이었다.

　그래도 막동이 할아버지는 공출 독려가 한창 심해갈 무렵까지
도 다른 땅과 달라 좀 용서가 있으려니 했다. 그러나 이미 나온
공출 수량은 무슨 일이 있어도 책임을 져야 한다는 것이다. 막동
이 할아버지는 그러면 거기서 난 것을 몽땅 낼 터이니 타작할 때
와 지켜보라고 했다. 그러나 공출이라는 것은 농민이 지은 낟알
전부 가져가는 것이 아니고, 식량미를 다 제하고 남은 것을 나라
를 위해 바치는 것이라고 주재소 주임은 연설조로 크게 떠드는

것이었다. 나중에는, 아들놈 투전질 시킬 줄은 알면서 나라 위해 공출할 줄은 모르냐고 늙은이의 어깨를 마구 잡고 흔드는 것이었다. 막동이 할아버지는 맞아 죽는 한이 있어도 최문이 땅에서 난 소출 이상은 더 못 내겠다고 마음먹었다. 정말 늙은 자기 혼자 맞아 죽는 게 낫지 다른 데 소출에서 그나마 식량이라고 조금 제해 받은 낟알마저 들이밀었다가는 그야말로 온 집안 식구가 굶어 죽을 판이다. 맞아 죽자. 그러나 며느리와 아들이 보다 못해 남은 낟알을 마저 져다 바치고야 말았다.

최문이 땅을 그냥 가지고 있을 수가 없었다. 팔아야 했다. 내년의 공출이 무서워서도 팔아야 했다. 그러나 그런 걸 누가 살 리 없었다. 그런대로 민창호가 전에 막동이네가 야산으로 살 적 그 값이면 사겠다고 나섰다. 그새 많은 품을 들여 밭을 만들어놓은 값이 있지 않느냐고 해봤으나, 그 대신 산에 섰던 나무를 쳐서 가지지 않았느냐는 것이다. 그리고 요즘 세상에 공출이 무서워서라도 그까짓 땅 거저 가지래도 누가 안 가질 거라는 것이다. 그건 옳은 말이었다. 그 값에라도 팔 수밖에 없었다. 그리고 우선 그것으로 연명을 해나가야만 했다.

그러고도 막동이 할아버지는 또 뒤이어 내년에 부칠 밭 걱정을 해야 했다. 이제부터는 민창호네 토지를 한 부분 소작으로 얻는 수밖에 없었다. 막동이 할아버지는 이왕 민창호네 토지를 얻어 부칠 바에는 연전에 자기네가 판 개똥밭을 얻어 부치려 했다. 막동이 할아버지는 민창호를 찾아가 그런 말을 했다. 민창호는, 네 영감이 종내 내 손아귀에 들고야 말았지, 그렇게 집터를 자기에게 넘기라고 해도 종시 고집을 부리고 안 듣더니. 어디 견디어보라는 듯이 이번에 판 최문이 땅이나 부치려거든 부치라고 하는 것이었다. 막동이 할아버지는 하는 수 없었다. 그 땅을 부칠 터이니 아모니 두 가마만 달라고 했다. 민창호는 막동이 할아버지가 밉기는 하지마는 밭을 위해서이니 마지못해 그것만은 주겠다고 했다. 이제 그 땅은 이 늙은이의 손에서 좋은 밭이 되리라는 것을 민창호는 아는 터이므로. 이렇게 해서 막동이 할아버지는 그 최문이 땅을 소작으로 부치게 됐다.

봄에 나가 막동이 할아버지는 최문이 땅에 아모니를 주면서, 지금 자기가 뿌리고 있는 것이 비료가 아니라 흡사 지난날 장거리에서 보던 설탕 가루라고 생각한다. 이 가루가 정말 땅에게는 설탕 가룬지도 모른다. 그저 설탕 가루가 꿀보다 못하듯이 이것이 재거름만은 못하다. 그러나 금년에야 이 땅이 설탕 가루 맛을 보는구나. 그러면서 막동이 할아버지는 지금 자기가 들어서 있는 땅이 이미 자기 땅이 아니요 남의 것이라는 생각 따위는 잊은 듯, 자기가 뿌리는 설탕 가루를 땅이 즐기는 것처럼 느껴져 절로 흡족해지는 것이었다.

돌아날 적부터 윈밭 못지않게 잘됐다. 막동이 할아버지는 김을 매며, 밭의 돌을 주우며, 밭둑을 깎으며 몇 번이고, 이런 아모니를 자기네는 한줌도 써보지 못했담, 하고 그때 자기 힘으로는 어찌할 수 없어 못한 일이건만 자꾸 뉘우쳐지는 것이었다. 그러나 눈앞의 난알 잘된 걸 보면 기쁘기도 했다. 이것들이 우리들 죽술이라도 먹여줘야 할 텐데…… 이런 가운데 8·15가 왔다. 그리고

8·15가 왔다는 것은 다른 농민에게서처럼 막동이네에게 있어서도 공출이 없어진다는 데 뜻이 있었다. 마치 여태껏 헐벗고 굶주리게 하던 것이 공출 그것뿐이었다는 듯이.

막동이 할아버지는 그러나 8·15 후에도 배곯이 먹어가며 낟알을 팔아서는 돈을 만들었다. 꿀벌도 그새 세간내어 한 통을 팔았다. 메밀꽃 뒤에 친 꿀은 또 한 숟가락 남기지 않고 긁어 팔았다. 이제야말로 좋은 세상이 돌아왔다. 이때 다시 일어나보아야 한다. 그런 데다 아들까지 그 고질이던 잡기판에서 손을 떼었으니 더할 나위 없다. 농사꾼에게는 농사밖에 없느니라. 막동이 할아버지는 집 고칠 재목까지 장만해놓았다. 그리고 최문이 땅 팔아 간수해뒀던 돈과 푼푼이 모아뒀던 돈을 죄다 털어 그렇게 오랫동안 맘먹어오던 소를 한 마리 사기로 했다. 근 십 년 만에. 이 돈을 막동이 아버지가 투전판에 쓸어넣은 것이었다. 게다가 터전까지. 막동이 할아버지의 입에서, 이젠 아주 망했구나, 목을 쳐 죽일 놈아, 하는 소리가 나오게 된 것도 무리가 아닌 것이었다. 그리고 실상은 아들의 목보다도 우선 자기 목을 쳐 죽고 싶은 심사인 것이었다.

그러나 막동이 할아버지는 죽으려도 죽을 겨를이 없었다. 다른 것은 다 그만두고라도 그 논바닥이 드러날 적마다 풀투성이가 되곤 하는 천둥지기의 김은 어떻게 하느냐. 막동이 할아버지는 우선 들로 나가야 했다.

이런 막동이 할아버지를 전필수는 자기가 부치는 논의 물꼬를 보러 나갔다가 멀찌감치 보고 이제는 좀 씨가 사그라진 모양이다

했다. 그날 점심때 전필수는 막동이 할아버지가 집에 돌아온 틈을 타서 찾아갔다.

막동이 할아버지가 다시 들로 나가려고 집을 나서는 참이었다. 막동이가 학질로 몹시 앓고 있어, 나가는 길에 약이 된다는 할미꽃 뿌리를 캐 들여보내려고 점순이를 데리고 나가는 길이었다.

"지가 이번에 큰 실술 했습니다. 전 막동이 아버지가 그런 델 드나드는 줄은 꿈에두 몰랐습지요. 어디 그런 걸 알구서야 그렇게 할 이치가 있습니까. 전 좀 전에야 그런 말을 들었습죠. 생원께서 과히 나쁘 생각 말아주십시오. 지금에라두 물러드리겠습니다."

"나쁘 생각하구 머구 있소. 거 다 그놈이 죽을 정신이 들어 그리 된걸요. 물러주시겠단 말씀은 고맙지만 어디 그럴 돈이 있습니까."

전필수는 이 막동이 할아버지에게 물러주겠다는 너그러움을 보인 게 잘했다고 생각하면서,

"들리는 말엔 집까지 끼워가지구 무척 싸게 매매된 것처럼들 말하지만 애최 집은 들지두 않았구 땅값만 매평 십 원씩 쳤습죠."

없어진 돈이긴 하지만 값만은 그만하면 상당히 받았다는 생각을 일으키게 한 후 다시,

"글쎄 가격이야 어찌 됐든 막동이 아버지가 그런 줄 알았드면 지가 단돈 오 푼씩인들 걸 사구팔구 하였겠어요?"

전필수는 이번 일로 자기를 나쁘 생각 말라는 뜻의 말을 되뇌는 것이었다.

막동이 할아버지는 죽일 놈은 역시 자기 아들놈이라고 생각
했다.

뒷재로 가 할미꽃 뿌리를 캐면서도 막동이 할아버지는 그 생각
뿐인 듯 점순이가, 할아버지 무엇을 캐고 있느냐고 팔을 잡을 때
야 지금 자기가 할미꽃 아닌 딴 풀뿌리를 캐고 있는 것을 알았다.

할미꽃 뿌리 둘을 캐가지고 냇가로 가 생선 배알이나 타듯이 말
짱히 씻어가지고 일어서다가 그제야 막동이 할아버지는 내리쬐는
뜨거운 햇볕을 느낀 것처럼 할미꽃 뿌리를 흙이 안 묻을 잔디에
다 널고는 거기 옷까지 벗어놓고 물속으로 들어갔다. 이제 논 가
운데 들어가 일할 걸 생각해서라도 이렇게 물속에 한 번 들어갔
다 나오는 게 좋겠다는 생각을 하면서.

강물이 어른 배꼽에도 차지 않는 깊이여서 막동이 할아버지는
무릎을 굽혀 물속에 목까지 담그고 두 손으로 얼굴에다 연거푸
물을 끼얹었다. 그제야 또 좀 정신이 드는 듯 점순이를 바라보며,

"너두 먹 감으렴."

했다.

점순이는 곧 물로 들어섰다.

"이리 들어온."

퍽 부드러운 할아버지 목소리였다. 그러나 점순이는 깊은 곳으
로 들어갈 염은 못하고 무릎에도 차지 않는 곳에서 머뭇거리기만
했다.

할아버지가 이쪽으로 와 점순이를 덥석 안았다. 점순이는 깊은
물속으로 들어갈 것이 무서워 할아버지의 목을 꼭 껴안는다. 점

순이는 할아버지 품에 안긴 채 물이 허리에도 와 닿기 전에,

"엄마아—"

소리를 지르며 자꾸 몸을 위로 솟구는데 할아버지는 또,

"아이구, 넘어진다, 넘어진다."

하고 그냥 손녀를 물속으로 담근다. 그러는 막동이 할아버지의 홀홀히 물 위에 뜬 흰 수염 앞쪽에서 앞니 없는 입이 크게 벌어져 웃는다. 우글쭈글 컴컴하게 죽은 얼굴 속에 어디 이런 웃음이 있었던가 싶게.

그러나 점순이를 씻어주고 나와 옷을 주워 입는 막동이 할아버지의 얼굴은 또 어느새 좀 전의 웃음이 사라졌나 싶도록 컴컴하게 죽은 우글쭈글한 얼굴이 돼 있었다. 막동이 할아버지가 잔디 위의 할미꽃 뿌리를 집어 점순이에게 쥐어주면서,

"엄마 갖다 줘라."

하는 말소리도 좀 전의 그런 부드러운 말씨는 아니었다.

막동이 할아버지는 곧장 자기네 논이 있는 아랫골 쪽으로 걸어가는 것이었다. 소처럼. 이제는 어서 가서 논물이 채 마르기 전에 김을 매야겠다는 생각과, 막동이가 앓아눕지 않았으면 그 어미도 나와 한 품은 덜었을걸 하는 생각과, 역시 죽일 놈은 아들놈이라는 생각을 짐처럼 끌고.

막동이가 할미꽃 뿌리를 귀에 꽂고 있었다. 그 할미꽃 뿌리가 어찌나 독한지 헝겊에 싸서 꽂았건만 하룻밤 새에 양쪽 귓속이 짜부라지게 부었을 뿐 학질에 듣는지는 알 수 없었다. 다음날 낮

부터 막동이는 다시 달달 떨다가 온몸이 불덩이처럼 돼버렸다. 일학[4]이 분명했다.

방 안에는 아무도 없었다. 열한 살짜리 막동이가 혼자 누워 있었다. 오늘은 막동이 어머니도 들에 나가고 없었다. 점순이는 지금 앞마당 뙤약볕 아래서 혼자 소꿉질을 하고 있었다.

누더기 이불을 차 팽개친 채 열에 떠 누워 있는 막동이의 탄 입과 코에는 파리가 수두룩 붙어 있었다. 그래도 막동이는 눈을 감은 채 꼼짝 안 했다. 가슴만이 이렇게 살아 있다는 듯이 가쁘게 뛰었다. 그러고는 그저 조용했다. 쫙 열어젖힌 문밖도 그랬다. 점순이가 이따금 혼잣말로 종알거리지만 방 안까지 들리지는 않았다. 어쩌다 한 번 이 칠팔월 대낮처럼 길고 느린 닭울음 소리가 들렸다. 바깥세상도 살아 있다는 듯이. 그러나 그것은 지금 막동이의 가슴이 뛰는 것보다는 퍽 느리고 약한 소리였다. 그뒤에는 한층 더 조용할 뿐.

그때 별안간 점순이가 다급한 목소리로,

"오빠 오빠, 저것 좀 봐, 저것……"

하며 방 안으로 뛰어 들어왔다. 막동이는 못 들은 듯 움쭉을 안 했다.

"오빠, 저 봐, 벌들이, 벌들이……"

그제야 막동이는 그 충혈된 눈을 뜨고, 그래도 귀에 꽂은 할미꽃 뿌리 때문에 잘 못 알아들은 듯이 점순이를 쳐다보았다.

점순이가 울먹울먹해가지고,

"저 봐, 벌들 좀 봐, 벌 벌……"

146

하며 손으로 벌통 있는 쪽을 가리켰다.

막동이는 벌떡 일어났다. 보니 벌들이 세간나가고 있는 것이었다. 벌써 바구니만큼 뭉친 벌떼가 꽤 높이 떠 순간순간 둥글게 됐다 길쭉해졌다 하면서 서쪽 하늘로 움직여가고 있었다. 큰일이다. 어느새 막동이는 벌떼 뭉치를 따라 내달리기 시작했다. 할아버지가 며칠 전부터 벌 세간내줘야겠다더니 종내 이렇게 됐구나. 이제 이 벌떼 뭉치가 첫번에 가 앉는 것을 받아오지 못하면 아주 잃고 만다. 재작년엔가도 벌 세간내줄 것을 미처 못 내주어 저희끼리 세간나간 일이 있었는데, 그때는 뒷재에 가 앉은 것을 나무하러 갔던 동네 사람들이 알려서 달려갔으나 미처 받아내릴 새도 없이 벌떼가 다시 날아가 막동이 아버지, 막동이 할아버지, 막동이가 아무리 따라가도 종시 내려와 앉지를 않아 잃어버리고 만 일이 있었다. 오늘은 기어이 첫번 앉는 데서 받아와야겠다. 막동이는 허든거리는 다리로 뙤약볕 속을 큰일났다고 에에 소리를 지르며 벌떼 뭉치를 따라갔다. 점순이는 또 점순이대로 어쩔 줄을 모르고 흑흑 느끼면서 오빠의 뒤를 따르고.

벌떼 뭉치는 동구 밖 버드나무에 앉았다. 막동이는 점순이더러 거기 있으라고 하고는 집 쪽으로 달음질쳐 갔다. 좀 있다 주막 모퉁이로 나타나 이리로 달려오는 막동이의 어깨에는 망태기가 메어져 있었고, 망태기 속에는 벌통에서 꺼낸 소초 한 개가 들어 있었다. 막동이는 버드나무 밑으로 오더니 숨을 돌릴 새도 없이 그냥 나무로 기어오르기 시작했다. 첫 가지를 붙들기 전에 맥없이 미끄러져내리고 말았다. 숨을 좀 돌릴밖에 없었다. 그러나 어디

앉는 것도 아니고, 막동이는 그저 나무를 안은 채 서서 한편 뺨을 나무에다 붙이고 눈을 감는 것이었다.

벌에게 여기저기 쏘여가며 소초에다 장봉 든 벌떼 뭉치를 옮겨 망태기에 넣어가지고 집으로 돌아온 막동이는 그만 방바닥에 고꾸라지듯이 나가쓰러졌다. 입에서는 절로 으응 으응 앓는 소리가 새어나왔다. 막동이 옆 누더기 이불을 씌워놓은 망태기 속에선 벌떼가 웅웅거리고 있었다. 어른들이 돌아오기까지 막동이 동무나 해주려는 듯이.

다음날 아침 일찍이 집을 나서던 막동이 할아버지는 눈여겨보지 않은 며칠 새에 집이 알아보게 더 기울어진 것을 발견했다. 처음 보는 사람이면 금방 넘어질 것 같아 집 가까이 오기조차 꺼릴 지경이었다. 그렇다고 당장 손질할 형편도 못 되는 막동이네는 하는 수 없이 나무 같은 것으로라도 기울어진 데를 임시 버티어 보는 수밖에 다른 도리가 없었다.

동네 목수 코주부를 불러가지고 집 고치려고 구해다둔 재목 가운데서 나무 몇 개를 골라내고 있는데, 앞 돌담 모퉁이를 돌아 전필수가 이리 오는 것이 보였다. 바로 이런 시기가 오기를 엿보고나 있던 듯이.

"이거 원 어디 나무 한두 개루 버테가지구 되겠습니까. 벌써부터 말씀드리려구 했습니다만 혹 무엇하게 생각허실까 봐 잠자쿠 있었는데…… 저 아랫동네 저희 농막이 있지 않습니까. 그리루 옮기시는 게 어떻습니까. 문만 없는데, 여기 성한 문이나 떼다 달구 곧 드시두룩 하십시오."

막동이 할아버지는 고마울밖에 없었다. 목수 코주부도 우선 그렇게 하고 나서 집을 바로잡든지 어떻게 하자고 해, 곧 옮길 준비를 했다.

이 막동이네 이사한다는 것을 마침 투전판에서 딴 돈을 집에 두러 내려왔던 뱁새가 알고 올라가 막동이 아버지에게 전했다. 이 말을 듣고도 막동이 아버지는 한참이나 못 들은 듯 투전장만 들여다보고 있다가 펄떡 투전장을 던지고 일어났다.

서당골로 내려오는 도중 막동이 아버지는 자꾸 무엇을 한 가지 잊고 오는 것만 같았다. 한참 따는 판에 일어서서 오느라고 그런가. 얼마큼 오다가 그 자꾸 무엇을 잊은 것 같은 것은 다른 게 아니라, 소를 못 사가지고 온다는 것이라는 걸 알았다. 그러나 벌써 그 소는 밀도꾼이 사다가 잡았을 게다. 소야 이후에 살 수도 있다. 먼저 터전부터 물러야 한다. 그렇지만 날짜가 지났다고 안 물러주겠다면? 사정을 하자. 죽자 하고 사정을 하자. 그래도 안 물러주겠다면? 기어코 안 물러주겠다면? 막동이 아버지는 가슴이 우주주해옴을 느꼈다.

뒷재에서 내려다보니 이미 이사는 거의 끝난 듯 아버지가 뜰 한옆 벌통 앞에 서 있는 것이 보였다.

막동이 아버지는 곧장 전필수네 집으로 내려갔다. 전필수는 막동이 아버지를 보자 이 작자가 또 밑천을 다 없애고 생투정이나 하러 온 것이 아닌가 했다. 그만큼 막동이 아버지의 얼굴은 무섭게 일그러져 있었다.

막동이 아버지는 주머니에 있는 돈뭉치를 전부 꺼내어 전필수 앞에 밀어놓으며 말했다.

"물러주시오."

그러자 전필수는 잠자코 돈을 집어 천천히 세어나가다가 터전 값만 자기가 가지고,

"이거면 됐소."

하고 남은 돈과 계약서를 도로 내주는 것이었다.

막동이 아버지는 전필수의 너무나 너그러운 처사에 도리어 어리둥절한 심정으로 그곳을 나오면서, 이젠 죽는 한이 있더라도 자기 손으로 다신 터전을 팔지 않으리라 마음먹는 것이었다.

아직 해가 많이 남아 있었다. 집에는 어둑해진 뒤에 들어가자. 그러면 그새 주막에 가 술이나 한잔 먹자. 주막을 찾아가던 막동이 아버지는 저쪽에서 쇠고기를 사들고 오는 동네 사람들과 만났다. 중복이 지난 줄 알았더니 바로 내일이었다. 집에 두어 근 사 보내야겠다. 까치골로 밀도꾼을 찾아갔다. 가서 보니 오늘 잡은 소가 바로 윗골 그 소였다.

고기 두 근을 사가지고 동네로 들어와 거기 놀고 있는 한 애를 시켜 집에 보내고는 그길로 주막으로 갔다. 소낙비라도 오려는지 고추잠자리들이 나지막이 날고 있었다. 막걸리를 두 사발째 마시고 앉았는데 들에서 들어오던 송생원이 주막 앞을 지나다 막동이 아버지를 보고,

"이거 누군가?"

하며 들어섰다. 막동이 아버지가 막걸리라도 한 사발 사려니 하

는 마음도 없지 않아서.

송생원은 막동이 아버지가 낸 막걸리 한 사발을 서너 번에 다 마시고 나서 입가에 묻은 술기까지 말짱히 훑으며,

"자네 많이 땄다믄서?"

하고 넌지시 건너다보았다. 한 사발 더 마셨으면 좋겠다는 생각을 하면서.

"뭐 딴 거 없어요."

막동이 아버지는 터전 팔았던 계약서를 송생원 앞에 내놓았다.

"이걸 도루 찾았군그래."

이런 걸 보면 이 치가 아주 잡기에 빠진 자는 아니라고 송생원은,

"용한데."

하고는,

"그래 아무 말 없이 물러주던가?"

했다.

"네, 그냥 잠자쿠 물러줍디다."

"그랬을 테지. 전필수 그 사람이 어떤 사람이라구. 하여튼 잘됐네."

그러니 오늘은 이 사람이 한턱 낼 만도 하다고 이번에는 송생원이 직접 주모에게 막걸리 한 사발을 더 청했다.

송생원이 새로 부은 막걸리 사발을 막 들려고 하는데 별안간 술청이 어두워지며 어딘가 먼 데서 비 듣는 소리가 들린 듯한 순간, 물기 머금은 바람이 일면서 뒤이어 소낙비가 쏟아지기 시작했다.

송생원이 사발 든 손을 멈춘 채,

"한 줄기 퍼부었으믄……"

하였는데, 퍼부었으면 좋겠다 했는지, 시원하겠다 했는지, 끝말은 소낙비 소리 때문에 분명하지가 않았다.

송생원이 좀 전처럼 막걸리 한 사발을 다 마시고 나서, 입술이랑 윗수염을 핥고 있을 즈음에는 소낙비가 뚝 그쳤다. 그러고는 별나게 새빨간 저녁놀빛에 물들면서 날이 저물어갔다. 송생원은 저녁 전의 출출한 속이라 막걸리 두 사발에 그만 취하고 말았다. 송생원은 아까부터 묵묵히 막걸리만 들고 있는 막동이 아버지에게,

"자네 참 용하네만 아마 못 뗄걸. 거 보지. 다시 안 할 것처럼 손꾸락까지 자르구서두……"

그러다가 취한 속에서도 술을 얻어먹으면서 이런 말을 해서는 안 되겠다는 생각이 든 듯,

"그래두 자넨 참 용해. 팔았던 땅을 도루 찾구…… 참 자네 이참에 집 새루 짓게. 자넨 참 용해…… 허지만 자네 두구 보게……"

송생원은 취한 탓인지 막동이 아버지에게 좀 듣기 좋은 소릴 한다는 것이 또 엇나갈 것 같아 그만 자리에서 일어나며,

"아니 난 가보겠네."

하고 밖으로 나가버렸다.

손 못 뗀다고? 그래 결국은 또 터전을 팔아먹게 된다는 거지? 망할 놈의 늙은이 같으니라고 아가리를 찢어놓고 말라. ……하기

는 열소리 할 때 숨어 투전을 하다가 들켜 아버지한테 그 굵다란 소나무 화라지⁵가 뚝뚝 부러져 나가도록 매를 맞곤 했건만 그냥 그걸 끊지 못하고 오늘까지 온 나니까…… 그러나 이번만은 안 그럴걸, 죽어도 안 그럴걸! 그렇지만 송생원의 말대로…… 아니다, 아니다…… 그렇지만…… 아니다……

막동이 아버지가 주막을 나온 때는 아주 깜깜하게 어두운 뒤였다. 달도 없었다.

이튿날 아침 막동이 아버지는 자기네 낡은 집 밑에 시체가 되어 발견됐다. 기울어졌던 쪽 기둥을 안고 있는 것이 그 기둥을 밀어 집을 넘어뜨리면서 깔린 것 같았다. 동네 사람들은 막동이 아버지가 죽으려고 그런 짓을 했는지, 취한 김에 낡은 집을 허물어버린다고 하다가 미처 몸을 피하지 못해 그렇게 됐는지는 아무도 몰랐다. 집이 무너지면서 전필수네 뒷담장 일부분을 헐어놓았다. 그리고 엊저녁 소낙비가 내리붓고 뒤이어 어두웠기 때문에 막동이 할아버지가 밖에서 벌들이 채 못 들어왔을 걸 염려하여 다음날 저녁때 옮겨가려고 그냥 두었던 벌통들을 묻어버렸다. 거기에서 벌들이 날아 나오고 있었다. 마치 막동이 아버지의 몸에서인 듯.

그날 밤 밤샘들을 하는데 전필수가 막걸리 한 동이를 들려가지고 왔다.

전필수는 동네 늙은이들과 마주 앉아 술잔을 돌리다가 그새 할미꽃 뿌리의 효험을 봐서인지 또는 어제오늘 너무 놀란 탓인지 학질만은 나아가지고, 헬쑥해서 앉아 있는 막동이 옆의 막동이 할아버지를 향해, 새 집을 짓고 들 때까지 아무 염려 말고 여기 계시라는 말을 했다. 그저 넘어진 자기네 담장만은 좀 손질을 해 달라고 하면서.

거기 둘러앉은 사람들은 모두 이 전필수의 인정스러움에 저도 모르게 고개를 주억거렸다. 송생원도 한옆에 앉아 이 전필수의 인정 많은 마음씨에 같이 감복하면서 문득 마음 한구석에 저 사람이 저렇게 인정이 많으면 많을수록 막동이네 집은 언제고 꼭 저 사람의 손에 들어가고야 말리라는 생각이 드는 것이었다. 그러나 송생원은 마침 차례에 온 막걸리 사발을 받자 그런 건 어찌되건 어서 술이나 먹고 보자고, 벌컥벌컥 보기 좋게 사발을 비우는 것이었다.

아들의 장례가 있은 다음날 막동이 할아버지는 집안 식구들을 데리고 전필수네 담장을 고치기 시작했다. 누구의 입에서도 말이 없었다. 이때 어디선가 꿀벌 한 마리가 길을 잘못 들었는지 그렇잖으면 익은 길이라 저도 모르게 옛집에 들렀던 것인지 이잉하고 막동이네 무너진 오막살이 위를 한바퀴 돌아 지금 바삐 담장을 쌓아 올리고 있는 막동이네 식구들 머리 위로 지나갔다.

누구 하나 이 벌에게는 주의가 가지 않는 속에서 그래도 막동이가 핼쑥한 얼굴로 눈을 들었다. 순간 막동이의 시야를 고래 같은 기와집이 가로막아버렸다. 그러나 무엇을 찾는 듯한 막동이의 눈은 그냥 앞을 막는 기와집 용마루 너머 하늘 저쪽에 부어진 채로 있었다.

사마귀

그동안 한 마리 한 마리 없어져가던 토끼 새끼가 오늘 아침 마지막 한 마리마저 없어졌나 보다. 주인마누라가 큰 목소리로, 사마귀는 제 새끼를 잡아먹는다든지 제 어미를 잡아먹는다는 말은 들었지만 아무리 독한 짐승이기로서니 제 새끼를 네 마리씩이나 잡아먹는 법이 어디 있느냐고 어미토끼를 욕질하는 소리가 들린다. 그러면서 주인마누라는 현이 실험용으로 사온 토끼가 밤새 가슴의 털을 뽑아놓고 그 속에 네 마리의 새끼를 낳았을 때 현더러 새끼가 클 때까지 어미토끼를 그냥 두라고 했던 것을 또 후회한다. 아마 막대기를 토끼장 안에 들이밀고 어미토끼의 허리를 찌르는 모양으로, 뒈지고 말라는 소리가 들린다. 이 집 어린 계집애가, 할머니 할머니 하면서, 어미토끼의 눈알이 새끼를 잡아먹어서 새빨갛냐고 하고는, 요놈의 눈깔 요놈의 눈깔, 하는 품이 꼬챙이로 어미토끼의 눈알이라도 찌르는 눈치다.

계집애가 주인마누라보고 할머니라고 부르는 것은 이 집 젊은 여인이 밖에 나가 묵는 동안만이다. 젊은 여인이 돌아온 뒤에는 할머니란 말 대신에 어머니란 말로 바뀐다. 현이 몇 살이냐고 물을 적마다 한 손 손가락을 다 펴 보이면서도 입으로는 여섯이라고 하는 이 어린 계집애가 이것만은 어겨본 적이 없다.

계집애가 언제나 어머니라고 부르는 것은 인형에게뿐이다. 이 인형을 계집애는 업어주는 법이 없다. 소꿉질을 하면서는 사금파리에 흙으로 만든 음식을 담아가지고 엄마 먹으라고 하며 먼저 인형의 입술에 가져다 댄다. 계집애의 이런 장난도 젊은 여인이 밖에서 묵는 동안뿐이다.

젊은 여인이 집에 돌아오는 때면 아랫방 좁은 툇마루에 낯선 남자의 구두가 놓인다. 남자의 낯선 구두는 젊은 여인이 밖에서 묵다가 돌아올 적마다 빛깔과 크고 작기가 달라진다. 남자의 낯선 구두가 새로 좁은 툇마루에 놓일 적마다 계집애나 주인마누라의 생활이 또 달라진다. 동그란 계집애의 얼굴이 새침해져서 현이 있는 위층으로 올라온다. 주인마누라의 잔주름 많은 얼굴은 긴장으로 굳어진다. 그리고 찬거리를 사러 바구니를 끼고 나가는 품도 급해진다. 연기 나는 부엌문을 열고 나와 저고릿고름으로 눈을 닦으면서도 전처럼 눈이 쓰리다는 소리를 지르지 못한다. 조심히 뒷설거지까지 다하고 나서는 곧장 현이 있는 위층으로 그것도 층층다리가 소리 안 나게 조심히 기어 올라온다. 그러고는 아랫방이 조용해져야 또 조심조심 계집애를 데리고 내려가 부엌 옆에 붙은 골방으로 가 잔다.

이런 때 위층으로 올라온 주인마누라는 현에게 등을 돌려대고 한참 말없이 앉았다가 생각난 듯이 어항 쪽으로 시선을 돌린다. 계집애는 잠깐 어항과 주인마누라를 쳐다보고는 손톱 거스러미를 뜯기 시작한다. 주인마누라는 붕어가 헤엄쳐 다니는 거리에 따라 어항 유리알에 비치는 붕어의 크기가 놀랄 만큼 커졌다 작아졌다 하는 것을 지켜본다. 그러다가 계집애의 주의를 그리로 끌려는 듯이 고개를 돌린다. 그러나 계집애는 젊은 여인이 밖에서 묵는 동안 그렇게 좋아서 들여다보던 어항으로 종시 고개를 돌리지 않는다.

젊은 여인이 밖에서 묵는 동안 계집애는 현이 있는 위층으로 올라오면 먼저 어항으로 간다. 그때까지 한곳에 머물러 느리게 지느러미질만 하던 붕어가 공연히 놀라서 오고 간다. 그러다가 다시 붕어가 한곳에 안정하고 있게 되면 계집애는 파리를 잡아 물에 띄운다. 현이 처음에 파리 같은 더러운 것을 먹이면 안 된다고 하였지만 붕어는 민첩하게 수면으로 내달아 물 위에 바동거리는 파리를 주둥이로 톡톡 건드려보고, 밑으로 내려가 있다가 다시 와 건드리기만 하지 먹지는 않는다. 파리를 쪼는 동작은 파리의 바동거림이 점점 떠갈수록 떠가다가 파리가 아주 죽으면 멎고 만다. 그러다가 계집애가 마침 어항 옆을 기고 있는 개미를 잡아넣으면 이것만은 붕어가 내달아와 단번에 삼켜버린다. 계집애는 일부러 밖에 나가 잔개미를 잡아다가 어항에 넣어준다. 그러나 개미도 살아 오무작거리는 것만 삼켜버리지 죽은 것은 와 건드리지도 않는다.

계집애는 붕어가 파리와 개미 건드리기에 싫증이 나기 전에 먼저 싫증이 나 이번에는 긴 꼬챙이를 가져다 밑에 가라앉은 비늘을 꺼내는 장난을 한다. 꼬챙이로 비늘 하나를 눌러 어항 유리에 붙여 조금씩 위로 끌어올린다. 그러나 어항 모가지에 오기 전에 꼬챙이의 누르는 힘이 잘 받지 않아 비늘을 놓쳐버린다. 그러면 계집애는 재빨리 손을 물속에 넣어 가라앉는 비늘을 집어낸다. 그리고 힐끔 현 쪽을 돌아보고는 현이 못 본 체하면 꼬챙이로 어항 속을 저어 비늘을 다 뜨게 한 뒤에 손을 넣어 건져가지고는 급히 밖으로 내려가 그것을 햇볕에 말린다.

현이 우물로 내려가 흐린 어항의 물을 갈고 있으면 계집애가 달려와 물 찌운 어항 밑바닥에서 팔딱이는 붕어 한 마리를 집어든다. 손에 쥔 채 마냥 팔딱이며 빛나는 비늘을 만족스레 들여다본다. 어항에 새 물을 넣어가지고 현이 어항을 계집애의 붕어 쥔 손 가까이 가져간다. 그제야 계집애는 어항에 붕어를 넣는다. 그런데 한번은 계집애가 어항에 붕어를 넣으려는 순간 손에서 미끄러져 하수도에 떨어뜨리고 말았다. 현이 미처 움켜낼 새 없이 벌써 붕어는 하수관의 검고 걸쭉한 물에 둔한 한 줄기 선을 그으며 깊이 들어가버리고 만다. 계집애는 붕어가 남긴 손바닥의 비늘만 내려다보고 있다. 그곳에 좀더 서 있기만 해도 계집애가 울음을 터뜨릴 것 같아 현은 짝패가 없어진 것도 모른다는 듯이 갈아준 맑은 물속을 생기 있게 꼬리치며 헤엄쳐 다니는 붕어만 들여다보면서 위층으로 올라와야 했다.

현이 아주 위층으로 다 올라간 뒤에 계집애는 곧 명랑해져서 여태까지 모은 비늘과 손바닥에 남은 새 비늘을 가지런히 손등에 펴놓는다. 그리고 햇빛을 받아 반짝이게끔 햇빛을 향해 손등을 움직여 맞춘다. 같은 동작을 몇 번이고 되풀이한다. 그러다가 계집애는 생각난 듯이 비늘을 모두 자기 볼과 이마와 코에 붙이고는 붕어처럼 헤엄쳐 내닫는 시늉을 한다. 입을 자주 동그랗게 벌렸다 다물었다 하기까지 한다. 두 팔을 지느러미 놀리듯 한다. 그러나 계집애는 이 장난에도 싫증이 나면 이번에는 고양이를 잡아다가 젊은 여인이 하는 것과는 반대로 고양이의 볼을 손톱으로 할퀸다.

젊은 여인은 밖에서 묵다가 돌아와서는 고양이를 안고 고양이의 앞발을 잡고 자기의 볼을 쓸곤 한다. 발톱이 서지 않은 고양이의 발이 부드럽게 젊은 여인의 볼을 쓸어내린다. 젊은 여인은 눈을 감으며 고양이의 발에 힘을 준다. 그러면 젊은 여인의 볼에는 고양이의 발톱 자국이 차차 붉어지고, 동시에 젊은 여인의 입가에 웃음기가 떠오른다. 보조개가 파이는 왼쪽 볼. 젊은 여인의 얼굴은 정면으로는 둥근 윤곽이 얼마큼 원만해 보이나 옆얼굴은 딴판으로 코며 입이며 턱이 날카롭게 드러난다. 이와 반대로 눈은 옆으로 볼 때에는 긴 속눈썹이 약간 위로 향한 것이 매력 있게 보이지만 정면으로는 먼저 거기 깃들어 있는 피로가 눈에 띈다.

한번은 현이 툇마루의 낯선 구두가 돌아간 뒤 아래층으로 내려가다가 툇마루에서 젊은 여인이 계집애 쪽으로 두 팔을 내밀면서 웃음을 지었을 때 왼쪽 볼의 보조개가 분명히 한 개의 깊은 흠 자국으로 보여 가슴이 섬뜩한 적이 있었다. 그러나 다음 순간 현은 계집애에게 내민 젊은 여인의 팔에 호기심이 더 갔다. 젊은 여인이 계집애를 안으려고 팔을 내민 것은 현은 처음 보는 것이다. 계집애가 어리둥절해 젊은 여인의 얼굴을 쳐다본다. 그러다가 누가 자기 뒤에 있기나 한 것처럼 돌아다본다. 아닌 게 아니라 그때 계집애 뒤에서 고양이가 달려와 젊은 여인의 내민 팔에 안긴 것이다. 젊은 여인은 고양이에게 팔을 내밀었음이 틀림없었다. 젊은 여인은 고양이를 붙안으며, 오오 내 딸, 하고 속으로 중얼거리는 듯했다.

고양이만이 좁은 툇마루에 어떤 종류의 남자 구두가 놓이건 젊은 여인의 팔에 안기고 품에 기어들고 어깨에 기어오른다. 온통 까만 고양이는 젊은 여인에게 붙어서 귓바퀴나 화장한 볼을 핥기가 일쑤다. 그러면 젊은 여인은 부엌으로 가 자기 손으로 날고기 조각을 몇 점이고 썰어다가 손바닥에 놓아 고양이 앞에 내민다. 고양이는 입 언저리에 연지 같은 피를 묻히면서 먹는다. 그러다가 종시 고기 조각 한두 점을 남긴 채 기지개와 하품을 하고 물러나면 이번에는 젊은 여인이 양지쪽에서 비누 거품을 피우며 고양이털을 씻어준다. 익숙해져 있는 고양이는 비누 거품이 날 적마다 눈을 꿈적거릴 뿐, 계집애가 주인마누라에게 머리를 감길 때보다 얌전하다. 그러고 나서 여인에게 안겨 방으로 들어간 고양이는 거기서 꽃송이와 장난을 하게 마련이다.

꽃송이는 젊은 여인이 밖에서 묵다가 돌아올 때 함께 오는 남자의 각색 구두처럼 갖가지 꽃이다. 남자가 돌아가고 젊은 여인이

160

다시 밖에 묵게 된 뒤에야 계집애는 이 꽃송이를 마음대로 가진다. 계집애는 꽃가지들을 하수도 가에 꽂아놓는다. 그리고 꽃이다 시들 때까지 한 가지도 뽑아내지 않고 그냥 둔다. 언젠가 현은위층으로 올라온 계집애에게 화병을 준 일이 있었다. 새로 꽃이생기면 꽂으라고 준 것이다. 계집애는 화병을 받아들고 잠시 어쩔 줄을 몰라하다가 화병을 그 자리에 도로 놓고 아래로 뛰어 내려가는 것이다. 좀 있다 다시 올라오는 계집애의 손에는 하수도가에 꽂았던 꽃가지가 들려 있다. 그것을 화병에 꽂는다. 거의 시들어 늘어진 꽃잎과 찢어진 꽃잎. 찢어진 꽃잎은 고양이가 장난질하면서 발톱으로 째고 이로 물어뜯은 것이리라. 계집애는 하루에 몇 번이고 화병에 물을 갈아 넣어준다. 그러다가 고양이라도와 꽃을 다칠라치면 계집애는 날쌔게 고양이를 잡아 둘러메친다. 그러나 살이 찐 고양이는 계집애의 메친 힘을 무시하고 다리를 바로 세워 그 자리에 서서 허리를 늘였다 꼬부리며 기지개를켠다.

이 고양이가 젊은 여인이 밖에 나가 묵는 동안이 길어지면서 여위어갔다. 계집애가 잡아 메치면 고양이는 겨우 바로 섰다가 창문턱으로 올라간다. 그러면 계집애는 가만가만 고양이 뒤로 다가간다. 그리고는 갑자기 두 손으로 고양이를 떠밀친다. 고양이를이층에서 아래로 떨어뜨려버리려는 것이다. 그러나 고양이는 아래로 떨어질 듯하면서도 몸을 창문턱에 찰싹 엎드렸다가 계집애옆으로 빠져나가면서 화병을 건드려 떨어뜨리고 만다. 화병의 모가지가 부러진다. 그러지 않아도 시들었던 꽃이 넘어지면서 꽃잎을 떨어뜨린다. 현은 물에 뜬 시든 꽃잎들을 주우며 젊은 여인의 홈 자국처럼 보인 보조개를 자꾸 눈앞에 떠올린다. 현은 주운 꽃잎과 가지를 목 부러진 화병에 넣어가지고 골목 한옆에 있는 빈 터로 간다. 누구든지 소변보지 마시오, 하고 씌어 있는 집 뒷벽 아래 별별 그릇 깨어진 조각이며 똥이며 죽은 쥐가 버려져 있는 곳에 화병을 던진다.

여위어가는 고양이가 빈터에 내다버린 죽은 쥐를 물고 오기도 한다. 주인마누라는, 죽일 놈의 고양이 죽일 놈의 고양이, 하면서 어미토끼의 허리를 찌르던 막대기를 들고 고양이를 따라다닌다. 고양이는 아무래도 죽은 쥐를 놓지 않고 굴뚝으로 해서 지붕 한 구석에 올라가 숨는다. 주인마누라는 막대기로 굴뚝을 때리면서 어서 쥐를 놓고 못 내려오겠느냐고 소리 지르다가 할 수 없어 막대기를 던지고는 부엌으로 들어간다. 고양이가 입 언저리에 묻은 피를 혀로 핥으며 내려와 툇마루 아래서 해바라기를 한다. 계집애가 살금살금 고양이에게로 가 꼬챙이로 반쯤 감은 눈을 찌른다. 그러나 고양이는 어느새 앞발로 꼬챙이를 옆으로 털어버린다. 이번에는 계집애가 고양이의 볼을 할퀸다. 고양이가 계집애의 손등을 같이 할퀸다. 계집애가 더 세게 할퀸다. 그리고 달아나려는 고양이 허리를 끌어다 흙 위에 굴린다. 고양이의 온 몸뚱이가 흙투성이가 된다. 그러고는 계집애가 이번에는 무엇을 생각했는지 고양이의 꼬리에 색헝겊을 맨다. 그러면 고양이가 그것을 물려고 허리를 둥글게 하고 돌아간다. 같이 계집애도 돈다. 계집애는 곧 몇 번이고 비틀거리다 주저앉는다. 고양이는 그냥 돈다.

계집애가 약이 오른 듯 다시 일어나 돌기 시작한다. 오래 돌기 경쟁을 함이 틀림없다. 계집애가 다시 주저앉는다. 주저앉아서도 그냥 어지러운지 윗몸을 내저으며 다시는 일어날 염을 못한다. 고양이는 그냥 꼬리의 색형겊을 물려고 돈다. 오래 돌기 경쟁에 계집애가 어림없이 졌다. 좀 만에 계집애는 일어나면서 주인마누라가 어미토끼를 찌르던 막대기를 집어들고 고양이의 허리를 힘껏 때린다. 고양이가 켁 소리와 함께 한 번 뒹굴고는 달아나버린다.

계집애가 심심할 때 노는 동무로 주인마누라가 아편쟁이라고 부르는 이웃집 벙어리 사내애가 있다. 부모가 아편쟁이로 죽자 지금은 먼 친척집에 와 있는 애다. 이 애는 듣기는 하는 벙어리여서 주인마누라가, 사내자식의 코가 그렇게 발딱하니 하늘로 터졌으니 부몰 아편쟁이로 만들어 잡아먹지 않고 별수 있느냐고 하면, 이 애는 부끄러워 고개를 못 든다. 그리고 계집애와 놀 때에도 궂은일은 이 애가 도맡아 한다. 소꿉질할 때에는 이 애가 진흙을 주물러 음식을 만든다. 그러고는 그중 빛깔 곱고 큰 사금파리에다 음식을 담아 인형과 계집애 앞에 놓는다. 계집애는 한번도 이 애에게 음식을 먹게 하지 않는다. 그래도 이 애는 아무 불평 없이 계집애가 흙밥을 엄마 먹으라고 하면서 인형의 입술에 가져다 대곤 하는 것을 오히려 만족한 듯이 바라본다. 그러다가 그만 자기도 모르게 침을 흘리고 만다. 전에 이 애의 아버지가 아편을 맞기 시작하자 어머니 되는 사람이 한사코 쫓아다니며 말렸다. 애 아버지는 그것이 귀찮아서 억지로 아내까지 아편쟁이로 만들어놓았다. 그러고는 서로 아편을 많이 맞으려고 애쓰다가 마침내 애 아버지는 애 어머니를 팔아버렸다. 그뒤 애 어머니는 몰래 애를 찾아와서는 애 아버지의 아편을 훔쳐 내오게 하곤 했다. 그것을 아버지한테 들켜 애는 무수히 매를 맞고 나중에는 어머니와 말도 못하게끔 혀를 잡아당겨 벙어리가 돼버리고 말았다. 그로부터 이 애는 말을 못할 뿐 아니라 자기도 모르는 새 맥없이 침을 흘리곤 하는 것이다. 계집애는 이 애가 침 흘리는 것을 볼 적마다 더럽다고 얼굴을 찡그리면서 홀딱 일어선다. 사내애가 깨닫고 얼른 침을 들이마신다. 그러나 계집애는 뒤도 안 돌아보고 방 안으로 들어가버린다. 그렇게 되면 사내애도 계집애가 다시 나오기를 기다리는 법 없이 돌아간다.

다음번에 사내애는 새로 사금파리를 다듬어가지고 계집애를 찾아온다. 그리고 사내애는 그 사금파리를 아낌없이 계집애에게 준다. 계집애는 당연하다는 듯이 그것을 받는다. 그러면 사내애가 이번에는 해어진 조끼 주머니 속에서 새파랗게 빛나는 사금파리를 꺼내어 돌 위에 놓고 귀를 다듬기 시작한다. 언젠가 현이 빈터에 내다버린 화병 조각이다. 사내애가 사금파리 귀난 데를 돌로 때릴 적마다 사기 부스러기가 튀어난다. 계집애는 튀는 부스러기를 피해 떨어진 곳에 물러나 서 있다. 사기 부스러기가 얼굴에 튀거나 목과 소매 사이로 튀어들거나 사내애는 손을 멈추지 않고 그냥 다듬는다. 그러다가 문득 사내애가 사금파리를 쥐었던 왼손을 든다. 그 엄지손가락에서 금방 피가 돋아난다. 손가락을 때린 거다. 손가락에 돋아난 피는 어느새 쥐고 있는 사금파리 조각을 물들인다. 계집애가 한 걸음 물러서면서 끔찍하다는 듯이 코허리를 찡그린다. 그러나 사내애는 피 나는 손을 두어 번 빠르게 털고 나서 다시 사금파리를 다듬기 시작한다. 사내애의 손끝에서 사기 부스러기가 더 빠르게 튀어난다. 마침내 다 다듬었다. 사내애는 낡은 바지에다 다듬은 사금파리를 닦아서 계집애에게 내준다. 계집애는 또 당연하다는 듯이 받아 다른 사금파리 속에 섞는다.

사내애는 계집애가 사금파리 장난에 싫증이 날 듯하면 먼저 눈치 채고 이번에는 헌 조끼 주머니에서 조개껍데기를 꺼낸다. 그리고 조개껍데기를 마주 맞추어가지고 도드라진 조개눈 쪽을 장독에 갈기 시작한다. 구멍을 내어 부는 것을 만들려는 것이다. 이가 저릴 만큼 쟁그라운 소리. 계집애는 이번에는 또 두 손바닥으로 귀를 막고 멀찍이 물러나서 바라본다. 주인마누라가 부엌에서 치마 앞자락에 손을 씻으며 나와 고놈의 아편쟁이는 와서 놀게 해준 것만 해도 고맙게 여기지 않고 시끄럽게까지 군다고 조개껍데기 가는 소리보다 더 큰 소리를 지른다. 그러나 사내애가 손을 멈추기 전에 계집애가 날카롭게 주인마누라더러 저리 가라고 한다. 사내애는 그냥 조개껍데기를 간다. 주인마누라는 혼잣말처럼 병신 마음씨 고운 데 없다더니 맞았다고 중얼거리며 다시 부엌으로 들어간다. 사내애가 손에 맥이 풀린 것처럼 갈던 것을 멈추었을 때에는 거기 구멍이 뚫어져 있다. 사내애는 한순간 조개껍데기의 구멍 난 쪽을 입으로 가져가려다가 그만둔다. 사내애의 입에서는 또 뜻하지 않은 침이 흘러내린다. 사내애는 울 듯한 얼굴로 조개껍데기를 계집애에게 준다. 계집애는 먼저 더럽다고 침을 뱉고 나서 조개껍데기를 받자 불어볼 생각도 않고 장독대 밑에 던져 깨버린다.

사내애는 갑자기 밖으로 뛰어나간다. 아무렇지도 않게 계집애는 깨어진 조개껍데기 중에서 맵시 있고 고운 것들을 골라 다른 사금파리 속에 섞는다. 계집애가 혼자 인형과 소꿉질을 시작하는데 사내애가 숨이 차 들어온다. 그리고 헌 조끼 주머니에서 톱밥을 계집애 앞에 쥐어낸다. 빈터 한옆에 톱질하는 곳에서 넣어갖고 온 것이리라. 양쪽 주머니에 가득 찬 톱밥을 다 꺼낸 뒤에 사내애는 계집애 앞에서 한 손을 톱밥 속에 파묻고 다진다. 단단하게 골고루 다지고 나서 조심스럽게 묻었던 손을 뽑는다. 그러나 톱밥은 굴이 생기지 않고 무너지고 만다. 사내애는 다시 톱밥 속에 손을 파묻고 다진다. 또 무너진다. 계집애가 못 참겠다는 듯이 톱밥을 두 손으로 홱 흐트러뜨린다. 사내애의 얼굴에 톱밥이 튄다. 계집애가 재미있다는 웃음을 입가에 떠올리며 톱밥을 한 줌 쥐어 사내애의 얼굴에 뿌린다. 사내애는 앉은 채 눈만 감는다. 계집애가 또 한 줌 집어 뿌린다. 사내애는 놀라는 것처럼 머리를 흠칫한다. 계집애는 더욱 재미난다는 듯이 이번에는 두 손으로 톱밥을 움켜 뿌린다. 사내애는 더 흠칫한다. 계집애가 이번에는 소리를 내어서까지 웃으며 연달아 두 손으로 긁어모아 톱밥을 끼얹는다. 사내애는 계집애의 웃음이 커짐에 따라 더 힘주어 머리를 흠칫거린다. 그러다가 계집애가 이 장난에도 시들해져서 웃음소리가 작아지는 듯하면 사내애는 갑작스레 만족한 웃음을 띠고 일어서 계집애를 바라보지도 않고 밖으로 뛰쳐나가고 만다. 그러고

166

는 사내애가 다시는 계집애한테 놀러오지 않는다.

현은 저녁에 실험실에서 돌아오는 길에, 누구든지 소변보지 마시오, 하고 써놓은 곁에 다시, 개가 아니면 소변보지 마시오, 라고 쓴 빈터 한옆에 두 늙은이가 톱질하는 밑에서 놀고 있는 사내애를 보곤 한다. 한쪽을 높게 괸 큰 통나무 밑에 앉아 톱을 당기고 미는 늙은이와 함께 사내애는 톱밥을 머리에 받으면서 톱밥으로 산 같은 것을 쌓곤 한다. 톱밥이 피우는 강한 나무 향내. 놀 낀 저녁 하늘에 둔한 선을 그은 통나무와 그 통나무 위에 올라선 늙은이의 굽은 등과 밀고 당기는 톱. 그리고 눈처럼 내리는 톱밥. 구석에 쌓인 검은 통나무들을 다 켜기 전에 참말로 톱밥보다도 흰 눈이 내리리라.

저녁에 실험실에서 돌아온 현은 피곤한 몸을 아무 데고 눕힌다. 늦여름 저녁이 점점 급하게 저문다. 갑자기 실험실에서 만지고 온 쥐 냄새가 난다. 분명히 손에서 난다. 현은 머리를 들어 손을 본다. 그러나 어둠은 벌써 손을 분간치 못하게 한다. 벽이 꽤 가까이 다가와 서 있다. 그리고 천장은 또 어느새 무던히 낮게 내려와 있다. 벽과 천장은 귀가 난 것이 아니고 둥글다. 지금 자기는 어디로 머리를 두고 누웠는지 모르겠다. 잠이 들었다 깨면서 자기가 누운 위치를 잘못 깨닫고 머리맡에 있어야 할 창이 발치 쪽에 있었다. 왼편에 있어야 할 것이 오른편에 있었다 하여 가슴을 두근거린 일이 한두 번이 아니다. 그게 이날은 잠도 들지 않고 오른편에 있어야 할 뿌우연 창이 왼편에 있는 것으로 느끼자 놀라 일어난다.

 현이 미처 전등을 켜기 전에 밑에서 주인마누라의, 요놈의 고양이 요놈의 고양이 하는 성난 소리에 뒤이어 층층다리를 쿵쿵 울리면서 뛰어 올라오는 소리가 난다. 현이 전등을 켠다. 금방 발치 쪽에 있다고 생각한 층층다리가 머리맡 쪽에 있다. 방문을 연다. 무엇인가 입에 문 고양이가 들어오고 그 뒤로 주인마누라가 아침에 어미토끼를 찌르던 막대기를 들고 쫓아 들어온다. 고양이가 물고 있는 것은 죽은 토끼 새끼였다. 주인마누라가 주름 잡힌 얼굴에 경련을 일으키며, 요놈의 고양이가 토끼 새끼를 다 잡아먹은 걸 모르고 있었다고 하면서 고양이를 움켜잡으려고 한다. 고양이가 잽싸게 피한다.

 계집애가 올라와 달려들어 고양이의 허리를 잡는다. 고양이의 허리가 길어졌다가 줄어든다. 계집애가 토끼 새끼를 쥐고 잡아당기니까 고양이는 허리를 꼬부리며 적의에 찬 눈을 하고는 악문 입 새로 씨익 독기를 뿜는다. 현이 대신 쥐고 잡아당긴다. 고양이 이빨 새에서 토끼 새끼의 한 부분이 찢겨져 나온다. 계집애가 고양이를 붙안고 층층다리를 내려간다. 주인마누라는 혼잣말로, 쥐새끼 죽은 걸 안 물어들이나, 집에 있는 토끼 새끼를 안 잡아먹나 하면서 그놈의 고양이 죽여버리고 말아야겠다고 한다. 현은 죽은 토끼 새끼의 한 부분을 쥔 채 층층다리를 내려간다. 어둠 속에서 어렴풋이 계집애가 고양이를 메치는 게 보인다. 고양이는 켁 소리를 지르고 토끼장 곁으로 사라진다. 현은 토끼장 앞에서 손에 쥔 토끼 새끼의 한 부분을 어미토끼한테 보인다. 짝 잃은 붕어처럼 그런 것은 모른다는 듯이 장 안은 조용하다. 현이 토끼장을 발로 찬다. 그제야 장 안에서 어미토끼가 놀라 뛴다. 내일은 실험실로 가져가리라.

현은 공원으로 가는 길가 하수구 개천까지 찢긴 토끼 새끼를 들고 간다. 하수구 개천은 아래로 갈수록 더 캄캄하다. 퀴퀴한 역한 냄새가 올라온다. 토끼 새끼를 하수구 개천으로 떨어뜨린다. 하수구 개천은 약한 소리를 한 번 낸 뒤에는 그냥 역한 냄새를 피우면서 잠잠해진다. 하숙집 하수관에서 놓쳐버린 붕어는 이런 곳까지 나오기 전에 죽어 썩어졌으리라. 현은 어둡기만 한 하수구 개천을 내려다보는 동안 이 하수구가 거꾸로 흐르는 것으로 몇 번이고 착각을 일으키다가 공원으로 향한다.

공원에 들어서자 현은 활엽수 있는 데로 가 손을 내민다. 젖은 활엽수의 잎사귀가 사늘하고도 눅눅한 체온을 옮겨준다. 현은 손을 거둔다. 그러나 다음에 현은 다시 두 손을 내밀어 잎사귀에 손을 문지르고는 벤치로 가 앉는다. 종시 구름이 걷히지 않는다. 달을 가린 하늘은 하수구 개천처럼 캄캄하다. 드문하게 켜놓은 전등불이 나무에 가려져서 더 어두운 그늘을 짓는다.

현은 공원 밖 밝은 야시터로 나간다. 가까운 장난감 파는 곳에는 노파가 원색으로 채색을 한 장난감 속에 앉아서 장난감을 놀리고 있다. 탱크가 다른 장난감들을 밀어 넘어뜨리면서 돌아다닌다. 노파는 오뚝이를 미끄럼대 위에서 미끄러뜨려내린다. 오뚝이는 떼굴떼굴 굴러내리다가도 밑에 와서는 바로 선다. 노파는 다시 오뚝이를 미끄럼대 위에서 굴린다. 탱크가 미끄럼대를 와 받아 넘어뜨린다. 딴 곳에 가 떼구르르 굴러떨어진 오뚝이가 또 바로 선다.

현은 다시 공원으로 들어온다. 좀 전에 앉았던 벤치에 소년 소녀가 앉아서 함께 조숙스러운 높은 웃음을 웃고 있다. 현은 돌아서고 만다. 손이 아직 끈끈하다. 무슨 배릿한 냄새까지 나는 것 같다. 다시 활엽수 있는 데로 간다. 이번에는 젖은 나뭇잎사귀를 뜯어서 두 손바닥으로 비벼 손등과 손가락 하나하나를 문지른다. 손에서 나는 냄새보다 강한 나뭇잎사귀의 청풀 냄새. 그러는데 손에 배릿한 냄새도 아니고 나뭇잎사귀의 청풀 냄새도 아닌 값싼 분가루 냄새 같은 것이 풍겨온다. 현은 담배를 붙여 문다. 아무도 없다. 다시 나뭇잎사귀로 손을 올리는데 희끄무레한 것이 현의 턱으로 나온다. 놀라 물러난다. 바로 옆에서 여자의 신경질스러운 웃음소리와 함께 담뱃불을 좀 빌리자고 한다. 현이 담배를 건네기 전에 내밀었던 여자의 손이 먼저 현의 입에서 담배를 빼간다. 그리고 담뱃불에 빨갛게 비친 여인의 코언저리에는 두꺼운 분으로도 감추지 못한 기미가 드러나 보인다. 담배 끝과 담배 끝이 떨어지자 여인의 얼굴은 담배 연기로 흐려진다. 어둠 속에서 여인은 현의 담배를 내준다. 현은 담배를 받으러 손을 내민다. 그 손을 여인의 손이 뿌리친다. 그리고 여인의 담배 쥔 손이 현의 입을 찾는다. 현은 입을 내민다. 그러나 여인은 담배의 불붙은 끝을 현의 입에 물리려고 한다. 현은 후딱 여인의 손을 쳐서 담배를 떨어뜨리고는 빠른 걸음으로 그곳을 떠난다. 뒤에서 여인의 깔깔거리는 웃음소리가 일어난다.

공원을 빠져나와 하수구 개천이 있는 곳을 안 지나고 구멍가게 옆골목 지름길을 잡는다. 퍽 가깝다. 집에 이르러 층층다리를 올라가니까 고양이가 방바닥을 핥고 있다. 아까 고양이에게서 토끼 새끼를 빼앗을 때 흘린 피라도 핥고 있는 모양이다. 고양이는 현을 보자 경계하는 눈을 한 번 들었으나 곧 다시 빨간 혀로 방바닥을 찬찬히 핥는다. 현은 언뜻 이 고양이를 좀 전에 공원에서 본 여인에게 가져다주리라는 생각이 든다. 현은 쓰다듬어주는 시늉을 하며 고양이에게로 가 잡는다. 고양이는 예사롭게 혀로 제 주둥이 끝을 핥아 들이다가 귀를 몇 번 날카롭게 놀리고 나서는 곧 현의 손을 핥기 시작한다. 아직 손에는 무슨 냄새가 남아 있는가 보다. 현은 수건으로 고양이의 눈을 가렸다. 고양이는 두어 번 바동거렸으나 곧 다시 현의 손등을 핥기 시작한다.

현은 고양이를 품에 넣고 몰래 집을 나선다. 하수구 개천이 있는 먼 길을 잡는다. 하수구 개천을 지나는데 갑자기 달빛이 내리비친다. 현은 고양이 넣은 품을 더 잘 감싼다. 달빛이 또 어두워진다. 공원에 들어서서는 곧 나무 밑으로 간다. 아까보다 더 젖고 냉랭한 나뭇잎사귀가 현의 귀를 차갑게 스친다. 고양이를 옆에 끼고 성냥을 그었으나 불이 젖은 나뭇잎에 닿아 꺼지고 만다. 다시 성냥을 그어 비춰보았으나 나뭇잎사귀가 거무스름히 번득일 뿐, 아무도 없다. 담배를 붙여 물고는 아까 소년 소녀가 웃던 빈 벤치로 가 앉는다. 야시도 다 파해가는가 보다. 아까보다 그쪽이 어둡다. 현은 앞 어둠 속에서 검은 것이 앞과 뒤로 움직이고 있는 것을 발견한다. 무슨 착각이나 아닌가 하고 자세히 지켜본다. 뒤를 맞붙인 두 마리 개가 제각기 번갈아 앞으로 움직이곤 한다. 달빛이 또 비친다. 이쪽을 향한 야윈 개가 길게 뺀 혀와 눈알을 빛내며 저쪽에 붙은 개를 몇 걸음 끈다. 그러면 저쪽 개가 곧 또 이쪽 개를 몇 걸음 끈다. 달빛 속에서 같은 동작이 몇 번이고 되풀이된다.

달빛이 다시 가려지자 일어서는 현의 어깨에 와 실리는 것이 있다. 술 취한 여인이다. 아까의 여인인지 딴 여인인지 모르겠다. 현이 몸을 비키려는데 여인은 더 세게 목을 안으며 술 냄새 뿜는 입술을 가까이 가져다 대고, 누가 모를 줄 알고 그러느냐고, 애 내버리러 왔지 뭐냐고 한다. 고양이를 품에 넣은 것을 애로 잘못 알았음이 틀림없다. 그러나 현은 더 품을 잘 감싸안는다. 여인은 현이 비켜서는 대로 쫓아오며, 사내냐 계집애냐 한다. 현이 힘껏 여인을 뿌리친다. 여인은 비틀거리다 주저앉아서는, 요맘때가 애 내버리기 꼭 좋은 때라고 하면서 자기는 사내애와 계집애 쌍둥이를 낳아서 여기 가져다 버렸노라고 하고는 별안간 속 빈 웃음을 웃기 시작한다. 현은 다시 달빛이 비치기 전에 피하듯이 그곳을 떠난다.

공원 한끝에 이른 현은 혹 아까의 여인에게 이 고양이를 준다는 것이 자기 하숙집 젊은 여인에게 주는 일이 될지도 모른다는 생각이 들자 도둑고양이라도 돼버리고 말라고 공원에다 놓아주기로 한다. 현은 고양이 눈에서 수건을 풀고는 힘껏 어둠 속으로 던진다. 그러고는 뛰어 공원을 빠져 밝은 거리로 나와 뒤를 살핀다. 따라오지 않는다. 현은 고양이를 품고 온 길과 다른 구멍가게 옆

골목길로 질러간다. 젊은 여인이 돌아오면 고양이를 찾을 테지.

　그러나 층층다리를 올라와 보니 고양이가 먼저 와 구석의 어항 물을 핥고 있다. 현은 전등을 끈다. 달빛이 창으로 새어 들어온다. 고양이가 그냥 물을 먹는다. 현은 쓰다듬을 듯이 가서 고양이의 허리를 잡아 어항에서 떼어낸다. 어항이 고양이의 앞발에 걸려 넘어진다. 물과 함께 붕어가 달빛 속에서 한 개의 큰 비늘처럼 팔딱이며 뛴다. 현은 붕어를 어항에 도로 넣기 전에 고양이의 목을 쥔다. 토끼 새끼를 모조리 다 잡아먹었으니 이번에는 붕어까지 잡아먹을 차례렷다. 고양이는 목을 쥔 현의 손을 혀로 핥는다. 현은 손에 힘을 준다. 죽어라. 고양이의 눈알이 달빛 속에서 파랗게 불붙는다. 고양이의 발이 현의 손을 할퀸다. 점점 더 손에 힘을 준다. 죽어라, 죽어라. 고양이의 눈알에서 불티가 튀는 순간 현은 그만 고양이의 목을 놓고 만다. 그러자 방바닥에 떨어진 고양이는 발로 허공을 몇 번 할퀴고 나서 발딱 일어나 방문의 좁디좁은 틈새로 빠져나간다.

　현이 이제는 팔딱이지도 못하는 붕어를 아직 밑에 물이 조금 남아 있는 어항에 넣어가지고 우물로 데려간다. 붕어가 등을 감추지 못할 얕은 물에서 흰 배를 옆으로 뉜 채 움직이지 않는다. 어항에 새 물을 붓고 난 현은 돌아서다 검은 하수관 구멍 가에 무언가 움직이는 것을 발견한다. 계집애가 꽂아놓은, 꽃잎이 다 떨어진 꽃가지 새로 돌고 있다. 현이 꽃가지를 가만히 헤치고 그것을 건져낸다. 고기 새끼다. 하수구 개천에서 하수관을 타고 올라온 고기 새끼일까. 그러면 하수구 개천에도 고기가 산단 말인가. 그렇더라도 어떻게 여기까지 올라올 수 있었을까. 어쨌건 현은 얼른 고기 새끼를 물에 씻어 어항에 넣어가지고 위층으로 올라온다.

현은 우선 전등을 켠다. 그리고 자세히 들여다보니까 하수관에서 잡은 고기 새끼는 눈알이 없다. 그리고 눈이 있어야 할 곳은 물크러진 것처럼 약간 파여 있다. 몸이 온통 검은 눈먼 고기 새끼는 막 분주히 헤엄쳐 다닌다. 그러면서 겨우 등을 바로 세우고 숨가빠 지느러미질을 하는 어항에 남았던 붕어와 부딪치곤 한다. 그러면 어항에 남았던 붕어는 그저 몸을 잠깐 움직일 뿐으로 눈먼 붕어와는 상관없다는 듯이 다시 한곳에 머물러 열심히 지느러미질만 한다. 눈먼 고기 새끼는 더 날뛴다. 어항을 받기도 하고 꼬리만 남기고 거의 다 물 위에 뛰어오르기도 한다. 그러다가 눈먼 고기 새끼는 갑자기 배를 모로 눕힌다. 그러고는 곧 지느러미질을 멈추고 만다. 어항에 남았던 붕어가 이때는 완전히 전처럼 회복된 듯이 활발하게 물속을 헤엄쳐 다니기 시작한다. 그러면 그 물살에 눈먼 고기 새끼는 꼬리를 위로 띄운 채 조금씩 흔들린다.

현은 눈먼 고기 새끼를 집어낸다. 눈먼 고기 새끼는 어느새 배가 부었다. 현은 창가에서 아래로 던진다. 눈먼 고기 새끼는 그대로 달빛 속에 흐린 비늘처럼 빛나면서 떨어진다. 그러자 토끼장 있는 데서 고양이가 잽싸게 달려와 눈먼 고기 새끼를 물고는 다시 토끼장 밑으로 달아난다.

어미토끼를 실험실로 가져간 날 저녁 하숙집으로 돌아오던 현은, 개가 아니면 소변보지 마시오, 라고 쓴 곁에 또, 개의 변소, 라고 쓴 벽과 썩은 쥐며 똥이며 깨어진 그릇이 마구 내버려져 있는 빈터를 지나 톱질하는 앞에 이른다. 오늘은 사내애가 톱질하는 데를 다 지난 곳에 돌아앉아 있다. 톱밥을 날라다 산이라도 만들고 있는 것이리라. 그러나 현은 사내애의 뒤를 지나며 뜻없이 사내애의 앞에 눈이 가자 놀라 서고 만다. 사내애의 앞에 놓여 있는 것은 토끼 새끼가 아니냐. 지금 사내애는 곱게 다듬은 사금파리에 톱밥을 담아 토끼 새끼 앞에 먹으라고 내놓는 참이다. 토끼 새끼는 그러나 꼼짝도 않는다. 죽어 있다. 사내애는 계집애와 안 노는 동안 토끼 새끼를 한 마리 한 마리 몰래 꺼내다가 이 놀음을 했단 말인가. 뒤에 자기가 서 있는 것을 사내애가 깨닫기 전에 그곳을 떠나려는 순간, 난데없이 뒤에서 고양이 한 마리가 달려오면서 사내애가 미처 손쓸 새 없이 토끼 새끼를 물고 달아난다. 현이 있는 집 고양이다. 뒤이어 사내애가 윽 소리를 지르며 저녁 그늘 속으로 고양이를 쫓아간다. 그 뒤를 현도 같이 고양이를 쫓아 달리기 시작한다.

소리

지금 덕구는 밧줄에 목이 매여 어느 산비탈을 끌려 내려가고 있었다. 험준하기 이를 데 없는 낯선 산비탈이었다.

엎어져 끌릴 때는 턱주가리와 가슴과 무릎이 돌부리며 나무 그루터기에 마구 찔리고 째이어 쓰라리고 아프다 못해 그저 얼얼하기만 했다. 번듯 뉘어져 끌릴 때는 또 등허리와 뒤통수가 갈리고 찢겨서 금방 산산조각이 나는 것만 같았다.

이대로 끌려가다가는 죽는 수밖에 없었다. 소리를 질렀다. 밧줄을 놔라, 난 산 사람이다, 죽은 사람이 아니다!

그러나 덕구의 피투성이 된 큰 몸뚱어리는 그냥 험준한 산비탈을 끌려 내려가는 것이었다.

전쟁마당에서는 미처 시체 운반할 손이 모자랄라치면 노무자들이 시체의 목을 매어 끌어내리는 수가 있었다. 덕구가 이런 광경을 처음 본 것은 그가 일선으로 나간 지 석 달쯤 뒤였다. 밤낮없이 이틀 동안이나 고지 하나를 사이에 두고 밀고 올라갔다 밀고 내려왔다 하기를 무려 아홉 번이나 거듭한 호된 싸움 끝이었다.

덕구는 거기 있는 너럭바위 한끝에 아무렇게나 등을 기대고 주 저앉아 있었다. 어떤 허탈감이 왔다. 언제나 치열한 전투 끝에, 아직 나는 이렇게 살아 있다는 희열과 흥분이 뒤섞인 긴장이 풀 리면서 오는 증세였다.

멀지 않은 산봉우리에서 아침 해가 솟아올랐다. 재넘이바람이 초연과 피비린내와 부상병의 신음 소리를 쓸어왔다. 이미 덕구의 신경은 이러한 냄새와 소리에는 무디어져 있었다. 그런 것에 익 어버린 것이다.

너럭바위 한끝에 기대앉은 덕구의 눈꺼풀이 맑은 아침 햇살에 점점 무거워져갔다. 졸음이란 허기보다도 무서웠다. 적진을 향해 행군을 하면서도 졸아야만 했다. 순간순간 정신이 들었다가도 다 시금 깜박 졸곤 하는 것이 마냥 졸면서 걷는 셈이었다.

덕구는 이때도 꺼떡 졸다가 무슨 소리에 눈을 떴다. 금방 잠이 들었다가도 번쩍 눈을 뜨곤 하는 것이 또 그가 일선으로 나오면 서부터 몸에 붙인 버릇이었다. 이전에 시골서 농사지을 때는 눈 만 붙이면 누가 떠메어가도 모를 만큼 깊은 잠이 들곤 했는데.

무슨 소리에 눈을 뜬 덕구는 흠칫하고 놀랐다. 바로 발 앞에 시 체 하나가 와 머물러 있는 것이다. 그러나 그것으로 놀란 것은 아 니었다. 시체의 목에 줄이 매어져 있는 것이다. 그리고 줄이 잡아 당겨지자 몸뚱어리가 무엇에 걸린 듯 목이 움찔하고 늘어난 것이 다. 그와 함께 위로 치켜뜬 시체의 두 눈알이 고운 아침 햇빛에 번뜩거리고, 이빨이 반쯤 드러나게 벌어진 턱주가리가 들썩거렸다.

덕구는 그만 몸을 움츠리며 외면해버렸다. 옆에 있던 김중사가 히힝하고 예의 독특한 웃음을 터뜨리면서, 이 겁보야 죽은 사람을 처음 보나? 그리고 한다는 소리가, 사람의 모가지란 저렇게 편리한 거야, 산 사람이거나 죽은 사람이거나 모가지만 잡아매어 끌면 쉽게 끌리거든, 첫째 모가지는 잡아매기에 알맞게 생기구, 한번 잡아매면 좀처럼 벗겨질 염려가 없구, 게다가 늘었다 줄었다 해서 좋아, 무엇에 걸려두 끄는 편에서 뻑뻑하지가 않거든, 저것 좀 보지, 또 무엇에 걸렸군, 모가지가 늘쩍늘쩍하는 게. 그러나 덕구는 그리로 고개를 돌리지 못했다.

김중사의 말대로 덕구는 본디 겁이 좀 많은 편이었다. 처음 일선으로 나와 적과 대전을 하는 날, 그는 바짓가랑이를 온통 척척하게 적신 일이 있었다. 그리고 처음 전우의 시체를 보고는 울음을 터뜨리고 말았다. 슬픔보다도 무서움이 앞섰던 것이다. 호 속이 무덤 속만 같았다.

사람이란 그러나 여하한 일에라도 익어버리게 마련인 것이다. 수많은 시체를 거듭 목격해오는 동안 덕구는 이제는 아무런 충격도 받지 않게 되었다. 시체의 사지가 따로따로 달아나버리고 내장의 어느 한 부분이 나뭇가지에 걸려 바람에 불리는 것을 보고도 자기의 배를 한번 쓸어내리면서, 아직 나는 이렇게 살아 있다는 희열을 맛보게쯤 된 것이다. 그러는 동안 방아쇠 잡아당기는 손가락의 굳은살만이 두꺼워져갔다. 그렇던 덕구가 이날 목에 줄이 매여 끌려 내려가는 시체를 보고 그처럼 놀란 것은, 그 시체의 눈알과 턱주가리에서 살아 있는 자기와 별반 거리가 멀지 않은 모습을 발견한 때문이었는지 몰랐다.

그날 밤 그는 호 속에서 김중사에게 속삭였다. 이후에 자기가 부상을 당해 채 죽지 않았을 땐 아예 죽여달라고. 그러면서 그는 슬쩍 자기 목을 한 번 어루만졌다. 김중사는 히힝하고 예의 웃음을 웃고 나서, 그때 내 총알이 남았으면 소원대루 해주지, 했다.

그런 지 얼마 뒤였다. 어느 또 격전 끝에 시체의 목을 매어 끄는 광경을 본 덕구는 총개머리로 노무자를 후려갈겼다. 갑작스레 분노가 치밀었던 것이다. 김중사가 히힝하고 덕구의 어깨를 툭 치면서, 임마 흥분하지 말어, 전에 난 저런 놈의 정강이를 총으로 쏜 일까지 있어, 허지만 생각해보니 그럴 게 아니거든, 죽은 후에야 모가지를 매어 끌건 뒷다리를 매어 끌건 무슨 상관야, 그저 까마귀 밥 안 되는 것만두 다행이랄밖에.

사실 덕구는 차차 이런 것에도 익어지고 말았다. 시골서는 큰 돌멩이나 나무토막을 밧줄에 매어 끌어내린다. 전쟁터에서의 시체란 그런 돌멩이나 나무토막과 다를 바 없다고 생각됐다.

그뒤 어느 능선을 둘러싸고 적 대부대와 사투가 벌어졌을 때, 덕구 자신이 날아오는 유탄에 맞아 쓰러졌다. 그저 요행스럽게도 탄환이 코 위를 지나 왼편 눈알을 파가지고 그쪽 눈꼬리뼈를 뚫고 지나간 것이었다.

한참 만에 히힝하는 웃음소리가 귓결에 들렸다. 이때처럼 이 히힝하는 웃음소리가 반가운 적은 없었다. 김중사, 난 죽었다, 내

머리가 달아났다. 다시 히힝하는 김중사의 웃음소리와 함께, 대가리가 달아났음 입은 어디 붙었게 그런 소릴 하나? 덕구는, 정말이다, 머리가 달아났다, 아무것도 뵈지 않는다, 하고 소리쳤다. 왼쪽 눈에서 흐른 피가 성한 오른쪽 눈까지 덮어버린 것이었다.

김중사가 덕구 귀 가까이 입을 가져다 대고, 염려 마라, 달아난 건 한쪽 눈뿐야, 그런데 임마, 전에 나헌테 부탁한 일이 있지? 지금 꼭 내게 총알 한 알이 남았다, 이걸 사용해줄까? 그러고는 예의 히힝하는 웃음을 더 소리 높여 웃어대는 것이었다. 덕구는 저도 모르게 다급히, 으 아니다, 아니다, 소리를 연거푸 질렀다.

그후 두 달 만에 덕구는 제대를 했다. 그러한 그가 지금 어느 낮도 모르는 험준하기 이를 데 없는 산비탈을 밧줄에 목이 매여 끌려 내려가고 있는 것이다.

이제는 턱주가리와 무릎이 거의 다 닳아 없어지고, 뒤통수와 등허리도 갈릴 대로 갈려 아프다는 감각조차 모르겠다. 영락없이 죽은 것이다. 그런데, 대체 어떤 놈이 이렇게 산 사람의 목을 잡아매어 끈단 말인가.

가까스로 고개를 쳐들어 밧줄 끝을 더듬어보았다. 깜짝 놀랐다. 지금 허리를 구부정하고 밧줄을 끄는 사람은 다른 사람 아닌 덕구 자신인 것이다. 얘, 이 죽일 놈아, 밧줄을 놔라, 나다 나야, 덕구다 덕구, 그래 내가 안 보이느냐, 한쪽 눈마저 찌부러졌단 말이냐? 그러자 밧줄을 끌던 덕구 자신의 모양은 사라져 없어졌다.

이제야 살았다 하는데, 그냥 밧줄이 끌려 내려가는 것이다. 보니 이번에는 밧줄 끝에 사람의 주먹만 한 것이 붙어서 굴러 내려가는 것이다. 붉은 핏덩어리였다.

이 핏덩어리가 굴러 내려가면서 눈덩이처럼 점점 커지는 것이다. 거기 따라 끄는 속도도 차차 더 빨라졌다. 주먹만 하던 것이 메줏덩이만큼, 그리고 큰 호박덩어리만큼이나 커졌다.

거기에 문득 깎아지른 듯한 된비알¹이 눈앞에 가로질러 있는 것이다. 이제는 정말 죽었다. 마지막으로 안간힘을 써 목청껏 부르짖었다. 사람 살류우!

자기가 지른 소리에 자신이 놀라 잠이 깨었다.

마을 뒷산 기슭이었다. 저 멀리 서산마루에 저녁 해가 기울어 있었다. 하늘 중천에 솟아 있을 때보다 윤곽이 선연하니 크고, 빛이 사뭇 붉은 해였다.

덕구가 군대에서 돌아왔을 때 마을 사람들이 놀란 것은 그 한쪽 눈이 보기에 무섭도록 움푹 찌부러져 들어간 때문만은 아니었다. 성품이 달라진 것이다.

본래 덕구는 마을에서도 빠지지 않을 만큼 근실한 농군이었다. 밭갈이 논갈이 때만 두어 집 건너 이웃에 사는 삼돌이 아버지네 소를 빌려올 뿐이고, 그외에 거름이나 추수 같은 것은 자기 등짐으로 져 날랐다. 무어나 사람이 할 수 있는 일이면 제 몸으로 하는 것이다.

그러나 덩치완 달리 소심하고 인색한 데가 있었다. 언젠가 돼지한 마리를 기르다가였다. 어쩌다 동네 돼지 하나가 하룻밤 사이에 죽자, 이거 돼지병이 도는가 보다 하고, 시세의 반값도 못 받고 자기네 돼지를 팔아버렸다. 동네 돼지가 죽은 것은 먹이를 잘 못 먹은 탓이란 게 알려졌다. 그렇건만 그뒤로 덕구는 돼지를 안 기르는 것이다.

술 담배도 입에 대지 않았다. 그것들이 몸에 맞지 않아 안 먹는 건 아니었다. 누구네 집에 대사 같은 것이 있어 가게 되면 곧잘 눈 가장자리가 빨개지도록 막걸리사발을 기울이곤 하는 것이다. 결국 공짜면 먹는 것이다. 이렇게 마음이 좀 인색하기도 한 편이 었다.

이 덕구가 한 번 된통 혼이 난 적이 있었다.

소집돼 나가기 전해 겨울이었다. 그날 덕구는 나락 얼마큼을 팔 아가지고 장거리 한옆에 있는 주막에 들렀다. 물론 그가 거기 찾 아 들어간 것은 무어 막걸리라도 한 사발 들이켜기 위해서는 아 니었다. 집에서 싸갖고 온 꽁보리밥을 뜨끈한 술국에 말아 먹으 려는 것이다. 이 토장국만은 거저 얻을 수 있었다.

덕구가 마악 김이 서리는 토장국 사발에다 굳은 꽁보리밥덩이 를 넣으려고 하는데, 거 덕구 아닌가? 하는 소리가 들렸다. 보니 거기 붙어 있는 방 유리 쪽에 얼굴이 하나 비쳤다. 얼마 동안 마 을에서 자취를 감추었던 용칠이었다. 덕구 편에서도 모르는 체할 수가 없어서 어설픈 웃음을 지어 보였다. 그뿐이었다. 덕구는 근 실한 농군이라 이 난봉꾼이요 노름꾼인 용칠이에게 그 이상 더 친밀한 기색을 보일 필요가 없는 것이다.

그런데 용칠이 편에서는 문까지 열어 잡더니 추운데 방으로 들 어오라는 것이다. 그러지 않아도 찌뿌듯이 흐린 날씨가 술청 안에서도 등골이 으스스하니 춥던 참이긴 했으나, 여기서 좋다고, 했다.

"아따, 사람이 왜 저리 당나귀 뒷발통처럼 딱딱할까 젠장. 추운데 어서 들어오라니까."

너무 남의 호의를 거역할 수가 없어서 방으로 들어갔다.

방 안에는 용칠이 외에 웬 낯모를 청년이 하나 술상을 사이에 놓고 마주앉아 있었다. 덕구는 그저 뜨뜻한 방 안에 들어가 자기 국밥이나 먹을 생각이었다.

"그까짓 밥이야 하루 세 끼 먹는 거, 자아 이걸루 우선 몸을 좀 녹이게."

술잔을 건네는 것이다.

따지고 보면 덕구는 언제나 하루 세 끼 밥을 먹는 건 아니었다. 겨울철 해가 짧을 동안은 아침저녁 두 끼만으로 때우는 것이다. 그것이 이날은 장에 오느라고 특별히 점심을 싸갖고 온 것이다. 그렇지만 이렇게 날씨가 춥고 뱃속이 출출할 때는 밥도 밥이지만 노상 한잔 생각이 없는 것도 아니어서 못 이기는 체 받아 마셨다.

약주였다. 시골 구석에서 먹던 그 텁텁한 막걸리에 비겨 얼마나 산뜻한 맛인지 몰랐다. 안주로 상에 놓인 낙지회를 집었다. 이 사이에서 매끄럽고 졸깃한 게 사뭇 달았다. 처음으로 낙지회를 먹어보는 것이다.

뒤이어 낯선 청년이 잔을 건네었다. 덕구는 한 잔으로 몸이 풀렸으니 그만두겠다고 했다.

청년이 잔을 내민 채 입가에 미소를 지어 보인다. 묘한 웃음이

었다. 입술만 살짝 들었다 놓을 뿐, 눈이나 그 밖의 얼굴 부분은
통 움직이지 않는 것이다. 청년이 그런 미소를 다시 한번 지어 보
인다. 그러지 말고 어서 잔을 받으라는 표시다.

생각해보니 누구의 잔은 받고 누구의 잔은 안 드는 수도 없어서
청년이 건네는 잔도 받아 마셨다. 명치끝이 따끔거리더니 뱃속이
후끈해진다. 술이란 이때가 제일 입에 당기는 법이다. 거기에 용
칠이가 후래삼배라고 하면서 또 잔을 건네는 것이다.

"뭐니뭐니 해두 추위에는 이게 제일이야. 겉에 솜옷 껴입는 건
소용없어. 그저 이걸루 창자 속에 솜을 넣어야지."

그러나 덕구는 그 이상 더 술잔 받기를 망설일밖에 없었다. 흔
히 시골서는 술좌석에서 누가 술 얼마큼을 사면 다음 사람이 또
얼마큼을 사게 마련인 것이다. 지금 덕구는 자기에게 건너오는
잔이라고 넙죽넙죽 받아 마시다가는 나중에 그냥 밍밍하게 물러
앉기가 난처한 것이다. 그래 슬그머니 숨을 들이쉬어 오늘 나락
판 돈이 들어 있는 허리춤의 돈전대를 뱃가죽으로 한 번 밀어보
고 나서,

"해 있어서 집에나 가봐야지."

그러고는 자기 국밥그릇을 앞으로 잡아당기는데 용칠이가,

"아따 경치게두 집집 허네. 그렇게 에펜네 궁둥이가 그리운가."

덕구는 장가든 지 일 년밖에 안 되지만 그동안 아내한테 혹해
빠져본 일은 없었다. 그저 아내 편에서도 살림이 헤프지 않고 존
절하게 해주는 것이 대견스러울 따름이었다.

"그럼 왜 그러나? 자네더러 술값 치르랄까 봐 겁이 나나?"

이번에는 덕구의 아픈 데를 때리는 것이다.

"염려 말게. 이래뵈두 용칠이 주머니에 술값 떨어져본 적은 없네. 자, 꾸물거리지 말구 어서 잔이나 내게."

그러나 이런 경우에 대개 소심한 사람이란 한 번쯤 딴말을 하게 마련인데 덕구도,

"그런 게 아니라……"

엊그제 술을 좀 지나치게 마셨더니 뱃속이 좋지 않아 그런다는 말을 하려는 것이다. 사실 엊그제 이웃에 사는 삼돌이 아버지의 생일이라고 해서 막걸리 두 탕기를 얻어먹긴 했다. 그러나 생각 같아서는 곱빼기로 한 사발 더 마시고 싶었지만 원체 구두쇠인 삼돌이 아버지라 술을 더 내놓지 않아 못 먹었던 것이다.

용칠이가 덕구의 말을 채 듣지도 않고,

"그런 게 아니긴 뭐가 그런 게 아니야. 에펜네보담은 친구가 낫구, 친구 중에서는 술친구가 제일이야, 자아."

이렇게 되어 마침내 술잔이 새로 오가게 됐다. 빈 주전자가 두 번이나 나갔다가 술이 채워져가지고 들어왔다.

덕구는 눈 가장자리뿐만 아니고 코끝과 귀 언저리까지 빨개졌다. 그리고 말이 많아졌다. 흔히 평소에 말수가 적던 사람이 술에 취하면 많아지는 수가 있는 것이다. 그리고 소심한 사람일수록 큰소리를 하는 것이다. 이 근동에서는 누구누구 해야 용칠이 자네만 한 활량이는 없다. 사내대장부로 태어난 바에는 나두 자네만 한 활량이가 한번 돼보구 죽었으면 한이 없겠다. 아무리 뼈가 휘두룩 농사를 지어봤댔자 별수 없더라. 용칠이 이 사람아, 지금

까지두 한동네 사는 친구였지만 앞으루는 좀더 가까이 지내자, 사실 말이지 에펜네보다야 친구가 낫지, 그래 옛말에두 있잖나, 에펜네 팔어서 친구 산다구.

낯선 청년은 덕구의 말끝마다 맞장구치듯이 그 입술만 살짝 들었다 내리는 웃음을 짓곤 했다.

세번째 주전자가 비자, 용칠이는 좀 쉬었다 먹자고 하면서 주머니에서 돈을 한 줌 쥐어내어 셈을 했다. 시퍼런 천원짜리뿐이었다. 필시 어느 노름판에서 한 손 쥔 게 틀림없었다.

용칠이와 낯선 청년이 골방으로 들어간다. 덕구도 뒤를 따라 들어갔다. 거기서 용칠이와 낯선 청년은 노름판을 펴놓는 것이다. 시퍼런 천원짜리가 마구 판에 나와 쌓였다.

얼마 동안 어깨너머로 두 사람의 노름하는 것을 구경하고 있던 덕구가 슬쩍 돌아앉아 허리에 찬 전대를 풀어냈다. 그리고 십원짜리 한 장을 꺼내어 판에 나와 있는 천원짜리 곁에다 놓았다. 소위 노름판에서 쓰는 말로 찌른다는 것을 해보려는 것이다.

청년이 그 입술만 살짝 들어 뵈는 웃음을 지으면서 덕구가 내다붙인 십원짜리를 두 손가락으로 냉큼 집어 팽개치는 것이다. 이번만은 그 웃음이 사람을 얕보는 웃음이라는 걸 알 수 있었다.

용칠이도 덩달아,

"자넨 그만두게."

하고 어린 사람 타이르듯 하는 것이다.

이쯤 되면 덕구는 술기운 탓도 있어서 은근히 약이 오를밖에 없었다. 사람을 넘봐도 푼수가 있지.

백원짜리 두 장을 댔다. 다음번에는 석 장, 다섯 장. 마음이 커
진 것이다. 가다가 판에 댄 돈이 제곱을 물고 들어오는 수가 있
었다.

그러나 밤이 이슥해서 술기운이 깨었을 즈음에는 돈전대가 거
의 비어 있었다. 바작바작 가슴이 타고 진땀이 흐르건만 돈 잡은
손만은 추위를 못 견디는 사람처럼 부들부들 떨렸다. 그리고, 내
가 왜 이것에 손을 댔던가고 뉘우칠 때는 벌써 빈털터리가 돼 있
었다.

죽고 싶었다. 그 자리에 앉은 채로 죽어버리고 싶었다.

용칠이가 술상을 청해왔다. 덕구는 제 손으로 술을 따라 연거푸
마셨다. 죽고 싶었다. 술을 잔뜩 먹고 정신을 잃은 채 쓰러져 그
대로 깨어나지 않았으면 했다.

그러나 술이란 이상한 물건이다. 몇 잔 술에 뱃속이 후끈해지면
서 마음도 누그러지는 것이다. 사내대장부가 노름을 해서 그까짓
돈 몇 푼 잃었다고 옹졸스레 이럴 게 뭐냐. 누구는 노름에 살림을
온통 망쳐놓고도 살아가지 않더냐.

덕구는 고개를 들어 용칠이와 청년 쪽을 번갈아 바라보며,

"그 돈으루 엿만 사먹지들 말게."

했다.

이것은 제법 노름꾼다운 말투인 것이다. 오늘 딴 돈을 없애지만
않으면 언제고 봉창²을 할 날이 있다는 것이다. 그리고 의젓하게
자리에서 일어났다. 날이 밝거든 가라는 것을 굳이 우기고 밖으
로 나섰다. 두 사람한테 자기의 호기를 보이고 싶었던 것이다.

장거리에서 마을까지는 먼 이십릿길이었다. 달도 없는 추운 밤 길을 걸으며 덕구는, 오늘은 비싼 술을 먹었다, 그래 한번쯤 비싼 술을 먹었기로서니 어떠냐고, 혼자 중얼거렸다.

찬바람이 술기운을 쉬 날려버렸다. 문득 집에서 기다릴 아내의 모습이 떠올랐다. 나락 판 돈을 어쨌느냐고 할 것이다. 친구와 얼려서 술 사먹었다? 안 될 말이다. 용칠이 그 녀석이 입으로는 에펜네보다는 친구가 낫고, 친구 중에서는 술친구가 제일이라 했겠다? 그래 그런 친구의 돈을 몽땅 따먹어야 옳단 말이냐. 이 천하의 날도둑놈 같으니라고. 그리고 고 낯짝 모르는 자식의 웃는 꼴이란 꼭 살쾡이 웃음이었겠다? 그러나 결국 그런 놈들한테 걸려든 자기가 어리석었다는 뉘우침이 가슴에 와 안겼다.

목구멍에서 컥컥 울음이 솟구쳐 올라왔다. 그런데도 눈에 눈물이 나오지 않았다. 그게 더 가슴 답답하고 안타까웠다.

마을 어귀에 이르러 점박이아주머니네 술막 문을 두들겼다. 부스스 눈을 비비며 나온 점박이아주머니는 덕구를 보고 깜짝 놀라며,

"조서방 이게 웬일이우, 오밤중에?"

"장에 갔다 도둑을 만났어요."

"아유, 저런 변이 있나. 어서 들어오우."

"글쎄 난데없이 두 녀석이 달려들어 골통을 치지 않겠어요? 그 자리에서 정신을 잃구 쓰러졌다가 나중에 깨어나 보니 나락 판 돈을 홀딱 훔쳐갔군요."

"큰일날 뻔했네. 그래두 사람 상허지 않은 게 다행이지."

"막걸리 한 사발만 주슈."

한 사발이 아니고 두 사발을 마셨다.

"술값은 나중에 주리다."

덕구라면 얼마든지 외상을 놓아도 좋은 것이다.

"그 걱정은 말구 어서 집으루나 가보우. 오죽이나 집에서 기두
릴라구."

막걸리 두 사발을 마셨건만 어쩐 일인지 머릿속이 말똥말똥해
지기만 했다. 아내에게는 역시 길에서 도둑을 만났다고 하는 수
밖에.

그러나 아무리 생각해봐도 틀린 생각만 같았다. 도둑이나 강도
를 만나 설혹 자기가 죽음을 당하는 일이 있더라도 돈만은 살아
돌아와야 할 것 같은 생각이 드는 것이었다. 다시금 죽고 싶었다.
자기 집 사립문을 들어서면서 돈전대로 목을 맬까 했다.

거기 장독이 눈에 띄었다. 저놈을 퍼먹고 죽으리라. 달려가 간
장 한 바가지를 듬뿍 퍼냈다. 그러나 다섯 모금도 못 마시고 그
자리에 엎어져 토하기 시작했다. 장거리에서 먹은 것까지 게워버
렸다. 공연히 간장 한 바가지마저 헤실³이 간 것이다.

사흘 동안이나 자리에 누워 있었다. 몸이 아파서가 아니라 자기
가 한 짓에 속이 상했던 것이다.

그후부터 마을에는 덕구에 대한 놀림말 하나가 생겼다. 금년에
간장이 모자라지 않나? 하는 말이다. 그러면 덕구는 아무 말도 못
하고 얼굴이 새빨개져야만 했다.

이렇던 덕구가 군대에서 돌아오자 아주 달라진 것이다.

돌아온 날로 마을에서는 추렴을 하여 환영회를 열어주었다. 그 자리에서 덕구는 술에 별반 취하지 않고 한마디 한 것이다. 전쟁 터에서는 사람의 죽음 같은 것은 길가에 굴러다니는 돌멩이나 나무토막과 조금도 다를 바 없다는 것이다. 그래서 시체를 봐도 눈곱만큼도 끔찍하다든지 언짢은 생각은 들지 않는다는 것이다.

　동네 사람들이 적이 놀라는 빛을 하자, 덕구는 한 번 히힝하는 웃음을 웃었다. 김중사의 웃음을 본딴 것이다.

　덕구가 대구 육군병원에서 치료를 받고 있을 때 김중사가 전사했다는 소식을 들었다. 그때부터 덕구는 이 웃음을 자기 것으로 만들었던 것이다. 이때도 덕구는 히힝하는 웃음과 함께 한쪽만 남은 눈을 들어 동네 사람들을 둘러보고 나서, 그러니 살아생전에 먹고 싶은 것 다 먹고 하고 싶은 짓 다 해야 한다고 했다.

　실지로 이 말을 행동에 보이기라도 하려는 듯이 덕구는 날마다 점박이아주머니네 술막에서 살았다. 그리고 술에 취해가지고는 전에 없이 농말까지 거는 것이다.

　"아주머니 올해 몇이시우?"

　"별안간 남의 나이는 왜? 올해 서른일곱이라우."

　"참 딱하게 됐군. 다섯 살만 덜 먹었어두 내가 한번 데리구 살아보는걸."

　"저 사람이 환장을 했나."

　"아뇨. 정말 아주머니의 그 귀밑의 사마귀가 정이 들거든요."

　점박이아주머니는 눈을 한 번 흘길 뿐 더 대꾸를 하지 않았다. 저렇게 사람이 못되게 변할 수 있을까 하면서도 군대에서 갓 돌아온 덕구의 비위를 건드리고 싶지 않은 것이다.

용칠이도 덕구를 대하는 품이 전과는 판이했다. 덕구를 한 수 높이 보는 것이다. 소집영장이 나올 적마다 어떻게 묘하게 그것을 피해내는, 근동에 둘도 없는 난봉꾼이요 노름꾼인 용칠이가 제대하고 돌아온 덕구한테는 한풀 꺾이는 눈치였다. 되도록이면 덕구를 앞세우고 다니려 했다.

둘은 재 너머 술집에도 갔다. 재 너머 큰 마을에는 목포집이라는 제법 술집다운 술집이 하나 있었다. 목포에서 왔다는 늙수그레한 여인이 경영하는 술집으로 서울서 데려온 색주가가 하나 푼수로 늘 떠나지 않는 집이었다. 젊은 축들은 이 목포집 색주가가 손수 따라주는 술을 한번 받아 먹어봤으면 하고 은근히 바라고 있다. 그것을 용칠이만이 뻔질나게 드나들었는데 이제는 덕구를 이끌고 가 밤을 세워가며 술을 마셔대는 것이다. 물론 술값은 용칠이가 맡았다.

그리고 둘은 장거리에도 나갔다. 거기서 덕구는,

"약준 싱거워서 안됐어. 정종으로 해야지."

그러면 따끈히 데워진 정종이 들어오는 것이다. 안주는 낙지회 따위만이 아니었다. 불고기며 갈비 같은 것이 상에 오르기가 일쑤였다.

이전의 그 입술만 살짝 들었다 내리는 웃음을 웃는 친구도 만났다. 덕구는 아무 거리낌 없이 이 청년을 쏘아줄 수 있었다.

"그 살쾡이 같은 웃음 작작 웃어라."

그러면 그뒤부터 이 청년은 덕구 앞에서 그런 웃음을 삼가는 것이다.

그러는 동안 덕구의 한쪽만 남은 눈은 술로 해서 붉게 충혈된 채 맑아질 날이 없이 언제나 눈꼬리에 비지가 끼게 되었다. 하루 세 끼의 밥보다도 술을 더 부르는 것이다. 그리고 이런 덕구의 행색이 정말 건달패의 한 사람으로 보이게 했다.

한번은 놀라운 소문이 하나 마을에까지 전해졌다. 장거리에서 덕구가 어떤 사람을 때려서 이빨을 모조리 부러뜨려놓고도 무사했다는 것이다.

그날 용칠이와 어떤 사람이 예의 주막집 골방에서 노름을 시작했다. 덕구는 술이 거나해서 구경을 하고 있었다.

용칠이가 판의 돈을 거의 다 거둬들였을 즈음이었다. 갑자기 상대편 사내가 용칠이의 손에서 투전장을 빼앗아다 펴 보더니 대뜸 일어나며 용칠이의 멱살을 잡는 것이었다. 여태껏 속임수를 썼다는 것이다.

주먹과 발길이 오가고 엎치락뒤치락 큰 싸움이 벌어졌다. 상대편 사내도 호락호락하지가 않았다. 그냥 내버려두면 용칠이 편이 녹아 떨어졌을지도 모를 일이었다.

덕구가 용칠이를 깔고 앉은 상대편 사내의 면상을 냅다 발길로 질러버렸다. 사내가 벌떡 뒤로 자빠지며 입을 푸푸거리더니 피거품과 함께 이빨 두어 개를 뱉었다.

지서로 끌려갔다. 그러나 덕구가 상이군인인 데다가 술에 취해 가지고 한 짓이라 하여 그리 시끄러운 일 없이 풀려나왔다.

다시 술자리를 만들자 덕구는,

"언젠가 나허구 할 때두 속였지?"

용칠이가 어색한 웃음을 흘리면서,

"지난 일은 말허지 마세. 우리 피차 사내자식이 아닌가."

그리고 손에 잡히는 대로 돈 얼마를 꺼내어 덕구 주머니에 찔러
주며,

"참 오늘 자네 아니었드믄 큰코다칠 뻔했네."

그러면 덕구도 짐짓 사내답게,

"그래서 친구가 좋다는 거지. 더구나 한동네 사는 술친구가."

이런 덕구의 생활이 지난해 여름 제대해가지고 돌아와 이듬해
해토 무렵까지 계속되었다.

물론 그동안 대개 용칠이와 어울려 다니면서 거저 얻어먹고 지
낸 셈이긴 했다. 그렇다고 전연 자기 비용이 안 드는 것도 아니었
다. 제대하면서 여비로 받아갖고 나온 얼마큼의 돈은 한푼도 살
림에는 보태 써보지도 못하고 죄다 날려버린 것은 말할 것도 없
고, 아내가 혼자 고양이 낯짝만 한 토지에서 애써 거둬들인 곡식
톨마저 한 되 두 되 퍼내가지 않으면 안 되었다.

본시 아내는 살림에 강박한 여자였다. 이 아내가 그러나 남편의
하는 짓을 일일이 타박하고 악을 쓰려 하지는 않았다. 그 험악한
전쟁터에서 무사히 살아 돌아와준 것만도 과분할 만큼 감사한 것
이다. 그것도 팔이나 다리가 아니고 한쪽 눈만 상해갖고 돌아와
준 것이 여간 고마운 게 아니었다. 한쪽 눈이 없어도 농사를 지을
수 있으니 말이다. 그리고 아내는 남편을 믿고 싶었다. 언제까지
나 남편이 지금과 같은 대로만 있지 않으리라. 그래서 남편이 밖

에 나가 떠돌아다니다가 지쳐서 돌아온 날 밤은 해어진 남편의 군복 바지저고리를 꿰매면서 이것이 이렇게 닳아 떨어져나가듯이 남편의 거친 마음씨도 차차 가시어주기만 바랐다.

좀처럼 가라앉을 줄 모르던 덕구의 심정이 장거리에서 어떤 사내의 이빨을 부러뜨리고 나서는 약간 변해진 듯했다. 군대에 있을 때는 그까짓 사람의 이빨쯤 아무것도 아니었다. 사람을 죽이기 위해서 얼마든지 힘 안 들이고 총알을 날려보낼 수 있었다. 그렇지 않으면 이쪽이 죽는 것이다.

그러나 장거리에서 어떤 사내의 이빨을 부러뜨린 것은 그렇게 하지 않으면 이쪽의 생명이 위태로워서 한 짓은 아닌 것이다. 그래도 술에 취했을 동안은 자기가 한 짓이 자랑스럽기까지 했다. 난 용칠이 네 녀석과는 다르다, 네 녀석은 언젠가 내 나락 팔아가지고 돌아가는 돈을 몽땅 속여먹었지만 난 그렇지 않다, 네 녀석처럼 딴 주머니는 안 차고 다니는 사람이다, 한동네 사는 친구를 친구로서 알아보는 사람이다, 하는 심정이 되어.

그런데 술이 깨어 생각해보니 아무래도 자기가 한 짓이 마음에 개운치가 않은 것이다. 서로 처지를 바꿔놓고 본다면 그편에서 얼마나 분해할 노릇이겠는가. 어디서고 그 사내를 만날 것이 남몰래 겁이 났다. 자연히 장거리에 드나드는 도수가 뜸해졌다. 본래의 소심하고 겁이 좀 많던 상태로 얼마간 돌아간 듯했다.

마을에 있을 때에도 전처럼 점박이아주머니네 술막에 가 붙어있지를 못했다. 그동안의 외상 술값이 적잖이 밀려 더는 술을 주지 않는 것이다. 이제는 더 이상 집에서 들고 나갈 물건이나 곡식도 없었다. 아침저녁 시래기투성인 보리죽으로 간신히 끼니를 때우는 형편인 것이다.

동네에서들은 벌써 금년 농사를 위한 거름을 내고 있었다. 그런데도 덕구는 선뜻 일손을 잡지 못하고 있었다. 그동안 전쟁터에서 방아쇠 잡아당기던 손가락의 굳은살은 다 풀렸건만 제대하고 돌아와서부터 계속된 생활이 그로 하여금 자연 그렇게 만드는 것이었다. 어쩐지 자기가 일손을 잡는다는 것이 동네 사람들 보기에 겸연쩍은 것이다.

그러할 즈음에 얼마 동안 마을에서 자취를 감추었던 용칠이가 돌아왔다. 곧 또 점박이아주머니네 술막에서 얼렸다. 술이란 끊었다가 마시면 더 빨리 취하는 법이다. 어느새 덕구는 눈 가장자리가 빨개져가지고,

"뭐니뭐니 해두 이게 제일야. 이것만 들어가면 근심 걱정이 씻은 듯 없어지거든."

점박이아주머니가 한마디,

"집의 마누라는 어떡허구?"

"난 술이나 먹구 에펜넨 그거나 멕이면 되죠 뭐."

곁에서 용칠이가 그 말을 받아,

"그렇지. 애에겐 젖이나 멕이구, 개는 똥이나 멕이구."

"아니 우린 애두 없구 개두 없으니깐 그 걱정은 안 해두 돼."

점박이아주머니는 술 취한 놈들의 허튼수작이라 참견을 안 하려다가 그래도 한마디 더,

"조서방두 인제 곧 아버지가 될걸."

"그깐 놈이야 뭐 내가 나오래서 나오는 놈인가. 저 먹을 것 달구 나오면 사는 거구 그러잖으면 죽는 거지."

입으로는 이렇게 지껄이지만 속으로는 노상 켕기지 않은 바도 아니다. 언젠가 동네 사람한테 들은 말이 있었다. 자기네 집안은 자손이 바르다⁴는 것이다. 소집돼 나갈 때만 해도 덕구는 자기네에게 애라도 하나 있어줬으면 마음이 좀 든든할 것 같은 생각을 가져본 기억이 있었다. 그것이 이번에 아내가 임신하여 이미 여덟 달째 접어든 것이다. 요즈음 와서는 아내가 바느질감을 잡고 앉아서도 거북하게 어깨숨을 쉰다. 대견하지 않을 수 없었다. 그렇건만 덕구는 어지러운 생활 속에 이 문제를 잊어버리기가 일쑤였다.

이날 밤 덕구는 집으로 돌아오며 자기는 이제 여러 가지 것을 한꺼번에 생각하지 않으면 안 된다는 걸 느꼈다. 그것은 오래전부터, 적어도 제대하고 돌아와서부터 밀려오던 생각들이었다. 그러나 그 어느 한 가지라도 이렇다 하고 갈피를 잡아 결정지을 수는 없었다.

오줌이 마려웠다. 거기 아무 데서나 누려다가 문득 깨달아지는 게 있었다. 오줌만이라도 자기네 집 오줌독에다 누어야 한다는 생각이다. 이것만은 다른 생각에 앞서 또렷했다.

그로부터 덕구는 조금씩 집안일에 손을 대기 시작했다. 짚신도 삼고, 산에 올라가 나무도 해오고, 이제 밭갈이할 때는 누구네 소를 빌려달라고 할까 하는 궁리도 하게끔 된 것이다.

그런데 한 스무 날 전이었다.

마을에 상스럽지 못한 일이 하나 생겼다. 뒷산 밑 대추나뭇집 할머니네 씨암탉 한 마리가 없어진 것이다. 그날 아침에도 분명히 있었는데 저녁 녘에 홰에 오를 때 보니 온데간데없어진 것이다. 원래 족제비나 살쾡이가 나도는 동네가 아니었다. 필시 누구 사람의 짓이 틀림없었다. 그리고 그 누구라는 것이 은연중에 누구를 가리키고 있다는 것도 서로 알았다. 덕구인 것이다. 그로부터 집집에서는 제각기 닭 간수에 조심을 했다.

마침 그즈음 마을에 돌아와 있던 용칠이가 덕구와 함께 점박이 아주머니네 술막에서 술을 마시다가 무슨 말 끝엔가,

"덕구 자네 그런 줄 몰랐드니 아주 내숭스런 사람이드군."

하여 덕구가 뭐냐고 하니까.

"혼자 몰래 재 너머 목포집만 찾아댕기구."

용칠이는 다 안다는 듯이 눈을 연신 꿈쩍거리면서,

"그래 어떻든가. 이번에 서울서 새로 색주가가 왔다믄서? 이쁘든가? 저번 것은 상판대기는 반반했지만 몸뚱이가 글러먹었어. 볼기짝에 어디 살거리가 있어야지. 그래 이번 것은 몸두 쓸 만하든가."

여기서 용칠이는 약간 목소리를 낮추어가지고,

"통닭을 삶아놓구 단둘이 술잔을 건네면서 노는 맛이 괜찮지?"

그제서야 덕구는 용칠이의 말뜻을 알아차리고 예의 히힝하는 웃음을 한 번 웃었다.

"맘대루 지껄여! 이 덕구가 변명 같은 걸 할 줄 알어? 난 네 녀석과 다르다!"

조금 이따 덕구는 그동안 술기를 끊어 맑아졌던 오른쪽 눈에 핏줄을 세우고 술청 밖으로 나서면서 동네 안쪽을 향해 외쳤다.

"이봐라아, 닭 조심만 해선 안 된다아! 소 조심두 해라아, 소 조심을!"

그리고 바로 어제였다.

어디 가 있던 용칠이가 또 마을로 돌아왔다. 덕구와 점박이아주머니네 술막에서 어울렸다. 닭 사건이 있은 후로 덕구는 다시금 일에 손이 붙지 않고 있는 것이다.

밤이 어지간히 깊어 술들이 취해가지고 술막을 나오면서 용칠이가,

"참 분해서 못 견디겠네."

하는 것이다.

장거리에 웬 놈팽이 하나가 돈을 무지하게 많이 갖고 나타났는데 이것을 따먹지 못하게 됐다는 것이다. 놈팽이의 말이 이쪽의 밑천도 보고야 노름을 하겠다고 한다는 것이다.

"글쎄 다 잡은 고기를 놓치는 것두 푼수가 있지, 제발루 굴러들어오는 돈뭉치를 눈앞에 두구 마다구 하는 격이 됐으니. 그래 내 오늘 여기 온 것두 다른 게 아니라, 삼돌이네한테서 돈 얼마를 빌려가려구 왔어. 그랬는데 그 영감쟁이가 막 쓴외[5] 보듯이 대꾸두 안 하지 않겠어?"

덕구는 취중에도 이 친구가 정신이 나가지 않았나 싶었다. 삼돌이 아버지가 다른 사람도 아닌 용칠이 같은 노름꾼에게 단돈 한 푼인들 내놓을 리가 만무한 것이다. 그것을 용칠이 자신이 모를

리가 없다. 그러고 보면 이 친구가 장거리에 나타났다는 놈팽이한테 돈을 잃고 그것을 봉창하기 위해 눈이 뒤집혔는지도 모를 일이었다. 어쩐지 아까부터 용칠이의 안색이 전과 달리 수심빛이 껴 있는 것 같고, 무언가 조바심하는 듯한 기색이 엿보이더라니.

그러나 덕구는 그런 낌새를 눈치 챈 내색을 보일 필요가 없어서,

"그 영감쟁이가 누구라구. 구두쇠라두 이만저만 구두쇠라야지. 글쎄 일전에 나두 보리쌀을 좀 꾸러 갔다가 퇴짜를 맞았어."

사흘 전에 덕구는 보리쌀 한 말을 꾸러 삼돌이네 집에 간 일이 있었다. 마을에서는 이 삼돌이네가 그중 오붓한 농사꾼인 것이다. 그랬더니 삼돌이 아버지가 대뜸, 전의 헤실간 간장 생각을 다시 하게 된 다음에 오게, 하는 것이다. 지난날 덕구가 나락 판 돈을 노름에 잃고 집으로 돌아와 죽을 요량으로 간장을 퍼먹고는 나중에 그 간장만 더 손해를 봤다고 뉘우친 일이 있는데, 그것을 두고 하는 말인 것이다. 그리고 그 말 속에는 덕구가 다시 그때처럼 존절한 살림을 하는 농사꾼이 된다면 보리쌀을 꾸어줄 수 있다는 뜻이 들어 있는 것이다. 덕구는 속으로, 미친놈의 영감쟁이 같으니라고 어디 두고 보자, 앞으로 밭갈이를 못하면 못 했지 네 영감쟁이네 소는 빌려달라고 않겠다고 자못 못마땅해 했던 것이다.

용칠이는 혹시나 덕구를 대신 시켜 삼돌이 아버지한테 청을 대보면 어떨까 했던 희망이 무너지자,

"제기랄, 벽창호 같은 영감쟁이라 당최 남의 죽는 사정두 몰라주거든."

덕구도 덩달아,

"그놈의 영감쟁이 그렇게 제 욕심만 부리다간 옳게 못 돼지지, 옳게 못 돼져."

이날 밤 삼돌이네 집에 불이 났다.

덕구가 마악 집으로 돌아와 아무렇게나 쓰러져 풀낏[6] 잠이 들려고 하는데 밖에서 왁자지껄하는 소리가 나고, 아내가 밖으로 뛰어나갔다 황급히 뛰어 들어오면서,

"여보 큰일났수, 삼돌이네 집에 불이 났어요."

덕구는 그러나 잠속의 소리로,

"응 불?"

"응이 뭐예요. 어서 좀 나가봐요."

"흥, 그놈의 집에두 불이 붙겠지. 철갑이 아닌 바에야."

그러고는 저쪽으로 돌아누워버리는 것이다.

이런 일이 있은 오늘 아침 덕구의 아내는 남편의 거동만 살폈다. 다행히 어젯밤 삼돌이네 집은 외양간 하나만 탔다. 그리고 불난 것을 마침 집안사람이 뒷간에서 나오다 곧 발견했기 때문에 소도 무사히 끌어낼 수 있었다. 그러나 지금 덕구 아내에게 있어서는 그런 것이 큰 문제가 아니었다. 대체 불이 어떻게 났는가 하는 것이다. 삼돌이네 집에서들은 저녁때 재를 잘못 내다버린 탓이라고 하지만 그건 믿기 어려운 말이었다. 반드시 누가 지른 불임에는 틀림이 없는데 그것이 아무래도 남편인 것만 같았다. 어젯밤 남편의 태도에 수상쩍은 데가 있었다. 온 동네 사람이 모두 나와 불을 끄느라고 야단법석을 했건만 남편은 종시 바로 이웃에

200

살면서 얼굴도 내밀지 않은 것이다. 그뿐이 아니다. 흥, 그놈의 집에두 불이 붙겠지, 철갑이 아닌 바에야, 라니. 도대체 그게 무슨 당찮은 소린가 말이다. 생각할수록 가슴이 떨려 못 견디겠는 것이다. 술을 처먹고 떠돌아다닐 때가 오히려 나았다. 저번에 대추나뭇집 할머니네 씨암탉이 없어졌을 때만 해도 마을에서 쑥덕공론하는 것을 차마 견디기 어려웠는데.

"여보, 인제 우리는 이 동네 다 살았수."

이 말에 희멀건 시래기죽을 떠먹고 있던 덕구가 아직 술기운이 덜 가서 불그레한 한쪽 눈을 치켜뜨며,

"왜?"

"남 보기가 부끄럽구 무서워 어떻게 살우?"

"걱정두 팔자지, 어서 먹을 거나 처먹어."

덕구의 아내는 그때까지 자기 죽그릇에는 숟가락도 안 대고 있었던 것이다.

"글쎄 어쩌자구······"

"뭘 말이야? 삼돌이네 집에 불난 것 말야? 그깐 놈의 집 몽땅 타버렸음 어때."

"아니 것두 말이라구 하우?"

"외려 소 안 타죽은 게 천행이지."

"참말 당신이 이렇게까지 될 줄은 몰랐어요. 저번에는 대추나뭇집 할머니네······"

"이 망할 년이 끝내······"

덕구는 후딱 자리에서 일어나고 말았다. 점박이아주머니네 술

막으로 나갈 참이었다.

그런데 일어서면서 잘못하여 앞에 놓인 죽사발을 넘어뜨려버렸다. 그러자 홧김에 아내의 죽사발마저 차 엎어버렸다.

"잘한다, 잘해. 목구녕에 시래기죽물 넘어가는 것두 원수지, 원수야."

"이 우라질 년이!"

물론 덕구로서는 그렇게까지 할 의사는 아니었다. 그저 아내를 향해 한번 발길질을 한다는 것이 공교롭게도 아내의 아랫배를 걸어차버린 것이다.

아차 할 사이도 없이 아내가 아그그그 소리를 지르며 배를 안고 한옆으로 쓰러졌다. 대개 사람이란 이런 경우에 자기의 실수를 깨달으면서도 모른 체해버리려는 경향이 있는 것이다. 그건 소심한 사람일수록 더한 법이다. 덕구도 지금 얼굴이 파랗게 질려 비명을 지르고 있는 아내를 남겨둔 채 밖으로 나와버렸다. 그리고 입속으로 중얼거렸다. 모두 다 뒈져라, 모두 다 뒈져.

술막에는 벌써 용칠이가 와 앉아 해장을 하고 있었다. 이 용칠이만은 어젯밤 불 끄는 데도 한몫 끼었던 듯, 얼굴에 그을음이 묻고 이마와 목덜미에 무엇에 쓸린 자국도 나 있었다.

덕구와 용칠이는 서로 눈길이 마주쳤다. 그리고 누구 편에서 먼저라고 할 것 없이 시선을 돌려버렸다. 덕구는 말없이 용칠이 곁으로 가 술잔부터 들었다.

거기에 삼돌이 어머니가 달려 들어왔다.

"역시 예 와 있었군. 어서 집으루 가보게. 자네 안사람이 부르네."

삼돌이 아버지가 무뚝뚝하고 투박스러운 데 비겨 삼돌이 어머니는 무던히 상냥하고 인정이 많았다. 일전에 덕구가 삼돌이 아버지한테 보리쌀을 꾸러 갔다 빈손으로 돌아왔을 때도 그뒤로 몰래 삼돌이 어머니가 보리쌀 얼마를 가져다준 것이었다. 이 삼돌이 어머니는 또 남의 궂은일 돌봐주기를 좋아했다. 그 중에서도 애 받는 솜씨가 아주 용해서 누구네 집에서고 산고만 있으면 불러가는 것이다. 소문에, 거꾸로 나오던 애도 삼돌이 어머니의 손만 가닿으면 바로잡혀 나온다는 말까지 있을 정도였다. 아마 지금도 덕구 아내가 괴로워하는 것을 보고는 어젯밤 자기네의 불소동 뒤치다꺼리도 제쳐놓고 와서 구완을 해주고 있었음이 틀림없었다.

점박이아주머니가 술청 안에서,

"아주머니, 무슨 일이라두 생겼수?"

큰 소리로 물었다.

"글쎄, 이 사람네 안사람이 갑자기 배가 아프다지 않어?"

"아니 인제 여덟 달밖에 안 됐을 텐데요?"

"그러기 말이지."

점박이아주머니도 그제야 무엇을 눈치 챈 듯 덕구 쪽을 흘깃 바라보며,

"조서방이 또 못할 짓을 한 게로군요."

"글쎄, 어쩌자구 발길질을 함부로 헌담. 꽤 하혈을 했어. 애는 어찌 됐든 어른이나 무사해야 할 텐데. 이 사람, 어서 일어나게. 자네 안사람이 헐 말이 있다네."

잠자코 술만 마시고 있던 덕구가 버럭 소리를 질렀다.

"모두 다 뒈지래요. 일선에서 죽는 사람에 대면 약과예요, 약과."

삼돌이 어머니가 끌끌 혀를 차고 나서 할 수 없다는 듯이,

"그럼 내가 먼저 가보겠네. 뒤루 곧 오게."

덕구는 그냥 술잔만 기울였다. 왜 그런지 술에 취해지지 않는 기분이었다.

점박이아주머니가 말리는 것도 듣지 않고 반되 푼수나 혼자 마시고 나서야 덕구는 말없이 자리를 떠 밖으로 나왔다. 한쪽만 남은 눈에 이상한 광채가 서려 있었다.

덕구는 자기도 아내에게 할 말이 있다고 생각했다. 이년, 네년이 더 나한테 할 말이란 뭐냐. 실은 내가 네년에게 할 말이 있다. 네년이 뒈지기 전에 꼭 할 말이 있다.

그러나 그는 집 가까이 이르러 방 안에서 새어나오는 아내의 신음 소리와 삼돌이 어머니의 무어라 달래는 말소리를 듣자 그만 발걸음을 돌려버리고 말았다. 딴사람이 있는 데서는 말을 할 수가 없는 것이다.

뒷산 기슭으로 올라가 거기 양지바른 곳에 앉았다. 따뜻이 내리쬐는 볕에 점점 눈꺼풀이 무거워졌다. 드러누웠다. 그리고 그대로 노그라져 잠이 들어버렸던 것이다.

산그늘이 지고 저녁 바람이 일었다.

덕구는 자기 목을 한 번 어루만지며 부르르 몸을 떨었다. 추위

때문만이 아니었다. 금방 꾼 흉악한 꿈이 몸에 배어 사라지지 않는 것이다. 그 밧줄 끝에 붙어 굴러 내려가던 붉은 핏덩어리가 아직도 눈앞에 선했다. 이렇게 꿈자리가 사나운 걸 보면 필경 아내는 하혈을 한 채 일을 당했음이 틀림없다는 생각이 들었다. 덕구는 지금 꿈 아닌 생시에 자기 몸이 어떤 깊은 구렁텅이로 미끄러져 들어가는 듯함을 느꼈다.

그대로 거기 앉아 있을 수만도 없었다. 일어나 산을 내려오기 시작했다.

그러는데 몇 발 걷지 않아 어디선가 이상한 소리가 들렸다. 그러고 보니 좀 전에 잠이 깨자마자 이 비슷한 소리를 들은 것 같았다. 꼴꼴거리는 소리. 그것이 사람의 소리가 아닌 것만은 알 수 있었다.

소리 나는 데로 더듬어 갔다. 이번에는 까아까아하고 야무진 소리를 지른다. 닭이었다. 암탉 한 마리가 지난해 마른 풀숲 속에 알을 품고 있는 것이었다.

웬 닭이 이런 데서 알을 품고 있을까. 다음 순간, 요 망할 것이 여기 와 있었구나, 하는 생각에 대추나뭇집 할머니네 집을 노려보았다.

어쩌다가 알 자리를 잘못 잡는 암탉이 있는 것이다. 감쪽같이 사람 모를 곳에다 알을 낳아놓는 것이다. 그리고 거기서 안는 것이다. 주인집에서는 닭 한 마리를 잃은 것으로 알밖에 없다. 그래서 아주 사람들의 기억에서 사라졌을 즈음에 뜻밖에 잃어버린 줄만 알았던 암탉이 스무남은 마리나 되는 병아리를 소담스러이 거느리고 나타나는 수가 있는 것이다.

홍, 빌어먹을 놈의 할미 같으니라구, 이런 걸 가지구 공연히 남을! 덕구는 대추나뭇집 할머니네 집을 쏘아보며 뇌까렸다. 그 달음으로 달려가 야단을 쳐주고 싶었다. 그러나 지금 덕구의 마음은 딴 데 있었다.

손을 내밀어 닭의 모가지를 잡아 비틀었다. 그다지 푸드덕거리지도 못하고 잠잠해졌다. 이래서 모가지란 편리하거든. 닭 몸집도 사뭇 가벼웠다. 그래도 몇 잔 술안주야 되겠지. 달걀을 집어 호주머니에 넣었다.

아내 생각이 났다. 이년아, 봐라, 네년은 날 닭 도둑놈으로 몰고 게다가…… 그래 네년이 뒈지기 전에 나도 할 말이 있다.

술막으로 갔다. 점박이아주머니가 덕구를 보자,

"그새 어디 갔었수?"

그리고 손에 들린 닭을 내려다보며,

"건 또 웬 닭이구?"

"웬 닭은 웬 닭예요, 벌써 전에 값을 치러뒀든 걸 지금 가져오는 거지. 그런데 용칠이는 어디 갔나요?"

"조서방 나간 뒤루 곧 나가든데."

"그 친구가 있었음 좋겠는데. 좌우간 이걸 튀[7]해 삶아주시우. 통닭으루. 술 한잔 먹어야겠수."

닭을 받아든 점박이아주머니가 털 빠진 닭의 배를 들여다보며,

"아니 이거 안는 닭[8] 아니우?"

"왜 안는 닭 먹으면 죽나? 훔쳐온 건 아니니 염려 말구 어서 튀

겨나 줘요. 값은 다 치르구두 남은 거예요. 아, 참, 우선 이걸 먼저 그 솥에 넣어 삶아주시우."

호주머니에서 달걀 몇 개를 꺼내어 내주는데 점박이아주머니가,

"안직 집엔 안 들어갔수?"

덕구가 그 말에는 언뜻 대꾸를 못했다. 다음에 나올 말이 겁나는 것이다.

"조서방이 요즘 허구 댕기는 행실 봐선 과분하지. 글쎄 몸을 풀었는데 팔삭둥이의 울음소리가 큰애 울음소리 같드래지 않아. 참 복두 많지."

덕구는 목구멍 속으로 뜨거운 숨결을 삼켜 넘겼다. 그리고, 그게 참말이에요? 한다는 것이 그만 생각과는 달리,

"낳아놓기만 하면 뭘 해요."

"그러나 조서방두 이젠 애비 구실을 톡톡히 해야 할걸."

"어서 그 달걀이나 솥에 넣우. 그리구 술이나 따르슈."

좀 전과는 다른 의미에서 얼른 술을 한잔 마시고 싶은 것이다.

"오늘만은 특별히 외상을 주지만 다음부턴 안 돼요."

정말 오늘은 특별한 날인 것이다. 아침에 뜻하지 않은 실수를 하고 나서는 내심 떨고 있던 차에, 아내가 팔삭둥이나마 무사히 낳았다니 마음이 확 풀리는 것이다. 이제 용칠이만 곁에 있어서 이 대추나뭇집 할머니네 암탉을 좀 보여줄 수 있었으면 참 재미있겠는데.

"용칠이 그 친구가 어델 갔을까. 또 장거리 쪽으루 갔나."

점박이아주머니가 생각난 듯이,

"참 아까 나가면서 혼잣소리루, 덕구가 무서워 못 견디겠다구 그러든데."

"내가 무섭다구요?"

덕구는 저도 모르게 히힝하는 웃음을 웃고 나서, 그러고 보면 그렇기도 하겠군, 내가 무섭기도 하겠군, 필경 제 녀석이 삼돌이네 집에 불을 놓았다면 내 입이 무섭기도 하겠지, 그렇다면 제 녀석이 좀처럼 마을에는 못 돌아올걸. 그러나 안심해라 난 아무 말도 안 할 테니. 술을 들이켰다.

"아주머니, 어서 그 달걀 좀 주슈."

그러자 삶은 달걀 껍데기를 벗기고 있던 점박이아주머니가 별안간,

"아이 깜짝야!"

하고 들고 있던 달걀을 떨어뜨리며 한 걸음 뒤로 물러서는 것이다.

보니 껍데기를 헤친 달걀 속에 병아리가 다 된 것이 들어 있는 것이다. 노란 털 밑에 발그레한 발목이 오그라들어 있었다. 달걀이 저렇게까지 돼 있었던가. 하기는 닭 사건이 있은 지도 벌써 한 스무 날 잘 되는 것이었다.

점박이아주머니가 다른 달걀 하나를 더 집어 깨어보고 도로 놓으며,

"쯧쯧, 어디서 다 까게 된 달걀을……"

"거 다 값을 치른 거예요. 그리구 그런 걸 먹어야 약이 되거든요."

덕구는 다시 한번 히힝하는 웃음을 웃고 나서,

"아주머니는 몰라서 그렇지, 전쟁터에선 급해지면 못 먹는 게 없답니다."

점박이아주머니가,

"어디 그 생달걀을 이리 좀 줘봐요."

그러고 덕구가 내주는 달걀을 받아들고는,

"이것 보지, 이렇게 속에서 병아리가 오무작거리는 거."

새삼스러울 것 없다. 한 스무 날 잘 된 달걀이니 그럴 수도 있는 것이다.

"아니 이것 봐, 이건 병아리 소리까지 들리네."

이것도 하등 신기할 게 없다. 그러면서도 덕구는 저도 모르게 호주머니 속에서 달걀을 하나하나 꺼내놓고 있었다.

"어마, 이건 또 껍데기까지 쪼구…… 금방 까게 된걸……"

왜 이렇게 점박이아주머니가 수다를 떨까 싶어,

"여기 술이나 더 따르슈."

"글쎄 아무리 닭새끼라도 원…… 누구네 집에 안는 닭이 없나, 이걸 품겨줄 만한……"

여자란 역시 할 수 없다 싶었다. 어디까지나 곰살스러운 것이다.

여기서 덕구는 다시금 히힝하는 웃음을 웃으려 했다. 그런데 웬일인지 그게 제대로 돼 나오지가 않았다. 아무 신기할 것이 없다고 여겼던 점박이아주머니의 말이 불현듯 마음에 와 걸린 것이다.

다음 순간, 덕구는 자기 가슴속에서도 무엇이 오무작거리고, 가

슴을 쪼고, 울고 있음을 느꼈다. 그리고 이 한낱 속삭임같이 가냘
픈 울음소리가 점점 커져 자기네 팔삭둥이의 울음소리로 변해갔
다. 그러자 그는 여태까지 느껴본 어떤 무서움보다도 색다른, 난
생처음 맛보는 야릇한 두려움을, 이 값을 다 치렀다고 생각했던
눈앞의 조그만 달걀에게서 느껴야만 했다.

닭제

    소년은 수탉 한 마리를 기르고 있었다. 늙은 수탉은 모가지에 온통 붉은 살을 드러내놓고 있었다. 그저 꼬리와 날갯죽지 끝에 윤기 없는 털이 남아 있을 뿐이었다. 볏도 거무죽죽하게 졸아들어 생기가 없었다. 이제는 소년이 손짓해 밖으로 데리고 나가지도 않으니까, 수탉은 뜰 안에서만 발톱 없는 다리로 휘뚝거리며 소년을 따라다녔다. 소년이 밖에 나가고 없으면 수탉은 응달을 찾아 혼자 졸기만 했다.

    그날은 소년과 함께 응달에 앉아 있었다. 소년은 늙은 수탉의 목을 쓸어주고 그새 더 드러난 등의 붉은 살을 애처롭게 쓰다듬어주었다. 수탉은 또 오래간만에 받는 소년의 애무를 죽지를 떨면서 받고 있었다.

    마침 동네 반수영감이 그 앞을 지나다가, 그 닭 어서 잡아나 먹어야지 그러지 않았다가는 이제 뱀이 돼 나갈 거라고 했다. 소년은 얼른 닭의 목에서 손을 떼었다. 반수영감은 얼굴에 주름을 잡으며, 아마 이제는 울지도 못할 것이라고 알아맞히고 나서, 벌써 목은 뱀 허리같이 되지 않았느냐 하고는 뒷짐을 지고 가버렸다.

소년은 수탉의 목을 지켜보다가 처마 밑으로 고개를 들었다. 거기에는 새끼를 깐 제비집이 있었다. 며칠 전에 제비들이 야단을 쳐서 나와 보니 뱀이란 놈이 제비집을 노리고 기둥을 기어 올라가고 있었다. 그것을 소년의 아버지가 가랫날로 뱀의 허리를 찍어냈다. 그 제비집이 지금은 어미들이 먹이를 물러 나가고 새끼들만 노란 주둥이를 밖으로 내민 채 조용하였다.

소년은 사실 뱀의 허리같이 된 수탉의 모가지를 다시 내려다보면서 이 수탉이 뱀이 되어 제비집으로 올라가는 일이 있어서는 안 된다고 머리를 옆으로 젓고는 뜰 구석으로 가 새끼오라기를 집어들었다. 그리고 수탉에게 손짓해 밖으로 데리고 나갔다. 늙은 수탉은 이 또한 오래간만에 휘뚝거리는 다리로 소년의 뒤를 따르는 것이었다.

소년은 동구 밖 갈밭에 이르렀다. 마을에서는 이곳에 큰 구렁이가 산다고들 했다. 장마철 붉은 강물에 떠내려오던 구렁이가 갈밭으로 들어가는 것을 보았다는 사람이 한둘이 아니었다. 흐린 날 밤 어른들은 아이들에게 갈밭 쪽에서 똘똘똘똘거리는 소리를 구렁이 우는 소리라고 일러주곤 하였다. 그리고 늦가을에 갈대를 다 베고 난 자리에는 구렁이구멍이라는 큰 구멍이 나 있곤 하였다. 말똥을 풀어 넣으면 구렁이가 나온다고 하면서도 아이들은 여태까지 어른들이 한번도 그렇게 하는 것을 본 적은 없었다. 구렁이가 봄에 구멍에서 기어나와 거기 사리고 있을지도 모르는 갈밭 속을 소년은 두 손으로 헤치며 수탉을 데리고 들어갔다.

갈대가 꽤 많이 밑으로부터 꺾여 넘어져 있는 곳에서 소년은 서고 말았다. 빨간 댕기 하나가 거기 떨어져 있었다. 댕기는 마을 반수영감의 증손녀가 흘린 거였다. 반수영감의 증손녀는 벌써부터 동네 교사의 조카와 이곳에서 만나고 있었다. 소년은 들고 온 새끼로 수탉의 목을 매기 시작하였다.

늙은 수탉은 처음에는 이 역시 소년의 애무인 줄만 알고 날갯죽지를 떨었다. 그러다가 소년이 목에 맨 새끼를 죄니까 한 번 크게 죽지를 떨고는 꼼짝 않고 말았다. 소년은 죽은 수탉을 댕기 옆에 버리고 엉킨 갈밭을 급하게 헤치고 나왔다.

그러고는 단숨에 집까지 뛰었다. 집에 와서는 제비집이 있는 처마 밑 기둥에 얼굴을 비비며 울기 시작하였다. 해가 기울도록 울었다. 소년의 부모가 들에서 돌아와 소년의 사뭇 창백해진 얼굴을 보고는 놀라고 겁나했다.

소년은 그날부터 자리에 눕고 말았다. 소년의 부모는 여러 가지로 소년에게 어디가 아프냐고 물었으나 소년은 아무 데고 아픈 데는 없다고 고개를 저을 뿐이었다. 그러나 소년은 곧잘 무엇에 깜짝깜짝 놀라고 조그만 두 손바닥으로 얼굴을 가리고는 달달 떨곤 하였다. 그리고 때로는 문을 열어젖히고는 먹이를 받아먹으면서 지절거리는 제비집을 쳐다보는 것이었다. 그러는 소년은 날로 몸이 야위어갔다.

하루는 반수영감이 소년의 집에 들렀다가, 늙은 수탉은 어떻게 했느냐고 잡아먹었느냐고 하며, 눈곱 낀 눈으로 뜰 구석을 살피었다. 소년의 부모는, 글쎄 며칠 전부터 뵈지 않는다고 하면서, 그러나 그런 것은 아무래도 좋다는 듯이 누워 있는 소년에게로 눈을 돌렸다. 반수영감은 그럴 줄 알았다고, 소년이 이렇게 앓아누운 것은 다름 아닌 그 늙은 수탉이 종내 뱀이 돼가지고 독기를 소년에게 뿜기 때문이라고 했다. 소년의 어머니가 겁먹은 음성으로, 그럼 어떻게 하면 좋으냐고, 늙은 닭이 흉하다더니 종시 이 모양이 됐다고, 치맛자락으로 얼굴을 가리고 소리 없이 울기 시작하는 것이었다. 소년의 아버지는 아내더러 왜 이리 사위를 떠느냐고 하면서도 역시 자기도 마음이 언짢아 눈살을 찌푸렸다.

　반수영감은 소년의 부모를 밖으로 내보낸 후, 소년의 이모부더러 복숭아나무 가지를 꺾어오게 했다. 그리고 반수영감은 대에 담배를 붙여 물고 힘껏 빨아서는 소년의 얼굴에 내뿜기 시작했다. 소년은 눈을 감은 채 생담뱃내에 못 이겨 캑캑거리면서 고개를 이리저리 내둘렀다. 그러면 반수영감은 이것이 소년의 몸속에 든 뱀의 독기가 담뱃내에 못 이겨 그러는 거라고 하면서, 내두르는 소년의 고개를 따라 생담뱃내를 자꾸 내뿜는 것이었다. 그러다가 소년이 숨이 막혀 까무러치듯 하니까 반수영감은 담뱃내 뿜던 것을 멈추고 곁의 소년의 이모부더러 복숭아나무 가지로 소년의 몸을 갈기라는 것이었다. 소년이 이번에는 복숭아나무 가지 매질에 몸을 비틀라치면 반수영감은 소년의 몸속에 든 뱀의 독기가 담뱃내에 혼이 나 어쩔 줄 모르다가 복숭아 기운에 잠시 깨어난 것이라고 했다.

삽시간에 소년의 가는 몸에는 복숭아나무 가지 매 자국이 푸르게 늘어나갔다. 소년의 부모는 밖에서 매 때리는 소리가 날 때마다 흠칫흠칫 놀라며 가슴을 떨었다.

마침 동네 교사가 모여선 구경꾼들한테서 반수영감이 담뱃내로 소년의 몸속에 든 뱀의 독기를 풀고 있다는 말을 듣고 방 안으로 들어와 반수영감과 소년의 이모부를 소년에게서 떼놓았다.

교사는 그냥 눈을 감고 숨차하는 소년의 이마와 인중에 침을 주기 시작했다. 어느새 교사의 곁에 와 웅크리고 앉았던 소년의 어머니가 치맛고름으로 소년의 이마와 코밑에 내밴 피를 훔치다가 소년이 눈을 뜨니까 그것이 기쁘고 신기스러워 다시 소리 없는 울음을 우는 것이었다. 소년의 아버지도 소년에게 얼굴을 가까이 가져다 대고 자기가 누군지 알겠느냐고 했다. 소년이 고개를 끄덕였다. 그러고는 둘러선 동네 사람들을 둘러보고 나서 곧 눈을 처마 밑 제비집으로 가져가며 작은 소리로, 언제쯤 제비 새끼가 날게 되느냐고 했다. 소년의 어머니는 소년이 헛소리를 한다고 새로운 눈물을 자꾸만 흘렸다. 반수영감은, 그까짓 신통치 않은 침질로 무엇이 낫겠느냐고 중얼거리며 쓴 담배만을 빨아 삼키고 있었다.

소년은 나날이 더 수척해만 갔다. 그리고 소년의 부모가 이 사람 저 사람의 말을 듣고 여러 가지 약을 써보았으나, 때때로 깜짝깜짝 놀라며 작은 손으로 얼굴을 가리고 달달 떠는 증세는 멎지 않았다.

그러한 어느 날, 그러니까 다 큰 제비 새끼 다섯 마리가 머리를 밖으로 내밀고 먹이를 기다리던 날 오후, 소년은 마침 부모가 들에 나가고 없는 틈을 타 집을 나섰다. 그리고 소년은 흡사 늙은 수탉이 휘뚝이듯이 휘뚝거리는 걸음으로 동구 밖 갈밭까지 갔다. 갈꽃이 패기 시작하고 있었다. 소년은 무성한 갈댓잎에 손등과 목이 긁히는 줄도 모르고 수탉을 목매어 던진 곳으로 들어갔다. 거기 늙은 수탉이 그냥 새끼에 목이 매인 채로 있는 것을 보고야 해쓱한 얼굴에 안심된 빛을 띠웠다. 그러나 다음 순간 소년은 그 이상 더 몸을 가눌 힘을 잃고 그 자리에 쓰러지고 말았다.

죽은 수탉의 가슴패기와 날갯죽지 밑은 벌써 썩어 구더기가 들끓고 있었다. 파란 쉬파리가 어디선가 날아와 소년의 얼굴에 잘못 앉았다가는 썩은 수탉에게로 옮겨 앉곤 하였다.

소년의 집에서는 소년이 온데간데없어져 야단법석이었다. 동네 사람들이 곧 몰려왔으나 물론 누구 하나 소년을 본 사람은 없었다. 동네 사람들 틈에 끼여 반수영감은 또, 분명히 이번에는 재 너머에 있는 못에 소년이 빠졌기 쉽다고 했다. 못은 갈밭과는 반대편에 있는 재를 하나 넘어야 하는 곳에 있었다. 두꺼운 이끼가 앉은 수면은 언제나 짙은 녹색을 발하고 있었다. 그리고 못 밑 감탕흙 속에는 여러 해 묵은, 이제 용이 돼가는 미꾸라지가 파묻혀 있으리라는 것이 마을 어른들의 공론이었다. 못은 언제나 무겁게 잠잠하였고, 그저 소나기가 밀려와야 둔한 연잎이 재를 넘은 마을의 미루나무보다 큰 빗소리를 낼 정도였다. 어느 그렇게 비가 내리는 날 저녁, 마을에서는 나물 캐러 갔던 한 소녀가 없어져 며칠 뒤에야 흰배를 수치스러운 줄도 모르고 드러내놓은 채 이 못

물 위에 떠 있는 것을 발견한 일이 있었다. 반수영감은 그때도 못 속의 용 돼가는 미꾸라지가 소녀를 호린 거라고 했다. 비 내리는 밤에는 지금도 못가에서 소녀가 빨래를 하면서 통곡한다는 말이 마을에 떠돌고 있었다. 반수영감은, 이번에 소녀가 못에 빠진 것은 용 돼가는 미꾸라지의 장난이 아니고, 소녀 귀신이 혼자 있기 적적해서 호려갔음이 틀림없다고 했다. 이 말에 동네 사람들은 그럴지도 모른다고 고개를 주억거렸다.

동네 어른들이 각기 장대 하나씩을 들고 나왔다. 소년의 아버지도 장대를 쥐고 못 있는 데로 달려갔다. 소년의 어머니가 자기도 못에 빠져 죽어버리고 말겠다는 것을 소년의 이모와 동네 아낙네들이 겨우 붙잡아 말렸다. 그러자 소년의 어머니는 동네 한 여인의 어깨에 매달려 소리내어 울기 시작하였다.

마침 교사가 와서 동네 사람들이 못으로들 달려갔다는 말을 듣고는, 기운 없는 애가 어떻게 그곳까지 갈 수 있느냐고 하면서, 남은 동네 청년 몇 명을 데리고 마을 안을 뒤지기 시작했다. 그러면서 점점 동네 밖으로 나가던 한 청년이 동구 밖 갈밭머리에 새로 꺾인 갈대를 보고 그리로 따라 들어가 거기 쓰러져 있는 소년을 찾아내었다.

소년의 어머니가 먼저 달려와 소년을 쓸어안고 미처 울음소리도 못 내고 흑흑거리기만 하였다. 소년의 이모가 눈을 뜬 소년에게 여기가 어딘지 아느냐고 물었다. 소년은 겨우 고개를 끄덕이고 나서 옆의 썩은 수탉에게로 눈을 돌렸다.

썩은 수탉 몸에 들끓는 구더기들이 물낡은 반수영감 증손녀의 댕기에도 가 기어다녔다. 그동안 반수영감의 증손녀와 교사의 조카는 소년이 목맨 수탉을 갈밭에 버린 다음부터는 재 너머 못으로 가는 길 안쪽에 있는 기왓가마로 비밀한 자리를 옮겨 만나고 있었다. 교사가 새끼오라기 끝을 잡아드니까, 썩은 수탉의 목이 새끼 맨 짬에서 문드러졌다. 소년은 깜짝 놀라 어머니의 가슴에 얼굴을 묻고 온몸을 떨었다.

교사가 소년의 병은 자기가 기르던 늙은 수탉이 죽으니까 목을 매어 갈밭에 버리고 나서 그 심화로 생긴 병이라고 하면서, 다른 수탉 한 마리를 사다 주면 나으리라고 하였다. 소년의 이모부가 곧 기왓가마 앞을 지나고 못 뒤를 돌아 장터로 가서 큰 얼룩수탉 한 마리를 사 안고 왔다. 안긴 채 수탉은 목을 뽑고 높이 울었다. 그러나 소년은 잠깐 눈을 떠 볏 붉은 얼룩수탉에게 한 번 눈을 주었을 뿐 돌아누워 처마 밑 제비 새끼를 쳐다보면서, 제비 새끼가 언제쯤 날게 되느냐고 했다. 소년의 어머니는 또 헛소리를 한다고 치맛귀를 물어뜯으며 소리 없이 울기 시작하였다.

반수영감은 그까짓 교사놈이 뭘 안다고 그러는지 모르겠다고 하면서 쓴 담배만 빨아 삼키고 있었다.

소년은 그냥 몸이 야위어만 가며, 무엇에 깜짝깜짝 놀라고 작은 손바닥으로 얼굴을 가리고 달달 떨곤 하는 동안에 동네에서는 교사의 조카와 반수영감의 증손녀가 안개 심한 밤을 타서 도망을 갔다. 반수영감은, 이런 망신이 없다고, 더구나 교사의 조카 같은 녀석하고 달아난 것이 원통하다고 하면서, 얼마 동안은 밖에 나오지도 않았다. 그러다가 하루는 반수영감이, 자기 증손녀가 역

218

시 무던하기는 하다고 하며, 그래도 증조부 자기를 잊지 않고 겨우살이 한 벌을 보냈더라고 하면서, 뒷짐을 지고 온 동네로 다니며 소문을 놓았다. 그러나 누구 하나 반수영감의 새 겨우살이 온 것을 구경한 사람은 없었다.

동구 밖 갈밭의 흰 꽃이 남김없이 다 패고, 다섯 마리 제비 새끼가 죽가지 않고 완전히 날 수 있던 날, 소년은 그 제비들을 내다보며 미소를 얼굴 가득히 띠었다. 소년의 얼굴을 지키고 있던 소년의 부모와 이모는 지금 소년이 마지막 웃음을 웃는다고 막 소리내어 울음을 터뜨렸다.

학

삼팔 접경의 이 북쪽 마을은 드높이 갠 가을하늘 아래 한껏 고
즈넉했다.

주인 없는 집 봉당에 흰 박통만이 흰 박통을 의지하고 굴러 있
었다.

어쩌다 만나는 늙은이는 담뱃대부터 뒤로 돌렸다. 아이들은 또
아이들대로 멀찌감치서 미리 길을 비켰다. 모두 겁에 질린 얼굴
들이었다.

동네 전체로는 이번 동란에 깨어진 자국이라곤 별로 없었다. 그
러나 어쩐지 자기가 어려서 자란 옛 마을은 아닌 성싶었다.

뒷산 밤나무 기슭에서 성삼이는 발걸음을 멈추었다. 거기 한 나
무에 기어올랐다. 귓속 멀리서, 요놈의 자식들이 또 남의 밤나무
에 올라가는구나, 하는 혹부리할아버지의 고함 소리가 들려왔다.

그 혹부리할아버지도 그새 세상을 떠났는가. 몇 사람 만난 동네

220

늙은이 가운데 뵈지 않았다.

성삼이는 밤나무를 안은 채 잠시 푸른 가을하늘을 쳐다보았다. 흔들지도 않은 밤나무 가지에서 남은 밤송이가 저 혼자 아람이 벌어져 떨어져내렸다.

임시 치안대 사무소로 쓰고 있는 집 앞에 이르니, 웬 청년 하나가 포승에 꽁꽁 묶여 있다.

이 마을에서 처음 보다시피 하는 젊은이라, 가까이 가 얼굴을 들여다보았다. 깜짝 놀랐다. 바로 어려서 단짝 동무였던 덕재가 아니냐.

천태에서 같이 온 치안대원에게 어찌 된 일이냐고 물었다. 농민동맹 부위원장을 지낸 놈인데 지금 자기 집에 잠복해 있는 걸 붙들어왔다는 것이다.

성삼이는 거기 봉당 위에 앉아 담배를 피워 물었다.

덕재를 청단까지 호송하기로 되었다. 치안대원 청년 하나가 데리고 가기로 됐다.

성삼이가 다 탄 담배꽁초에서 새로 담뱃불을 댕겨가지고 일어섰다.

"이 자식은 내가 데리구 가지요."

덕재는 한결같이 외면한 채 성삼이 쪽은 보려고도 하지 않았다.

동구 밖을 벗어났다.

성삼이는 연거푸 담배만 피웠다. 담배 맛은 몰랐다. 그저 연기만 기껏 빨았다 내뿜곤 했다. 그러다가 문득 이 덕재 녀석도 담배 생각이 나려니 하는 생각이 들었다. 어려서 어른들 몰래 담 모퉁이에서 호박잎 담배를 나눠 피우던 생각이 났다. 그러나 오늘 이깟 놈에게 담배를 권하다니 될 말이냐.

한번은 어려서 덕재와 같이 혹부리할아버지네 밤을 훔치러 간 일이 있었다. 성삼이가 나무에 올라갈 차례였다. 별안간 혹부리할아버지의 고함 소리가 들려왔다. 나무에서 미끄러져 떨어졌다. 엉덩이에 밤송이가 찔렸다. 그러나 그냥 달렸다. 혹부리할아버지가 못 따라올 만큼 멀리 가서야 덕재에게 엉덩이를 돌려댔다. 밤가시 빼내는 게 더 따끔거리고 아팠다. 절로 눈물이 찔끔거려졌다. 덕재가 불쑥 자기 밤을 한 줌 꺼내어 성삼이 호주머니에 넣어주었다. ……

성삼이는 새로 불을 댕겨 문 담배를 내던졌다. 그러고는 이 덕재 자식을 데리고 가는 동안 다시 담배는 붙여 물지 않으리라 마음먹는다.

고갯길에 다다랐다. 이 고개는 해방 전전해 성삼이가 삼팔 이남 천태 부근으로 이사가기까지 덕재와 더불어 늘 꼴 베러 넘나들던 고개다.

성삼이는 와락 저도 모를 화가 치밀어 고함을 질렀다.

"이 자식아, 그동안 사람을 멫이나 죽였냐?"

그제야 덕재가 힐끗 이쪽을 바라다보더니 다시 고개를 거둔다.

"이 자식아, 사람 멫이나 죽였어?"

덕재가 다시 고개를 이리로 돌린다. 그러고는 성삼이를 쏘아본

다. 그 눈이 점점 빛을 더해가며 제법 수염발 잡힌 입 언저리가 실룩거리더니,

"그래 너는 사람을 그렇게 죽여봤니?"

이 자식이! 그러면서도 성삼이의 가슴 한복판이 환해짐을 느낀다. 막혔던 무엇이 풀려내리는 것만 같은. 그러나,

"농민동맹 부위원장쯤 지낸 놈이 왜 피하지 않구 있었어? 필시 무슨 사명을 띠구 잠복해 있는 거지?"

덕재는 말이 없다.

"바른대루 말해라. 무슨 사명을 띠구 숨어 있었냐?"

그냥 덕재는 잠잠히 걷기만 한다. 역시 이 자식 속이 꿀리는 모양이구나. 이런 때 한번 낯짝을 봤으면 좋겠는데 외면한 채 다시는 고개를 돌리지 않는다.

성삼이는 허리에 찬 권총을 잡으며,

"변명은 소용없다. 영락없이 넌 총살감이니까. 그저 여기서 바른대루 말이나 해봐라."

덕재는 그냥 외면한 채,

"변명은 하려구두 않는다. 내가 제일 빈농의 자식인 데다가 근 농꾼이라구 해서 농민동맹 부위원장 됐던 게 죽을죄라면 하는 수 없는 거구, 나는 예나 이제나 땅 파먹는 재주밖에 없는 사람이다."

그리고 잠시 사이를 두어,

"지금 집에 아버지가 앓아누웠다. 벌써 한 반년 된다."

덕재 아버지는 홀아비로 덕재 하나만 데리고 늙어오는 빈농꾼

이었다. 칠 년 전에 벌써 허리가 굽고 검버섯이 돋은 얼굴이었다.

"장간 안 들었냐?"

잠시 후에,

"들었다."

"누와?"

"꼬맹이와."

아니 꼬맹이와? 거 재미있다. 하늘 높은 줄 모르고 땅 넓은 줄만 알아, 키는 작고 뚱뚱하기만 한 꼬맹이. 무던히 새침데기였다. 그것이 얄미워서 덕재와 자기는 번번이 놀려서 울려주곤 했다. 그 꼬맹이한테 덕재가 장가를 들었다는 것이다.

"그래 애가 몇이나 되나?"

"이 가을에 첫애를 낳는대나."

성삼이는 그만 저도 모르게 터져나오려는 웃음을 겨우 참았다. 제 입으로 애가 몇이나 되느냐 묻고서도 이 가을에 첫애를 낳게 됐다는 말을 듣고는 우스워 못 견디겠는 것이다. 그러지 않아도 작은 몸에 큰 배를 한아름 안고 있을 꼬맹이. 그러나 이런 때 그런 일로 웃거나 농담을 할 처지가 아니라는 걸 깨달으며,

"하여튼 네가 피하지 않구 남아 있는 건 수상하지 않어?"

"나두 피하려구 했어. 이번에 이남서 쳐들어오믄 사내란 사낸 모주리 잡아 죽인다구 열일곱에서 마흔 살까지의 남자는 강제루 북으로 이동하게 됐어. 할 수 없이 나두 아버질 업구라두 피난갈까 했지. 그랬더니 아버지가 안 된다는 거야. 농사꾼이 다 지어놓은 농살 내버려두구 어딜 간단 말이냐구. 그래 나만 믿구 농사일

루 늙으신 아버지의 마지막 눈이나마 내 손으루 감겨드려야겠구, 사실 우리같이 땅이나 파먹는 것이 피난간댔자 별수 있는 것두 아니구……"

지난 유월에는 성삼이 편에서 피난을 갔다. 밤에 몰래 아버지더러 피난갈 이야기를 했다. 그때 성삼이 아버지도 같은 말을 했다. 농사꾼이 농사일을 늘어놓구 어디루 피난간단 말이냐. 성삼이 혼자서 피난을 갔다. 남쪽 어느 낯선 거리와 촌락을 헤매다니면서 언제나 머리에서 떠나지 않는 건 늙은 부모와 어린 처자에게 맡기고 나온 농사일이었다. 다행히 그때나 이제나 자기네 식구들은 몸 성히들 있다.

고갯마루를 넘었다. 어느새 이번에는 성삼이 편에서 외면을 하고 걷고 있었다. 가을 햇볕이 자꾸 이마에 따가웠다. 참 오늘 같은 날은 타작하기에 꼭 알맞은 날씨라고 생각했다.

고개를 다 내려온 곳에서 성삼이는 주춤 발걸음을 멈추었다.

저쪽 벌 한가운데 흰 옷을 입은 사람들이 허리를 굽히고 서 있는 것 같은 것은 틀림없는 학떼였다. 소위 삼팔선 완충지대가 되었던 이곳. 사람이 살고 있지 않은 그동안에도 이들 학들만은 전대로 살고 있었던 것이다.

지난날 성삼이와 덕재가 아직 열두어 살쯤 났을 때 일이었다. 어른들 몰래 둘이서 올가미를 놓아 여기 학 한 마리를 잡은 일이 있었다. 단정학이었다. 새끼로 날개까지 얽어매놓고는 매일같이 둘이서 나와 학의 목을 쓸어안는다, 등에 올라탄다, 야단을 했다.

그러한 어느 날이었다. 동네 어른들의 수군거리는 소리를 들었다. 서울서 누가 학을 쏘러 왔다는 것이다. 무슨 표본인가를 만들기 위해서 총독부의 허가까지 맡아가지고 왔다는 것이다. 그길로 둘은 벌로 내달렸다. 이제는 어른들한테 들켜 꾸지람 듣는 것 같은 건 문제가 아니었다. 그저 자기네의 학이 죽어서는 안 된다는 생각뿐이었다. 숨 돌릴 겨를도 없이 잡풀 새를 기어 학 발목의 올가미를 풀고 날개의 새끼를 끌렀다. 그런데 학은 잘 걷지도 못하는 것이다. 그동안 얽매여 시달렸던 탓이리라. 둘이서 학을 마주 안아 공중에 투쳤다. 별안간 총소리가 들렸다. 학이 두서너 번 날갯짓을 하다가 그대로 내려왔다. 맞았구나. 그러나 다음 순간, 바로 옆 풀숲에서 펄럭 단정학 한 마리가 날개를 펴자 땅에 내려앉았던 자기네 학도 긴 목을 뽑아 한 번 울음을 울더니 그대로 공중에 날아올라, 두 소년의 머리 위에 둥그러미를 그리며 저쪽 멀리로 날아가버리는 것이었다. 두 소년은 언제까지나 자기네 학이 사라진 푸른 하늘에서 눈을 뗄 줄을 몰랐다. ……

"얘, 우리 학 사냥이나 한번 하구 가자."

성삼이가 불쑥 이런 말을 했다.

덕재는 무슨 영문인지 몰라 어리둥절해 있는데,

"내 이걸루 올가밀 만들어놓게 너 학을 몰아오너라."

포승줄을 풀어 쥐더니, 어느새 성삼이는 잡풀 새로 기는 걸음을 쳤다.

대번 덕재의 얼굴에서 핏기가 걷혔다. 좀 전에, 너는 총살감이라던 말이 퍼뜩 머리를 스치고 지나갔다. 이제 성삼이가 기어가는 쪽 어디서 총알이 날아오리라.

저만치서 성삼이가 홱 고개를 돌렸다.

"어이, 왜 멍추같이 게 섰는 게야? 어서 학이나 몰아오너라!"

그제서야 덕재도 무엇을 깨달은 듯 잡풀 새를 기기 시작했다.

때마침 단정학 두세 마리가 높푸른 가을하늘에 큰 날개를 펴고
유유히 날고 있었다.

필묵장수

본디부터 서노인이 필묵장수는 아니었다. 젊어서는 근 이십 년 동안이나 글씨공부를 하며 묵화도 쳐온 사람이었다.

이러한 그가 종내 그것으로 이름을 이루지 못하고 필묵장수로 나선 지도 어느덧 삼십 년 가까이 된다.

서노인은 한 해에 봄 가을 한 차례씩 바다 냄새를 풍기며 험한 산길을 거쳐 울진에서 퍽이나 떨어져 있는 이 샛골마을에 들르곤 했다. 와서는 으레 동장네 집을 찾아드는 것이었다.

늙은 동장이 언제나 그를 자기네 사랑방에 재워 보냈다. 그리고 번번이 붓이라든 먹이라든 팔아주는 것이었다.

늙은 동장도 지난 세월에는 그러한 것들을 사가지고 아들에게 나 손자에게 붓글씨라도 씌어보리라는 생각이었다. 그러나 개화 바람이 불어 들어와 서당 대신에 보통학교가 서고 어쩌고 하자부터는 굳이 그러한 것을 자손에게 시키려 들지 않았다. 그러면서도 자기 자신만은 먹이니 붓이니 하는 것에 대한 미련을 버리지 못해했다. 서노인에게서 산 필묵으로 처음에는 무엇이고 혼자서 글씨 같은 걸 쓰곤 했다. 그러나 그것도 세월이 바뀜에 따라 차차 자취를 감추어버리고, 이제 와선 그저 서노인이 가지고 다니는 붓이니 먹이니 하는 것을 대하는 것으로 만족해했다.

서노인은 동장네 집에 머물 때마다 족자 같은 데 글씨도 써주고 사군자 같은 것도 쳐주고 했다. 늙은 동장은 일 년에 봄 가을 두 차례 서노인의 이 서화를 대하는 것이 또 하나의 즐거움이었다.

그렇지만 동장은 한번도 이 서노인의 글씨나 묵화를 탐탁하게 생각한 적은 없었다. 그저 그것이 붓과 먹으로 씌어진 것이고 그려졌다는 것에 어떤 흥취와 위안 같은 것을 느낄 따름인 것이었다.

서노인이 다녀간 뒤에 늙은 동장은 서노인이 남기고 간 글씨나 묵화를 다시 한번 펴들고는 이렇게 뇌까리곤 했다.

"신통하진 못해. 그것두 나이를 먹어가면서 점점 더 못해만 가거든."

그만큼 이십 년 가까이 도를 닦은 서노인의 글씨와 그림은 누가 봐도 시원치가 않았다.

처음부터 서노인에게 글씨와 묵화 공부를 시킨 것은 아버지의 억지였는지 몰랐다.

서노인의 아버지는 서노인이 어려서 풍병(실은 소아마비)으로 오른쪽 다리 하나를 절게 되자, 앞으로 아들이 앉아서도 할 수 있는 생업을 마련해준다고 해서 택한 것이 이 글씨쓰기와 묵화 치는 일이었다.

그 시절만 해도 남에게 글씨를 가르쳐주고 묵화나 쳐주면서 살아간다는 게 여간 도두뵈고 깨끗한 선비의 일이 아니었다.

서노인의 아버지는 모든 것을 이 아들에게 기울였다. 술담배도 모르는 위인으로, 서노인이 다섯 살 때 아내를 잃고도 재취를 하려 들지 않았다.

살림살이가 먹고 지낼 형편이기도 하여 독훈장을 들여앉힌 후 아들에게 글씨와 묵화를 가르쳤다. 그러고는 틈틈이 훈장과 바둑을 두는 것과 그날그날 아들의 공부를 들여다보는 것이 한 낙이었다.

그러나 원래 서노인은 글씨와 그림에 재주가 없었다. 도무지 늘지가 않았다.

처음에는 아버지가 훈장에게,

"어떻습니까? 싹수가 보입니까?"

하면 훈장은,

"좀 두구 봐야지요."

했다.

몇 해가 지난 뒤 아버지가,

"별반 진취한 자죽이 없는 것 같은데 어떻소?"

하니 훈장은,

"글쎄 이러다가도 한번에 재질이 나타나는 수두 있긴 한데."

했다.

훈장을 바꾸어보았다. 마찬가지였다.

이번 훈장은 좀 성미가 급한 사람이어서 제 편에서,

"이런 돌대가리는 처음 보았소. 그만큼 가르쳤으믄 개발이라두 그렇지는 않겠소."

하고 다른 데로 가버리고 말았다.

그뒤에도 몇 번인가 훈장을 불러 대보았다.

그러는 동안 서노인 자신은 용하게도 글씨와 그림 공부에 싫증을 내지 않았다. 누구도 따를 수 없을 만큼 부지런하기까지 했다.

한편 아버지는 첫번 훈장이 말한, 이러다가도 한번에 재질이 나타나는 수가 있다는 말을 믿으려 했다.

그러나 이 아버지의 기대는 종내 배반을 당하고 말았다.

임종하는 자리에서 아버지는 아들더러,

"지금 와 생각하니 공연히 내가 욕심만 컸던 것 같다. 이후로는 서활랑 그만두구 무어든 너 허구 싶은 일을 해라."

했다.

그즈음에는 살림도 말이 아니게 돼 있었다. 살아나가기 위해서라도 무어든 해야만 했다.

우선 배운 것이 그것뿐이라 사군자를 친 족자를 팔아보기로 했다. 큰 장을 찾아다니며 펴놓았다. 그러나 장사가 되지 않았다.

생각 끝에 필묵장수로 나서게 되었다. 아직 각지에 서당이 있던 시절이어서 그것으로 호구하기에는 과히 군색하지가 않았다.

그러나 개화문명이 들어오면서 여기저기에 서당문이 닫히고 사삿집에서도 필묵을 사주는 사람이 줄어들어갔다.

이렇게 하여 필묵장수로서의 서노인의 반생이 넘는 세월은 고됨의 연속이었다.

해방이 되자 다시 이곳저곳에 서당이 섰다.

서노인은 어디고 주저앉아 글방 훈장이라도 될까 했다. 그러나 누구 하나 이 허줄그레한 필묵장수 영감을 써주는 곳은 없었다.

그대로 필묵이 든 괴나리봇짐을 지고 다리 하나를 절룩대며 이 고장 저 고장을 떠돌아다니는 신세일 수밖에 없었다.

그러한 해방된 이듬해 어느 늦가을이었다.

강릉에서 주문진에 이르는, 멀리 바닷물 소리가 들려올 듯도 한 어느 산모퉁이에서 비를 만났다. 꽤 차가운 비였다.

마침 멀지 않은 곳에 작은 마을이 있어, 한 집으로 비를 그으러 들어갔다.

중늙은이 여인이 혼자 사는 집이었다. 전쟁 때 아들이 일본으로 징용 뽑혀 나가서는 여태 안 돌아온다는 것이었다.

중늙은이 여인은 서노인의 젖은 두루마기를 부뚜막에 말려주었다.

그리고 저녁 후에는 아들 이야기를 했다. 아들이 올해 스물셋이 되는데 징용 나가기 전에 어떤 처자와 정혼까지 해두었다는 것이었다. 그런데 그 처자가 징용 간 아들을 기다리다가 올가을에 다른 데로 시집을 갔다는 것이다. 그러나 중늙은이 여인은 아들만 돌아오는 날이면 세상에 처녀가 없어 장가 못 들겠느냐고 했다.

이야기 끝에 여인은 아들이 징용 뽑혀 나간 뒤로는 거지 하나도 그냥 돌려보내지는 않노라면서, 서노인더러 이곳을 지나게 되는 때면 아무 때고 와 주무시고 가라고 했다.

그러다가 여인의 눈이 서노인의 발에 가 머물렀다. 발뒤축이 보이고 발가락이 드러난 양말짝이었다. 오른쪽 다리를 절기 때문에 그쪽은 언제나 다른 쪽보다 덜 해지곤 했으나 그럴 때마다 이쪽 저쪽을 바꿔 신기 때문에 양쪽이 다 마찬가지였다.

중늙은이 여인이, 이제 날도 추워질 텐데 버선 한 켤레를 지어 주겠노라고 했다. 서노인은 너무 황송스러워 얼른 무어라 대꾸도 하지 못했다.

여인이 서노인의 발을 겨눔해가지고 무명필을 내어 마르기 시작했다.

서노인이,

"그건 댁 아드님 혼숫감이 아니시오? 그걸루 어찌 제 버선을……"

하니 여인은 조용히,

"아들만 돌아온다면 이런 것이 대숩니까?"

했다.

밤 깊기까지 버선 한 켤레를 다 지었다. 그것을 신어보는 서노인의 손이 절로 떨렸다. 여인이 이렇게 버선을 지어주는 것은 그것이 머언 타향에 가 생사를 모르는 자기 아들을 위한 선심에서 나온 것이라고 하더라도, 서노인으로서는 칠십 평생에 처음 맛보는 따뜻한 정의가 아닐 수 없었다.

이튿날 아침 서노인은 그곳을 떠나면서 여인에게 매화 한 폭을 쳐주었다.

중늙은이 여인은,

"이게 벽에다 붙이는 거지요? 아들이 돌아오걸랑 신방에다 붙일라오."

하며 소중히 말아 궤짝 속 깊이 넣었다.

서노인은 서노인대로 이 중늙은이 여인한테서 받은 정의를 언제까지나 가슴속 깊이 간직해두었다.

그후 서노인은 이곳을 지날 적마다 중늙은이 여인의 안부와 아들의 소식을 알아보곤 했다. 집으로 여인을 찾아 들어가 묻는 건 아니었다. 그저 만나는 동네 사람한테 물어보는 것이었다. 집으로 여인을 찾아 들어간다는 것은 어딘지 지난날 자기가 받은 정의를 미끼 삼는 것만 같아 마음이 내키지 않는 것이었다.

동네 사람의 말은 그 집 아주머니는 잘 있다는 것이었다. 그리고 번번이 징용 나간 아들은 여태 돌아오지 않았다는 것이었다.

서노인은 그때마다 어서 아들이 돌아와주기를 바랐다. 그리고 성례를 이루어가지고 그 신방에 자기가 쳐준 매화가 붙여지기를 바랐다. 그러면서 그는 이제 정말 마음에 드는 그림이 그려지는 날엔 저번 것과 바꾸어주리라 마음먹는 것이었다.

한번은 샛골마을 동장네 집에서 묵게 되던 날 밤 서노인은,

"일본 사람들이 징용 뽑아갔던 사람들을 왜 안 돌려보낼까요?"

해보았다.

"안 돌려보내긴 왜 안 돌려보내요. 우리 동네서두 두 사람이나

나갔다가 한 사람은 해방 직후에 돌아오구, 다른 한 사람은 이듬
해 봄에 돌아왔는데요."

"징용 나간 곳이 한 고장이 아닌가 보지요?"

"어디 한 군데겠소. 구주라는 데두 가구, 동경 근방으루두 가
구, 여기저기 나뉘어 갔었지요."

"그럼 고장에 따라서는 여직 안 돌려보낸 데두 있겠군요."

"웬걸요. 돌아올 사람은 다 돌아왔을걸요."

서노인은 차마, 그래두 안 돌아온 사람이 있던데요, 하는 말은
하지 못했다. 그 말에 대한 동장의 대답이 뻔할 것 같고, 그것을
서노인으로서는 차마 들을 수가 없었기 때문이었다.

6·25 바로 이삼 일 전이었다. 서노인이 샛골마을을 찾아왔다.

동네 개들이 전에 없이 더 짖어댔다. 그만큼 서노인의 주제가
말이 아니었다.

동장네 손자며느리가 개 짖는 소리에 밖을 내다보고는, 이따 저
녁때나 오라고 했다. 여러 해 보아온 서노인이건만 늙은 병신 거
지로 잘못 본 것이었다.

그래도 늙은 동장이 서노인을 알아보고 사랑방으로 인도했다.

"아니 안색이 못됐구려."

서노인은 두 다리를 주무르며,

"그동안 좀 앓았지요."

사실 주름 깊은 얼굴에는 아직 병기가 남아 있었다.

"그래서 올해는 이렇게 늦었구려."

전처럼 동장은 붓 한 자루와 먹 한 개를 팔아주었다.

서노인이 먹물을 풀었다. 전처럼 이 동장에게 묵화 한 폭을 그려줄 참인 것이었다.

동장은 서노인이 언제나 하룻밤 재워준 신세 갚음이나처럼 쳐주곤 하는 이 그림을 이번만은 그만두게 하려 했다. 지금의 서노인이 그만한 힘에도 견디기 어려울 것 같은 생각이 든 것이었다.

그러나 이미 서노인은 일종 타성에서나 오는 듯 매화 한 폭을 그리기 시작했다.

그렇게 좀 만에 서노인을 바라본 동장은 적이 놀라고 말았다. 서노인의 모양이 달라진 것이었다.

검누렇던 얼굴이 상기가 돼 있었다. 눈은 열에 뜬 사람처럼 빛을 띠고 있었다. 그리고 붓을 잡은 손이 사뭇 가늘게 떨렸다.

동장은 이 늙은이가 아직 앓고 있는 중이라고 생각하며, 오늘은 그만 그리라고 했다. 그러다가 무심코 그림에 눈을 준 순간 동장은 다시 한번 놀랐다. 지금 서노인이 그린, 늙어 비틀어진 매화가지에 달린 꽃송이가 호들하고 살아 움직인 것이었다.

눈을 가까이 가져다 자세히 보았다. 그러자 그것은 여태껏보다 나을 것도 없고 못할 것도 없는 평범한 그림 그것으로 돌아가 있었다. 동장은 좀 전엔 자기 눈 탓이거니 했다.

그러는데 마지막으로 한두 군데 붓을 대고 난 서노인이 별안간 그림을 움켜쥐고는 밖으로 뛰어나가는 것이었다. 그리고는 그것을 잽싸게 허리춤 속에 집어넣는 것이었다. 이것이다, 이것이다, 여태 내가 그리고자 한 것이 이것이다! 미친 사람모양 혼자 중얼

됐다.

동장은 무슨 영문인지 몰랐다.

찾아나섰다. 서노인은 동구 밖 주막에 가 있었다.

"아니 형장은 약줄 못 허는 줄 알았는데?"

사실 서노인은 아버지를 닮아 술담배를 모르는 사람이었다. 그러나 웬일인지 이때만은 술 같은 것이라도 마시지 않고는 못 견딜 심정이었다.

"아직 몸이 퍽 편찮은 것 같은데, 열두 있어 보이구……"

그러나 열에 뜬 듯한 서노인의 얼굴 속에는 남모를 어떤 생기가 돋쳐 있었다.

"그래 어쩌자구 갑자기 뛰어나오우? 그림은 어쨌수?"

"찢어버렸지요."

"찢어버려요? 왜요?"

"그림이 돼먹었어야지요."

서노인의 턱 아래 흰 수염이 하르르 떨렸다.

"그렇지두 않던데."

"아니요. 안 돼먹었어요. 내 다시 그려드리리다."

서노인은 삼십 년 가까이 사귀어온 동장에게 거짓말을 한다는 게 여간 미안하고 죄스럽지가 않았다. 그러나 이 그림의 임자는 따로 있다는 생각이었다.

이튿날 서노인은 주문진 쪽을 향해 길을 떠났다.

동장이, 몸이 불편한 것 같으니 하루쯤 더 쉬어서 가라는 것을 괜찮다고 그냥 떠난 것이었다. 무거워만 보이던 절름발이 걸음걸이가 전에 없이 가벼웠다.

삼척 못미처에서 6·25사변이 일어난 것을 알았다. 거기서부터 삼척 강릉 쪽으로는 사람이 왕래할 수 없다고 하여, 할 수 없이 거기서 며칠을 묵었다. 남으로 내려오는 낯선 군인들이 보였다.

닷새째 되는 날, 서노인은 참다 못해 다시 길을 떠났다. 칠순이 다 된 나이와 남루한 주제가 도리어 도움이 되었다. 별로 이 거지 같은 늙은이에게 뭐라는 사람은 없었다.

사흘 만에 예의 멀리 바닷물 소리가 들려올 듯도 한 산모퉁이에 이르렀다. 절룩거리는 다리를 재우쳐 산모퉁이를 돌았다. 그러다가 서노인의 발걸음이 땅에 딱 붙고 말았다.

처음에는 자기의 눈을 의심했다. 도무지 지금 자기가 찾아가는 그 마을 같지가 않았다.

워낙 작은 마을이라 집이 얼마 되지는 않았지만 거기에는 제 형체를 지닌 집이라곤 하나도 없었다. 동구 밖에 서 있던 버드나무들도 반나마 누렇게 타 있었다.

역시 이것도 폭격을 맞은 것이리라. 망가진 화물자동차 두 대가 아무렇게나 길가에 나자빠져 있었다.

이러한 것이 한눈에 들어오자, 서노인은 그만 오금이 자려 그 자리에 풀썩 주저앉아버리고 말았다.

그로부터 서노인이 다시는 샛골마을에 나타나지 않았다.

그동안 동장도 난리통에 들볶이느라고 서노인이 오고 안 오고 하는 것 같은 것은 염두에 없었다.

그러던 중, 올봄 들어 가장 날씨가 화창한 어느 날이었다.

동네 사람 하나가 장에서 돌아오다 뒤 고갯길에 웬 거지 하나가
죽어 넘어져 있는 것을 발견했다.

동장도 나가 보았다. 틀림없이 늙은 거지 하나가 죽어 넘어져
있었다. 그런데 동장의 눈에 어딘가 이 늙은 거지의 메고 있는 괴
나리봇짐이 낯익었다. 다시 자세히 보니 그것은 다른 사람 아닌
서노인인 것이었다.

동네 사람들을 시켜 괴나리봇짐을 풀어보았다. 거기에는 팔다
남은 붓과 먹이 들어 있는 한편에, 백지로 무언가 찬찬히 싼 것이
있었다.

펼쳐보았다. 돈 얼마큼과 아직 한번도 신지 않은 진솔 버선 한
켤레가 나왔다. 그리고 거기 종잇조각이 있어, 이런 뜻의 글이 적
혀 있었다.

여기 들어 있는 돈으로 장례를 치러달라, 그리고 그때에는 수고
스러운 대로 여기 같이 들어 있는 버선을 신겨달라는 것이었다.

동네 사람 하나가 이 서노인의 주제와는 통 어울리지 않는 흰
버선을 들고 뒤적이다가 그 속에 곱게 접혀 있는 종이 한 장을 끄
집어냈다.

펴보니, 언젠가 동장네 집에서 그려가지고 미친 사람모양 밖으
로 뛰어나간 일이 있는 그 매화였다.

뿌리

주위에서들 그저 교회아줌마라 불렀다. 그런 이름이 붙을 만했다.

신새벽, 아줌마는 잠자리에서 일어나 세수를 하고는 교회당 안으로 들어가는 것이다. 자그마한 몸집이 의자 사이를 조심조심 더듬거리며 앞으로 나간다. 이토록 더듬거리는 것은 신새벽의 어스름 때문도 아니고, 발이 익숙지 못한 곳이어서도 아니다. 눈이 어둡고 오금이 말을 잘 듣지 않아 그럴 따름이다. 여기 목사 사택으로 오기 전, 단 하나의 외아들을 잃고서 팔 년여의 날품팔이와 식모살이로 원래도 실하지 못한 몸이 아주 말 아니게 돼버렸던 것이다.

어릿거리며 교회당 맨 앞쪽 강단 밑에 이른 아줌마는 거기 꿇어앉는다. 그러고는 팔굽을 마룻바닥에 붙이고 이마를 두 손으로 싸안으며 엎드린다. 꽤 긴 시간을 꼼짝 않고 있다. 기도를 하는 건데 전혀 말소리는 내지 않는다.

새벽기도를 하고 나와 조반이라도 한술 끓여먹고는 비와 물 양동이를 들고 곧장 다시 교회당 안으로 들어간다. 청소를 하기 위해서다. 이전엔 종지기에 의해 일주일에 한두 번 하던 교회당 안 청소를 아줌마가 맡은 후로는 일요일만 빼고 매일같이 진종일 쓸어내고 닦고 한다. 마룻바닥이나 의자 어디에 먼지가 더 낀 다는 걸 경험을 통해 아는 터라, 그런 곳은 더 빡빡 쓸어내고 닦 아내고 한다. 그리하여 운신이 시원찮은 아줌마의 손질로나마 삼백 명 안팎의 교인을 수용하는 교회당 안은 항상 깨끗이 치워 져 있다.

이런 생활은 아줌마가 여기 교회당 옆 목사 사택 지하실 방에 들어 살게 되면서부터 반년 가깝게 이어져왔다. 이 거처를 주선 해준 것은 김권사였다. 전에 한동네에 같이 산 일이 있는 데다 아 줌마를 교회로 인도한 인연도 있고 하여 아줌마가 몸이 부실해져 날품팔이나 식모살이 같은 걸 못 하고 거리로 나앉게 되자 거둬 들여 보살펴주게 된 것이다.

종일토록 교회아줌마는 누구와 말 한마디 없이 지내는 수가 많 았다. 한집에 사는 목사네와도 별로 오가지를 않아 하루 이틀씩 대면 않는 수조차 있었다.

이런 속에서, 아직 오십을 몇 해 앞둔 나이건만 벌써 반백이 넘 는 머리에, 온통 주름살로 엉킨 아줌마의 얼굴은 움직임을 잃은 한갓 탈처럼 굳어져갔다.

이 얼굴에 변화를 가져오는 때가 있었다. 일요일에 교인들이 데리고 오는 어린애들을 대할 때였다.

등에 업힌 갓난애에서부터 걸음발 타는 애, 개구쟁이 큰 애 할 것 없이 어린애들을 대하면 아줌마는 딴 얼굴이 되곤 했다. 탈같이 굳어진 얼굴에 미소가 지어지는 것이다. 어르는 갓난애가 벙긋거리기라도 하면 아줌마 얼굴은 만면 웃음으로 바뀐다. 그러나 이럴 때 아줌마의 얼굴은 얽힌 주름살들이 두껍게 접히고 벌어진 입의 위아래 앞니 빠진 자리가 꺼먼 구멍처럼 드러나 웃는 얼굴이 도리어 흉한 형상을 이뤄놓는다. 그래서 조금 낯가림을 하는 애거나 걸음발을 타는 애일 경우엔 그만 웃음을 그치고 비쭉비쭉 울상이 되기도 하고 뒷걸음질쳐 자기 엄마의 등 뒤로 숨어버리기도 한다. 아줌마 편에서 자기의 웃는 얼굴 모양이 흉하다는 걸 모르는 바 아니어서, 반백이 넘는 머리와 얼굴의 주름살은 어쩌는 도리가 없다 하더라도 이 빠진 자리만이라도 드러나지 않게끔 애쓰는 것이나 그럴수록 얼굴은 일그러져 더욱 괴이한 형상이 돼버리는 것이다. 좀더 큰 꼬마들은 아예 멀찍이 피해 아줌마에게 곁을 주려 하지도 않았다.

그런데도 아줌마는 어린애들에게서 무엇인가를 찾아내려는 사람처럼 되풀이 다가가는 것이었다.

마가을[1] 차가운 비가 이틀째 내린 날 아줌마는 교회당 안을 청소하러 들어가다 물 양동이를 든 채 나둥그러졌다. 그날 밤부터 오한에 떨며 열을 냈다. 그런 몸으로도 그냥 청소일을 계속하더니 그만 사흘 만에는 몸져 자리에 눕고 말았다.

목사 댁에서 약을 사다 먹이고 죽을 쒀 내오고 했으나 이튿날은 미음도 넘기지 못할 정도로 악화되어갔다.

기별을 받고 김권사가 여자 신도 몇을 데리고 심방을 왔다.

누구의 눈에도 교회아줌마가 운명할 것으로 보였다. 모두들 아줌마가 죽어 안 될 것 없다고 생각했다. 살아 무슨 낙을 더 볼 거냐는 것이었다. 믿음이 깊어 천당에 갈 것이니 하루속히 하나님 품안으로 가느니밖에 없다고 했다. 하나님이 죽을 복을 줘 오래 신고하지 않고 이 세상을 뜨게 되니 얼마나 다행하냐고도 했다. 게다가 아주 추워지기 전에 때도 잘 탔다고들 했다.

운명하려는 교회아줌마의 마음에 헛된 틈새를 주지 않기 위해 연이어 찬송가를 부르고 성경을 읽고 기도하고, 다시 찬송가를 불렀다. 곧 임종할 것 같은 아줌마의 얼굴을 지켜들 보면서.

그런데 죽은 듯 굳었던 아줌마의 얼굴에 뜻 않은 변화가 일었다. 뒤엉킨 주름살이 살아나고 입가에 웃음이 지어진 것이다.

김권사가 아줌마의 귀 가까이 입을 가져다 대고 큰 소리로 말했다.

"기쁘지, 교회아줌마? 이 세상 근심걱정이 없는 천국에 가게 됐으니 기쁘지? 지금 하나님 오른편에서 주님이 교회아줌마를 영접하러 기다리구 계세요. 알겠지, 교회아줌마?"

말을 마친 김권사가 아줌마를 살폈다.

아줌마의 입이 벌어졌다. 이 빠진 자리에 꺼먼 구멍이 드러났다. 무슨 소린가 조그맣게 새어나왔다.

김권사가 얼른 아줌마의 입으로 귀를 가져갔다.

"저어…… 우리…… 아들……"

김권사가 좀더 바싹 아줌마의 입에 귀를 가져다 댔다.

"우리…… 아들애하구……"

아줌마의 감은 눈귀로 물기가 비어져나왔다.

기이한 일이라고 할밖에 없었다. 예상과는 달리 며칠 만에 교회
아줌마가 자리를 털고 일어났던 것이다.

그런 후로는 본디도 작던 식사 양은 더 줄어들고 주름투성이인
얼굴은 더 쪼그라진 탈바가지처럼 되었다.

그렇건만 매일 잠자리에서 일어나 세수를 하고 교회당으로 들
어가 새벽기도를 하는 것과 하루 종일 청소하는 일만은 전과 다
름없었다. 오히려 이번 병으로 눈이 더 어두워져 먼지 낀 데를 놓
치지 않으려고 이전보다도 같은 곳을 더 여러 번 쓸고 닦아내고
했다.

예배 때 모이는 사람들은 교회아줌마의 몰골을 보고, 저 꼴을
하고서 오래 산다는 건 욕이지 뭐냐, 저번에 죽지 않은 걸 보면
남모를 죄를 많이 졌는가 보다고들 수군거렸다. 김권사는 입 밖
에 내어 말하지는 않았으나 속으로, 이 세상 부질없는 미련을 버
리지 못한 미물이라고 아줌마를 탓하며 혀를 찼다.

어린애들은 또 어린애들대로 아줌마가 웃는 얼굴이 되기는커녕
미처 어르기도 전에 울음을 터뜨리고, 좀 큰 꼬마들은 멀찍이서
아줌마를 향해, 마귀할멈 마귀할멈, 하고 불러댔다. 그래도 아줌
마는 탄하지 않고 무엇인가 기다리는 듯 미소를 짓는 것이었다.

강추위가 계속되는, 동지를 며칠 앞둔 어느 날 밤도 교회아줌마
는 언제나처럼 자리 속에 엎드려 한참 동안 기도를 하고 나서 드
러누웠다. 연탄을 아끼느라고 막은 아궁이가 너무 꼭 막혔는지
자리 속이 냉랭했다. 그러나 그걸 살피러 나간다는 게 몹시 힘겹
게 여겨져 그만두고 만다.

전에 없이 온몸이 나른하게 자지러들었다. 이불을 머리까지 쓰
고 다리를 오그려 붙인다. 그러고는 잠들기 전에 언제나 해오듯
이 어린애들의 이모저모를 떠올린다. 아직 이빨도 나지 않은, 또
는 위아래 이빨 몇 개씩 난 어린것들의 티 없는 웃음과 깨득거리
는 소리, 손가락을 입에 물고 되똑되똑 걸어다니는 귀여운 모습,
어리광스레 어른들의 몸을 스치며 달리는 재롱 등을 하나하나 되
살리며 아줌마는 자기만의 낙으로 빠져들어갔다. 그런 채로 아줌
마는 스르르 졸음기를 느낀다. 모든 어린애들의 모습이 뒤범벅이
돼 하나로 뭉쳐진다.

별안간 아줌마는 눈을 크게 뜬다. 한 소년이 방문을 조용히 열
고 어둠 속으로 들어선 것이다. 아줌마는 벌떡 자리에서 일어났
으나 전등은 켜지 않기로 한다. 소년에게 자기의 모양을 드러내
보이고 싶지가 않았다.

소년은 문지방 안에 선 채로 있다. 아줌마가 나직한 말로, 추운
데 어서 이리 오라고 한다. 소년이 천천히 다가와 아줌마 곁에 앉
는다. 소년의 몸에서 풍기는 기름때 냄새를 아줌마는 맡는다. 삯
바느질로는 주간 학교에 갈 수 없어 낮에는 자동차 정비공으로
일하면서 야간 공고에 다닐 때의 냄새다.

아줌마가 조심스레 손을 내밀어 소년의 손을 잡는다. 얼음처럼 차다. 아줌마가 자기 양손으로 감싸 녹여주려다 그만 거둬버린 다. 소년의 손이, 도리어 부르트고 터져 험하게 돼 있는 이쪽 손을 쓸며 어째서 손이 이렇게 됐느냐고 물으려는 듯함을 알아차린 것이다. 그리고 아줌마는 어둠 속이지만 소년의 눈길이 샅샅이 자기를 살필 수 있을 거라고 느껴 얼굴을 감추기 위해 고개를 돌려버린다.

소년이 꽤 큰 상자를 아줌마 앞에 밀어놓는다. 속을 열어보지 않고도 아줌마는 그것이 손재봉틀임을 안다. 그리고 이 재봉틀은 소년이 직접 제 손으로 만든 것이라는 것도. 어려서부터 뭘 만들 기를 잘했으니까. 정비 공장에서 시운전하는 차에 가슴을 다치고 그것을 치료하느라고 삯바느질하던 재봉틀마저 팔게 된 걸 몹시 애타하더니 이렇게 제 손으로 재봉틀을 만들어가지고 왔구나. 이 것은 다른 재봉틀과 달라 내가 아무리 눈이 어둡고 손이 거칠어 졌어도 아무 불편 없이 바느질을 할 수 있을 거라.

아줌마는 자기가 이러고 있을 때가 아니라고 깨닫는다. 이 추위 에 밖에서 온 애를, 더구나 고달플 텐데 이대로 둬서 되겠느냐고 깨닫는다. 아줌마는 소년더러 옷을 벗고 자리에 들라고 한다. 소 년이 가만히 앉아 있기만 한다. 참, 앓는 몸이지. 아줌마가 소년 의 옷을 벗겨준다. 그러고 보니 갓난애의 몸뚱이다. 안아다 자리 속에 눕힌다. 갓난애는 이미 잠들어 있다. 이불을 꼭꼭 여며주고 는 애의 볼에다 자기 볼을 가져다 댄다. 보드랍고 따뜻했다. 볼을 떼고 싶지 않았다. 그러나 오래 그러고 있다가 애가 잠이라도 깨면 어쩌나 싶어 볼을 땐다. 애가 푸욱 잠을 잘 수 있게 이 밤이 새지 말고 길게 이어지기를 아줌마는 바란다.

  이틀씩이나 교회아줌마의 기척이 없어 사흘째 되는 날 아침 목사 부인이 지하실방 문을 열어보니, 잘 여며진 이불 밖에 내의 바람인 아줌마가 몸을 꼬부리고 한 손으로 이불 속의 사람을 싸안은 자세로 죽어 있었다.

내 고향 사람들

─어쩌다 사진관에 들른다. 증명사진 한 장 찍는 데도 사진사는 천장에 낸 유리창 커튼을 장대로 걷었다 닫았다 하며 조명 조절을 한 뒤 빨강과 검정의 두 겹 보자기를 몇 번이고 뒤집어쓰고 핀트를 맞춰놓고 나서도, 가슴을 좀 펴시오, 고개를 조금만 숙이시오, 턱을 외로 돌리시오, 혹은, 오른쪽으로 돌리시오, 그러다가 급기야, 자 그대루 잠깐만 계십쇼, 찍습니다, 하나아 둘, 하고 한 손을 들어 신호를 해보이며 셔터를 누르는 것이나 실은 이 순간부터가 야단이다. 찰칵하고 셔터가 한옆으로 열리면서 흰 렌즈가 나타나고는 좀처럼 닫혀지지가 않는 것이다. 따지고 보면 불과 몇 초도 안 되는 동안이다. 그러나 그동안이 왜 그리 긴 것일까. 자꾸만 눈이 깜빡거려지려는 것을 억지로 참고 있건만 사진사의 신호의 손과 함께 열려진 셔터가 당최 닫혀지지가 않는 것이다. 그런대로 혼자 찍을 때는 또 나은 편이다. 어린애 백날 기념사진

이라도 찍으러 한 가족이 가게 되는 날이면 그 과정이 이만저만 거추장스럽지가 않다. 백날 된 어린것을 안은 어머니 되는 사람이 중앙에 자리잡은 의자에 앉고, 그 좌우에는 큰애들을 세우고, 맨 뒤에는 아버지 되는 사람이 선다. 이때 아버지 되는 사람은 점잖게, 어머니 되는 사람은 정숙하게, 그리고 어린애의 형이나 누이는 어쨌든 웃는 얼굴이 되기를 사진사는 요구한다. 그런데 백날잡이 어린것이 말썽이다. 고것이 계집애가 아니고 사내애인 경우 어머니는 될수록 안고 있는 어린것의 고추가 정면으로 환히 찍힐 수 있게끔 신경을 써야 하는 것이다. 몇 번이고 고추를 매만져 위치를 바로잡는다. 그런데 고 자랑스러운 것을 차고 있는 녀석이 영 얌전히 어머니 품에 안겨 있지를 않는 것이다. 아버지 되는 사람은 점잖게, 어머니 되는 사람은 정숙하게, 형이나 누이들은 기쁜 웃음을 얼굴에 짓고 있어 이제 어린것만 정면을 향해주면 되련만 요놈은 그냥 팔다리짓이요 고갯짓인 것이다. 사진사가 손뼉을 치고 휘파람을 불고 장난감을 흔들어 어린것의 주의를 자기 쪽으로 끌려고 온갖 제스처를 다한다. 잠시 어린것이 정면을 향한다. 이 기회를 놓치지 않고 사진사는 셔터를 누른다. 그러나 어찌 이 무애한 어린 생명체가 그 부자연스러운 부동의 자세를 억지로 지속할 리가 있으리오. 그만 고 자랑스러운 고추 끝으로부터 난데없는 무지개가 뻗치고 만다. 어머니 되는 사람은 이 고추의 배설물을 훔치고 매만져 또다시 위치를 바로잡아주지 않으면 안 된다. 이렇게 해서 찍은 사진을 현상해놓고 보면 어느 모로나 떨려 있게 마련이다.

—겨울날 지나가던 나그네가 길을 묻는다. 마당귀 양지쪽에 앉아 타작하고 난 짚에서 벼톨을 털고 있던 노인이 턱으로 동구 밖을 가리키며, 이 길을 얼마큼 가믄 개울이 나섭넨다, 거기 난간 떨어데나간 다리가 걸렸는데…… 여기서 노인은 그 다리를 건너 어디로 어떻게 가면 된다는 얘기는 제쳐놓고 딴 말을 꺼내는 것이다. ……하 참, 그 다리 난간이 왜 그르케 됐는디 압네까, 차손이네 소가 게서 떨어뎄다우, 바루 젠년 이맘때웨다, 가마니 공출을 하레 가다가 다리 위 얼음판에 미끄러뎄쉐다레, 죽구 말았디요, 거저두 모르갔는데 짐을 잔뜩 싣구 있었으니 될 말이웨까, 게다가 새낄 밴 디 야들 달이나 됐디 않갔이요, 허 참, 아까운 소 쥑엤디요, 점백이였는데 암소디만 황소 맞잽이루 일을 잘했댔디요, 그런 솔 쥑이구 나선 차손이네 집안꼴이 그만…… 노인은 추운 겨울날 길손이 바빠하건 말건 한결같이 무표정한 얼굴로 몇 번이고 볏짚을 갈아 쥐고 그냥 채질을 계속하면서 중얼중얼 저 할 말만 한다.
　내가 지금 생각하고 있는 고향은 이렇듯 옛투로 사진을 찍던 시절, 이런 노인네가 살던 곳이다.

　김구장을 내가 처음 만난 것은 1943년 가을이다. 태평양전쟁의 양상이 차차 어지러워지기도 했지만 그즈음 나는 몸이 좀 좋지가 않아 시골로 가 살기로 했다. 평양서 서북쪽으로 한 사십 리 떨어져 있는 장태동이라는 곳이 내 고향이었다. 이미 시골은 추석도 지난 절기여서 벼가을이 한창이었다. 단순한 소개라면 할아버지 댁이나 그 밖의 친척들 집에 끼어들어가 지낼 수도 없는 것은 아니나, 다시 생각이 내킬 때까지는 도회지를 떠나 있고 싶은 심정이어서 집을 하나 짓기로 했다. 그때 기와공장을 하고 있던 이가 김구장이었다.

온갖 물자가 바를 대로 바르던 시절이었다. 가까스로 평양서 재목을 구해다 치목을 하여 이제 내일모레면 세울 임시해서 문제가 된 것이 기와였다. 그 점 나는 너무 등한히 하고 있었다. 고향에서 굽는 기와라 아무 때고 필요할 때면 가져다 쓸 수 있을 것으로만 여기고 있었던 것이다. 그러나 들리는 말에 이제 며칠 후에 넣는 기와가 그해로 마지막 가마라는 것이다. 그리고 그것을 가져갈 자리도 이미 다 정해져 있다는 것이었다.

나는 김구장 댁을 찾아갔다. 초면이었지만 그는 곧 내가 누구라는 걸 알고는 사랑방으로 들어오라고 했다. 그가 사는 김촌과 우리가 사는 황촌과는 밋밋한 언덕 하나를 사이에 두고 있었는데, 그 언덕에도 면소와 인가가 잇달아 서 있어 그대로 맞달린 동네나 다름없었다. 자연 예로부터 세교 관계가 맺어져 내려오고 있었다.

김구장의 연세는 우리 가친과 비슷한 쉰을 하나둘 넘어 보였다. 그 첫인상을 한마디로 말하면 퍽 깨끗하면서도 딱딱해 보였다. 연회색 세루 겹바지저고리에 대님을 단정히 매고, 홀기계로 빡빡 깎은 머리와 약간 앞으로 나온 이마, 그리고 면도 자국이 파랗게 윤이 나는 얼굴 모습은 어딘지 차가운 느낌을 주는 것이었다. 그는 세교로 내려오는 친지의 자제를 대하는 관습적인 인사말을 한두 마디 하고는 내가 찾아간 용건을 묵묵히 들었다. 다 듣고 나서도 한동안 말없이 있더니 머리맡에 놓여 있는 문갑 서랍을 열고 장부책 한 권을 꺼냈다. 기와에 관한 문부책인 모양이었다. 잠자코 그것을 한동안 들여다보며 무엇을 생각하는 눈치다가 문갑 위에서 벼루를 내려 편지 한 장을 쓰는 것이었다. 그동안 나는 쟁반에 담아 내온 밤과 대추를 씹으면서 방 안을 한번 둘러보았다. 아랫목에 사군자 병풍이 쳐 있을 뿐 벽에는 족자 하나 걸려 있지 않았다. 이 조촐한 방 안 분위기와 함께 손때가 옮아 반들거리는 오동나무 문갑이라든지 매일같이 잿수세미질을 하는 듯 광을 내는 놋재떨이가 그대로 이 집 주인의 꽉 짜인 규모 있는 생활을 말해 주는 듯했다. 나는 내가 먹고 있는 대추가 유별나게 달다고 생각했다.

편지를 다 쓴 김구장은 심부름하는 계집애를 시켜 아무개를 좀 이리 들어오래라고 했다. 잠시 후에 행랑에 사는 삼십 남짓한 사내가 왔다. 김구장이 편지를 내주며, 윗골 박초시한테 전하고 오라고 했다.

결국 윗골 박초시네가 가져가기로 한 기와를 나한테 돌리기로 한 것이었다. 나는 황송하고 고마울밖에 없었다. 그러나 김구장은 담담한 언성으로, 급한 쪽이 먼저 써야지 어떻게 하느냐고, 박초시네는 헛간 이엉을 벗기고 넣을 것이니 명년 봄에 가서 해도 괜찮을 것이라는 말을 했다.

이윽고 나는 그곳을 물러나왔다. 김구장이 문간에까지 나와 배웅을 했다. 아무리 손아랫사람에게라도 이렇게 몸소 문간에까지 일어나 나오는 것이 지체 있는 사람의 한 범절처럼 돼 있는 것이다. 그것을 김구장은 내게도 지켜 보인 것이다.

그후, 입주 상량을 하고 서까래를 깐 지 닷새 만에야 기와가 가마에서 나왔다. 그새 낙엽송으로 넣은 평고대가 햇볕에 비틀어져 연함[1]이 들썩했으나 하여튼 미리 흙까지 올려뒀다가 기와가 가마에서 나오는 대로 날라다 지붕을 이고 나니 겨우 한시름 놓였다. 그날 기와를 운반하던 달구지꾼의 말이, 윗골 박초시가 행여나 하고 우차를 몰아가지고 왔다가 그냥 돌아갔다는 것이다. 나는 미안한 생각과 함께 다시 한번 김구장에게 대한 감사한 마음을 금치 못했다.

간신히 두벌 흙을 바르고 사람이 들게 된 후 며칠 만에 나는 김구장을 찾아가 뵈었다. 마침 평양서 곡식과 바꾸러 술을 갖고 온 사람이 있어서 두 되를 바꿔가지고 그 중의 한 되를 들고 김구장을 찾아갔다. 닭도 한 마리 튀해 삶아 갖고. 곡식에 못지않게 술도 바르고 귀하던 때였다.

김구장네 대문을 들어서면서 나는 새삼스럽게 집 안이 조용함을 느꼈다. 그동안 나는 동네 사람들한테서 김구장네에 관한 얘기를 얻어듣고 있었다. 딸 셋은 이미 출가를 하고, 끝으로 난 아들은 현재 서울 모 전문학교에 다니고 있다는 것, 그래 현재 이 큰 집에는 김구장 내외가 심부름하는 계집애 하나를 데리고 살고 있다는 것, 그가 기와공장을 하는 것도 무어 장삿속으로 하는 게 아니고 마침 소유지에서 좋은 흙이 나와 근방에 소용되는 사람끼리 나눠 쓰기 위해 기와를 만들기 시작했다는 것. 말짱하게 비질을 한 안뜰과 낡은 집이기는 하나 깨끗이 치워진 큰 집채가 그대로 주인의 소정한 성벽을 엿보여주고 있었다. 그러나 어딘지 모르게 휑뎅그렁한 느낌을 주기도 하는 것이었다.

이날도 김구장은 사랑방에 혼자 있었다. 밖에서 인사나 하고 올 참이었던 것이 김구장이 들어왔다 가라는 말에 그냥 돌아설 수가 없었다. 김구장은 솜바지저고리를 입고 있는 탓인지 몸집이 더 뚱뚱해 보였다.

사랑방에 들어가 앉아서도 우리는 별로 할 말이 없었다. 그저 김구장이 나더러 가을에 집을 짓느라고 얼마나 고생을 했느냐는 말 정도였다. 그는 이런 경우 흔히 있을 만한 시국 이야기도 꺼내지 않았다.

그만 일어서려는데 술상이 나왔다. 소반에, 내가 가지고 간 닭고기와 깍두기와 밤 대추가 놓여 있었다. 김구장은 석 잔인가 마시더니 자기는 그만두겠다고 하면서 나한테만 권하는 것이었다. 그렇다고 김구장의 낯에 술기운이 오른 것도 아니었다. 홀기계로 바투 깎은 머리에 면도 자국이 파란 얼굴은 언제나처럼 차갑게 윤을 내고 있었다. 그런 웃어른 앞에서 나 혼자 술을 받아 마실 수도 없는 노릇이었다. 대추만 씹었다. 저번 와서 먹을 때보다도 더 쇠들쇠들 마른 게 사뭇 달고 맛있었다. 대추 종류가 참 좋다고 했더니 김구장은 선친이 제사 때 쓰려고 심은 거라고 했다.

조금 후에 나는 그곳을 물러나왔다. 김구장이 문간에까지 일어서 나와 배웅을 했다. 대문을 나서면서 나는 생각했다. 모든 생활면에 꼭꼭 법도를 지키고 있는 김구장은 그렇듯 휑뎅그렁한 집속에 부인과 단둘이 단출한 살림을 해오더라도 별반 외롭다거나 쓸쓸함을 느끼는 일은 없을 것이라고.

김구장네 집 옆 담장을 끼고 난 길은 경사가 져 언덕배기를 이루고 있었다. 높은 길목에까지 올라와 김구장네 집 후원을 내려다보았다. 후원 이쪽으로는 노가주나무들이 서 있고, 저쪽 한옆에 잎이 진 대추나무 한 그루가 서 있었다. 윗가지가 용마루를 넘는 큰 나무였다.

우리 집 앞쪽으로 한 사오십 미터 떨어진 곳에 신작로가 있어서 윗골서 공출하러 가는 소달구지가 줄지어 지나갔다. 며칠 동안 좀 뜸해졌다 싶으면 다시 계속되곤 했다. 언 땅에 삐걱거리는 달구지 바퀴 소리가 방 안에 앉아서도 들렸다.

양곡뿐 아니고, 가마니와 관솔 공출 달구지도 지나갔다. 양곡과 가마니 공출은 마을에서 동남쪽으로 한 십리 가량 떨어져 있는 간이역까지 운반해야 하고, 관솔 공출은 바로 면사무소에서 하는 것이었다. 면사무소 앞에다 큰 가마를 만들고 직접 송탄유를 만들어냈다. 동남풍이 부는 날이면 송진 타는 냄새가 우리 집 안뜰까지 풍겨오곤 했다.

도시에 못지않게, 아니 시골이기 때문에 오히려 더 전쟁이란 것이 피부에 느껴졌다. 이미 농촌에 농한기란 없었다. 공출이 일단 끝났는가 싶더니 아직 책임수량에 미달이라고 군청과 경찰서에서 독려대가 나와 농민들을 들볶아댔다. 그것도 한두 차례가 아니고 어떤 기간을 두고 파상적으로 나와서는 동네를 벌컥 뒤집어놓곤 했다. 한겨울에 계량이 떨어진 농가가 여기저기 생겼다.

그즈음 나는 김구장에 대한 이야기 하나를 들었다. 아주 계량이 떨어져 곤란을 받는 소작인에게는 식량을 꾸어준다는 것이다. 지주라 자기 앞으로 배당된 공출량을 제하고도 남는 곡식이 있었던 것이다. 이렇게 빈농가에 꾸어준 양식은 다음 해 가을에 받는다는 것인데 한 줌도 보태어 받지는 않는다는 것이다. 그 대신 나중에 또 꾸어갈 한이 있어도 일단 들여놓긴 해야 한다는 것이다.

공출 독려의 물결이 채 자기 전인 이듬해 정월 중순도 지난 어느 날 나는 김구장네 집안에 관한 이야기 하나를 또 들었다. 서울 가 모 전문학교에 다니던 아들이 학도병으로 나가게 됐다는 것이다. 어찌하면 좋을지 몰라하는 아들을 김구장이 굳이 학도병에 나가도록 일렀다는 것이다. 어디 숨었다가 붙들려서 탄광이나 군수공장으로 끌려가는 것보다 깨끗이 군대로 나가는 편이 낫다는 게 김구장의 주장이었다는 것이다.

빈농가에 양식을 꾸어줬다가 받는 방법이라든지 아들에게 학도병 나가기를 권한 사고방식은 김구장 자신의 법도 있는 생활에서 나온 일면이라고 나는 생각했다.

내가 다시 김구장을 만난 것은 그해 봄이 지나고 여름도 한 고비를 넘은 팔월 하순께의 어느 석양판이었다.

공출은 가을 곡식만 하는 게 아니어서 밀보리 때도 긁어갈 대로 늙어갔다. 그리고 농번기에 농사일만 돌보게 하지도 않았다. 끊임없이 관솔 공출을 시키는 한편 소위 보국대라는 미명 아래 수많은 농민들을 스무 날 교대로 개천 봉천탄광과 안주 입석탄광으로 부역을 보내는 것이었다. 제 날짜에 교대가 되어 돌아오는 일은 거의 없고, 사흘 닷새 심지어는 열흘씩 늦어지기가 일쑤였다. 돌아온 사람들의 말에 의하면 아침 여섯시부터 저녁 여덟시까지 무려 열네 시간의 중노동을 해야 한다는 것이었다. 게다가 급식 사정이 나빠 대개 한 차례 보국대에 끌려나갔다 돌아오면 영양실조에 빠지곤 했다. 그렇게 되어 집에 돌아왔다고 별수가 있는 건 아니었다. 대개가 감자, 보릿겨 수제비, 강냉이, 호박 풀떼기 따위가 주식물이었다. 어쩌다 면에서 겉피와 대두박이 배급되는 수가 있었으나 거의 뜨고 썩어 제대로 양식이 되지 못했다. 그 중에서도 대두박은 돼지도 못 먹을 비료에나 쓸 것이 태반이었다. 이질에 걸리는 사람이 속출했다.

이러한 사정을 눈앞에 보면서도 나는 무엇 하나 이들을 위해 해주지 못하는 한낱 방관인인 창백한 인텔리 청년일 수밖에 없었다. 하기는 부끄러운 이 창백한 인텔리 청년도 그즈음 일종 기식 엄엄한[2] 속에 살고 있었던 것이다. 가끔 주재소 주임이 지나가는 길에 들른 것처럼 찾아와서는 몸이 좋잖아 시골에 와 있는 걸로 돼 있는 내 기색을 은근히 살피고 돌아가곤 했다. 일본인 본래의 약은 친구여서 그때그때의 계절담을 화제에 올려가지고는 요즘 건강은 좀 어떠냐는 등, 평양에는 상대 될 친구도 많을 텐데 이런 촌구석에선 심심하고 갑갑할 것이라는 등, 하기야 이런 전쟁 때니 꾹 시골에 묻혀 책이나 읽는 게 상책일지 모른다는 둥, 아무렇지도 않게 말을 하면서 한쪽 벽에 붙어 있는 책꽂이로 힐끗 눈을 주곤 하는 것이었다. 지난겨울 이 주재소 주임이 처음 집에 찾아왔을 때 그는 책꽂이를 바라보며, 참 책을 많이 갖고 계시다고 짐짓 감탄해 보이고 나서, 어디 자기가 읽을 만한 책이 있으면 한 권 빌려달라고 하면서 책꽂이 앞으로 다가가는 것이었다. 한참 만에 그는 책 한 권을 뽑아냈다. 가와가미 하지메의『가난뱅이 이야기』였다. 나는 속으로 찔끔했다. 저자가 말썽 있는 사람이었던 것이다. 본시 쿄토제국대학 경제학 교수로 있으면서 당시 마르크스주의 이론의 선봉에 섰던 사람이었는데 만주사변이 일어나고 그것이 중일전쟁으로 확대되면서부터 군국주의가 대두하기 시작하자 검거 선풍이 부는 바람에 그도 체포되고 그의 저서도 판매 금지를 당했던 것이다. 그러나 주재소 주임은 그런 체 없이, 이 책이 유명하다는 건 알지만 아직 한번도 읽어보지 못했으니 빌려달라고 하면서 가지고 갔다. 그다음번에 찾아왔을 때 그는 책을 돌려주지도 않고 그 책에 대한 이야기도 하지 않았다. 아마 판매 금지를 당한 책이니 압수해간 셈으로 치는지 모를 일이었다. 그날도 그는 허물없는 잡담 끝에 책꽂이를 바라보며 영문과를 전공했는데 어째서 원서가 별로 없느냐고 하고는 우리나라 작가의 책들을 훑어보며 혼잣말처럼, 읽어봤으면 좋으련만 글자를 몰라 유감이라고 하면서 그냥 책꽂이를 향한 채, 문과를 했으니 소설 같은 것을 쓴 일이 있지 않겠느냐는 말을 했다. 나는 내 저서를 책꽂이에 끼워두지 않고 벽장 속에 따로 넣어두길 잘했다 싶었다.

대학 시절에 낸 두 권의 시집과 졸업 후에 낸 단편소설집이 있건만 평양서 불과 사십 리밖에 안 떨어진 고향인데도 누구 하나 그것을 아는 사람이 없었던 것이다. 나는 웃으면서 문과를 했다고 다 시나 소설을 쓰느냐고 얼버무려버렸다. 그러면서 나는 요즘도 더딘 붓으로나마 쓴 작품 초고들을 벽장 속에 챙겨 넣어두곤 한 것을 또한 천만다행하게 여겼다. 이날 주재소 주임이 돌아간 뒤 나는 책꽂이의 책 몇 권을 벽장 속으로 치워버릴까 했다. 숄로호프의 『고요한 돈』과 『개척된 처녀지』 그리고 도꾸나가 스나오, 시마끼 겐사꾸 등의 작품집이 혹시 주재소 주임의 눈에 띄게 되면 어쩔까 하는 생각이 들었던 것이다. 그러나 섣불리 책을 옮겼다가는 오히려 재미없을 것 같았다. 이미 주재소 주임은 책꽂이의 그럼 직한 책들을 모조리 기억하고 있어서 만약 그 중의 한 권이라도 없어지는 날이면 대번 그것을 알아보고 이쪽을 더 의심할 것만 같았던 것이다. 나는 도리어 책꽂이에서 뽑아 본 책도 꼭꼭 제자리에 꽂아 그 위치가 바뀌지 않도록 힘썼다. 그리고 내가 쓴 원고는 그것이 어떤 노트조각이건 그때그때 벽장 속에 넣어두기를 잊지 않았다. 이러한 데까지 일일이 신경을 써야 하는 내 자신의 위축된 생활이 한없이 불쾌했으나 어쩌는 수 없었다.

그날도 나는 지난날의 원고 뭉치를 꺼내어 펴놓고 이것저것 뒤적여보고 있었다. 언제 햇빛을 보게 되는지조차 알 길 없는 원고들, 그 중에는 잉크빛이 부옇게 바랜 것도 적지 않았다. 남에게 있어서는 한갓 휴지에 지나지 않을지도 모르는 이것들이 그러나 내게는 다시 없이 소중한 것이었다. 어둡고 메마른 세월과 함께 자꾸만 위축해 들어가는 내 생활의 명맥을 그런대로 이어주는 한 가닥 삶의 보람은 역시 벽장 구석에서 먼지를 뒤집어쓰고 있는 이 원고 뭉치가 아닐 수 없었다. 이날 나는 뒤적이던 원고 뭉치 속에서 이런 구절을 하나 주워 읽었다. "소야, 이 유순한 소야, 어서 뿔을 갈아라, 그리고 언제나 내 힘에 겨운 일은 네가 좀 대신 해주고, 네가 미처 생각지 못하는 것은 내가 대신해주마, 소야, 뿔을 가진 소야." 오래전 소년 시절에 노트해두었던 글귀였다. 그 잉크빛이 부옇게 날아버린 글자를 더듬으며, 이미 소는 나를 위하여 대신해줄 힘은 고사하고 제 몸 하나 건사하기에도 어려울 만큼 지쳐버리고, 나는 또 나대로 그를 위해 아무런 방도도 강구해주지 못하는 한낱 창백한 인텔리 청년에 지나지 않는다는 것을 깨닫지 않으면 안 되었다. 나는 원고 뭉치를 챙겨 벽장 구석에 집어넣고는 뒷산으로 올라갔다. 주체할 길 없는 울적이 가슴속을 휘몰아칠 적마다 하는 버릇의 하나였다. 거기 소나무와 상수리나무 숲 사이를 정처 없이 마구 싸돌아다니다 저녁 어스름이 깔리기 시작해야 집으로 내려오는 것이다. 그런데 저녁 어스름이 내리기 시작하기 얼마 전 산속이 석양빛에 환해지는 시각이 있었다. 짧은 동안이긴 하나 주황빛 햇살이 모로 나무줄기 새를 들이비쳐 하루의 어느 때보다도 숲 안을 밝게 만드는 것이었다. 그럴 때 주황빛 석양 속에 서서 주위의 나무들과 함께 유난히 홀쭉하고도 긴 그림자를 지으면서 지금껏 싸돌아다니기에 피곤해진 자신을 들여다보는 것이다. 그리고 피곤의 정도가 더하면 더할수록 어떤 충족을 느끼는 일종의 자학감에 몸을 내맡기곤 하는 것이다. 이날은 그런 시각 좀 전이었다. 별안간 가까이서 총소리가 울려왔다. 그게 김구장의 총소리라는 것을 나는 알았다.

김구장이 어떻게 요즘 세월에 신규로 총포 허가를 받을 수 있었는지 모를 일이었다. 기왕 허가해준 엽총도 이삼 년래 안전 보관이란 명칭 아래 소할 경찰서에서 거둬들였다가 수렵기에만 내주곤 하던 것이 작년부터는 전시 하 자숙하는 의미에서라고 하면서 일절 수렵 허가를 하지 않았던 것이다. 시기가 시기인 만큼 어떤 구실을 붙여서라도 조선 사람에게 화기를 소지케 하지 않으려는 속셈인 것이 뻔했다. 그것을 어떻게 김구장이 신규로 허가를 맡을 수 있고, 더구나 수렵기도 아닌 요즈음 사냥질을 할 수 있었을까. 외아들을 학도병으로 자진 내보낸 데 대한 특전이었을까. 그러나 그가 총 허가를 받게 된 경위나 절차보다도 좀더 내게 불가사의하게 생각긴 것이 있었다. 그것은 대체 그가 무엇 하러 총을 갖고 사냥을 하지 않으면 안 되었을까 하는 점이었다. 요 며칠째 나는 집에서 먼 메아리를 끌며 울려오는 총소리를 들으면서 도저히 김구장과 총과 사냥을 합치시켜 생각할 수가 없었다. 그것은 지금도 마찬가지였다. 총소리 나는 쪽으로 고개를 돌렸을 때 거기 나무숲 사이로 수렵복을 입은 사내의 모습을 발견하고도 그것이 김구장이라는 실감이 얼른 오지가 않았다. 이쪽으로 비스듬히 등을 돌려댄 자세로 서 있기 때문에 얼굴을 볼 수 없어 그런 건 아니었다. 그보다도 김구장이 헌팅캡까지 쓴 완전한 사냥복장을 갖추고 거기 총을 잡고 서 있어야만 하는 까닭이 도무지 납득이 가지 않는 것이었다. 그러한 김구장과 이런 자리에서 대면한다는 게 서로 쑥스러울 것만 같았다.

나는 그냥 못 본 체 그곳을 떠나려 했다. 그때 사냥개가 무엇인가를 물고 김구장 앞으로 다가왔다. 그러자 김구장이 무슨 일인지 퍼뜩 주위를 한 번 살폈다. 그 서슬에 나를 보고는 잠시 머뭇거리는 눈치더니 가까이 걸어왔다.

운두가 없고 넓적한 헌팅캡을 써서 그런지 김구장의 키는 더 작아 뵈고 탄대를 띤 몸집이 뚱그레 보였다. 그는 내 인사를 받고는 거기 아무데나 주저앉는 것이었다. 땀이 줄을 지어 흐르는 그의 얼굴에는 어딘가 지겨운 빛이 어려 있었다. 그렇건만 그는 헌팅캡을 벗거나 땀을 훔치려고도 하지 않았다.

사냥개가 물고 온 죽은 산비둘기를 김구장 앞에 놓더니 그 옆에 앞발을 모아 벋치고 엎디면서 긴 혀를 입 새로 빼문다. 흰 바탕에 황갈색 반점이 박힌 포인터였다.

"그동안 익숙해지셨군요."

나는 할 말을 몰라 죽은 산비둘기와 쌍발엽총을 내려다보며 이렇게 입을 열었다. 그 말에는 대꾸도 않고 한동안 잠자코 있던 김구장이 불쑥,

"누황도라는 데가 어디쯤 되나?"

하고는 바지주머니에서 여러 겹으로 접은 매일신보 한 장을 꺼내어 폈다. 그 제1면에 '유황도에 대형 20기'라는 타이틀이 보였다. 미군 사발대형 폭격기 20대가 유황도를 공격해왔다는 것이다. 김구장에게서 전쟁에 관한 얘기를 듣기는 이때가 처음이었다. 나는 요즘 신문의 전황 보도에 의해 안 지리 지식으로 유황도가 어디

쯤이라는 걸 설명해주었다. 규슈 지방 가고시마 만에서 백여 리
쯤 떨어진 섬이라고, 그러고 나서,

"참, 재후한테서는 자주 소식이 있는가요?"

하고 물었다.

김구장의 아들 재후가 훈련을 마치고 북지로 갔다는 말은 풍문
에 들어 알고 있었던 것이다.

"언젠가 한번 왔더군."

잠시 말을 끊었다가,

"손톱하구 머리칼을 잘라서 맽겠다는 말을 했습데."

아마 이제는 전사하더라도 화장을 하여 유골을 가족에게 돌려
보내줄 수 없을 만큼 전국이 급박해졌다는 것이리라.

이때 숲 안이 갑자기 환해졌다. 주황빛 석양이 들이비친 것이
다. 나무들의 그림자가 홀연히 선명한 윤곽을 드러내면서 길게
누웠다. 김구장이 벌떡 일어나 탄대에서 알을 뽑아 총에 재었다.
포인터가 앞장을 섰다. 멀지 않은 나무에서 산비둘기가 울고 있
었다. 총소리가 났다. 그러나 나는 빗맞았다고 생각했다. 김구장
의 총 겨냥이 엉망이라는 걸 이만큼에서도 알아볼 수가 있었다.
사실 나무 위의 산비둘기가 푸드덕 날아가버렸다. 김구장이 돌아
서 긴 그림자를 끌며 이리로 걸어왔다. 땀에 젖은 둥근 얼굴이 주
황빛 석양에 담뿍 물들어 있었다. 그런 그의 얼굴 오른쪽 턱 가까
이 면도에 벤 자국이 하나 드러나 보였다. 나는 눈을 비켰다.

"총알이란 그르케 생각했던 것터럼은 잘 맞디가 않아. 지금 것
은 넓게 쫙 뿌리는 산탄인데두 좀해서 맞디가 않거든."

숲 속에 들이비친 석양이 걷혔다. 그러자 숲 안은 별안간 그늘이 짙어지는 것 같았다. 김구장과 나는 산을 내려오기 시작했다. 포인터가 저만큼 앞서가며 때때로 서서는 코로 냄새를 맡는다. 나는 문득 김구장이 아까 쏜 산비둘기를 그냥 두고 내려온다는 것을 깨달았다. 그러나 다음 순간 나는 그가 일부러 그것을 내버려두고 오는 것이지 잊은 게 아닐 거라는 생각에 잠자코 말았다. 결국 그의 목적은 사냥에 있는 게 아니지 않은가. 도리어 자기가 쏜 총알에 목표물이 맞지 않기를 바라는 심정인 게 아닌가. 아까 사냥개가 죽은 산비둘기를 물고 가까이 오자 퍼뜩 주위를 한번 살펴보던 일, 그리고 나를 발견하자 마치 죽은 산비둘기를 피하기라도 하듯이 터덕거리며 걸어오던 모양.

"데 기름은 뭣에다 쓴대디?"

마침 동남풍에 송탄유 냄새가 풍겨왔다.

"윤활유라구 해서 기계의 마찰을 적게 하는 데 쓰일 것입니다."

"다른 나라에서두 데른 걸 쓰나?"

나는 부지중에 김구장의 얼굴을 바라보았다. 마침 그의 오른쪽에 서서 걷고 있었기 때문에 턱 가까이 나 있는 면도에 벤 자국이 눈에 들어왔다. 나는 좀 전의 그의 이 면도에 벤 자국을 보고 눈을 비켰던 일을 생각했다. 그리고 그때 느꼈던 것처럼 지금까지의 물샐틈없이 법도가 서 있던 김구장의 생활에 어떤 틈새가 벌어지기 시작한 징조나 아닌가 했다.

그날 뒷산에서 김구장의 생활에 어떤 변화가 오지 않았나 한 것은 그저 나 혼자만의 예감에 지나지 않았다. 이 예감이 그후 김구장의 생활 면에 나타났다고 해서 나는 조금도 내가 선견지명이 있었다고 내세울 마음은 없다.

그해 가을의 양곡 공출은 좀더 혹심했다. 처음부터 군청과 경찰서에서 독려대가 나와 면에서 살았다. 그리고 시시콜콜히 뒤져냈다. 장님놀이라고 해서 지팡이로 헛간이나 부엌 바닥을 돌아가며 두들겨보아 조금만 색다른 소리가 나도 파헤쳐서 쌀말이나 감춰둔 것까지 긁어냈다. 관솔 공출도 책임량이 높아가고 보국대도 점점 인원수가 늘어만 갔다. 아직 겨울도 닥쳐오기 전인데 농민들의 얼굴이 부황이 나 누르퉁퉁하게 뜨고 부어올랐다.

그즈음 동네에 소문이 하나 퍼졌다. 김구장이 전답을 팔아가지고 평양과 영원 간의 자동차 운수업을 시작했다는 것이었다. 한동안 이야깃거리가 될 수밖에 없었다. 김구장의 처사를 좋게 말하는 축이 많았다. 공출이 심해지면서부터 지주라고 별다른 혜택을 받는 것도 아닌 토지를 붙들고 앉았으면 뭘 하느냐는 것이다. 그리고 자동차 운수업을 시작한 뒤의 김구장의 하루 수입이 얼마나 된다는, 상당히 높은 숫자의 금액이 떠돌아다녔다. 그런데 이런 풍설이 사람들의 입에 오르내린 지 석 달도 못 된 이듬해 정월에 들어서서였다. 김구장이 경영하는 사업체에 일대 춘사가 발생했다. 눈길에 힘없는 목탄 버스가 영원 거의 다 가서 있는 자일령 고개를 넘다가 미끄러져 낭떠러지로 전복하는 바람에 승객 십여명의 사상자를 낸 것이었다. 이런 일이 있은 지 얼마 후 평양에 들어가 있던 김구장이 그 뒷수습을 하느라고 사업체는 물론, 남은 논밭을 거의 팔아 넣고 마을로 돌아왔다. 시골 부자란 뻔한 것이어서 이제는 기와공장과 밭 몇 뙈기, 그리고 집만이 남았다는 말이 들렸다.

나는 마을로 돌아온 김구장을 먼발치로 본 일이 있었다. 밤이었다. 김촌에 막걸리를 만들어 파는 중늙은이 과부 아주머니가 있었다. 건달이었던 아들이 어떻게 지원병으로 나가 지금은 상등병이 돼 있는 탓에 밀주를 만들어 파는 것을 주재소에서도 눈감아 주고 있는 것이었다. 소주라고는 구경조차 못 할 때라 나는 간혹 몰래 이 집을 찾아가 그 텁텁한 뜨물 같은 막걸리를 몇 사발 들이켜고 돌아오곤 했다. 그날 밤도 나는 이 집을 찾아가 가물거리는 등잔 밑에서 막걸리를 들이켜며 이해 정월 초순께 루손 도에 미군이 상륙했다는 보도를 안 후부터 몸 가까이 느껴지는 어떤 초조와 불안과 알지 못할 기대 같은 것을 되씹고 돌아오는 길이었다. 꽤 매운 밤이었다. 나는 주재소 앞을 피하여 김구장네 집 옆을 지나 언덕배기 높은 길목에서 무심코 고개를 돌렸다. 김구장네 후원이 내려다보였다. 거기 초승달이 뜬 차가운 별하늘에 대추나무가 검은 자태를 드러내고 있었다. 나는 고개를 거두려다 잠시 더 그대로 내려다보았다. 대추나무 밑 어둠 속에 희끄무레한 사람의 그림자를 발견했던 것이다. 전체의 윤곽으로써 김구장이라는 걸 알 수 있었다. 그가 지금 위를 쳐다보고 있는지 밑을 내려다보고 있는지는 분간이 안 되었다. 그저 한 자리에 꼼짝 않고 서 있는 것만은 분명했다. 나는 문득 그동안 김구장을 한번 찾아가 뵈었어야 했을 거라는 생각이 들었다. 그러나 이 추운 밤 대

266

추나무 밑에 홀로 꼼짝 않고 서 있는 그를 바라보면서 내가 그를 찾아가 할 수 있는 위로의 말이란 대체 어떤 것이어야 할지 알 수가 없었다.

그해 이월 초순께에는 미군 비행기 팔십오 대가 고베 부두를 폭격. 그리고 중순경에는 B-29 백 대가 도쿄를 폭격. 삼월에 들어서서는 B-29 백오십 대가 도쿄를 공습. 이어서 며칠 뒤에는 야간에 백삼십 대가 도쿄를 폭격. 다시 사월 중순경에는 두번째로 도쿄를 야간에 폭격.

이러한 사월 하순경 어느 날 밤 나는 예의 막걸릿집으로 갔다. 좀더 몸 가까이 느껴지는 초조와 불안과 어떤 알지 못할 기대 같은 것을 안고. 그날 밤 막걸릿집에는 먼저 와 아랫목에 자리를 잡고 있는 손님 한 패가 있었다. 그 속에 김구장이 있었다. 사업에 실패하고 평양서 돌아온 지 얼마 안 되어서부터 그가 술을 마시기 시작했다는 소문은 듣고 있었다. 내 인사말을 김구장은 고개만을 끄덕여 받고는 같이 온 사람들과 하던 얘기를 계속했다. 그는 상당히 취해 있는 것 같았다. 나는 윗목에 앉아 무장아찌를 안주로 뜨물 같은 막걸리를 마셨다. 그러다가 나는 내 귀를 의심했다. 김구장의 하는 얘기가 귀에 들어왔던 것이다. 아주 노골적인 음담패설. 아무리 취담이라 하더라도 김구장에게서 그런 얘기가 나온다는 것은 영 믿어지지가 않는 것이었다. 홑기계로 빡빡 깎은 머리와 면도 자국이 파랗게 윤이 나는, 어딘지 모르게 차갑던 인상, 내가 소주 한 되를 갖고 찾아갔을 때 조그만 잔으로 석 잔인가 마시고는 다시 더 받으려고 하지 않던 절조 있는 태도. 그동 안 일 년 반이라는 세월밖에 흐르지 않은 것이었다. 나는 아랫목 김구장한테로 눈을 주었다. 가물거리는 등잔불빛에 그늘져진 그의 모습은 분명치가 않았다. 그저 머리가 전처럼 홑기계로 빡빡 깎여져 있지 않고, 얼굴도 전처럼 파란 면도 자국이 윤기가 나도 록 밀어져 있지가 않았다. 언젠가 뒷산에서 만났을 때 그의 턱 언 저리에 면도에 벤 자리가 있었던 것이 생각났다. 그리고 그의 아 들 재후의 일이. 나는 물론 북지로 가 있다는 김구장 아들의 소식 을 알지 못하고 있다. 아마 김구장 자신도 모르고 있기 쉬울 것이 다. 나는 막걸리 몇 사발을 연거푸 들이켜고 그곳을 나와버렸다.

오월에 들어서자 베를린 함락, 무솔리니 체포. 이튿날 무솔리니 총살, 그 다음날 히틀러 사망 발표. 하루는 맑게 갠 하늘 저 까마 득히 B-29 한 대가 지나갔다. 만주 어디의 일본 기지라도 폭격하 고 돌아가는 길이리라. 은빛 기체를 빛내면서 서북쪽으로부터 동 남쪽을 향해 거침새 없이 날아갔다. 그 꼬리에 흰 솜반을 길게 뽑 아놓은 듯한 비행운을 달고 있었다. 주재소 주임이 이것을 보고, 한 대 얻어맞아 기관에서 뿜는 연기라고 하면서 이제 얼마 못 가 서 추락될 거라고 한 웃지 못할 얘기도 생겼다.

그런 어느 날 동네에 놀라운 사건이 하나 일어났다. 대낮에 김 구장이 행랑방에 사는 사람의 아내와 누워 있다가 남편에게 발각 된 것이다. 얼마 전부터 남편은 자기 아내와 김구장의 관계를 눈 치 채고 있었다는 것이다. 그랬다가 그날 들에 나가는 체하고 숨어 있다 현장을 잡은 것이었다. 김구장은 빠져나와 그길로 어디론가 달아나고 말았다. 행랑방 사내가 안방으로 들어가 엽총을 거머쥐고는, 이 집은 내 집이다, 누구든지 함부로 들어오면 쏜다고 소리쳤다. 총은 곧 주재소에서 와 빼앗아갔다. 그날로 김구장 부인은 자기 맏딸네 집으로 가고 말았다. 저녁때 행랑방 사내는 동네 사람들을 불러다 사냥개 포인터를 잡았다. 그 고기를 먹어본 사람들이 하나같이 말했다. 보기와는 달리 고기맛이 아주 싱겁이 짝이 없더라고.

동네 사람들의 주선으로 집은 도로 내놓고 밭 두 뙈기를 행랑방 사내에게 떼어주기로 하고 일단 사건이 수습되었다고 여겨진 어느 날, 평양에 갔던 동네 사람 하나가 이런 말을 갖고 왔다. 길가에서 우연히 김구장을 만났더니 김구장의 말이, 그 사람을 그냥 집에 들어가 살게 하디, 하며 돌아서다 말고, 메칠 전에 내 아들놈이 군대에서 도망을 텄대, 하고 속삭이고는 얼굴에 웃음을 떠올리더라는 것이다. 그 웃음의 뜻을 나는 알 수 있을 듯했다. 그러나 그때 김구장의 웃음 표정만은 여러 가지로 겹쳐진 채 내 눈앞에 어른거려 딱히 이것이라고 얼른 잡혀지지가 않았다.

원색오뚝이

　여기 혼자 사는 한 노인이 있다. 동네에서 훈장아저씨로 불리는 윤노인이다. 그러한 별명은, 언젠가 윤노인이 저 앞 건널목 너머에 있는 대폿집에서 술에 취해가지고 아들의 훈장 이야기를 한 뒤부터였다. 전기 기술자였던 아들이 통신병으로 군대에 나가 자기는 죽고 전우를 여럿 살린 공을 세워 훈장을 받았다는 것이다. 그러나 아무도 그 훈장을 보거나 유가족증을 본 사람은 없었다.

　어둑한 방에서 지금 윤노인은 연신 벙글거린다. 양쪽 눈꼬리에 부챗살 같은 주름이 굵게 잡히고, 벙을은' 입 안으로 윗니 없는 자리가 드러난다.

　떼구르르 방바닥에 굴린 오뚝이가 제대로 오똑 서서 몸을 앞뒤 양옆으로 되똥거리기까지 하는 것이다.

　이 오뚝이 하나를 만드는 데 얼마나 오래 걸렸는지 모른다. 마음먹은 대로 손이 잘 놀려지지 않는 데다가 별 연장 없이 주머니칼 하나로 일 없을 때 조금씩조금씩 하자니 더딜밖에 없었다.

그것도 처음엔 나무토막을 깎아 가운데를 잘록하게 파낸 후 아무리 위는 작게 하고 밑을 크게 하여보아도 좀처럼 오뚝이가 일어서주지를 않고 굴린 대로 그냥 누워버리기만 했다. 생각다 못해 그제 저녁 언덕 아래 코주부네 대장간에서 밑에다 쇠를 하나 박아달라고 해서야 오뚝이가 오뚝이 구실을 했다. 윤노인은 서투르게나마 얼굴을 새기고 밑부분은 볼록 도드라지게 다듬어 오늘 아침까지 마지막 손을 본 것이었다.

이젠 가져다 줘야지, 양쪽 다리를 다 쓰지 못하는 춘천집 철이에게 줄 장난감이었다. 몇 집 밑에 사는 춘천집 철이는 네 살 된 사내애로 두 살 때 소아마비에 걸려 아랫도리를 쓰지 못하고 있었다. 혼자서는 일어나 앉는 것도 겨우겨우였다. 춘천집은 그동안 이 애를 업고 다니면서 광우리 장사를 해왔으나 얼마 전부터는 그만 힘에 부쳐 애를 집에 혼자 뉘어두고 나가는 것이다. 이애가 가지고 놀 장난감으로 윤노인이 생각해낸 것이 오뚝이였다.

윤노인은 검정 작업복 호주머니에 오뚝이를 넣고는 머리맡에 있는 흙일 연장이 든 구럭을 들고 방을 나왔다.

밖은 자욱이 안개가 끼어 있었다. 나무 하나 서 있지 않은 언덕에 다닥다닥 붙은 움막들이 안개에 잠겨 외곽도 잘 보이지 않는다. 한적한 산속만 같다. 그러나 뵈지 않는 곳곳에서 애 울음 소리 아낙네의 짜증 소리 늙은이의 가래 낀 기침 소리 같은 게 들려왔다.

언덕 위로 안개가 흘러 올라오는 품이 곧 개고 날씨도 따뜻해질
것 같다.

윤노인은 문을 잠그지도 않고 언덕 밑으로 발길을 옮긴다. 문단
속 같은 건 할 필요도 없는 집이요, 동네였다.

몇 걸음 걷지 않아 누가 안개 속에서 불쑥 다가오며, 지금 나가
세요? 한다.

큰 다랭이²를 메고 있다. 아침 전 거리로 나가 한차례 넝마주이
를 하고 돌아오는 동네 청년이다.

"음."

청년이 다랭이를 한옆으로 비키며 길을 내어준다. 퍽은 좁은 골
목길이다. 윤노인은 청년 앞을 지나며, 참 부지런하고 기특한 젊
은이라고 생각한다. 사람이란 부지런해야지.

윤노인도 봄철에서 한가을까지 미장이 조수 노릇을 할 때는 부
지런을 피워야 한다. 동이 트자 일터로 나갔다가 어두워야 돌아
오는 것이다.

그러다가 늦가을서부터 그런 토역일이 없어지면 아궁이일을 주
로, 자질구레한 흙일을 맡아 한다. 이 일만은 누구의 밑에 달려서
하는 게 아니고 자기 혼자 하는 일이라 자유로워 좋다. 그저 아궁
이 고치기 같은 일은 아무리 부지런을 피우려도 피울 수가 없는
게 안됐다. 새벽부터 그런 일을 맡기는 집은 없으니.

윤노인은 철이네 집 앞에서 헛기침을 한 번 한 후 지게문을 연
다. 물건을 받으러 날도 새기 전에 나가니, 방 안에 철이 어머니

가 있을 것도 아닌데 이렇게 헛기침을 한 번 하는 게 윤노인의 습관처럼 돼 있었다.

모말[3]만 한 방구석에 누웠던 철이가 여윈 얼굴을 잦혀 이쪽을 본다. 옆에는 숟가락이 꽂힌 채 밥양재기가 놓여 있다. 점심으로 퍼놓고 나간 이 애의 밥이다.

처음 춘천집이 이 애를 혼자 남겨두고 장사를 나가기 시작했을 때는 윤노인이 들러볼라치면 애가 혼자 누워 울고 있곤 했다. 그러나 얼마 후에는 혼자 남는 데 익어진 듯 울고 있진 않으나 윤노인이 들여다보면 금시 서러운 듯 훌쩍거리곤 했다. 지금도 윤노인을 보자 눈에 물기가 어리는 것이다.

측은한 생각이 들면서 윤노인은 얼른 호주머니에서 오뚝이를 꺼냈다. 그러는 윤노인의 윗니 빠진 입이 크게 벌어진다.

"이거 봐라, 이게 뭐게."

오뚝이를 철이 앞으로 굴린다.

"얼럴럴러, 섰다 섰다."

철이가 몸을 뒤채어 엎드린다. 윤노인이 오뚝이를 집어 다시 철이 앞으로 굴린다.

"얼럴럴러, 섰다 섰다. 재밌지?"

오뚝 서서 되똥거리는 오뚝이를 철이가 지켜본다.

"어디 이젠 니가 한번 굴려봐."

잠시 머뭇거리던 철이가 오뚝이를 집어 윤노인 앞으로 굴린다.

"옳지 옳지, 야 또 섰다 섰다."

윤노인이 다시 철이 쪽으로 굴린다.

이렇게 오뚝이를 서로 굴려 보내고 굴려 오고 하는 동안 비로소 철이의 물기 어린 눈에 웃음이 내밴다.

철이는 윤노인 쪽이 아닌 딴 곳으로 오뚝이를 굴린다. 그러고는 두 다리를 못 써 배밀이를 하다시피 기어가서는 또 다른 곳으로 굴린다.

철이가 혼자 오뚝이를 굴리는 동안도 윤노인의 입에서는 연방 얼럴럴러 섰다 섰다, 하는 말이 끊이지 않고 나왔다. 그러는 그의 윗니 빠진 말소리엔 스스 소리가 섞이고, 입가엔 웃음이 벙을어 퍼졌다.

언덕을 다 내려온 윤노인은 길모퉁이 코주부네 대장간에 들른다. 아궁이를 뜯어낼 때 쓰는 까뀟날이 무뎌져 어제 베려달라고 맡겼던 것을 찾아가기 위해서다. 하기는 별일이 없을 때라도 윤노인은 거의 매일이다시피 여길 드나들곤 하지만.

붉게 단 쇳덩어리를 모루 위에 올려놓고 큰 망치로 두들기고 있던 코주부가 윤노인더러,

"훈장아저씨 오늘 아침엔 무슨 좋은 일이라두 있으신 모양이군요."

한다.

"왜?"

"왜나마나 훈장아저씨 얼굴에 그려져 있는걸요, 그런 표가."

"아니 언젠 내가 울상을 허구 살았나 원."

하면서도 윤노인은 오뚝이나마 갖고 놀 철이를 생각하며 적이 마

음이 흐뭇해지는 것이었다.

맡겼던 까뀌는 베려져 있었다. 자루만 박으면 되는 것이다.

코주부가 두드리던 쇳덩어리를 풀뭇불에 꽂아 넣고, 새로 뻘겋게 단 쇠쪼가리를 집게로 집어가지고 돌아서며 행길로 눈을 주는 것 같더니,

"벌써 두번쨀세, 빌어먹을."

까뀌에 자루를 박던 윤노인이 행길로 고개를 든다. 영구차가 지나가고 있다.

"여기 살면 저런 건 자주 보게 될 텐데 뭘."

"그렇지두 않아요. 허기사 매일같이 지나가겠지만 한번두 눈에 띄지 않는 날이 되레 많죠. 그런데 오늘 아침엔 벌써 두 차례나 뵈더라니요."

"왜 영구찰 보면 기분이 나빠서?"

"뭐 그런 것두 아니지만……"

"오늘은 되레 좋은 수가 있을걸."

"좋은 수라뇨?"

"반가운 사람을 만나든지, 아니면 공술이라두 생긴다는 옛말이 있잖나?"

"아저씬 그런 게 맞습디까?"

"뭐 요즘은 그런 생각 허기 전에 관 속에나 들어갈 생각이 앞서는걸."

윤노인이 자루 박은 까뀌를 구럭에 넣고 일어섰다.

문 안으로 들어와 아궁이 고치라는 소리를 지르며 다니다가 한낮이 되어서 어떤 회사 숙직실 아궁이를 맡았다.

윤노인은 제 마음에 들 때까지 정성을 들여 일했다. 회사 사람이, 그렇게 하다간 하루에 몇 집이나 돌겠느냐고 할 정도로 만지고 또 만졌다. 일을 다 마친 윤노인은 아궁이에 종이를 지펴보기까지 했다. 불이 누워서 잘 들이자 호주머니에서 진달래꽁초를 꺼내 피워 문다. 이런 때 담배 맛은 유별나다.

품삯을 받고서 도구를 챙겨가지고 나온 윤노인은 거기 뵈는 길가 노점 음식점으로 간다. 벌이가 있으면 점심을 사먹고 그렇지 않으면 해도 짧아진 때라 점심 한 끼는 거른다.

서른댓 된 여인이 가락국수를 팔고 있다. 막품팔이꾼 같아 보이는 사내 하나가 선 채 그릇을 입에 가져다 대듯 하고 국수를 먹고 있다.

여인이 국수를 말아 윤노인에게 내미는데 등에 업혀 잠들었던 애가 끙하고 얼굴을 엄마 등에 몇 번 비벼대더니 다시 조용해진다. 얼굴이 동그마한 계집애였다. 편안히 업히지 못해 고개가 뒤로 잦혀진 양볼이 잠에 발그레 상기되고, 코밑 언저리에 코딱지가 말라붙어 있다. 절로 윤노인의 입술 새로 윗니 없는 자리가 약간 드러난다. 어린애의 모양이 귀여운 것이다.

먼저 와 있던 사내가 그릇을 내려놓고 셈을 치르고는 가버린다.

"그 애가 몇 살이나 됐소?"

여인의 띠 두른 앞 허리가 잘록해진 게 애의 무게가 여간 아닌 모양이라고 생각하며 윤노인이 물었다.

"이제 두 돌이 지났어요."

철이는 네 살이나 되었으니 집에 남겨두고 광우리 장사를 나가지 않으면 안 되는 춘천집의 처지를 윤노인은 알 만했다.

"줄창 애를 업구 서 있으니 고되겠소."

"도리 있나요, 애 아버지 삯짐 지는 걸룬 살 수 없구…… 이렇게나마 살아가는 걸 다행으루 여길밖에요."

철이 아버지는 강원도 어디 광산에서 광부 노릇을 하다가 굴이 무너지는 바람에 깔려 죽었다고 한다. 그리고 철이는 양쪽 다리를 못 쓴다. 종신토록 병신이 될 것이다. 그런 춘천집에 비하면 이 여인의 말대로 이들의 살림은 다행이라고 할 수밖에 없다.

"할아버지 벌이는 요새 괜찮으세요?"

윤노인의 옷주제를 보고 흉일하는 줄 알고 하는 여인의 말이다.

"나두 다행하게 그럭저럭 살아가죠."

그러고 보니 윤노인도 여태 자신이 살아온 것이 정말 다행스럽게 생각되었다.

여인이, 청하지도 않은 국물을 국자 가득 떠서 윤노인의 사발에 부어준다.

"참 국이 달군요."

윤노인은 고마운 마음으로 천천히 그릇을 비웠다.

이날 윤노인이 이쯤으로 집에 돌아왔던들 아무 일 없이 전처럼 하루를 지내 보냈을 것이다. 얼마를 돌아다니다가 꽤 늦어, 두번째로 한 중년사내에게 불려 들어간 것이 뜻 않았던 사건의 실마리가 될 줄은 윤노인 자신도 알 턱이 없었다.

그리 크지 않은 여염집이었다. 낡기는 했으나 어딘가 조촐히 정돈돼 있는 느낌을 주는 집이었다. 작년에 만든 건넌방 아궁이가 불이 잘 들이지 않아 고치겠다는 것이다.

주인이 식모아이를 시켜 물력가게⁴에 가 시멘트 서너 됫박과 모래와 진흙을 사오게 하는 동안 윤노인이 아궁이를 뜯어냈다.

아궁이를 다 뜯어내고 그 속의 재 같은 것을 깨끗이 긁어내고 있는데 심부름 갔던 식모애가 지게꾼에게 물건을 지워가지고 돌아왔다. 남자 주인이 안방을 향해 짐삯을 좀 내오라고 했다.

대청마루의 문 열리는 소리가 났다. 재 담은 삼태기를 들고 일어서던 윤노인이 저도 모를 이상한 기미에 끌려 대청 쪽으로 고개를 돌렸다. 문가에서 지전 몇 장을 남편에게 내준 여인이 이쪽을 바라보고 있는 것이었다. 고개를 거두려던 윤노인의 눈길이 무슨 서슬엔가 다시 여자의 얼굴로 주어졌다. 서로의 시선이 마주쳤다. 여자의 눈이 크게 뜨이며 입이 반쯤 벌어졌다. 그와 함께 윤노인은 외면하듯 시선을 거둬버렸다. 아니, 쟤가…… 윤노인은 삼태기를 그 자리에 놓고 슬그머니 앉아버렸다. 담배를 꺼내 붙여 물었으나 곧 땅바닥에 비벼 꺼버리고 말았다. 그리고 분주히 도구를 챙겨가지고 남자 주인을 찾았다.

"아니, 이 영감이, 저렇게 어질러만 놓구 어쩌자는 거요?"

"별안간 팔이……"

이런 거짓말을 해보기란 처음이었다.

"그런 꼴루 일을 맡으러 다니긴 왜 다니누. 죽치구 집에 들앉았을 일이지."

윤노인은 등 뒤로 주인의 이런 소리를 들으며 빠른 걸음으로 그 곳을 빠져나왔다.

그러나 윤노인은 자기 집을 향해 걷는 도중 걸음을 늦추며 혹 자기는 비슷이 생긴 사람을 잘못 보고 그러지 않나 하는 생각을 해보는 것이다. 세상에는 서로 닮은 사람이 얼마든지 있지 않으냐. 아들을 잃은 뒤 몇 번을 아들과 똑같이 생긴 청년을 보고 놀라곤 했던가. 그러나 이러는 윤노인의 뇌리에는 몇 발 안 떨어진 곳에서 이쪽이 누구라는 걸 확인한 듯 놀라던 여자의 얼굴이 떠나지 않는 것이었다. 너무나 선명한 모습이었다.

대장간 앞을 지나는데 코주부가 무어라 말을 건네는 것을 그냥 지나쳐버렸다. 엄벙덤벙 언덕을 올라갔다.

연장을 방에 들여놓고 오늘은 일찌감치 저녁을 끓이려 풍로를 밖에 내놓으려는데 그것을 받으려고 손을 내미는 사람이 있었다. 순간 윤노인의 가슴은 두방망이질을 치기 시작했다. 그럴 수는 없다. 그럴 수는 없다. 윤노인은 여자를 쳐다보지도 않고 발길을 돌려 언덕을 되짚어 내려오기 시작했다. 뒤에서 여자는 아무 말도 하지 않았다.

건널목 너머에 있는 대폿집 한구석에 앉아 윤노인은 막걸릿잔을 앞에 놓고 있었다. 무엇이라 꼬집어 말할 수 없는 것이 몸 가까이 위협해오는 느낌이었다. 뭣 때문에 개는 날 쫓아온단 말인가. 이제 와서 뭘 어쩌겠다고.

윤노인 자신이 지금의 평온을 얻기까지는 남몰래 적지 않은 마음의 고통을 겪어왔다. 살아야 한다는 것이 얼마나 잔인하고 추한지를 뼈저리게 맛보고 나서야 간신히 오늘의 평정을 차지할 수 있었던 것이다. 이 하잘것없는 삶이나마 이제 와 누구한테서도 흔들림을 받고 싶지 않은 것이었다. 윤노인은 눈을 감고 여자의 모습을 조용히 떠올려보았다. 예전보다 얼굴이 희어지고 몸이 약간 뚱뚱해진 어엿한 가정부인의 태였다.

　어떤 노여움인지 뭔지 분간할 수 없는 것이 윤노인의 가슴에 치밀었다. 그 애가 나를 알아보고 뒤쫓아왔다는 게 괘씸했던 것이다. 이제 와서 나를 만나 어쩌겠다는 건가. 아무리 생각해도 괘씸했다.

　술잔을 들며 윤노인은 지난날 그 애가 좀 여위고 배가 불렀을 때의 일을 더듬었다. 임신 몇 개월이 됐는지는 윤노인으로서는 알 길이 없었다. 그저 아들의 전사한 날을 따져보아 아들의 애가 아닌 것만은 알았다. 그즈음 윤노인은 며느리가 벌어오는 것으로 생계를 이어가다시피 하고 있었다. 그러던 며느리가 하루는 나간 채 돌아오지 않았다. 아들의 화랑무공훈장과 유가족증이 없어진 걸 안 것은 좀 뒤의 일이었다. 그때 이미 저는 저대로 나는 나대로 살아가는 길밖에 없다는 게 결정지어졌던 것이다.

　술청 안의 전등이 들어오면서 손님이 꽤 자주 들락날락했다. 대개가 날품팔이꾼으로 대포 한두 잔씩 들이켜고는 김치 쪼가리를 으적으적 씹으며 나가는 게 보통이고, 자리잡고 앉아 마시는 축은 별로 없었다. 이렇게 윤노인의 주위에서는 여느 때와 다름없는 평상시의 일이 벌어지고 있었다. 그 속에서 자기 혼자만 괜한 마음을 쓰고 있는 것 같은 생각이 차차 들었다. 이미 며느리도 아닌 남인 바에야 설사 이날 만났더라도, 그리고 그쪽에서 무슨 일로든 쫓아왔다 하더라도 끝까지 받자를 해주지 않으면 그만 아닌가.

"오늘은 두 번씩이나 모른 척 지나가시니 웬일이세요?"

대장간 코주부가 킁킁 콧소리를 내며 들어와 옆에 앉는다. 보통 때는 그렇지 않다가도 대폿집에만 들어서면 코에 스며드는 술 냄새를 음미라도 하듯이 언제나 그 큰 딸기코를 킁킁 울리는 것이다.

"뭐 그럴 때두 있지."

"제가 뭘 잘못헌 건 없겠죠, 훈장아저씨?"

"원 사람두……"

"그런데 저 훈장아저씨, 지금 막 건널목에서 개가 한 마리 치여 죽었어요. 글쎄 기차가 들입다 오는데 옆으루 피하지 않구 철롯길루 달아나다가 치였죠. 그대루 앞으루만 달리니 지가 기찰 이겨낼 수 있어요? 옆으루 한 걸음만 피했음 되는걸…… 어린 개두 아니던데."

코주부는 심부름하는 애가 부어주는 막걸릿잔을 코끝에 술이 묻도록 기울여 잔을 비운다. 그러고는 손등으로 코언저리를 쓱 문지르며 킁킁 코를 울린다. 아무리 짐승이라도 기차에 치이는 것을 직접 본 탓인지 약간 흥분한 눈치였다.

"오늘 유난히 영구차가 많이 뵈더라니…… 글쎄 아침에 훈장아저씨가 간 뒤루두 둘이나 더 봤어요. 개 치여 죽는 꼴을 보려구 그랬는지, 빌어먹을!"

그러다가 좀 마음을 누그러뜨린 듯한 웃음기 담은 어조로,

"어디 그 말 맞습디까? 영구찰 보면 반가운 사람을 만나거나 공
술 생긴다는 거 말예요. 모두 헛소리예요, 헛소리."

"그렇게 기다리면 효력이 안 나는 법이라네. 그런 생각을 아주
잊구 있어야지."

오늘 나처럼— 하려다가 윤노인은 그만두었다. 동네에서 유일
한 말상대가 되는 코주부에게까지도 그 말은 하고 싶지 않은 것
이었다. 그래 말머리를 돌려,

"하여튼 그게 헛소리 아니게끔 해주면 되지 않나."

윤노인은 지금까지의 유쾌하지 않았던 자기 과거 생각을 털어
버리고 술자리 기분으로 돌아가려 했다.

"훈장아저씨의 공술은 싫어요."

"내가 사는 술은 술이 아닌가."

심부름하는 애를 불러 코주부의 잔에 술을 따르게 했다.

코주부는 킁킁 코를 몇 번 울릴 뿐, 더 사양하지는 않았다. 그러
면서 윤노인 쪽을 건너다보다가,

"왜 그러세요, 어쩐지 오늘 훈장아저씨의 눈이 전과 다르시니
요."

"다르다니 어떻게?"

"양쪽 눈이 다 붉으신데요."

이삼 년 전, 윤노인은 어떤 집수리하는 데서 미장이 조수 노릇
을 하다가 높은 곳에서 떨어지는 벽돌 조각에 왼쪽 눈퉁이를 맞

은 일이 있었다. 꽤 오랫동안 눈이 충혈되고 눈 가장자리가 꺼멓게 멍이 들어 부어 있었다. 그러나 나중 멍들었던 것이 풀리고 나서는 눈에 아무 이상이 없었다. 다만 술기가 오르면 왼쪽 눈만이 빨갛게 물들곤 했다. 그것을 코주부도 알고 있는 터인데 이날은 양쪽 눈이 다 붉어졌다는 것이다.

"그럼 내가 너무 취했나 보군."

실상 윤노인은 자기가 그처럼 취했다고는 생각지 않았으나,

"그럼 난 먼저 가보겠네."

일어났다. 엔간히 술기운이 돌기도 하여 가벼운 마음으로 그곳을 나왔다. 밖은 어두워 있었다.

가로등에 희미하게 비친 건널목에는 아직 몇 모여선 구경꾼들을 순경이 헤치고 있었다.

건널목지기가 윤노인을 보고, 개란 놈이 제멋대로 들어가 죽어 버린 걸 자긴들 어떻게 하느냐고 변명 비슷한 말을 했다. 윤노인이 그저 아무 뜻도 없이 고개를 끄덕여주었다.

"늦어지셨어요."

어둡고 좁은 골목길 앞쪽에서 여자의 목소리가 들려 흠칫했다. 그러나 며느리는 아니었다. 춘천집이었다.

윤노인은 숨을 내리쉬었다.

"오늘은 좀……"

그리고 춘천집이 거기서 자기를 기다리고 있었던 것을 알자,

"근데 왜 여기서……"

"철이에게 장난감을 만들어주셔서 개가 하루 종일 그걸 갖구 잘 논 모양이에요. 근데……"

윤노인은 혹시 철이에게 무슨 일이라도 생기지 않았나 해서 상체를 앞으로 내밀었다.

"저, 손님이 와 기다리구 계세요."

"아니 여태 안 가구?"

저도 모르게 큰 소리를 지른 윤노인은 한동안 묵연히 서 있다가 발길을 돌렸다.

"아니, 어딜 또 가시죠? 지금 방에서 기다린다니까요."

좁고 어두운 언덕길을 도로 내려오며 윤노인은 퉁명스럽게 뇌까렸다.

"철이 엄마가 좀 가서 제발 돌아가라구 해주우."

무턱대고 윤노인은 걸음을 옮겼다. 우리는 피차 뒷날로 돌아갈 필요는 없다. 지금대로가 좋다, 지금대로가 좋아.

윤노인은 자기가 건널목 쪽으로 걷고 있는 걸 깨달았다. 술을 더 마시고 싶어서인가. 그런 것은 아닌 듯싶었다.

숨이 차하는 인기척이 곁으로 따라오는 것을 윤노인은 느꼈다. 그러나 그쪽을 보지는 않았다.

"아버님 그동안 많이 늙으셨어요."

안으로 잦아드는 여자의 목소리였다.

윤노인은 앞을 향한 채 묵묵히 걷기만 했다.

"전 저대루 그동안 아버님을 무척 찾았어요."

열차가 또 지나가려는지 건널목지기가 빨간 칸델라⁵를 들고 나와 차단기를 내리고 있었다.

윤노인은 걷던 걸음으로 그냥 가 차단기에 양쪽 팔을 걸치고 가슴을 기댔다. 건널목지기가 비키라는 소리를 지를 듯 다가오다가 윤노인임을 알고는 잠자코 만다.

"그땐 어쩔 수 없었어요. 아버님한텐 큰 죄 짓는 줄 알면서두 그 짓을 했어요. 애는 낳아 키워야겠구 해서 그것까지 갖구서……"

가로등에 비쳐 차갑고 둔탁하게 빛나는 레일을 윤노인은 내려다보고 있었다.

꽤 먼 곳에서 기차의 기적 소리가 울렸다. 아까 개 사고도 있고하여 좀 이르게 차단기를 내린 성싶었다.

"애가 지금 몇 살이냐?"

비로소 윤노인이 입을 열었다. 그러나 고개는 그대로였다.

"살았으면 아홉 살일 거예요."

잠시 주저하다 여자가 대답했다.

"살았으면?"

이번에는 윤노인의 음성이 적잖이 급히 나왔다.

"난 지 얼마 안 돼서 무슨 단체에선가 와서 데려갔어요. 살갗이다른 애라구요."

역시 목 안으로 잠겨드는 음성이다가 좀 가다듬어진 목소리로 변하면서,

"이젠 아버님이 이걸 맡아 간수하세요. 이게 있으면 적은 돈이나마 연금이라는 게 나올 거예요."

여자가 손에 쥔 것을 윤노인 눈앞으로 내밀었다. 몇 겹으로 접은 종잇조각과 조그만 쇠붙이와 그리고 얼마큼의 지폐 뭉치였다.

"그까짓 것 나두 소용없다!"

윤노인의 이빨 없는 새로 나오는 스스 소리가 어느 때보다도 세었다.

여자가 다시 무어라 말을 했으나 들이닥친 기차 소리에 거의 먹혀버렸다. 그러나 그네가 현재 어떤 남자와 별 불편 없이 새 생활을 하고 있다는 말뜻만은 윤노인은 알아들을 수 있었다.

기차가 요란스레 덜커덩거리며 오래 지나간다. 긴 화물열차였다.

더 여자는 말이 없었다.

윤노인은 앞을 지나가는 기차의 검은 차량들에 눈을 준 채, 이 여자는 자신의 그늘진 과거를 현재의 남편한테 감추고 있음이 분명하다는 생각이 머리에 떠오름을 어찌할 수 없었다. 그와 함께 이 여자도 또한 죽기보다 살기가 힘들다, 오히려 죽고 싶다는 말할 수 없는 고초를 한두 번 아니게 겪으며 살아왔으리라는 생각이 불현듯 윤노인의 가슴을 와 때렸다.

이때 윤노인의 눈 속에 한 광경이 펼쳐졌다. 화통간 저 앞으로 달리고 있는 사람이 있었다. 둘이었다. 그들은 옆으로 피할 염도 않고 그냥 앞으로만 기를 쓰고 달리고 있는 것이다. 차라리 그것은 달리고 있다느니보다 굴러가고 있다는 편이 옳았다. 그러다 마침내 그들은 화통간에 들이받히고야 만다. 그런데 이상하게도 그들은 차 밑에 깔리지 않고 마치 덜된 오뚝이모양 떼굴떼굴 자꾸만 앞으로 굴러가고 있는 것이었다.

곡예사

    대구에서도 그랬는데 부산 와서도 변호사 댁 신세를 지게 됐다.

    서울서 먼저 가족들을 내려보내고 뒤떨어져 부산에 와보니, 내 직속 가족들은 대구서 떨어졌다는 것이다. 대구가 부산보다 물가가 싸다는 것으로 해서. 크리스마스날 나는 대구로 올라갔다. 그때 아내와 애들이 들어 있는 곳이, 화재로 인해 뼈와 거죽만 남은 재판소 옆, 모 변호사 댁이었다. 굉장히 큰 저택이었다. 이 저택을 둘러싸고 있는 또 상당히 넓은 뜰 한구석에 끼여 있는 헛간이 내 사랑하는 아내와 귀여운 자식들의 방이었다.

    대구는 부산에 비해 무던히 차가웠다. 원래가 헛간인 데다 북향하여 출입구 하나밖에 없는 방이라, 볕이라곤 진종일 얼씬도 하지 않았다. 더 춥고 음산스러웠다. 애놈들은 날만 새면 손발이 얼면서도 밖으로만 나갔다. 그러나 우리는 다행으로 알았다. 피난민의 신세에 그래도 어느 분의 안면으로 이런 방이나마 얻어 들게 된 게 여간 고맙지가 않은 것이었다.

우리는 이 집에서 몇 가지 주의하지 않으면 안 될 일이 있었다. 그것은 이 댁 변호사 장모 되는 노파의 지시에 따라, 저녁에 어슬해지면 절대로 안뜰에 들어와 물을 길어가서는 안 되고, 아침에도 자기네가 한 바가지라도 먼저 길은 뒤에야 물에 손을 대야 한다는 것, 그리고 여하한 빨래건 빨래 종류는 일절 금지라는 것이다. 안뜰에는 수도도 있고, 우물도 있다. 아침만은 일없었다. 우리는 점심을 뺀 두 끼의 식생활인지라, 느지막하게 안댁에서 조반이 끝난 뒤에 점심 겸 조반을 해먹으면 그만이었으니까. 빨래도 그랬다. 한목 모았다가 물을 길어내다 하면 그만인 것이었다. 그저 미처 물을 떠다두지 못한 날 같은 때, 밤중에 어른도 어른이지만 애들 가운데 누가 목이 마르다든지 할 것 같으면 그거 달래기에 가슴이 타야 하는 게 안됐을 뿐이다. 그러나 사람이 하룻밤 물 몇 모금 못 먹었다고 어떻게 되는 게 아니었다.

변소만 해도 이 노파가 안뜰 변소에는 들어와 더럽혀선 안 된다고 따로 지시가 있어, 이미 아내의 손으로 이쪽 뜰 한구석 다복솔 뒤에 거적닢 변소가 만들어져 있었다. 대낮에 어른들이 들어가 쭈그리고 앉기에는 좀 뭣했으나 그맛쯤은 하는 수 없었다.

두고 보니 이 댁 살림은 이 장모 노파의 손에서 우러나는 것 같았다. 아내가 이 댁 식모한테 들은 말에 의하면 이 노파는 소생이라고 현재 변호사 부인인 딸 하나뿐으로, 이 딸이 이 댁 변호사 부인이 되자 따라 들어와 온갖 살림살이를 주무른다는 것이다. 애들 방도 따로 있지만, 큰 온돌방 하나를 이 노파가 독차지하고 있어, 아침에 이 방부터 조반상을 본 뒤에야 비로소 다른 식구들이 아침을 먹는다는 것이다.

이 노파의 취미는 같은 노파들끼리 오늘은 이 집 내일은 저 집 모여서 골패를 노는 것과, 날을 받아가지고 절에 불공을 드리러 가는 일이라고 했다. 이 노파가 끈을 곱게 장식한 감장 조바위를 쓰고, 비단옷 차림으로 외출하는 것을 한두 번 아니게 목격할 수 있었는데, 육순 가까운 나이라고는 볼 수 없을 정도로 맑은 맵시에 자세도 똑발랐다. 이 댁에 드나드는 노파들도 다 비슷비슷한 차림차림에 인생의 어두운 그늘이라곤 별로 깃들여보지 않은 얼굴빛이요 몸매들이었다. 인생이란 하다못해 요 맛 정도라도 안일하게 늙어가야 할 종류의 것인지도 몰랐다.

한 열흘 남짓 지나서였다.

하루 아침 일어나보니, 우리 아홉 살잡이 선아의 신발 한 짝이 온데간데없었다. 아무리 찾아봐도 없었다. 온 식구가 넓은 뜰을 편답[1]했다. 없었다. 누가 집어갔다면 많은 신발 가운데 하필 그 애의 것만, 그것도 한 짝만 집어갈 리 만무했다. 결국 이 댁 셰퍼드란 놈이 어디 물어다 팽개쳤으리라는 결론을 내리는 수밖에 없었다.

없는 돈이나 겨울철에 맨발로 두는 수 없어, 아내가 거리에 나가 신발을 사들고 돌아오더니 이런 말을 한다. 신발 한 짝 없어지는 건 흔히 자기 집에 앓는 식구가 있는 사람의 짓이라는 것이다. 앓는 사람의 나이와 같은 사람의 신발 한 짝을 가져다 어찌어찌

하면, 그 앓는 사람의 병이 신발 주인에게로 옮아간다는 것이다. 그러면서 아내는 이 댁에 우리 선아만 한 애가 하나 며칠 전부터 무얼로 앓아누웠다는 말이 있었는데, 그래서 신발 한 짝이 없어진 거나 아닌지 모르겠다는 것이다. 불안스럽고 노엽고 슬프기까지 한 아내의 표정이었다.

나는 그럴 리가 없다고 했다. 그러면서도 나 역시 아내 못지않게 불안스럽고도 무엇에 노여운 감정이 가슴속에 움직임을 어찌할 수 없었다. 그게 아무 근거 없는 미신의 짓이라 하자, 그리고 아무리 보잘것없는 사람의 자식이라 하자, 자기네 애가 귀하면 남의 자식도 귀한 법이다. 더욱이 우리의 선아는 네 애 중에 그중 약한 애다. 이렇게 피난까지 나와 병이라도 들면 구완할 길이 그 야말로 막연한 것이다.

남몰래 불안스러운 며칠이 지났다. 이 댁 애가 나아서 일어났다는 말이 들렸다. 그러고도 우리 선아는 앓아눕지 않았다. 역시 그때 그 신발 한 짝은 이 댁 셰퍼드란 놈이 물어다 팽개친 것임이 틀림없다. 그처럼 날을 받아 절에 가서 불공을 드리는 노파가 사는 이 댁에서, 그 같은 몰인정한 짓이야 꿈엔들 할까 보냐.

그리고 이삼 일 뒤의 일이었다.

밖에서 들어오니, 아내가 어둡고 추운 방에 혼자 앉았다가 대뜸 근심스런 어조로, 좀 전에 이 댁 노파가 나와 이 방을 비워달라더라고 한다. 이유는 이제 구공탄을 들이는데 이 방(실은 헛간)을 사용하여야겠다는 것이다. 그러나 그날로 아내가 이 댁 식모한테서 들은 말은 이와는 아주 다른 것이었다.

아까 낮에 예의 노파 한 패가 몰려왔는데, 그 중 한 노파가 이쪽 뜰구석 다복솔 뒤에 감춘 거적닢을 발견했다는 것이다. 이런 때는 늙어서 눈 안 어두운 것도 탈이었다. 그게 무엇인가 싶어 가까이 가 들여다보고는 홱 고개를 돌리며, 애퉤퉤! 대체 이런 데다 뒷간을 만들다니 될 말인가. 그 다음으로 이 댁 노파에게, 정원에다 그런 변소를 내다니 아우님도 환장을 했는기요? 여기서 주인 노파도 한바탕, 거지떼란 할 수 없다느니, 사람이 사람 모양만 했다고 사람이냐고 사람의 행실을 해야 사람이 아니냐느니, 자기네 집이 피난민 수용소가 아닌 바에 당장 내보내고 말아야겠다느니, 야단법석을 했다는 것이다. 그러고는 아내한테 나와 방을 비워줘야겠다는 영을 내린 것이었는데, 그래도 이 노파가 우리한테 나와서는 거기다 뒷간을 만들었으니 나가달라는 말은 못 하고, 이제 구공탄을 들이게 됐으니 방을 비워줘야겠다고 한 것이었다. 실은 이 점이 이 노파로 하여금 자신이 말한 인간은 인간다운 행실을 해야 한다는 것을 몸소 실천해 뵈는 대목이 아닌가 한다. 왜냐하면, 노파 자신이 우리들에게 안뜰 변소를 사용치 못하게 하고, 거기다 거적닢을 치게끔 분부를 해놓았으니, 진드기 아닌 우리가 오줌똥 안 눌 수는 없고, 실로 면목이 없는 행실이나 거기 대소변을 보지 않을 수 없었다는 걸 잊지 않은 점에서. 그리고 한 걸음 더 나아가 지금 우리가 들어 있는 곳이 실은 사람이 살 방이 아니라, 구공탄이나 들일 헛간이라는 걸 밝혀준 점에서.

이쯤 되어, 변호사 댁 헛간에서 쫓겨난 우리 초라하기 짝이 없는 황순원 가족 부대는 대구 시내를 전전하기 수삼차,[2] 드디어 삼월 하순께는 부산으로 흘러 내려오게까지 되었다.

우리의 생각으로는 부산 와서 방을 장만하기까지는 처제가 있는 집에 당분간 신세를 질 예정이었다. 저번에 내가 부산까지 내려왔을 때 이 처제가 있는 방이 그중 여유가 있다는 걸 알고 있기 때문이었다.

이 집이 또 모 변호사 댁이었다. 경남중학 뒤에 있었다. 역시 상당히 큰 화양식³ 저택으로 이 댁 다다미 여섯 장 방에 처제네가 들어 있었다. 이 방은 반침이 없는 데다, 한옆에 낡은 반닫이⁴ 하나와 낡은 테이블 하나가 들여놓여 있어, 다다미 넉 장 반 푼수밖에 안 되는 방이었으나, 애 셋인 처제네 식구가 살고도 그다지 무리할 것 없이 우리 여섯 식구가 들어박힐 수 있을 것이었다.

그러나 부산에 와보니, 이 방에는 이미 다른 가구가 하나 들어 있었다. 애 둘을 가진 부인네였다. 남편 되는 이는 모 사단 법무관으로 일선에 가 있다는 것이었다. 본시 이 가구에게는 따로이 방 하나를 제공하기로 되었던 것이, 그 방은 손님방으로 써야겠다고 해서 처제네 방으로 모인 것이었다. 같이 애들과 여인들뿐인 가구인 데다(내 동서 되는 사람은 이공과계의 기술자 양성 교육을 받으러 도미했다가 6·25사변으로 해서 못 나오고 지금은 동경에 와 있는 것이다) 처제가 그 안면을 빌려 이 댁 방을 얻게 된 분과, 바로 이 한방 부인네가 같은 법무 계통의 분이라 도리어 서로 어렵지 않고 외롭지 않아 괜찮을 정도였다.

그런데 여기에 바람이 불어왔다. 주인 댁에서 별안간 이 방을 비워달라는 것이었다. 이유는 이 방에 식모를 두어야겠다는 것. 그런데 묘한 것은 이 댁에서 비워달란 그 날짜가 뒤에 알고 보니, 처제가 이 방을 얻을 때 그 안면을 빌린 분이 다른 데로 인사이동이 있은 날짜 그날인 것이었다. 처제랑이 며칠 뒤에야 안, 이 인사이동을 법조계의 이름 있는 이 댁 변호사가 아직 공표도 있기 전에 알았다고 해서, 무어 그리 괴이한 일도 아무것도 아니다. 그저 문제는 바로 그날로 방을 비워달랬다는 사실인데, 이것은 그 날짜들이 우연히 합치된 것으로 보는 게 온당할 것 같다. 그만한 분이 처제가 안면을 빌린 분의 인사이동으로 말미암은 앞으로의 자기 직업적인 이해타산만을 생각하여 조급하고도 노골적인 그런 행동으로 나왔다고는 볼 수 없는 까닭에. 우리가 부산 와 닿기 전에 처제가 있는 방에는 이런 말썽이 생겨 있었다.

그러니 어쩌면 좋단 말인가. 그렇다고 우리가 여관을 찾아갈 수도 없는 형편인 것은 뻔한 노릇이었다. 생각다 못해 우리는 분산해서 숙박하기로 결정을 했다. 나는 다다미 열 장 방에 세 가구(그 도합 식구가 무려 열아홉 명)가 들어 있는 부모가 계신 남포동으로 가 어떻게든지 끼여 자기로 하고, 큰애 둘은 단칸방에 여섯 식구가 들어 있는 외갓집으로 보내고, 끝의 두 애와 아내는 하는 수 없이 그냥 처제네 방으로 갔다.

매일같이 아내한테서 직접 또는 이모네 집에 들렀다 오는 큰애들을 통해, 주인 댁에서 방을 비워내라는 독촉이 심하다는 걸 들었다. 대구에서 듣기에는 부산에 왔던 피난민이 무척 빠졌다는 말이어서, 부산 오면 어떻게든지 방 하나쯤은 얻을 수 있으려니 했다. 와보니 사실 사람은 내가 처음 이곳 들렀을 적보다 현저히 빠졌다. 그러나 방은 없었다. 아내와 나는 여기저기 꽤 여러 군데 다리를 놓아보았으나 모두 허사였다.

졸리다 못해 한방 부인네가 먼저 범일동엔가 있다는 자기 시삼 촌한테로 옮겨갔다. 그리고 이튿날 새벽, 이 변호사 댁에서는 변이 일어난 것이었다.

아직 자리에서 일어나기도 전인데 벌컥 문이 열리더니, 거기 이 댁 변호사 영감이 나타난 것이었다. 무섭게 부릅뜬 눈이었다. 그리고 성난 음성으로 고함을 지르는 것이었다. 당신네들도 인간인 기오? 오늘 아침으로 당장 나가소. 여관으로라도 나가소. 사람이란 염치가 있어야지 않소. 만일 오늘도 아니 나가면 법으로 해결 짓겠소.

처제와 아내 편에서도 가만있을 수만 없었다. 무슨 일이 있어도 노상으로나 여관으로는 못 나가겠다고 했다. 이 댁 큰딸 둘이 응원을 오고, 부인과 큰아들까지 출동했다. 서울 모 법과대학에 적을 두고 있다는 이 댁 큰아들은 폭력 행위로까지 나오려는 것을 그래도 나이 먹은 법률가가 법적으로 따져서 이래서는 안 되겠다고 생각한 듯, 젊은 법률가를 떼어가지고 가더라는 것이다.

나는 남포동 예의 열아홉 식구가 들어 있는 방 한구석에서 아내의 말을 잠자코 듣고 있었다. 변호사 영감이 우리들더러 인간이 아니라는 건 벌써 대구서 그 노파한테 낙인을 찍힌 바니 별반 놀라운 사실이 아니다. 그가 또 법적으로 해결을 짓겠다는 것도, 그가 법률가라 응당 그럴 수 있는 일이다. 단지 여관으로라도 나가라는 데는 곤란하다. 여관에 들 수 있는 형편이라면 우리가 왜 이러고 있을 것인가. 다음에 염치가 없다는 대목도 그렇다. 피난민의 신세니 가다오다 염치없는 일도 있긴 하겠지만, 이 댁에 대해서 그렇게 몰염치한 짓만 한 것 같지는 않다. 그동안 처제가 있는 방에는 다다미 석 장 새로 간 것까지 합하면 매달 이만 원 가까울 정도의 금액을 내고 있는 셈이요, 어제만 해도 한방 부인네가 시삼촌한테로 옮겨간 뒤, 우리는 이 댁 부인에게 우리가 가진 옷가지를 마저 돈으로 바꿔가지고라도 보증금을 들여놓겠다는 말을 했던 것이다. 그때 부인의 대답은 자기네는 돈이 아쉬워서 그러는 게 아니고 그 방이 필요해서 그런다는 것이었다. 그 방을 식모를 줘야겠다는 것이다. 아내가 다시 그러면 그 식모가 들어와 잘 자리를 내어줄 터이니 같이 들어와 자게 해달라고 했다. 그렇게는 안 된다는 것이다. 하는 수 없다. 방을 구하기까지 좀 참아달라는 수밖에 없었다. 식모 말이 났으니 말이지, 이 주인 댁에서 식모 식모 하는 여인은 그네 자신이 처제와 아내에게 한 말에 의하면, 주인 댁과 과히 멀지도 않은 친척으로 이번에 딸네 집에 왔다가 들러서 밀린 빨래도 해주고 바느질도 해주느라고 머물러 있다는 것이며, 본래 이 집에는 식모라고 붙어 있지를 못한다는 것과, 결국 식모 노릇 하는 게 늙은 할머닌데 지금 잠깐 시골 작은 아들네 집에 다니러 갔다는 것, 그리고 이 방만 해도 언젠가 왔을 때도 헛간 비슷이 늘 비어 있더라는 것이다. 이 댁 늙은 할머니가 식모 노릇을 한다는 건 이미 몇 달 같이 살아온 처제가 아는 일이었다. 하여튼 우리가 염치없다는 건 우리가 방을 속히 얻는 재주가 없다는 데서 오는 것뿐이었다.

아내는 눈물이 글썽한 슬픈 얼굴에, 그러나 무슨 비장한 결심이라도 한 듯이, 오늘 저녁부터는 우리 식구가 다 그리로 모이자고 한다. 이왕 일이 그렇게 된 바에는 방을 얻을 때까지 모여 있자는 것이다. 문득 나는 그래서는 안 되리라는 생각이 들었다.

그 법과대학생의 일이 떠올랐다. 여자한테 폭력을 가하려던 그가 나를 보고 가만있을 리 만무하다. 그 이십대의 청년을 사십 가까운 약골의 내가 어떻게 대항할 수 있으리오. 그러나 한편 아무리 못난 사내기로서니 그래도 한 집안의 가장으로서, 처자는 처자대로 그런 자리에 남겨둔 채 혼자 지레 겁을 집어먹고 앉았다는 것도 생각할 문제였다. 물론 아내가 한데 모이자는 것은 나더러 무어 그 청년의 폭력으로부터 보호를 구하는 것은 절대로 아닐 것이었다. 그런 것을 생각했다면 도리어 나더러 모이자는 말도 내지 않았을 아내다. 그저 아내는 생각한 것이었다. 지금 내가 자고 있는 이곳이 나로 해서 늙은 부모가 거의 앉아 새우다시피 하시니 이왕 타협이 안 된 건 안 된 대로 벌어질 일이 벌어지고만 되라 방을 얻기까지 모여 있자는 것이다. 나는 저녁에 가기로 했다.

그러고는 학교로 나갔다. 서울서 봉직하고 있던 학교가 며칠 전부터 보수공원에서 격일 수업을 시작한 것이다. 이날이 그 수업날의 하루였다. 먼저 부산 내려온 동료들한테 집 이야길 부탁해보았다. 점잖지 못한 일인 줄 알면서도 상급생 몇한테도 말해보았다. 오후에는 차도 안 팔아주는 다방에 앉아 아는 친구를 붙들고 구차한 말을 해보았다.

저녁때가 가까워서 부둣가로 나갔다. 거기 장사진을 이루고 있는 노천 목로주점에서 대폿술을 한잔 마시기 위해서였다. 술사발부터 비웠다. 보니, 방파제 너머 저쪽에 범선 두세 척이 가는지 오는지 떠 있다. 야, 바다란 아무 때 봐도 좋다. 가까운 눈앞에 갈매기란 놈들이 껑충인다. 야, 멋들어졌다.

그러나 실은 이 바다와 갈매기에게 마음이 젖어드는 심사는 아니었다. 무슨 생선 가시와도 같은 것이 내 가슴속 한구석에 걸려 있는 것만 같았다. 그건 이제 내가 그 변호사 댁엘 가야 한다는 것이었다. 따라서 그 법과대학생과 만나야 한다는 것이었다. 이 청년은 내가 한번도 본 일이 없으나, 변호사 영감만은 이번 와서 낮에 한두 번 그 댁엘 드나들며, 정원에서 나무를 매만져주고 있는 걸 본 일이 있다. 오십이 잘 지나 보이는데 아직 젊은이다운 윤기 나는 검은 머리를 갈라 붙인, 체구가 굵은 사내였다. 그 아들이 이 아버지를 닮았으면 상당한 체구와 체력을 소유한 청년임이 틀림없다. 어쩐지 켕기는 마음이었다.

단숨에 또 술사발을 내었다. 나도 스물 안팎까지는 숱해 싸움을 해온 사람인 것이다. 내 얼굴에는 그 기념물이 수두룩하게 남아 있다. 코피도 수없이 흘려보았고 남의 코피도 적잖이 내주었다. 남의 이빨을 두 개나 꺾어놓고 내 머리 꼭대기에 뜸뜬 자리 같은 흉터도 받아보았다. 사실 말이지 한창때에는 하나 대 하나에는 누구한테 지지 않아왔다. 그게 서른이 지나면서부터 싸움이라면 극력 피해만 왔다. 그게 또 사십 가까운 오늘에는 싸움이라면 겁부터 앞서는 것이다.

술사발을 또 들이켰다. 그러나 상대편이 먼저 도전해오면 가만 움츠리고 앉았을 수만도 없지 않은가. 정당방위란 게 있다. 법학을 하는 자니 이 정당방위로 나가리라. 그래 도전해오면 받아주자. 한번 오래간만에 옛날 실력을 발휘해주리라. 싸움이란 체력만으로 되는 게 아니다. 여기서 나는 거나하게 취해오는 술기운을 빌려, 그자가 이렇게 나오면 나는 이렇게, 그자가 저렇게 나오면 나는 또 저렇게 하고 이미 다 잊어버린 지난날의 싸움 솜씨를 들추어가지고 얼마든지 상대편을 거꾸러뜨리는 장면을 떠올리며 혼자 흥분하는 것이었다. 그러면서 나는 주머니를 털기까지 황혼에 덮이는 부둣가를 떠날 줄을 몰랐다.

이날 밤은 아무 일 없었다. 이튿날도 그다음날도 아무 일 없었다. 그동안 식모라던 여인이 고향으로 돌아가고 이 댁 할머니가 시골서 돌아왔다. 파뿌리 머리에 허리까지 굽은 아주 파파노인이었다. 이 할머니가 부엌 동자⁵며, 집안 치우기며, 심지어는 변소까지 맡아 소제를 하는 것이다.

한번은 처제와 아내가 소곤거리기에 무엇이냐고 했더니, 이 댁 할머니가 저번 시골 내려가기 전에 몸이 편찮아 약을 지어다 쓴 일이 있는데 그 약값을 이번에 와보니 아직 갚지 않고 있어, 할 수 없이 집안사람 몰래 간장 두 병을 퍼가지고 들어와 사라더라는 것이었다. 나는 문득 이런 것도 법에 비추어 도둑질이 되는지, 그리고 그것을 샀으니 장물죄에 걸리는지 어떤지 모르겠다는 생각이 들었다.

　내가 이리로 옮겨온 지 사흘째 되는 날 저녁, 아내와 나는 의논한 결과, 어쩌면 주인 댁에서 타협을 받아주는지도 모른다는 생각에서, 아내가 한 달 방세를 가지고 가서 다시 사정을 해보기로 했다. 그래, 가지고 갈 방세의 금액이 문제였는데, 이만 원, 삼만 원으로는 말이 통하지 않을 것 같고, 사만 원으로 할까 하다가, 에라 모르겠다 하고 오만 원으로 결정을 했다. 방세 오만 원씩을 물고 우리가 어떻게 살아가나 하는 생각도 들었으나, 들리는 말에 다다미 한 장에 만 원씩이란 말도 있고, 정하고 있던 방세를 올릴 참으로 방을 비워달라는 수가 비일비재란 말이 있는 데다, 더욱이 우리는 변호사 영감의 말대로 법적으로 해결을 지어서 노상이나 여관으로 쫓겨나가는 날이면 큰일이라, 이런 방세나마 내고 타협을 얻은 후 마음놓고 나가 열심히 장사를 해 살아나갈 변통을 하는 게 나을 성싶었던 것이다. 그리고 사실 우리는 벌써 장사를 시작하고 있었다. 아내는 남은 옷가지를 갖고 국제시장으로 나가고, 큰애 둘은 서면에 가서 미군 부대 장사를 시작한 것이다. 지금의 오만 원도 아내의 장삿돈에서 떼어낸 돈이었다.

　안방에 들어갔다 좀 만에 아내가 돌아왔다. 손에 돈이 들려 있지 않다. 그러면 됐나 보다 했다. 그러나 아내의 말은 그렇지가 않았다. 아무래도 이 방을 비워달란다는 것이다. 영감과 큰아들은 다다미 여덟 장 방에서 자고, 큰 온돌방에는 작은아들과 부인이 각각 자고 있는데, 그러고는 좁아서 못 견디겠다는 말은 못하겠던지, 장발한 딸들의 말이 할머니 코고는 소리에 도시 잠을 잘수 없으니 기어코 그 방을 할머니 방으로 쓰게 내달라더라는 것이다. 여기서 아내는 또 우리가 어떻게든 할머니 주무실 자리를 넉넉히 내어올릴 테니 그렇게 하자고 해도, 그렇게는 못 하겠다더라는 것이다. 그리고 부인이 한다는 말이, 자기네 딸 친구가 있어 방 하나만 구해주면 금 손목시계를 프레젠트하겠다는 것도 못하고 있단다는 것이다. 나는 간이 서늘해옴을 느꼈다. 금 손목시계라니 문제가 좀 큰 것이다. 그래, 가지고 갔던 돈은 어쨌느냐니까, 좌우간 딸들 책이라도 한 권 사보라고 놓고 오긴 했다고 한다. 그 돈만 돌아오지 않으면, 하는 것이 희망이었다. 그러나 이튿날 그 돈은 도로 돌아오고 말았다.

그리고 그날 저녁이었다. 나는 학교 나가는 날은 학교로 해서, 그렇지 않은 날은 아침에 직접 남포동 부모가 계신 곳에 가 하루를 보낸다. 이곳 피난민들은 대개 담배 장사를 하느라고 애들만 남기고 모두 나간다. 부모도 그 축의 하나였다. 나는 여기서 서면 간 내 큰애들이 돌아오길 기다려 국제시장엘 들러 애들 엄마를 만나가지고 집으로 돌아가는 게 한 일과였다. 그날도 그랬다.

우리가 저녁에 모여 들어가니, 방 안에 말 같은 처녀 둘이 와서 버티고 섰다. 이 댁 딸들인 것이다. 누가 형이고 동생인 것도 구별 안 되는, 좌우간 큰딸은 시내 모 여학교 졸업반이라는 것이고, 작은딸은 사학년이라는 처녀들이었다. 이들이 오늘 저녁엔 이 방에 와 자야겠다는 것이다. 나는 이 두 말 같은 처녀 중의 누가 친구한테 방 하나만 구해주면 금 손목시계를 프레젠트받을 수 있는 아가씨일까 생각해보았다. 그러면서 나는 이 자리를 피해야 할 걸 느꼈다.

그러는데 이 말 같은 두 처녀가 누구에게랄 것 없이, 이삼 일 내로 반드시 방을 내놓으라는 말과 함께, 나에게 시선을 한 번씩 던지고 나가버렸다. 그 시선들이 멸시에 찬 눈초리였든 어쨌든 그것은 벌써 아무래도 좋았다. 그저 이들의 전법이 그 효과에 있어서 내게는 이들의 오빠 되는 청년이 내 따귀를 몇 번 갈기는 것보다 더 컸다는 것만은 자인하지 않을 수 없었다.

그러지 않아도 아침이면 나가는 나는 이날은 어서 이곳을 나가고만 싶었다. 이날은 학교 가는 날이기도 했다.

풍경 달린 현관문을 열고 나서니, 응접실 앞 거기 꽃이 진 동백나무 이편에 변호사 영감이 허리를 구부리고 서서 회양목인지를 매만져주고 있다. 첫눈에도 여간 그것들을 아끼고 사랑하는 태가 아니었다. 좋은 취미다. 인생이란 이렇듯 한 포기의 초목까지도 아끼고 사랑하면서 유유자적할 수 있는 생활을 해야 할 종류의 것인지도 모른다. 나는 무엇에 쫓기듯이 그곳을 빠져나왔다.

학교에서는 동료들에게 또 방 얘길 해보았다. 상급생에게도 점잖지 못한 소릴 해보았다. 학교가 파한 후에는 차도 안 팔아주는 다방에 앉아, 아는 친구를 붙들고 구차한 얘길 또 했다.

그러고는 남포동에 와서 장사 간 애들을 기다렸다. 어둑어둑해서야 애들은 왔다. 시장의 애 엄마는 우리를 기다리다 못해 먼저 들어갔을 것 같다. 곧장 가기로 했다. 남포동서 경남중학 뒤에까지 오는 동안, 아주 깜깜하게 어두웠다.

철판으로 된 대문을 밀어보니 안으로 잠겼다. 문틈으로 들여다
보니 대문에서 마주 뵈는 우리 방이 새까맣다. 아마 애들 엄마는
아직 시장에서 우리를 기다리고 있는 것이고 애들 이모가 일찌감
치 어린것들을 재우느라고 불을 끄고 있는 것이리라. 아내를 기
다렸다 같이 들어가기로 하고, 나는 애들을 데리고 애 엄마가 돌
아오려면 으레 그곳을 거쳐야 하는 개천가로 나와 쭈그리고 앉
았다.

둘째 놈이 곁에 와 붙어 앉는다. 큰놈도 와 앉는다. 좀처럼 아내
가 돌아오지 않는다. 둘쨋놈 남아가 앉은 채 꼬박꼬박 존다. 이렇
게 초저녁인데 꼬박꼬박 존다. 열두 살짜리 어린 육체로서 자기
하는 일이 고된가 보다. 나는 그만 검은 하수구 개천으로 고개를
돌리고 만다. 담배를 꺼내 문다. 성냥이 일어서지 않는다. 공중에
서 검은 빗방울이 듣기 시작한다.

큰놈 동아가 혼자 일어나 집 쪽으로 간다. 좀 만에 뛰어오면서,
어머니도 돌아오고 대문도 열렸다고 한다. 큰놈이 문 앞에 가봤
더니, 방 안에서 어머니 말소리가 들려 불렀다는 것이다.

방에 들어가 알아보니, 전등은 고장인지 고의인지 저녁부터 안
들어온다는 것이다. 이 댁 전등은 밤낮을 가리지 않고 들어오는
특수선으로, 물론 지금도 다른 방엔 모두 환하게 들어와 있었다.
잠시 우리들은 어둠 속에서 말이 없었다.

애들 이모가 혼잣말처럼 내일은 언 다리 밑으로라도 나가고 말
아야겠다고 한다. 이모의 말이, 여태껏도 그래왔지만 오늘은 이

집에서 더 어린것들을 못살게 굴더라는 것이다. 이모네 일곱 살짜리 큰놈과 우리의 여섯 살짜리 끝놈이 어쩌다 노래를 부른다든지, 변소에라도 가려 복도로 나가면 시끄럽다고 꽥 소리를 지르는 건 말할 것도 없고, 자기네 일곱 살짜리가 여봐란 듯이 보무당당히 복도를 행진하며, 전우의 시체를 넘고 넘어를 할 때, 이쪽 애들이 따라만 해도 다시 고함 소리가 연발되더라는 것이다. 그보다도 더 보기에 안된 것은 우리 선아가 역시 계집애는 달라, 동생애들이 주인한테 꾸지람 듣는 게 보기에 안된 듯, 조금만 애들이 소리를 내도 안타까워하는 모양이 차마 옆에서 볼 수 없더라는 것이다.

애들 이모가 어둠 속에서 소리를 죽여가며 운다. 내 가슴속도 화끈 불이 붙는 걸 느낀다. 그건 대구서 선아의 고무신 한 짝을 잃었을 때에 느꼈던 분노와는 또 달랐다. 그러나 그들이 여하한 전술을 바꿔가지고 나오더라도 우리가 여기 있는 동안 참는 수밖에 없다. 그저 그 전술을 최대한 피할 도리를 강구하면서.

그래 우리가 생각해낸 것이 내일부터는 낮에 이 방을 진공 상태로 해두자는 것이었다. 우리의 어린것들은 남포동에 가 있기로 하고, 이모네는 외갓집에 가 있다가 이모만이 먼저 와서 저녁 준비를 하기로 했다. 이러고 나서야 우리는 무슨 안심이나 얻은 듯이, 어둠 속에서 싸늘히 식은 밥덩이를 찾아 목구멍에 넘길 수가 있었다.

선아와 끝놈 진아를 데리고 나는 남포동 부모가 계신 곳에 가 하루를 보냈다. 엊저녁에는 빗방울이 듣더니, 오늘은 그래도 날이 개어서 됐다.

어둡기 전에 아내가 왔다. 그런데 어두워도 큰애와 둘째 애가 오지 않는다. 진아가 졸린다고 하더니 엄마 품에서 잠이 들었다.

아주 깜깜하게 어두운 뒤에야 두 애는 돌아왔다. 어제 오늘은 전차 얻어타기가 힘들었다는 것이다. 두 애는 어미 아비와 조부모 앞에 흥겹게 품속에 넣어가지고 온 담배 보루며 껍갑을 솜씨 빠르게 꺼내어 놓는다. 나는 도리어 그 익숙한 손놀림이 슬퍼서 눈길을 돌리고 말았다.

잠든 진아는 내가 업고, 아내는 보퉁이를 이고 우리는 나섰다. 동아극장 앞 큰거리를 걸어 올라갔다. 큰놈 동아가 내 곁으로 다가서며, 물건 살 때 이렇게 말하면 잘 팔아준다고 하면서, 풀리즈 쎌 투 미, 하고 영어 회화를 해보인다. 쎌 투 미가 아니고 쎌 투 미라고 내가 고쳐준다. 동아는 초등학교 졸업반이다. 이제 학교엘 보내서 졸업을 시켜야 중학교엘 들어갈 수 있는 애다. 이 애가 껑충 뛰어서 영어 회화부터 배워오는 것이다. 이것을 이 아비는 또 정정까지 해줘야 하는 것이다.

둘째 놈 남아가 또 한옆으로 다가오더니, 오늘 참 약은 자식 하나 봤다고 하며, 이런 이야길 지껄여댄다. 어떤 꼬마 하나가 붙잡히게 되니까 거기 논바닥에 번듯이 나가자빠지더라는 것이다. 물을 잡은 논이었다. 귀까지 잠기는 물속에 사지를 쭉 뻗고 나가넘어져서는 눈을 까뒤집고 입을 막 히물거리더라는 것이다. 이 꼬마의 품안에는 몇 센트의 군표가 들어 있는 것이다. 꼬마의 이러는 모양을 저편에서 한참이나 내려다보다가 도리어 걱정되는 듯이 꼬마의 배를 몇 번 꾹꾹 눌러보는 것이었는데, 그래도 꼬마는 알은체 않고 그냥 눈을 까뒤집은 채 입을 자꾸 히물거리더라는 것이다. 지랄병이라도 있는 앤 줄 안 것이리라. 저편에서 훌훌 가 버리고 말더라는 것이다. 나는 내 옆에서 지껄여대는 우리의 이 남아도 몇 센트의 군표를 위해서는 지금의 꼬마처럼 그 지랄을 해야 할 걸 생각했다.

부성교에 이르러 우리는 오른편으로 꺾인다. 개천둑 길은 어둡다. 하늘에는 별이 총총한데 어둡다.

남아가 무슨 생각을 했는지, 우리 노래 불러요, 한다. 내가, 노래는 무슨 노래, 하려는데 엄마 곁에 붙어서 가던 선아가, 노래라는 말에 기다리고나 있었던 듯 부르기 시작한다. 전우의 시체를 넘어 넘어…… 나는 이 선아가 변호사 댁에서는 꾸지람이 무서워 어린 동생에게 노래는커녕 소리 한번 못 내게 주의시키던 일을 생각하고, 노래를 그만두라는 말을 못한다. 남아, 동아도 따라 부른다.

이 노래가 끝나기가 바쁘게 남아가, 찌리링 찌리링 비켜나세요, 자전거가 나갑니다, 찌리리리링, 하며 자전거를 탄 시늉을 하고 어둠 속을 달린다. 엊저녁에는 그렇게 졸던 애가 오늘은 웬일일까. 오늘 장사에 수지가 맞았다는 것인가. 저기 가는 저 영감 꼬부랑 영감, 우물쭈물하다가는 큰일납니다. 이번에는 자전거가 이리로 달려와 아빠 새를 돌아 나간다. 아빠 되는 이 영감은 자전거에 치지 않기 위해 비켜나야만 했다.

등에서 진아가 잠을 깼다. 깨어나서는 누나가 다시 부르기 시작한, 나비야 나비야 이리 날아 오너라를 같이 불러본다. 선아는 율동까지 섞어가며 한다. 흡사 어둠 속을 날아가는 나비와도 같이.

누나의 노래가 끝나자, 그제는 온전히 정신이 든 듯 진아가, 산토끼 토끼야를 꺼낸다. 이놈은 또 토끼 뛰는 시늉을 하는 것이었는데, 내 등에서는 맛이 안 나는지 어깨로 기어 올라가 무등을 타고서 야단이다. 깡충깡충 뛰면서 어디로 가느냐, 산고개 고개를 나 혼자 넘어서 토실토실 밤토실 주워서 올 테야. 진아는 노래가 끝난 뒤에도 그냥 토끼 뛰는 시늉을 한다.

나는 여섯 살잡이 진아의 엉덩이 밑에서 중심을 잃지 않으려고 애쓰면서, 생각한다. 토끼라고 하면 이 아빠도 엄마도 토끼띠다. 그러나 이 아빠토끼는 깡충깡충 산고개를 넘어가 토실밤을 주워 오기는커녕 이렇게 어두운 개천둑에서 요맛 무게 요맛 움직임 밑에서도 비틀거리며 재주를 부리고 있는 것이다.

그러다가 문득 나는 곡예사라는 말을 떠올렸다. 오라, 지금 나는 진아를 어깨에 올려놓고 곡예를 하고 있는 것이다. 그러고 보면 진아도 내 어깨 위에서 곡예를 하고 있고, 선아는 나비의 곡예를 했다. 남아는 자전거 곡예를 했다. 이 남아가 이제 몇 센트의 군표를 위해 그 꼬마와 같은 지랄을 해야 하는 것도 일종의 슬픈 곡예인 것이다. 그리고 동아의 풀리즈 쎌 투 미도 그런 곡예요, 이들이 가슴이나 잔등에서 또는 허리춤에서 담배 보루며 껌갑을 재빨리 꺼내고 넣는 것도 훌륭한 곡예의 하나인 것이다. 이렇게 해서 이들은 황순원 곡예단의 어린 피에로요, 나는 이들의 단장인 것이다. 지금 우리의 무대는 이 부민동 개천둑이고.

　피에로 동아가 소렌토를 부른다. 그래 마음대로들 너희의 재주를 피워보아라. 나는 너희가 이후에 오늘의 이 곡예를 돌이켜보고, 슬퍼해할는지 웃음으로 돌려버릴는지 어쩔는지 그건 모른다. 따라서 너희도 이날의 너희 엄마 아빠가 너희들의 곡예를 보고 웃었는지 울었는지 어쨌는지를 몰라도 좋은 것이다. 그저 원컨대 나의 어린 피에로들이여, 너희가 이후에 각각 자기의 곡예단을 가지게 될 적에는 모쪼록 너희들의 어린 피에로들과 더불어 이런 무대와 곡예를 되풀이하지 말기를 바란다. 이거 대단히 실례했습니다. 쓸데없는 어릿광대의 넋두리였습니다. 자, 그러면 피에로 동아군의 독창을 경청해주십시오.

　한 걸음 떨어져 오던 아내가 가까이 와 한 팔을 내 허리에 돌린다. 이 단장 부인은 남편 되는 단장의 곡예가 위태로워 보였던 모양이다. 나는 염려 말라고 아내의 손을 꼭 잡아주었다. 그러는데 피에로 동아의 노래가 마지막 대목 다 가서 뚝 그친다. 이미 우리는 그 변호사 댁이 있는 골목에 다다른 것이었다.

　그러면 여러분, 오늘밤 프로는 이것으로 끝맺기로 하겠습니다. 준비가 없었던 탓으로 이렇게 초라한 곡예가 되어 부끄럽기 짝이 없습니다. 내일을 기대해주십시오. 우리 곡예단을 이처럼 사랑해주시는 데 대해서는 단을 대표해 감사의 뜻을 표해 마지않는 바입니다. 그러면 안녕히들 주무세요. 굿바이!

독 짓는 늙은이

이년! 이 백 번 쥑에두 쌀 년! 앓는 남편두 남편이디만, 어린 자식을 놔두구 그래 도망을 가? 것두 아들놈 같은 조수놈하구서…… 그래 지금 한창 나이란 말이디? 그렇다구 이년, 내가 아무리 늙구 병들었기루서니 거랑질이야 할 줄 아니? 이녀언! 하는데, 옆에 누웠던 어린 아들이, 아바지, 아바지이! 하였으나 송영감은 꿈속에서 자기 품에 안은 아들이, 아바지, 아바지이! 하고부르는 것으로 알며, 오냐 데건 네 에미가 아니다! 하고 꼭 품에 껴안는 것을, 옆에 누운 어린 아들이 그냥 울먹울먹한 목소리로 아버지를 불러, 잠꼬대에서 송영감을 깨워놓았다.

송영감은 잠들기 전보다 더 머리가 무겁고 언짢았다. 애가 종내 홀쩍홀쩍 울기 시작했다. 오, 오, 하며 송영감은 잠꼬대 속에서처럼 애를 끌어안았다. 자기의 더운 몸에 별나게 애의 몸이 찼다. 벌써부터 이렇게 얼리어서 될 말이냐고, 송영감은 더 바싹 애를 껴안았다. 그리고 훌쩍이는 이제 일곱 살 난 애를 그렇게 안고 있는 동안 송영감은 다시 이 어린것을 두고 도망간 아내가 새롭게 괘씸했다. 아내와 함께 여드름 많던 조수가 떠올랐다. 그러자 그 아들 같은 조수에게 동년배의 사내가 느끼는 어떤 적수감이 불길처럼 송영감의 괴로운 몸을 휩쌌다.

송영감 자신이 집증 잡히지 않는 병으로 앓아누웠기 때문에 조수가 이 가을로 마지막 가마에 넣으려고 거의 혼자서 지어놓다시피 한 중옹 통옹 반옹 머쎄기 같은 크고 작은 독들이 구월 보름 가까운 달빛에 마치 하나하나 도망간 조수의 그림자같이 느껴졌을 때, 송영감은 벌떡 일어나 부채방망이를 들어 모조리 깨부수고 싶은 충동을 받았으나, 다음 순간 내일부터라도 자기가 독을 지어 한 가마 채워가지고 구워내야 당장 자기네 부자가 살아갈 것이라는 생각이 미치면서는, 정말 그러는 수밖에 다른 도리가 없다고 지그시 무거운 눈을 감아버렸다.

날이 밝자 송영감은 열에 뜬 머리를 수건으로 동이고 일어나 앉아, 애더러는 흙 이길 왱손이를 부르러 보내놓고, 왱손이 올 새가 바빠서 자기 손으로 흙을 이겨 틀 위에 올려놓았다. 송영감의 손은 자꾸 떨렸다. 그러나 반쯤 독을 지어 올려, 안은 조마구[1] 밖은 부채마치[2]로 맞두드리며 일변 발로는 틀을 돌리는 익은 솜씨만은 앓아눕기 전과 다를 바 없는 듯했다.

왱손이가 와 흙을 이겨주는 대로 중옹 몇 개를 지어냈다.

그러나 차차 송영감의 솜씨에는 틈이 생기기 시작했다. 더구나 조마구와 부채마치로 두드려 올릴 때, 퍼뜩 눈앞에 아내와 조수의 환영이 떠오르면 짓던 독을 때리는지 아내와 조수를 때리는지 분간 못하는 새, 독이 그만 얇게 못나게 지어지곤 했다. 그리고 전³을 잡는 손이 떨려, 가뜩이나 제일 힘든 마무리의 전이 잘 잡혀지지를 않았다. 열 때문도 있었다. 송영감은 쓰러지듯이 짓던 독 옆에 눕고 말았다.

송영감이 정신이 들었을 때는 저녁때가 기울어서였다. 왱손이도 흙 몇 덩이를 이겨놓고 가고 없었다. 언제부터인지 바깥 저녁 그늘 속에 애가 남쪽 장길을 향해 쪼그리고 앉아 있었다. 어머니를 기다리는 거리라. 언제나처럼 장보러 간 어머니가 언제나처럼 저녁때면 조수에게 장감을 지워가지고 돌아올 줄로만 아직 아는가 보다.

밖을 내다보던 송영감은 제 힘만이 아닌 어떤 힘으로 벌떡 일어나 다시 독 짓기를 시작하는 것이었으나, 이번에는 겨우 한 개를 짓고는 다시 쓰러지듯이 눕고 말았다.

다음에 송영감이 정신이 든 것은 아주 어두운 속에서 애가 흔들어 깨워서였다. 울먹이던 애가 깨어나는 아버지를 보고 그제야 안심된 듯이 저쪽에서 밥그릇을 가져다 아버지 앞에 놓았다. 웬거냐고 하니까 애가, 앵두나뭇집 할머니가 주더라고 한다. 송영감은 확 분노가 치밀어, 누가 거랑질해오라더냐고 밥그릇을 밀쳐놓자 애가 훌쩍훌쩍 울기 시작했다. 송영감은 아침에 어제의 저녁밥 남은 것을 조금 뜨는 것처럼 하고는 하루 종일 아무것도 입에 대지 않은 것을 생각하고는, 애도 아직 저녁을 못 먹었을지 모

310

른다고 밥그릇을 도로 끌어다 한술 입에 떠 넣으며 이번에는 애보고, 맛있으니 너도 먹으라는 것이었으나, 자신은 입맛을 잃은 탓만도 아닌 무엇이 밥 넘기려는 목을 치밀어 올라오곤 해, 좀처럼 밥을 넘길 수가 없었다.

다음날 아침에는 송영감이 죽인지 밥인지 모를 것을 끓였다. 여전히 입맛은 없었으나 어제 저녁처럼 목이 메어오르는 것은 없었다.

오늘도 또 지어 올리는 독을 말리느라고 처음에는 독 밖에 피워놓았다가 독이 한 반쯤 지어지면 독 안에 매달아놓은 숯불의 숯내까지가 머리를 더 무겁게 했다. 사십 년래 없이 숯내를 다 먹는 듯했다.

송영감은 어제보다 더 쓰러져 넘어지는 도수가 많았다. 흙 이기던 왱손이가 이래서는 도무지 한 가마 채우지 못하리라고 송영감에게 내년에 마저 지어 첫 가마에 넣도록 하는 게 어떠냐고 몇 번이고 권해보았으나 송영감은 일어났다가는 쓰러지고, 일어났다가는 쓰러지고 하면서도 독 짓기를 그만두려고 하지는 않았다.

송영감이 한번 쓰러져 있는데 방물장수 앵두나뭇집 할머니가 와서, 앓는 몸을 돌봐야 하지 않느냐고 하며, 조미음 사발을 송영감 입 가까이 내려놓았다. 송영감은 어제 어린 아들에게 거랑질해왔다고 소리를 쳤던 일을 생각하며, 이 아무에게나 상냥한 앵두나뭇집 할머니에게 미안한 생각이 들어, 어제만 해도 애한테 밥이랑 그렇게 많이 줘 보내서 잘 먹었는데 또 이렇게 미음까지

쑤어오면 어떡하느냐고 했다. 앵두나뭇집 할머니는 그저, 어서 식기 전에 한 모금 마셔보라고만 했다. 그리고 송영감이 미음을 몇 모금 못 마시고 사발에서 힘없이 입을 떼는 것을 보고 앵두나 뭇집 할머니는, 정말 이 영감이 이번 병으로 죽으려는가 보다는 생각이라도 든 듯, 당손이를 어디 좋은 자리가 있으면 주어버리 는 게 어떠냐고 했다. 송영감은 쓰러져 있던 사람 같지 않게 눈을 흡떠 앵두나뭇집 할머니를 쏘아보았다. 그리고 어느새 송영감의 손은 앞에 놓인 미음 사발을 앵두나뭇집 할머니에게로 떼밀치고 있었다. 그런 말 하러 이런 것을 가져왔느냐고, 썩썩 눈앞에서 없 어지라고, 송영감은 또 쓰러져 있던 사람 같지 않게 고함쳤다. 앵 두나뭇집 할머니는 송영감의 고집을 아는 터라 더 무슨 말을 하 지 않았다.

앵두나뭇집 할머니가 가자, 송영감은 지금 밖에서 자기의 어린 아들이 어디로 업혀가기나 하는 듯이 밖을 향해 목청껏, 당손아! 하고 애를 불러대기 시작했다. 그러다가 애가 뜸막 문에 나타나 는 것을 이번에는 애의 얼굴을 잊지나 않으려는 듯이 한참 쳐다 보다가 그만 기운이 지쳐 감아버리고 말았다. 애는 또 전에 없이 자기를 쳐다보는 아버지가 무서워 아버지에게 더 가까이 가지 못 하고 섰다가, 아버지가 눈을 감자 더럭 더 겁이 나 훌쩍이기 시작 했다.

날이 갈수록 송영감은 독 짓기보다 자리에 쓰러져 있는 때가 많 았다. 백 개가 못 차니 아직 이십여 개를 더 지어야 한 가마 충수

312

가 되는 것이다. 한 가마를 채우게 짓자 하고 마음만은 급해지는 것이었으나, 몸을 일으키다가 도로 쓰러지며 흰 털 섞인 노랑수염의 입을 벌리고 어깨숨을 쉬곤 했다.

그러한 어느 날, 물감이며 바늘을 가지고 한돌림 돌고 온 앵두나뭇집 할머니가 찾아와서는 마침 좋은 자리가 있으니 당손이를 주어버리고 말자는 말로, 말이 난 자리는 재물도 넉넉하지만 무엇보다도 사람들 마음씨가 무던하다는 말이며, 그 집에서 전에 어떤 젊은 내외가 살림을 엎어치우고 내버린 애를 하나 얻어다 길렀는데 얼마 전에 그 친아버지 되는 사람이 여남은 살이나 된 그 애를 찾아갔다는 말이며, 그때 한 재물 주어 보내고서는 영감 내외가 마주 앉아 얼마 동안을 친자식 잃은 듯이 울었는지 모른다는 말이며, 그래 이번에는 아버지 없는 애를 하나 얻어다 기르겠다더라는 말을 하면서, 꼭 그 자리에 당손이를 주어버리고 말자고 했다. 송영감은 앵두나뭇집 할머니와 일전의 일이 있은 뒤에도 앵두나뭇집 할머니가 애를 통해서 먹을 것 같은 것을 보내는 것이, 흔히 이런 노파에게 있기 쉬운 이런 주선이라도 해주면 나중에 자기에게 돌아오는 것이 있어 그걸 탐내서 그러는 건 아니라고, 그저 인정 많은 늙은이라 이편을 위해주는 마음에서 그런다는 것만은 아는 터이지만, 송영감은 오늘도 저도 모를 힘으로, 그런 소리를 하려거든 아예 다시는 오지도 말라고, 자기 눈에 흙 들기 전에는 내놓지 못한다고 했다. 앵두나뭇집 할머니는, 그렇게 고집만 부리지 말고 영감이 살아서 좋은 자리로 가는 걸 보아야 마음이 놓이지 않겠느냐는 말로, 사실 말이지 성한 사람도

언제 무슨 변을 당할는지 모르는데 앓는 사람의 일을 내일 어떻
게 될는지 누가 아느냐고 하며, 더구나 겨울도 닥쳐오고 하니 잘
생각해보라고 했다. 송영감은 그저 자기가 거랑질을 해서라도 애
를 굶기지는 않을 테니 염려 말라고 했다.

앵두나뭇집 할머니가 돌아간 뒤, 송영감은 지금 자기가 거랑질
을 해서라도 애를 굶기지는 않겠다고 했지만, 그리고 사실 아내
가 무엇보다도 자기와 같이 살다가는 거랑질을 할 게 무서워 도
망갔음이 틀림없지만, 자기가 병만 나아 일어나는 날이면 아직
일등 호주라는 칭호 아래 얼마든지 독을 지을 수 있다는 생각과
함께, 이제 한 가마 독만 채워 전처럼 잘만 구워내면 거기서 겨울
양식과 내년에 할 밑천까지도 나올 수 있다는 희망으로, 어서 한
가마를 채우자고 다시 마음이 조급해지는 것이었다.

하루는 송영감이 날씨를 가려 종시 한 가마가 차지 못하는 독들
을 왱손이의 도움을 받아 밖으로 내고야 말았다. 지어진 독만으
로라도 한 가마 구워내리라는 생각이었다.

독 말리기. 말리기라기보다도 바람쐬기다. 햇볕도 있어야 하지
만 바람이 있어야 한다. 안개 같은 것이 낀 날은 좋지 못하다. 안
개가 걷히며 바람 한 점 없이 해가 갑자기 쨍쨍 내리쬐면 그야말
로 걷잡을 새 없이 독들이 세로 가로 터져나간다. 그런데 오늘은
바람이 좀 치는 게 독 말리기에 아주 알맞은 날씨였다.

독들을 마당에 내자 독가마 속에서 거지들이, 무슨 독을 지금
굽느냐고 중얼거리며 제가끔의 넝마살림들을 안고 나왔다. 이 거

314

지들은 가을철이 되면 이렇게 독가마를 찾아들어 초가을에는 가마 초입에서 살다, 겨울이 되면서 차차 가마가 식어감에 따라 온기를 찾아 가마 속 깊이로 들어가며 한겨울을 나는 것이다.

송영감은 거지들에게, 지금 뜸막이 비었으니 독 구워내는 동안 거기에들 가 있으라고 하려다가 그만두었다. 전에 없이 거지들을 자기 있는 집에 들인다는 것이 마치 자기가 거지나 되는 것처럼 느껴졌던 것이다.

가마에서 나온 거지들은 혹 더러는 인가를 찾아 동냥을 가고, 혹 한패는 양지바른 데를 골라 드러누웠고, 몇은 아무데고 앉아서 이 사냥 같은 것을 하기 시작했다.

송영감도 양지에 앉아서 독이 하얗게 마르는 정도를 지키고 있었다.

독들을 가마에 넣을 때가 되었다. 송영감 자신이 가마 속까지 들어가, 전에는 되도록 독이 여러 개 들어가도록만 힘쓰던 것을 이번에는 도망간 조수와 자기의 크기 같은 독이 되도록 아궁이에서 같은 거리에 나란히 놓이게만 힘썼다. 마치 누구의 독이 잘 지어졌나 내기라도 해보려는 듯이.

늦저녁때쯤 해서 불질이 시작됐다. 불질. 결국은 이 불질이 독을 쓰게도 못 쓰게도 만드는 것이다. 지은 독에 따라서 세게 때야 할 때 약하게 때도, 약하게 때야 할 때 지나치게 세게 때도, 또는 불을 더 때도 덜 때도 안 된다.

처음에 슬슬 때다가 점점 세게 때기 시작하여 서너 시간 지나면 하얗던 독들이 흑색으로 변한다. 거기서 또 너더댓 시간만 때면 독들은 다시 처음의 하얗던 대로 되고, 다음에 적색으로 됐다가 이번에는 아주 샛말갛게 되는데, 그것은 마치 쇠가 녹는 듯, 하늘의 햇빛을 쳐다보는 듯이 된다. 정말 다음날 하늘에는 맑은 햇빛이 빛나고 있었다.

곁불놓기를 시작했다. 독가마 양옆으로 뚫은 곁창 구멍으로 나무를 넣는 것이다.

이제는 소나무를 단으로 넣기 시작했다. 아궁이와 곁창의 불길이 길을 잃고 확확 내쏟다. 이 불길이 그대로 어제 늦저녁부터 아궁이에서 좀 떨어진 한곳에 일어나 앉았다 누웠다 하며 한결같이 불질하는 것을 지키고 있는 송영감의 두 눈 속에서도 타고 있었다.

이렇게 이날 해도 다 저물었다. 그러는데 한편 곁창에서 불질하던 왱손이가 곁창 속을 들여다보는 듯하더니 분주히 이리로 달려오는 것이었다. 송영감은 벌써 왱손이가 불질하던 곁창의 위치로써 그것이 자기의 독이 들어 있는 자리라는 것을 알고 왱손이가 뭐라기 전에 먼저, 무너앉았느냐고 했다. 왱손이는 그렇다고 하면서, 이젠 독이 좀 덜 익더라도 곁불질을 그만두고 아궁이를 막아버리자고 했다. 그러나 송영감은 그저, 그만두라고 할 때까지 그냥 불질을 하라고 했다.

거지들이 날이 저물었다고 독가마 부근으로 모여들었다.

송영감이, 이제 조금만 더, 하고 속을 죄고 있을 때였다. 가마 속에서 갑자기 뚜왕! 뚜왕! 하고 독 튀는 소리가 울려 나왔다. 송영감은 처음에 벌떡 반쯤 일어나다가 도로 주저앉으며 이상스레

316

빛나는 눈을 한곳에 머물게 한 채 귀를 기울였다. 송영감은 가마에 넣은 독의 위치로, 지금 것은 자기가 지은 독, 지금 것도 자기가 지은 독, 하고 있었다. 이렇게 튀는 것은 거의 송영감의 것뿐이었다. 그리고 송영감은 또 그 튀는 소리로 해서 그것이 자기가 앓다가 일어나 처음에 지은 몇 개의 독만이 튀지 않고 남은 것을 알며, 왱손이의 거치적거린다고 거지들을 꾸짖는 소리를 멀리 들으면서 어둠 속에 그만 쓰러지고 말았다.

다음날 송영감이 정신이 들었을 때에는 자기네 뜸막 안에 뉘어져 있었다. 옆에서 작은 몸을 오그리고 훌쩍거리던 애가 아버지가 정신 든 것을 보고 더 크게 훌쩍거리기 시작했다. 송영감이 저도 모르게 애보고, 안 죽는다, 안 죽는다, 했다. 그러나 송영감은 또 속으로는, 지금 자기는 죽어가고 있다고 부르짖고 있었다.

이튿날 송영감은 애를 시켜 앵두나뭇집 할머니를 오게 했다. 앵두나뭇집 할머니가 오자 송영감은 애더러 놀러 나가라고 하며 유심히 애의 얼굴을 쳐다보는 것이었다. 마치 애의 얼굴을 잊지 않으려는 듯이.

앵두나뭇집 할머니와 단둘이 되자 송영감은 눈을 감으며, 요전에 말하던 자리에 아직 애를 보낼 수 있겠느냐고 물었다. 앵두나뭇집 할머니는 된다고 했다. 얼마나 먼 곳이냐고 했다. 여기서 한 이삼십 리 잘 된다는 대답이었다. 그러면 지금이라도 보낼 수 있느냐고 했다. 당장이라도 데려가기만 하면 된다고 하면서 앵두나뭇집 할머니는 치마 속에서 지전 몇 장을 꺼내어 그냥 눈을 감고 있는 송영감의 손에 쥐어주며, 아무 때나 애를 데려오게 되면 주라고 해서 맡아두었던 것이라고 했다.

송영감이 갑자기 눈을 뜨면서 앵두나뭇집 할머니에게 돈을 도로 내밀었다. 자기에게는 아무 소용없으니 애 업고 가는 사람에게나 주어달라는 것이었다. 그러고는 다시 눈을 감았다. 앵두나뭇집 할머니는 애 업고 가는 사람 줄 것은 따로 있다고 했다. 송영감은 그래도 그 사람을 주어 애를 잘 업어다주게 해달라고 하면서, 어서 애나 불러다 자기가 죽었다고 하라고 했다. 앵두나뭇집 할머니가 무슨 말을 하려는 듯하다가 저고릿고름으로 눈을 닦으며 밖으로 나갔다.

송영감은 눈을 감은 채 가쁜 숨을 죽이고 있었다. 그리고 무슨 일이 있더라도 눈물일랑 흘리지 않으리라 했다.

그러나 앵두나뭇집 할머니가 애를 데리고 와, 저렇게 너의 아버지가 죽었다고 했을 때, 송영감은 절로 눈물이 흘러내림을 어찌할 수 없었다. 앵두나뭇집 할머니는 억해오는 목소리를 겨우 참고, 저것 보라고 벌써 눈에서 썩은 물이 나온다고 하고는, 그러지 않아도 앵두나뭇집 할머니의 손을 잡은 채 더 아버지에게 가까이 갈 생각을 않는 애의 손을 끌고 그곳을 나왔다.

그냥 감은 송영감의 눈에서 다시 썩은 물 같은, 그러나 뜨거운 새 눈물 줄기가 흘러내렸다. 그러는데 어디선가 애의 훌쩍훌쩍 우는 소리가 들리는 듯했다. 눈을 떴다. 아무도 있을 리 없었다. 지어놓은 독이라도 한 개 있었으면 싶었다. 순간 뜸막 속 전체만한 공허가 송영감의 파리한 가슴을 억눌렀다. 온몸이 오므라들고

318

차움을 송영감은 느꼈다.

그러는 송영감의 눈앞에 독가마가 떠올랐다. 그러자 송영감은
그리로 가리라는 생각이 불현듯 일었다. 거기에만 가면 몸이 녹
여지리라. 송영감은 기는 걸음으로 뜸막을 나섰다.

거지들이 초입에 누워 있다가 지금 기어 들어오는 게 누구이라
는 것도 알려 하지 않고, 구무럭거려 자리를 내주었다. 송영감은
한옆에 몸을 쓰러뜨렸다. 우선 몸이 녹는 듯해 좋았다.

그러나 송영감은 다시 일어나 가마 안쪽으로 기기 시작했다. 무
언가 지금의 온기로써는 부족이라도 한 듯이. 곧 예사 사람으로
는 더 견딜 수 없는 뜨거운 데까지 이르렀다. 그런데도 송영감은
기기를 멈추지 않았다. 그렇다고 그냥 덮어놓고 기는 것은 아니
었다. 지금 마지막으로 남은 생명이 발산하는 듯 어둑한 속에서
도 이상스레 빛나는 송영감의 눈은 무엇을 찾고 있는 것이었다.
그러다가 열어젖힌 곁창으로 새어 들어오는 늦가을 맑은 햇빛 속
에서 송영감은 기던 걸음을 멈추었다. 자기가 찾던 것이 예 있다
는 듯이. 거기에는 터져나간 송영감 자신의 독 조각들이 흩어져
있었다.

송영감은 조용히 몸을 일으켜 단정히, 아주 단정히 무릎을 꿇고
앉았다. 이렇게 해서 그 자신이 터져나간 자기의 독 대신이라도
하려는 것처럼.

황노인

내일이 황노인의 환갑이었다. 그러나 어쩐지 오늘과 내일이 어서 지나가기를 바라는 황노인이었다. 이삼 년래 특히 황노인은 사람들이 많이 모여 북적거리는 자리가 싫었다. 이번 환갑에 크고 작건 간에 잔치 같은 것을 전혀 그만두게 한 데에도, 첫째 거기에 들 비용이 근농가인 황노인에게 무서워서였지만 그 속에는 여럿이 모여 북적거릴 게 싫은 탓도 없지 않았다.

그러지 않아도 이 저녁에 벌써 사랑방에는 몇몇 늙은이들이 몰려와 목청 돋운 잡담이 벌어지지 않았느냐. 황노인은 오늘따라 더 그들과 함께 잡담 같은 것을 할 생각이 나지 않아 피하듯이 나와 안뜰을 어정거리고 있었다. 뒷짐을 지고. 그것은 오랜 세월 동안 몸에 밴 습관이었다. 물론 별 할 일 없이 한가한 데서 온 습관은 아니었다. 황노인에게 있어 그것은 그대로 이제 손대어 할 일을 찾고 있는 자세와도 같은 것이었다.

부엌 앞에 오니까 안에서 그릇 다루는 소리에 섞여 동네 여인들의 말소리가 들려 나왔다. 아무래도 내일 아침에 찾아오는 동네 늙은이들에게만이라도 약주 한 잔씩은 대접해야겠는데 그 안주 만들 공론들을 하고 있는 것이었다. 황노인은 목소리로써 이건 누구 엄마고 이건 누구 할멈이라는 걸 알 수 있는 부엌 안 여인들의 목소리를 들으며 저도 모르게 가슴속 한구석이 비어옴을 느꼈다. 거기에 꼭 들어 있어야 할 목소리가 들려오지 않음으로인 듯. 황노인은 그곳을 떠나 대문께로 나가다가 거기 흘려 있는 콩깍지를 보고, 아껴둘 때지 않고 하며, 그것을 줍기 시작했다. 그러면서 다시 오늘과 내일이 얼른 지나갔으면 했다.

이때 긴재에 시집간 딸이 잠든 젖먹이를 업고 손에는 보따리 하나를 들고, 사내애와 계집애의 손목을 잡은 남편과 함께 대문을 들어오면서 콩깍지를 줍는 아버지를 발견하고는, 여전하신 아버지, 그렇더라도 오늘 내일은 좀 가만 계셔도 좋을 텐데 하고 생각하는데, 황노인이 인기척에 고개를 들어 딸의 일행을 보고,

"너희들 오니."

하고는 그냥 허리를 굽혀 콩깍지만 줍는다.

"아버지 인사 받으십시오."

하고 딸이 절을 하니까 그제야 황노인은 허리를 펴며,

"관뒬."

하고는 사위의 절까지 받고, 이어서 딸이 어서 할아버지한테 인사하라고 해서 하는 외손자의 절마저, 관뒬, 관뒬 하는 말로 받고 나서는 다시 콩깍지를 꼼꼼히 줍기 시작하며,

"고생스럽게 뭘 하려구들 오노."

한다.

딸은 안으로 들어가며, 어린애가 얼마나 컸느냐고도 물어주지
않는 아버지가 좀 속으로 섭섭했다. 그렇지만 저러시다가도 이제
애가 울고 그러면 어김없이 업어주실 테니 두고 보지. 그러면서
언제나 친정에 오면 맛보곤 하는 집 안이 빈 것 같은 허전감을 어
쩌지 못한다. 역시 어머니가 안 계신 탓이로구나 하는 생각에 가
슴이 찡했다.

잠든 애를 내려 눕히는데 부엌 샛문이 열리며, 아이고마니나,
하고 원땅집이 쨍쨍한 목소리로 반긴다. 딸의, 안녕히들 계셨느
냐는 말에 이어, 부엌 여인들이 제가끔의 재재한 인사와 애에 대
한 말을 한마디씩 한다.

황노인이 주워 모은 콩깍지를 들고 부엌문 앞에 왔을 때에는 딸
이, 형님 나 못에 걸린 저고리 닙었이요, 하는 것이 헌 옷으로 갈
아입고 부엌에 내려온 게 분명해 부엌 여인들의, 뭐 할 게 있다구
쉬어서 차차 나오디, 하는 말소리가 들렸다.

황노인은 콩깍지를 부엌으로 들이뜨리며, 나무들 좀 아껴 때라
고 한마디 한다. 딸은 또 속으로, 여전하시군, 하며 좀 전에 어머
니 생각으로 언짢았던 마음 대신에 이번에는 부엌의 주인이 되어
그것에만 분주히 돌아가기 시작한다.

황노인은 닭 모이를 줘야 될 걸 생각하고 광으로 갔다. 그곳에
도 황노인의 손이 가지 않으면 안 될 것이 있었다. 좁쌀독 뚜껑이
열려 있었고, 빈 독 하나가 굄돌이 빠져 기울어 있었다. 황노인은

먼저 기운 독을 괴어 바로잡아놓고 몇 번이나 바로 놓였나 움직여본 뒤에야 좁쌀독 뚜껑을 덮고, 수수 한 줌을 쥐고 나오면서, 아무거나 내 눈이 안 가면 모두가 이 꼴이라는 생각을 한다.

뒤따라 돼지우리에 볏짚을 넣어줘야 할 것이 생각난다.

돼지우리에서 돌아오는데 대문에서 아들이 당손이에게 버섯꼬치가 비죽이 나온 구럭을 지워가지고 서서 웬 사람 둘과 말을 주고받고 있다. 먼빛으로도 상대편 늙은이나 젊은이의 행색이 틀림없는 재니(광대)라는 걸 알 수 있었다.

아들은 그들에게 환갑 잔치를 하지 않는다는 말로, 어디 떡을 치나 지짐(빈대떡)을 부치나 보라고 한다.

황노인도 그 옆을 지나면서 혼잣말 같게,

"잔치놀이가 다 뭔가."

했다.

그리고 부엌 쪽으로 가 황노인은,

"돼짓물 늦디 말구 끓에라."

한다.

며느리의 목소리로,

"예."

하는 대답이 나왔다.

"새끼 낳게 된 거 요새 좀 잘 멕에야 된다."

부엌 안에서는 원땅집이 나지막이 죽인 웃음을 킥킥거리며, 아무렴 돼짓물 늦을라구? 무던히 끈끈하시다는 말소리가 들려 나왔다.

황노인은 아무 일에나 경해 뵈는 원땅집이 더구나 이 집 저 집에서 빌려온 그릇이나 깨뜨리지 않았으면 다행이겠다고 생각하며 무심코 대문간 쪽으로 돌린 눈이 거기 그냥 무엇을 조르고 서 있는 늙은 재니의 눈과 마주치자, 저게 누구야! 하는 생각에 가슴이 울렁거려졌다. 그러고는 좀더 분명히 보러 그리로 가까이 가며, 틀림없는 차손이다, 차손이다, 하는데 늙은 재니도 이편을 알아본 듯 같이 온 젊은이의 팔소매를 잡아당겨 가자는 뜻을 표하고는 앞서 돌아선다. 젊은 재니는 어쩐 일인가 싶어 머뭇거리더니 늙은 재니의 뒤를 따라서며 무어라 불평스러운 소리를 웅얼거렸다.

황노인이 늙은 재니의 뒷모양을 바라보며 당손이에게,

"가서, 데 재니들 오래라."

했다.

이번에는 아들이 어쩐 영문인지 몰라 아버지의 얼굴을 쳐다보았다.

"어서 가서 오래라."

황노인의 명령하듯 하는 어조에 당손이가 메고 있던 구럭을 내려놓고 허둥허둥 재니들을 쫓아나갔다.

재니들은 당손이에게 불려 섰으나 늙은 재니가 이편을 바라보고는 젊은 재니에게 무어라 말하고, 다시 당손이에게 무어라 말하는 품이 웬만해서 말을 들을 성싶지 않았다.

황노인은 자기가 거기 있으면 늙은 재니가 꺼려하리라 생각되어 안으로 들어오는데 아들이 아버지 들으라는 듯이, 그리고 아

324

버지의 의견을 묻듯이,

"돈냥이나 줘 보내야겠군."

한다.

황노인이 걸음을 멈추고 무슨 말을 할 듯하다가 그만두고 그저,

"재워 보내두록 해라."

하고 사위가 있는 삼간 윗간으로 들어간다.

"댁에선 다 안녕들 하시디?"

"예."

"네가 지금 애가 몇이디?"

"셋이오."

"사내애가 둘, 계집애가 하나?"

"아니요, 사내애가 하나 계집애가 둘이야요."

하면서 젊은 사위는 이 꼭 처조부라야 옳을 나이의 장인영감이 요전번에 왔을 때도 외손자와 외손녀의 수를 엇바꿔 알더니 이번에도 또 그런다고, 다른 일과 달리 이것만은 왜 그렇게 엇바꿔 기억하는지 모를 일이라고 생각하며, 어서 늘 처남 대신을 하는 처조카 당손이가 돌아와 이 어렵기만 한 장인영감은 나가줬으면 좋겠다는 생각이 들면서, 언뜻 장인영감의 얼굴을 쳐다보았으나 이미 거기에는 지금 말한 외손자 외손녀에 관한 이야기 같은 것은 귀에 담고 있지 않은 듯한 눈길이 그저 눈앞 한곳에 멈춰져 있을 뿐이었다. 이런 눈을 한 황노인의 손은 또 저도 깨닫지 못하고 끝이 노랗게 된 흰 수염 끝만을 비비적거리고 있었다.

사실 황노인은 지금 늙은 재니의 일을 생각하고 있었다.

늙은 재니, 아니 차손이, 그를 자기가 마지막 본 것은 칠팔 년 전 윗골 박초시네 환갑 잔치에서다. 그새 퍽이나 더 늙었다. 걸친 옷도 더 남루하고. 그러나 지금 황노인의 눈앞에는 늙은 재니의 그가 아니고, 어린 차손이로서의 그가 보였다. 그 중에서도 벌거 벗은 개울가의 차손이가. 이것은 그동안 황노인이 여기저기 회갑 이나 진갑 잔치에서 재니인 차손이를 볼 적마다 떠올려온 모습이 었다.

차손이는 어려서부터 퉁소를 썩 잘 불었다. 여름에 미역 감으러 나가서는 으레 풀잎을 뜯어 피리를 불었다. 아무 풀잎이나 차손 이의 입술에 가닿기만 하면 소리를 내는 듯싶었다. 황노인은 또 그 피리에 맞추어 아직 어린 덜된 청으로나마 타령을 부르곤 했 다. 그러다가 열두 살 적엔가 황노인네가 남촌에서 지금 사는 고 장으로 이사를 오게 되어 그와 헤어졌다. 몇 해 뒤에 아버지를 따 라 너멋동네 위진사네 진갑 잔치 구경을 갔다가 재니들 틈에 이 차손이가 끼여 있는 걸 발견했다. 몇 해 만에 보는 동무는 또 해 금을 아주 잘 켜고 있는 것이었다. 황노인은 아버지에게서 떨어 져 재니를 둘러싸고 있는 구경꾼 속에 끼여 처음에는, 저렇게 해 금을 잘 켜 여러 사람의 갈채를 받는 애가 자기의 동무라는 데 알 수 없는 자랑까지 느꼈다. 그러나 곧 황노인은 여러 사람이 재니 를 한 노리갯감으로 여기는 걸 깨닫게 되자 도리어 자기가 차손 이와 안다는 게 그 동네 사람들에게 알려질 것이 겁이 나, 해금 켜는 동무가 이편을 발견하고 말이라도 건네면 어쩌나 싶어 사람 들의 틈을 빠져나오고 말았다. 그뒤에도 황노인은 이곳저곳서 재니들 틈에 차손이의 해금 켜는 것을 보았으나, 그가 자기를 알아채기 전에 먼저 피하곤 했다. 그러던 것이 황노인이 한 사십 잡히면서부터 자기가 이 차손이와 어려서 동무였다는 게 무어 부끄러울 게 있느냐쯤 생각하게 됐을 때에는, 이번에는 저편에서 먼저 외면을 하고 말았다. 그것은 물론 이편을 생각해서 하는 그런 외면이었다. 황노인은 어떤 슬픔을 느꼈다. 그뒤부터는 차손이의 외면이 있을 때마다 황노인은 똑같은 슬픔을 느껴야만 했다. 그런 차손이가 오늘 그냥 가고 만다면 여태까지와는 비기지 못할 슬픔이 올 것만 같았다.

뜰 안에 인기척이 났다. 수염 끝을 비비적거리던 황노인의 손이 멈춰졌다. 광에 붙은 일간문이 열리는 소리가 들렸다. 황노인은 저도 모르게 담뱃대에 불을 붙여 힘껏 빨아 삼켰다. 뒤이어 안도의 한숨이 담배연기와 함께 길게 가슴속으로부터 새어나왔다.

딸이 오라버니가 돌아온 줄 알고 부엌에서 나온 듯, 딸과 아들과 당손이가 서로 인사하는 말소리가 들리고, 아들의, 매부도 왔느냐는 말에, 삼간 윗간에 있다는 딸의 말소리가 나고, 이어서 이리로 걸어오는 발소리가 나더니 문이 열렸다. 사위는 벌써 문 여는 사람이 누구라는 걸 알고 일어나 있었다. 사위가 자기 아버지 나이뻘의 처남에게 인사를 하려는 것을 아들이 문을 열어 잡은 채,

"아니 앉아 있게."

하는데 당손이가 들어왔다.

사위와 당손이는 서로 반갑게 마주 보고 웃기만 했다. 그것으로

그들의 인사는 된 듯했다.

"너 좀 작숙' 동무해줘라."

하고 황노인이 아들이 그냥 열어 잡고 있는 문을 나와 부엌으로 가,

"일깐에두 손님 둘이 있다."

했다.

며느리의 목소리로,

"예."

하는 대답이 나왔다.

그곳을 떠나려다 황노인은 생각난 듯이 다시,

"돼짓물 끓었으믄 내다 줘라."

한다.

"예."

역시 며느리의 대답이 나오고 뒤미처 부엌문이 열리며 딸의 고개가 나타나,

"아버지두 저녁 잡수시야디요."

한다.

"그럼 나두 먹을까."

하고 황노인은 오래간만에 어떤 식욕 같은 게 다 느껴지는 심정이었다.

그러나 밤에 자리에 누운 황노인은 좀처럼 잠을 이루지 못했다. 늙으면서부터 본래 그렇기는 했지만 이날따라 더 잠이라고 들었다가도 곧 깨곤 했다. 아주 어려서 어머니가 이제 몇 밤만 자면 생일이 된다고 해서, 하룻밤 하룻밤 손꼽아 가다가 이제 이 밤만

자고 나면 된다는 흥분으로 잠을 못 이룬 일이 있었다. 그러나 오늘밤은 무어 그런 흥분으로써가 아니고, 가슴속 한구석에 자리잡고 있는 말할 수 없는 어떤 공허감 때문이었다. 그런 속에서 황노인은 오늘밤과 내일이 어서 지나가주기를 다시 바라며 몇 번이고 몸을 뒤쳤다.

이튿날 아침에는 그래도 황노인은 또 전처럼 일찍 일어나 이날은 등에다 어린 외손녀까지 업고 뜰을 쓸기 시작했다.
한 절반 쓸었는데 아들이 달려와,
"우리가 쓸디 않으리요."
하며 아버지의 손에서 비를 빼앗듯이 옮겨 잡는다.
오늘만이라도 자기에게 쓰레질 같은 것을 못하게 하려고 아들이 그러리라마는 환갑날이라고 그런 것을 하지 말라는 법은 어디 있느냐고 황노인은 생각했다.
방문이 열리며 딸이,
"아바지, 애 이리 주시구 옷 갈아닙으시라우요."
한다.
황노인은,
"그만두갔다, 닙구 있는 게 뭐 어드래서 갈아닙는단 말이가? 상기 한 달 닙어두 일없갔다 원."
했으나 아들이 아버지의 하는 말이 좀 답답하게 생각된 듯 고개를 이쪽으로 돌리며,
"갈아닙으소고레, 어껀(일껏) 해가지구 온 거."

하여 황노인은 안으로 들어갔다.

흰 명주 바지저고리에 회색 세루 조끼였다.

딸이 저고릿고름을 매주며,

"품을 좀더 넓게 할까 했더니, 그렇게 했드믄 너무 넓을 뻔했군."

한다.

황노인은 흰 저고리와 흰 수염 위에서 더 드러나 뵈는 검은 얼굴로 딸이 하는 대로만 맡겨두다가 문득 어려서 생일날이라고 검정 광목 조끼를 입혀주던 때의 어머니 생각이 떠오르며 가슴이 뿌듯해짐을 느꼈다. 그러자 어제부터 느껴지는 어떤 공허감도 이런 날이면 으레 있어야만 할 것 같은 어머니가 없음으로 해서 오는 것인지도 모른다고 생각됐다. 눈꼬리에 수없이 주름이 잡힌 검게 탄 어머니의 얼굴. 지금의 자기보다도 더 주름이 많이 잡히고 검게 탄 어머니의 얼굴. 이보다 젊었을 적 어머니의 얼굴은 얼핏 떠오르지 않는다. 황노인은 지금 이 늙은 어머니의 얼굴을 바라보고 있었다. 속으로는 수없이, 어머니, 어머니, 하고 부르면서.

딸은 아버지가 앞 한곳만 바라보고 서 있는 것을 좀더 어디 꿀리는 데나 없나 봐달라는 것으로만 생각하고, 다시 한번 뒤로 돌아가 저고리 뒷도련을 잡아당겼다, 조끼 뒷도련을 잡아당겼다 하고 나서, 모든 것이 뜻대로 맞고 더구나 지금 샛문 틈으로 부엌의 여인들이 들여다보며, 잘 맞는다고 감탄하는 것을 만족히 여기면서,

"꼭 맞는, 안 맞을까 봐 걱정했드니."

했으나, 좀만 형편이 뭣했으면 명주 주의(두루마기)마저 해다 드

330

렸던들 오죽이나 좋았을까, 이제 진갑 때만은 무슨 일이 있어도 그걸 해다 드려야겠다고, 그러니 제발 아버지가 오래 살아계셔 달라고 비는 마음이 돼 있었다.

황노인은 갑자기 주위가 조용해진 데서 딸이 이제 자기보고 무엇을 걱정했다는 말을 한 것 같음을 느끼며 어머니 생각에서 깨어나, 조끼 주머니에 손을 넣었으나 아무것도 없음에 그제야 자기가 담뱃대를 찾고 있다는 것을 깨닫고, 벗어놓은 조끼에서 대와 쌈지를 꺼내어 담배를 피워 물고 혼잣말로,

"이르케 돟은 걸루 할꺼 뭐 있나 원."

하고는 밖으로 나왔다.

뒷짐을 졌다. 검고 울퉁불퉁하게 마디가 진 큰 손이 흰 명주저고리 소매 밖에서 더 검고 커 보였다.

뜰은 다 쓸려는 있었다. 그러나 아들의 손으로 옮겨진 비가 다시 당손이의 손으로 건너갔기 때문에, 거기 쓸려 있는 자국이 판이해 있었다. 당손이가 쓴 데는 아들의 쓴 데와도 달리 그저 건성 빗자국만 나 있을 정도였다. 황노인은 속으로 무어든지 자기의 손이 가야 한다는 생각과 함께, 새 명주옷을 입고야 어디 뜰 하나 마음대로 쓸 수 있나, 불편하기도 하다, 어서 오늘이란 날이 지나가 벗어버려야지, 하는 생각을 했다.

그러면서 뜰에서 눈을 들던 황노인은 거기 떨어져 있는 단추 한 알을 발견하고 집어든다. 하얀 사기단추였다. 황노인은 언뜻 자기 조끼의 단추를 들여다보았으나 자기의 회색 단추는 물론 한 알도 떨어진 게 없었다. 황노인은 어떻게 이런 게 다 여기 떨어졌

을까, 혹 증손이녀석(외손자)이 떨어뜨리지나 않았나 하며 집은 단추의 먼지를 불어 주머니에 넣는다.

아들에게는 아버지의 새 옷 입은 모양이 더 늙어 보였다. 아버지가 무슨 수의 같은 것을 입고 걸어나온 듯이도 느껴졌다. 그러나 다음 순간 아들은 오늘 같은 날 그런 사위스런 생각을 해서 쓰느냐고 그 생각을 지워버리기나 하듯이 크게 고개를 돌려버리고 말았다.

저편에서 새 옷을 입은 외할아버지를 신기하게 바라보는 증손이가 눈에 띄자 황노인은 주머니의 단추 생각이 나,

"어디 네 조께 단추 안 떨어뎄나 보자."

하고 가까이 갔으나 증손이는 외할아버지가 살펴볼 새도 없이 자기 조끼의 단추를 후딱 내려다보고는,

"다 있어."

하고 도리질했다.

당손이가 할아버지를 찾다가 거기 있는 것을 보고,

"할아바지 사랑에서 좀 들어오시래요."

한다.

"그래."

황노인은 사랑 쪽으로 가며 거기서 떠들썩하게 들려 나오는 벌써 술기 돈 늙은이들이 산숫자리 타령에, 그들과 함께 잡담 같은 것을 할 생각보다 혼자 밖에 있고 싶음을 다시 한번 느낀다.

황노인이 들어가자 여기저기서, 만수무강하라고 제가끔 술 한 잔씩을 권했다. 그리고 황노인이 잔을 받을 적마다 건너마을 오

목녀 할아버지가 취기가 돈 되지 않은 목청으로, 드십시오, 이 술 한잔 드십시오, 하고 권주가를 불렀다. 황노인은 그저 조용한 곳에 혼자 있고 싶은 마음뿐이었다.

그러는데 밖에서 조판관 영감의 노친네(마누라) 목소리로,

"우리 애 할아버지 예 왔소?"

하고 찾는 소리가 들리자 조판관 영감이 미처 뭐라 대답할 새도 없이 오목녀 할아버지가 권주가를 끊고,

"여기 안 왔쉐다."

하고는 일어서려는 조판관 영감의 바짓가랑이를 붙들려 했다.

"나가네."

하고 조판관 영감이 오목녀 할아버지의 손을 피하려다 옆사람에게 걸려 비칠거리니까 오목녀 할아버지가,

"데르케까지 네펜네가 무서워서야!"

하여 온 좌중에 웃음판이 터졌다.

조판관 영감이 나가자 이번에는 여기저기서, 판관 판관 해야 저런 판관은 처음이라는 둥, 그러기에 몇 잔 먹고 가라니까 그냥 앉았더니 꼴 보라는 둥, 밖에 나와서는 그렇게 딱딱한 위인이 노친네한테는 고양이 앞의 쥐라는 둥, 우리 같아선 저래서는 못 살겠다는 둥 떠들어댔다.

황노인도 여태 조판관 영감의 노친네가 어디나 남편 가는 데마다 찾아다니면서 술을 못 먹게 하는 것을 아름답지 못하게 여겨오던 터이지만 좀 전 밖에서 조판관 영감을 찾는 목소리를 듣는 순간 황노인은 퍼뜩 아내라는 생각에 그만 가슴이 뭉클해짐을 느

끼지 않을 수 없었다. 뒤이어 저렇게 남 흉하게 남편을 찾아다니
는 노친네라도 있어 같이 늙는 조판관 영감이 얼마나 부럽게 뵈
는지 몰랐다.

  황노인은 저도 모르는 새 밖으로 나왔다. 그리고 부엌 앞으로
갔다. 부엌 안에서는 여전히 목소리로써 누구 엄마 누구 할멈이
라는 걸 알 수 있는 말소리들이 그릇 다루는 소리에 섞여 들려 나
왔다. 그러나 들려 나와야 할 한 목소리만은 영 들리지 않는 것이
었다. 황노인은 가슴속 한구석에 어쩌지 못할 공허감을 느껴야만
했다. 그것은 어머니로 해서 생기는 공허감과는 또 다른 공허감
이었다.
  부엌문이 열렸다. 딸이었다. 황노인은 딸의 얼굴을 바라보았다.
딸의 얼굴에서 지금은 없는 아내의 모습을 찾기라도 하려는 듯
이. 그러나 젊은 딸의 얼굴에는 젊은 날의 아내의 얼굴 모습이 들
어 있을 뿐, 웬일인지 같이 늙던 아내의 모습은 자꾸 안개 속 같
은 데로 사라지는 것이었다.
  딸은 아버지가 자기를 쳐다보는 것이 무슨 술안주라도 더 내가
라고 온 것으로 알고,
  "안주 좀더 내갈까요?"
한다.
  "아니."
  그러고 그곳을 떠나려다 황노인은 생각나는 바가 있어,
  "일깐에두 술상 내갔디?"

한다.

"아까 다 내가는가 뭅다."

"그럼 됐다."

그러면서 황노인은 자기가 왜 이 차손이와 술 한잔 나눌 것을 깜박 잊고 있었을까 한다. 어제 저녁부터 해오던 생각인 것만 같은데. 황노인은 술 한 병을 가지러 광께로 걸어갔다.

마침 광에서 달걀 한 알을 쥐고 나오는 증손이와 마주치자 황노인은 또,

"정 너 조께 단추 안 떨어뎄나 봐라."

한다.

이번에는 증손이가 자기의 조끼를 내려다보지도 않고,

"아까두 물어보군 뭘."

하고는 저리로 가면서, 아마 외할아버지는 오늘 생일날이 돼 새 옷을 다 갈아입고 그래 기뻐서 자기에게 아까 물어본 말을 다 잊어버린가 보다 한다.

황노인이 술병을 들고 일간으로 들어서니, 거기 술상에 마주 앉았던 늙고 젊은 재니가 놀라듯이 일어서며 자리를 비킨다.

"아니 그냥들 앉아 있게."

하면서도 자기가 앉아야 따라들 앉을 성싶어 황노인이 먼저 술상 앞에 앉았다.

머뭇거리다 조심스럽게 꿇어앉는 두 재니에게,

"아니 편안히들 앉으라구."

하였으나, 그러나 그것은 이제 술이 도는 동안 차차 그렇게 되리

라는 생각을 하면서 황노인은 자기가 들고 들어온 병의 술을 따라 늙은 재니에게 내밀며,

"자아."

하자 늙은 재니는,

"아니 이거……"

하며 머뭇거렸고,

"자아 들게."

하며 황노인이 술잔을 밀어 맡기다시피 하니까 그제야 늙은 재니는 마지못해 두 손으로 공손히 잔을 받아들었다.

"이 사람."

"예."

"아니 이 사람, 예가 무엔가. 우리가 아마 동갑이디?"

"예."

"이 사람, 또 옌가? 그럼 우리가 다 환갑일세게레. 어서 술 들게."

황노인은 좀 전의 사랑방에서와는 달리 이 동갑과 먹는 술이면 얼마든지 받을 것 같았다. 술이 몇 순배 돌았을 때 황노인은 어떤 자꾸 흡족해지는 마음으로,

"참 동갑, 해금 한번 켜게."

했다.

늙은 재니가 순간 황노인의 낯을 살폈다. 꽤는 날쌘 눈초리로. 그건 그의 오랜 생활이 그의 몸에 붙여준 것인 성싶었다. 그러나 황노인의 언성에서나 낯에서 조금이라도 자기를 노리갯감으로 여기는

빛을 찾지 못한 늙은 재니는 조용히 해금을 들어 줄을 골랐다.

"타령을 켜게."

늙은 재니는 잠시 먼 것을, 아주 머언 것을 더듬는 듯 허공 한곳에다 눈을 주고 있더니 스르르 눈을 감으며 해금에 활을 긋기 시작했다.

황노인도 저도 모르는 새 눈을 감고 있었다.

이런 그들의 앞에는 작은 개울이 나타나고, 개울둑에는 감탕칠을 한 벌거숭이 두 소년이 서서 한 소년은 풀피리를 불고 한 소년은 아직 어린 되잖은 청으로 타령을 부르고 있었다.

늪

태섭은 어떤 전문학교 강사로 있는 친구 부인의 소개로 소녀의 가정교사 일을 맡게 되었다. 친구 부인이 돌아가자 소녀의 어머니는 태섭더러 어떻게 그 부인을 잘 알며 언제부터 아느냐는 말을 꺼내었다. 태섭이가 친구의 부인이라고 하였더니 소녀의 어머니는 애 셋이나 둔 여자가 머리를 잘라 지지고 옥색 저고리를 입고 다니는 것을 어떻게 생각하느냐고 물었다. 늘 느껴오는 대로 태섭은 부인의 머리를 자른 것은 얼굴에 어울리지만 옥색 저고리는 검푸른 얼굴빛과는 어울리지 않는다는 말을 하고, 아까부터 소녀의 어머니의 흐린 시선을 느끼면서 새로이 마주 쳐다보았다. 소녀의 어머니는 곧 시선을 거두고 말았다. 움직임 없는 표정을 한 얼굴은 약간 부은 듯도 하였다. 그리고 심장이라도 약한 것이 분명하여 숨차하였다.

소녀의 어머니는 숨찬 음성으로, 부인과는 한고향이어서 서로의 집안 사정을 잘 안다는 말로 부인의 집에서는 지금 남편과 결혼하는 것을 반대하여 오랫동안 말썽이 많다가 종내 부인이 자기의 마음대로 붙고 말았다는 말을 하였다. 붙었다는 자기 말에 소녀의 어머니는 스스로 귀밑을 붉히고 이어서, 부인은 여태까지 본가에는 가지 못한다는 말을 하고, 그런 일을 저지른 것은 어려서 어머니를 잃고 후모 밑에서 자라난 탓이라고 하였다.

태섭은 소녀의 어머니의 숨차하는 말을 듣기가 거북스러워 소녀를 가르치는 것은 내일부터 시작하겠다고 하고 일어서려는데 소녀의 어머니는 하루가 새롭다고 하면서 오늘부터 시작해달라는 것이었다. 그러고는 소녀가 이렇게 학교에서 늦어지기는 처음이라고 혼자 웅얼거리고 나서, 초조하게 손을 치마 속에 넣어 궐련 한 개를 꺼내어 붙여 물고 두어 모금 빨았는가 하면 이번에는 놀란 듯이 담뱃불을 죽이고 밖으로 귀를 기울였다.

휘파람 소리가 들려왔다. 발소리와 함께 휘파람 소리가 미닫이 밖을 지나 건넌방으로 가려 할 즈음 소녀의 어머니는 별안간 크게, 애, 소리를 질렀다. 그리고 소녀의 어머니는 엄숙하게 이리 들어오라고 말하며 태섭에게서 멀리 떨어져 앉았던 자리를 더 먼 거리로 움직여 앉았다. 소녀가 들어왔다. 한 손에 스파이크를 들고 있었다. 좀 전까지 운동을 하고 온 것이 분명하여 얼굴이 불그레 상기되어 있었다. 둥근 얼굴에 검고 긴 눈썹 속의 눈이 좀 작은 편이나 생기 있게 빛나고 있었다.

태섭은 교과서를 뒤적이며 소녀에게 학교서 배운 데까지 알아 나갔다. 그러면서 태섭은 소녀가 손가락으로 짚어 가리키느라고 어깨를 내밀 적마다 강한 자극을 가지고 엄습하는 향기롭지 못한 땀내를 막아내기 위하여 담배를 피워 물었다. 소녀의 어머니는 흘깃흘깃 태섭과 소녀를 번갈아 보면서, 정신 차려 잘 배우라는 말을 몇 번이고 되풀이하였다.

소녀의 어머니의 흘깃거리는 시선을 받아가며 다음날부터 소녀의 예습과 복습이 시작되었다. 소녀는 어학에 관한 암송은 상당히 속했다. 그런 한편 수학에 있어서는 애당초 풀지 못할 것으로 여기고 마는 듯한 폐단이 있었다. 태섭이가 소녀에게 수학은 처음부터 싫어했느냐고 물으니까, 소녀는 그렇다고 머리를 크게 끄덕이었다. 그러나 소녀는 풀어놓은 예제 같은 것은 혼자 이해하고 설명도 해나가기도 하였다. 그리고 태섭이가 풀어주는 문제 같은 것도 마음만 내키면 모조리 이해하기도 하였다. 태섭은 소녀에게 수학을 푸는 데 있어 착안점을 바로 가지도록 가르치기에 노력해야 할 것을 느끼면서 소녀에게로 고개를 돌렸다. 소녀는 붉은 혀끝에 연필 끝을 묻혀내고 있었다.

태섭은 곧 숙제 중에서 제일 쉬운 문제를 골라서 소녀에게 풀라고 내놓았다. 소녀는 문제에 눈을 멈추고 그냥 연필을 혀끝에 묻혀내고 있었다. 태섭이가 착안점을 암시해주었다. 소녀는 그냥 연필을 혀로 가져가기만 하였다. 태섭은 문득 수학 문제보다도 앞에 앉은 건강한 소녀의 혀와 입술에 더 정신이 가 있는 자기 자신을 깨달으면서 저도 모르게 소녀에게서 연필을 빼앗았다. 그러나 태섭도 무엇을 쓰기 전에 연필을 혀끝으로 가져가고 있었다.

그리고 태섭은 이러한 자기 동작에 놀랐다. 문제를 잘못 풀었다. 아랫목 소녀의 어머니가 소녀에게 공부하면서 실없이 웃어서는 못쓴다고 꾸짖었다. 소녀의 장난에 찬 웃음을 이마에 느낄수록 태섭은 다시 헛풀었다. 또 소녀의 어머니가 소녀에게 웃지 말라고 꾸짖었다. 소녀는 이번에는 소리를 내어 웃으면서, 어머니가 자기보다 더 열심히 이쪽을 살피고 듣고 하면서 공부하는 것이 우스워 그런다고 하며, 한층 더 소리 높여 웃었다.

그다음날도 휘파람을 불며 돌아온 소녀를 소녀의 어머니가 들어오라고 일렀다. 그리고 소녀의 어머니는 또 되도록 태섭에게서 먼 거리를 잡느라고 움직거렸으나 소녀는 들어오지 않았다. 소녀의 어머니가 나갔다. 좀 만에 돌아온 소녀의 어머니는 고만한 몸움직임에도 숨차하며 태섭에게 건넌방으로 가 가르치도록 말하였다.

건넌방에 소녀가 한복으로 갈아입고 꽤 얌전하게 앉아 있었다. 소녀가 등진 벽에는 이제 바로 스타트하려는 단거리 선수의 사진이 한 장 걸려 있었다. 앞으로 쏠리는 몸과 땅을 차려는 발끝의 아슬아슬한 균형, 그리고 한 초점을 강렬히 노리고 있는 눈, 이러한 런닝선수의 폼을 바라보면서 태섭은 소녀의 두꺼운 가슴이 테이프를 걸치고 골인하며 테이프 끝을 푸르르 날리는 장면을 머리에 그리고 저도 모르게 여윈 몸을 한 번 부르르 떨었다. 그리고 태섭은 이번에는 다리를 한옆으로 모아 눕히고 앉아 있는 소녀의 풍만한 무릎으로 시선을 옮기다가 급히 거두면서 가까이 있는 교과서 하나를 막 집어들고 뒤적이기 시작하였다.

소녀가 다리를 반대쪽으로 옮겨 눕히는 듯하더니 문득, 다른 사람의 눈에는 어딘가 자기 집에 빈 구석이 느껴지는 게 있으리라는 말을 하였다. 태섭이 그게 무슨 말이냐고 교과서에서 고개를 드는데 소녀가 다시, 아버지가 없는 것을 이상히 생각지 않느냐고 하였다. 태섭이 이 집에 아버지 없는 것만은 소개한 친구의 부인한테 들어서 미리 알고 있었다고 하였다. 그러니까 소녀는 곧, 어머니는 누구에게나 아버지가 죽었다고 하지만 사실은 살아 있다는 것이었다. 이어서 소녀는 자기가 철들어서 아버지가 첩을 얻고 딴살림을 하게 된 뒤부터 아버지와 어머니는 재산을 절반씩 똑같이 나누어 서로 갈라서고 말았다는 이야기로, 지금 얼마 멀지 않은 동네에 아버지가 살고 있다는 사실과, 그새 아버지는 재산도 다 없애고 얼마 전부터 류머티즘으로 자리에 누워 있다는 것과, 또 어머니도 그동안 울화병으로 심장병까지 생겼다는 말까지 하였다. 태섭은 위로의 말 대신에 대수책을 소녀 앞에 펴놓으며, 얼마나 어머니가 지금 소녀 공부 잘하는 것 한 가지만을 바라고 있는지 모르니 어서 열심히 공부하여 어머니를 기쁘게 해드려야 한다고 하였다. 그랬더니 별안간 소녀는 비웃는 듯한 이상한 웃음을 띠며, 그런 말은 어머니한테서 귀에 못이 박이도록 들었다고 하였다. 그리고 소녀는 생각난 듯이, 그리고 누가 밖에서 엿듣기나 하는 것처럼 갑자기 앞 미닫이를 열었다. 뜰에서 소녀의 어머니가 김칫거리를 다듬다가 놀란 듯이 이쪽으로 고개를 돌렸다.

소녀가 학교에서 돌아오기 전에 태섭이 소녀의 집에 가닿게 되는 날이면 소녀의 어머니는 조심스레 미닫이를 열고 들어와 앉아서는 소녀가 학교에서 배운 것을 좀 알기는 하더냐고 묻는 것이었다. 태섭은 그저 기억력은 썩 좋다고 대답할밖에 없었다. 소녀의 어머니는 잠잠히 한참이나 앉았다가 이번에는 나직이, 공부도 공부지만 먼저 남자를 멀리하도록 잘 가르쳐달라고 하면서, 사실 요새 여자 안 속이는 남자 어디 있더냐고 하며 태섭을 쳐다보았다. 태섭은 소녀의 어머니의 흐린 시선을 피하면서 저도 모르게 그렇다고 고개를 끄덕이고 말았다.

소녀의 어머니는 갑자기 소녀가 올 시간을 생각한 듯이 숨차하며 밖으로 나갔다. 소녀는 집에 돌아오자 태섭에게 내일은 일요일이니 교외로 피크닉 가자는 말을 하였다. 그리고 소녀는 태섭의 대답도 기다리지 않고 혼자 결정을 하고는 앞 미닫이를 열고 부엌 쪽을 향해 내일은 선생님과 함께 소풍 가기로 하였다고 하면서 그렇지 않느냐고 태섭을 돌아다보았다. 태섭은 교외에서 스파이크를 신고 달리는 소녀를 눈앞에 그리고 있다가 그만 고개를 끄덕이고 말았다.

다음날은 흐렸다. 그리고 바람까지 있었다. 그러나 태섭은 교외로 갈라져 나가는 길 옆에서 소녀를 기다렸다. 한참 만에야 소녀가 왔다. 태섭은 소녀를 보고 우선 놀랐다. 소녀는 제복이 아닌 한복 차림을 하고 있었다. 흰 저고리에, 푸른 바탕에 원앙새 무늬가 있는 긴 치마가 바람에 물결지으며 펄럭였다. 소녀는 치맛자락을 익숙하게 감싸쥐며 미소와 함께 옷맵시가 어떠냐고 묻고 태섭을 똑바로 쳐다보았다. 태섭은 교외로 난 길로 들어서면서 혼잣말처럼, 제복을 안 입고 외출하면 안 되는 규칙이 아니냐고 하였다. 그리고 옆으로 와 나란히 서는 소녀에게서 제복을 입고 륙색을 메고 스파이크를 들고 한, 소녀와는 다른 완전한 한 여인을 발견하고 당황스레 흐린 하늘로 눈을 돌릴밖에 없었다.

소녀는 태섭처럼 하늘을 쳐다보는 법도 없이 무슨 날씨가 밤새 그렇게 나빠졌는지 모르겠다고 하고는, 잘못하다가는 비 맞기 쉬우니 교외로 나가는 것은 그만두자는 것이었다. 태섭이 아무렇게 하여도 좋다고 하니까, 소녀는 누가 뒤를 밟아 따르기나 하는 듯이 날렵하게 뒤를 돌아보고 나서 영화 구경을 가자고 하였다. 이번에도 소녀는 자기 혼자서 벌써 그렇게 결정을 짓고는 앞서 걸으며 태섭에게, 뒤 왼쪽 과일가게 옆 골목에 어머니가 따라와 서 있다는 것을 알리고 얼마큼은 교외로 가는 길을 가다가 보자고 하였다.

태섭은 담배를 꺼내어 물고 바람을 피하여 불을 붙이려는 몸짓을 하며 돌아섰다. 사실 소녀의 어머니가 과일가게 옆에 서서 이쪽을 지켜보고 있었다. 담배에 불을 붙이고 돌아서면서 좀 전에 소녀가 누가 뒤를 밟기나 하는 것처럼 뒤를 돌아보던 일과 집에서 공부하다가도 누가 밖에서 엿듣기라도 하는 것처럼 갑자기 앞미닫이를 열곤 하던 일이 머리에 떠오르자 절로 등골에 소름이 끼침을 느꼈다. 태섭은 빠른 걸음으로 앞선 소녀를 따르고 나서 자기는 여기서 헤어지는 편이 좋겠다는 말을 하였다. 곧 소녀는 흰 이를 드러내고 웃으며, 어머니는 혹 딴 남자와 같이 가지나 않나 하여 따라나온 것이니 태섭과 만나는 것을 보고는 안심하고 돌아갈 것이라고 하면서 뒤를 다시 한번 돌아다보았다. 그리고 소녀는 왼쪽 길로 꺾이어 지금까지 온 길과 평행된 좁은 골목을 접어들었다. 태섭도 그냥 소녀를 따랐다.

둘이 나란히 서서 걸을 수도 없을 만큼 좁은 길을 소녀는 앞서 걸으면서, 어머니가 어디까지든지 남자를 경계시킨다는 이야기로, 사실 그러는 것도 어머니가 아버지한테 받은 타격으로 보면 마땅한 일일 것이라는 말과, 전에 아버지가 밖에 나가서 딴 여자들과 만나다 못해 나중에는 그런 여자들을 집 안에 끌어들이기까지 하던 일을 어려서 보아 잘 안다는 말이며, 그럴 적마다 어머니는 이를 갈며 밤잠을 못 자고 울곤 하여 자기는 아버지와 아버지가 데리고 들어온 여자가 아침에 일어나면 함께 죽어 있어주기를 얼마나 바랐는지 모른다고 하였다. 교외로 나가는 길과 평행된 골목을 다 지나 거리로 나섰다. 바람이 소녀의 원앙새 무늬가 있는 치마를 휘날렸다.

소녀는 이번에는 치마를 감싸쥐는 법 없이 새로 골목을 잡아들었다. 그리고 소녀는 걸음을 멈춰 뒤에 따르는 태섭과 나란히 되며, 요즈음도 어머니는 그때에 받은 원통함을 도리어 그때 이상으로 살려가면서 아버지를 원망하고 여인들을 욕질하면서 으레 자기더러 남자 같은 것은 생각도 하지 말라고 타이르고는 자기하나만 의지하고 여태까지 살아오느라고 별의별 고생을 다 참아왔다는 이야기와, 어머니 없이 자라난, 태섭을 소개한 친구의 부인이 지금 남편과 제멋대로 결혼했기 때문에 본가에도 못 다니게 된 사실을 늘 되풀이하며 가엾이 여긴다는 이야기와 나중에는 반

드시 죽기까지 모녀 단둘이 살다가 죽자고 다짐을 한다는 이야기
를 하였다. 그리고 소녀는 잠시 말없이 걷다가, 자기도 얼마 전까
지는 어머니와 한 심정이 되어 아버지를 원망하고 여인들을 미워
하면서 진정으로 일생을 불쌍한 어머니와 같이 지내리라는 결심
을 해왔으나 자기도 모르는 사이에 어머니에게 반감 같은 것을
가지게 되었다는 말과, 요새는 지난날의 가슴 아픈 사실을 되풀
이하며 자식에게 그러한 비극이 일어나지 않게만 애쓰는 어머니
가 가엾게는 생각되지만 그대로 좇아갈 마음은 전혀 일어나지 않
는다는 말을 하였다.

태섭은 다 탄 담뱃불에 새 담배를 붙여 물었다. 그러자 소녀는
생각난 듯이 말을 이어, 어머니가 담배를 피운다는 것, 그것을 자
기는 어머니가 마음 상할 때 피우곤 한 것이 인이 박인 것으로 이
해하고 있다는 것, 그런데 어머니는 오늘까지도 자기의 눈을 속
여오고 있는 게 자식으로서 불만이라고 하였다. 그리고 며칠 전
에 있은 일이라고 하면서, 첩이 찾아와 아버지의 류머티즘이 대
단하다고 하며 어머니에게 약값을 좀 달라고 하였는데 이 말을
듣자 어머니는 펄쩍 뛰면서 숨넘어가는 소리로, 네년이 그만큼
돈을 빨아먹었으면 됐지 나중에는 우리 것마저 빼앗아 먹으려 덤
비느냐고 소리를 질렀다는 것, 그리고 첩 되는 여인은 아버지와
어머니가 재산을 나누고 갈라설 때 아버지와 만난 여자로 그때
벌써 두 애의 어머니인 과부였다는 말과, 그뒤에도 아버지는 여
자 관계를 끊지 않아 여러 가지로 고생을 하면서도 이 여인은 참
고 끝내 아버지와 헤어지지 않았다는 말이며, 그날도 어머니는

346

그 여인에게 애 둘씩이나 있는 것이 남의 첩 노릇하는 개만도 못
한 년이라고 욕을 몇 번이고 하였으나 소녀 자기는 전처럼 그 여
인이 밉게 보이지는 않더라는 말과, 마침내 그 여인이 싫는 아버
지를 위하여 이리 와 있게 하는 것이 좋겠다는 말을 하자 어머니
는 가슴을 쥐어뜯고 이를 갈면서, 저 좋아 잡년하고 붙어살다가
이제 돈 다 없어지니까 쫓겨나는 사람을 자기는 맡을 수 없다고
고함을 지르고는 그만 졸도해 넘어졌다는 이야기를 하는 것이었
다. 소녀는 이야기 도중에 잡년하고 붙었다는 상스러운 말을 입
에 담으면서도 얼굴 하나 붉히지 않았다. 그리고 어머니가 졸도
해 넘어졌다는 말을 하면서도 소녀는 대수 문제를 풀 때보다도
긴장된 빛을 띠지 않았다. 끝으로 소녀는 어머니가 졸도해 넘어
진 것을 보고 의사를 부르러 달려가면서도 오히려 그러한 어머니
보다도 류머티즘으로 고생하는 아버지와 그 여인에게 더 동정과
호의가 감을 어쩌지 못했다는 말을 덧붙였다.

태섭은 할 말을 몰라 그저, 어머니의 심장병도 대단한 것 같더
라고 한마디 하였다. 그리고 태섭은 여기서 문득 소녀의 어머니
는 친구의 부인과 자기 사이에 무슨 추잡한 관계나 있는 것으로
억측하고 있지 않을까 하는 생각과 함께, 처음부터 소녀와 자기
사이까지 감시하고 있음이 틀림없다는 생각이 들자 저도 모르게
온몸을 한 번 떨었다.

소녀는 태섭을 쳐다보며, 바람은 좀 있으나 그렇게 떨릴 정도로
추우냐고 하고는, 어느새 티 없는 미소를 얼굴 전체에 퍼뜨리면
서 저쪽 영화관이 있는 골목으로 고개를 돌렸다. 그러는 소녀의

미소는 골목 옆 다방 앞에 서 있는 한 소년을 발견하자 더 똑똑히 새겨졌다. 그리고 소녀는 태섭과 함께인 것도 잊은 듯이 빠른 걸음으로 소년에게로 걸어갔다. 태섭은 그 자리에 서고 말았다. 눈썹이 검은 소년. 소녀와 무슨 말을 하는 동안 소년의 검은 눈썹 때문에 더 흰 얼굴이 조금 붉어지는 듯하다가 소녀가 다시 태섭에게로 걸어올 때는 또 창백해지는 듯하였다. 태섭에게로 오더니 소녀는 먼저, 소년은 동무의 오빠라는 말을 하고 그 동무가 지금 앓아누워서 자기를 만나자고 한다는 말을 하였다. 태섭은 속으로 거짓말 말라고 하면서도 그럼 가보라고 하였다. 소녀가, 온 김에 영화 구경이나 하라는 것을 태섭은 일부러 온몸을 떨어 보이며 갑자기 따끈한 커피가 마시고 싶어졌다고 하면서 피하듯이 다방 안으로 들어가고 말았다.

하루는 소녀가 학교에서 오기 전에 소녀의 어머니가 조심히 미닫이를 열고 들어와 잠잠히 앉았다가, 요즘 소녀가 어떤 남자와 만나는 눈친데 그런 것 같지 않더냐고 하며 얼굴을 붉혔다. 태섭은 자기도 모르게 곧 머리를 저으며 그렇지 않다고 해버렸다. 소녀의 어머니는 또 잠잠하다가 이번에는 혼잣말처럼, 딸이 무슨 생각을 하고 있건 자기는 그 애를 놓아주지 못한다고 하고는, 소녀가 올 시간이 생각난 듯이 급히 밖으로 나갔다.

소녀가 돌아왔다. 그리고 소녀는 대수책을 펴놓자 소년에 대한 말을 꺼내며 소년이 서울서 철학 공부를 하다가 신경쇠약에 걸려 집에 와 있다는 말까지 하고는 어딘가 모르게 태섭과 같은 데가

있다고 하였다. 태섭은 공연히 귀밑이 달아오름을 느끼며, 결국
소녀가 요새 어머니에게 반항심이 생긴 것은 소년을 안 뒤부터이
리라는 것을 깨닫고, 소년의 신경질스러운 얼굴이 남을 속일 것
같지는 않지만 요즘 남자들의 속을 누가 알 수 있느냐는 말에 이
어 사실은 지금 자기는 자기 자신의 속도 종잡을 수 없어서 애쓴
다는 말을 하였다. 그랬더니 소녀는 눈을 빛내며, 신통히도 어머
니의 말을 옮긴다고 하였다.

태섭은 펴놓은 대수책에서 인수분해 문제 하나를 손가락으로
짚었다. 소녀는 노트를 끌어다가 무딘 연필을 혀끝에 찍더니 쓰
기 시작하였다. 그러나 곧 노트가 태섭의 앞에 와 놓였다. 노트에
는 답 대신에 '겁쟁이 선생'이라는 말이 씌어져 있었다. 태섭은 소
녀에게서 얼핏 연필을 빼앗아가지고 낙서한 곳을 두 줄 길게 그
어버리고는 이렇게 쉬운 문제를 못 풀면 어떡하느냐고 하면서 고
개를 들다가 윗구석에 세워둔 창이 눈에 들어오자 운동하는 시간
을 줄이는 것이 좋겠다고 타일렀다.

소녀가 일어나더니 창을 잡고, 요즘 창던지기를 시작하였는데
자세가 바로잡히지 않는다고 하면서 왼팔을 앞으로 뻗쳤다. 태
섭은 또 여기서 소녀가 창을 어깨에 메듯 하고 달릴 때 날릴 머리
카락과 던진 창이 그리는 선명한 호선을 눈앞에 떠올리고 있는
데, 소녀가 창을 내려놓고 역시 방구석에 놓여 있는 원반을 들었
다. 소녀는 원반 든 팔을 던질 듯이 저으며, 원반이나 창을 경계
선 바로 전에서 던지고 나서 앞으로 쏠리는 몸을 경계선 밖으로
나가지 않게 멈추는 데 여간 쾌미가 있지 않다고 하면서, 사실 그

때만은 집안일이나 수학 숙제 같은 것도 모두 잊어버릴 수 있다고 하였다. 그리고 소녀는 계속 원반 든 팔을 저으며 빙그르르 돌았다. 태섭은 소녀의 오른 손목에 감긴 붕대를 지켜보다가 다시 빙그르르 돌려고 하는 소녀의 팽팽한 가슴에서 호크가 벗겨지면 어쩌나 하고, 원반을 피하듯이 물러나 앉았다. 그러자 물러나 앉는 태섭의 무릎에 소녀의 몸뚱이가 와락 와 쓰러졌다. 태섭이 미처 팔로 소녀의 몸뚱이를 받을 새도 없이 태섭의 약한 몸은 소녀의 풍만한 육체를 감당치 못하고 뒹굴고 말았다.

태섭이 몸을 일으키면서 앞 미닫이부터 열었다. 소녀의 어머니가 수돗가에서 나물을 씻고 있다가 이쪽으로 고개를 돌렸다. 소녀가, 문을 열어놓으면 정신이 산만해져 공부가 안 된다고 하면서 미닫이를 닫았다. 태섭이 소녀의 서툴게 그린 원과 꽤 곧게 그은 직선들이 난잡하게 널려 있는 기하 노트를 집어들었다. 그러나 소녀는 기하책을 펼 생각도 않고, 지금 자기가 쓰러진 것은 요즘 몸이 약해진 탓이라고 하고는, 무슨 생각을 했는지 이번에는 제 손으로 앞 미닫이를 열었다. 그리고 수돗가에서 아직 나물을 씻다가 이쪽으로 고개를 돌리는 어머니에게, 오늘밤은 학교에서 수양 강연회가 있어 학교에 가야 한다고 하였다. 그러고 나서 소녀는 어머니의 대답도 기다리지 않고 미닫이를 닫고는 태섭에게 나직이, 오늘밤에 꼭 할 말이 있으니 아홉시에 교외로 나가는 길 오른편 늪으로 와달라고 하였다.

태섭은 이날 밤 소녀를 기다리며 타원형으로 된 늪 둘레를 돌았다. 먼 시계탑은 소녀가 만나자던 아홉시가 지나 있었다. 태섭은 저만큼에서 끊어진 가로수 쪽을 지켜보며 소녀가 나타나면 나무와 소녀 어느 쪽이 더 달그림자가 짙을까 하는 생각을 하며 문득 자기의 그림자를 찾았으나 자신의 그림자는 검은 늪에 떨어져 분간할 수가 없었다.

태섭은 다시 늪가를 돌기 시작하였다. 검은 늪을 내려다보면서 태섭의 공상은 자기가 이번에 늪을 한 바퀴 다 돌기 전에 소녀가 몰래 숨어와서 자기의 눈을 가리는 장난을 하고, 그러면 자기는 처음으로 소녀의 손을 잡고, 그러면 소녀는 할 말은 다른 것이 아니고 원반이나 창을 던지고 난 순간처럼 모든 것을 잊어버리게 같이 늪으로 뛰어들어보자고 할 것이고, 자기는 또 그러기를 허락하여 둘은 그 원앙새가 쌍쌍이 뜬 무늬가 있는 치마로 허리를 묶고 늪에 뛰어들 것이고, 그렇게 하여 둘은 늪 밑으로 가라앉노라면 늪 밑 어느 한구석에서 솟아나오는 차가운 샘물이 둘의 등을 스치고 지나갈 것이고, 그러면 둘은 퍼뜩 정신이 들어 늪 속을 헤어나오려고 허우적거리게 될 것이고, 그때 갑자기 소녀는 짐 되는 자기를 허리에서 풀어내려고 애쓰고 자기는 또 떨어지지 않으려고 소녀의 머리칼을 꽉 감아쥘 것이고, 그러면 나중에 소녀는 자기를 허리에 단 채 헤엄쳐 늪 밖으로 나올 것이고, 거기서 자기는 소녀가 허리를 풀어놓는 대로 추워서 덜덜 떨밖에 없고——사실 태섭은 떨고 있었다.

늪가를 다 돌고 다시 가로수 쪽을 살폈을 때에는 찬 밤기운에 몇 번이고 온몸을 떨었다. 태섭은 먼 시계탑을 더듬었으나 그새 고장이 났는지 시계탑의 전등이 꺼져 있었다. 태섭이 다시금 가로수 쪽으로 시선을 옮기다가 자기의 여윈 달그림자를 발견하고 자기의 것 아닌 것으로 착각하며 놀랐다. 그리고 지금 어디쯤에서 소녀의 어머니가 자기를 지켜보고 있는 환각을 일으키고 나서, 소녀의 어머니는 자기를 소녀 앞에 내놓고 무슨 일이 생기나 실험을 하고 있지나 않나 하는 생각이 들자 새로 온몸이 떨렸다. 그만 거리로 발길을 돌리면서 태섭은 기울어진 달을 쳐다보며 지금쯤 소녀와 소년이 늪 아닌 어느 어두운 골목에서 서로 만나고 있는 환영을 그리고는 자기의 달그림자를 소녀의 어머니와 소녀와 소년의 것으로 몇 번이고 착각하면서 그때마다 온몸을 떨었다.

아파트로 돌아온 태섭은 자리에 누워 며칠 동안 열로 떨면서 앓았다. 열과 오한이 없어진 어느 날 아침 태섭은 머리에 동였던 타월을 풀고 일어나 오래간만에 물뿌리개로 화분에 물을 주고 있었다. 그러다가 태섭은 무심코 앞 유리창에 나비의 날개 같은 것이 움직임을 느꼈다. 처음에는 그저 자기의 야윈 얼굴이 비친 것으로 알고 무심히 여겼으나 나비의 날개 같은 그림자는 또 움직이는 것이었다. 태섭이 고개를 들고 자세히 보니 원앙새가 있는 무늬였다. 놀라 돌아섰다. 뒤에 어느새 소녀가 들어와 서 있었다. 그러나 소녀의 치마는 원앙새 무늬가 있는 것이 아니고 풍랑이 일어난 바다 무늬가 있는 치마였다. 태섭은 이상한 현기증이 나서 베드에 주저앉았다.

소녀는 베드 옆의 가스스토브를 만지며 늪에 못 간 변명으로,

사실은 그날 밤에 소년과 거리에서 만나 함께 늪으로 가서 태섭에게 자기들의 앞일을 의논하려던 것이 그날따라 집에 혼자 남을 어머니가 불쌍하게 보여 그만 머리가 아프다는 핑계를 하고 자리에 눕고 말았다는 말을 하였다. 소녀는 이어서 그날 밤 소년은 자기를 기다리다 못해 자기가 소년을 배반한 줄로 알고 머리칼을 잘라 자기에게 보냈더라는 말까지 하였다. 태섭은 또 열이라도 생긴 듯이 한 번 떨고 저도 모르게 크게 소리를 내어 웃고 말았다. 소녀가 놀라 눈을 크게 떴다. 태섭이 짐짓 엄한 어조로, 그런 광대놀음을 하는 소년 가운데 더 불량한 애가 많다고 하였다. 소녀는 태섭이 자기의 어머니와 똑같은 말을 할 줄은 몰랐다고 하며 눈을 빛내었다.

태섭이 이번에는 소녀에게 나타나는 어떤 새 힘을 깨달으면서 불쌍한 어머니를 어떻게 하려느냐는 말과 소녀가 없어지면 어머니는 졸도하여 깨어나지 못할는지도 모른다는 말을 하였다. 소녀는 입가에 비웃음을 띠며 당돌한 말씨로, 병든 아버지를 집에 들이지 않는 어머니의 졸도가 자기와 무슨 상관이 있느냐고 하면서, 사실은 지금 소년과 자기는 어디로 떠나는 길이라고 하였다. 태섭이 일부러 냉랭한 어조로, 소년과 함께 떠난대도 멀지 않아 불행해질 것이라고 하니까, 소녀의 손이 날아와 태섭의 뺨을 갈겼다. 그리고 소녀는, 악마, 악마, 하고 두어 번 부르짖고 나서, 무슨 일이 있더라도 자기네는 행복해 보이겠다고 소리치고는 빛나는 눈에 눈물을 내돋히며 풍랑이 인 바다 무늬가 있는 치마를 물결지으면서 도어를 밀고 나가버렸다. 아파트의 유난히 잔 층계를 소녀가 몇 개씩 한꺼번에 뛰어 내려가는 소리를 들으며 태섭은 무언가 안정된 심정으로 다시 물뿌리개를 들어 화분에 물을 주기 시작하였다.

허수아비

나무그늘을 지나 준근은 비탈길을 내리기 시작하였다. 퍼그나 떨어진 마을에서 닭이 무척 가까이 울었다. 준근은 마을이 가려지는 소나무 사이에서 갑자기 가슴속 깊이 흐르는 비릿한 나뭇진 냄새를 느끼면서 빈기침이 치밀어올랐다. 잇달은 기침에 준근은 단장을 놓고 주저앉아 흙을 긁어쥐며 커다란 가랫덩이 하나를 뱉아내었다. 준근이 긁어쥔 흙이 불개미집이었다. 옆에서 빨간 개미가 오그르르 송충이에게 달라붙어 있었다.

준근은 가랫덩이를 피해 앉아 거의 동그라미를 그리다시피 꼬부리곤 하는 송충이를 들여다보았다. 송충이가 꼬불거리며 뒤칠 적마다 개미떼가 떨어져나가 굴다가는 다시 조그만 촉각을 가물거리며 송충이에게로 기어들었다. 송충이의 꼬부라뜨리곤 하는 사이가 점점 길어지면서 동그라미도 차차 틈이 벌어져갔다. 준근은 불개미 속에 지렁이를 가져다 놓을 생각을 해내고 일어나 어렸을 때 지렁이 잡으러 오곤 한, 이끼 낀 흙이 덮인 작은 비탈로 갔다.

준근이 꼬챙이에 눅진한 지렁이 한 마리를 걸쳐들고 돌아왔을 때에는 송충이가 겨우 몸을 비틀 뿐이었다. 그러다가 그저 개미떼가 들끓어 움직이는 것이 송충이가 몸을 비트는 것처럼 되곤 하였다.

준근은 꼬챙이의 지렁이를 개미집에 떨구었다. 지렁이가 꾸무럭거리고 개미떼가 막 흩어졌다. 준근은 쥔 꼬챙이로 지렁이의 허리를 눌렀다.

누른 꼬챙이를 준근은 땅에 비비기 시작하였다. 꼬챙이 끝에서 지렁이가 곧 두 토막이 났다. 두 토막이 난 지렁이는 제각기 한 마리의 지렁이가 되어 기어가는 것이었다. 대가리와 꼬리가 각기 한 마리씩 되어 각기 다른 데로 기어가는 지렁이를 지켜보다가, 준근은 다시 한 토막의 지렁이를 두 토막으로 끊어서 개미떼에게로 굴리고는 일어서고 말았다.

마을 어귀에 서 있는 백양나무 이파리가 아침 햇살에 빛나고 있었다. 마을에서 개가 분주히 짖고 있었다. 준근이 이렇게 가까이서 듣는 개 짖음을 이번에는 멀리서처럼 흐리게 들으며 마을로 들어섰다.

명주가 애를 업고 길 옆에 어정거리며 서 있었다. 명주의 등에서 애가 급작스레 울며 개 짖음을 지워버렸다. 명주는,

"넌 왜 울기만 하니."

하고는 애 궁둥이를 힘껏 두들겼다.

준근은 명주 앞을 그냥 지나치려다 말고 돌아서며,

"전에 네 달래 캔 거 빼앗군 하던 나 알지?"

하였다.

명주는 등을 돌리면서도 고개를 끄덕였다. 준근은 명주의 검디검은 머리칼로 눈을 주면서 현기증 비슷한 것을 느꼈다.

낮이면 준근은 마을 뒤에 있는 선산에 올라가 누워 있곤 하였다. 느리게 비탈진 바로 아래 초막에서 재동영감이 비로 이엉 끝에 친 거미줄을 걷는 것이 보였다.

"쌍넘의 거미 새끼!"

거미줄이 비를 저을 적마다 실실이 찬란스럽게 빛나곤 하였다.

거미줄을 다 걷고 나서 비를 뜰 한구석에 세워놓고는 재동영감은 벌통으로 가 앉으면서도 다시,

"쌍넘의 거미 새끼 다 죽여 없애야디."

하고 중얼거렸다.

재동영감은 이번에는 날아드는 벌을 지키다가 이따금 한 마리씩 손가락으로 눌러 비비곤 하였다. 검고 작은 것이 재동영감의 손가락 끝에서 굴러 떨어져나갔다.

명주가 자작나무께로 애를 업고 나타났다.

"건 왜 죽이우?"

"이제부터 수벌이란 넘은 꿀만 처먹으니껀."

준근은 죽어 떨어지는 수벌을 세고 있었다.

"정, 꿀 좀 주구레."

"꿀을 벌써 치나. 요새두 개 보채니?"

"그럼요."

명주는 자작나무 껍질을 뜯으며,

"오마니 젖이 나야 뭘 하디. 젠년 치라두 좀 주구레."

"그게 여태 남았나 원."

명주는 자작나무 껍질만 뜯어내었다.

재동영감이 명주의 등 뒤로 가 애의 발을 끌어다 혓바닥으로 핥았다. 애가 울기 시작하였다. 재동영감은 이빨 없는 검은 잇몸을 드러내고 으흐이며 웃었다. 명주는 재동영감의 얼굴을 향해 자작나무 껍질을 던졌다. 재동영감은 그냥 으흐이며,

"애 발 곱다."

하고 애의 발을 쥐어다 다시 핥았다.

"에이 더러."

재동영감의 검은 잇몸이 다시 웃기만 하였다.

"그러니긴 노친네가 도망가디."

재동영감의 웃던 얼굴이 삽시간에 굳어지며,

"요념의 엠나이가."

하고는 혼잣말처럼,

"도망가긴 어델 도망가, 내가 내쫓아버렜디. 무에나 애끼디 않는 년을 내쫓디 않구 뭘 할꼬."

하였다.

명주가 이번에는 칭얼거리는 애를 엉덩이를 들썩거려 달래며,

"그름 노친네 또 얻어오소고레."

하고 속으로 웃었다.

　재동영감은 그저 굽은 등으로 구석에 가 삽을 잡았다.

　"뭘 할래는 거요?"

　"또 최문이하려구. 내년엔 고구말 기껏 많이 심을란다."

　준근은 며칠 전 일이 생각켰다. 가래의 끈을 갈아매던 아버지가,

　"재동녕감네 최문이한 걸 우리가 했어야 할걸 원."

하자 어머니가,

　"그런 것 하게 어데 손이 자라가야디요."

하니까 아버지는,

　"그리게 말이디, 해만 노믄 모밀이랑 조 같은 것두 여간 잘 될
게 아닌데."

하였고,

　"고구마알두 여간 크게 달리디 않두만, 참 재동녕감 혼자서 수
태두 닐궜더라."

하고 어머니가 혼잣말처럼 하는 것을 아버지는,

　"뭐 나무 뿌리 같은 걸 들춰낼 게 있나 뭘 하나, 이제부터라두
우리가 최문이하디 원."

하며 일어서는데 준근이 자기가,

　"아니 그게 우리 선산 아니우, 너무 무덤 가까이꺼지 땅을 일궈
두 괜찮은지요."

했던 것이다.

　재동영감이 삽날로 자작나무에 친 거미줄을 걷어내고 삽을 어
깨에 메었다.

"고구마 몇 알만 주소고레."

"아직 알이 안 들었어."

"한 알만 캐보소고레."

"요게."

하고 재동영감은 손가락으로 명주의 볼을 찌르려다 말고 나직이,

"이따 해 딘 댐에 오간?"

하였다.

"망측해라. 밤에 뭐이 뵈나."

"그럼 뵈디 않구, 달두 있잖다. 낮에 캐믄 소문나서 안 돼. 벌써 캐 먹게 됐다구. 골라 캐믄야 먹을 만한 게 있잖디."

명주가 재동영감을 흘기는 시늉을 하며,

"다 캐게 됐을 텐데 뭐."

하였다.

재동영감은 그저 으흐흐 웃기만 하였다.

큰 구름덩이에서 떨어져 날아오던 작은 구름장의 짙었다 엷었다 하는 푸른 그늘이 준근을 덮었다. 준근은 명주의 검붉은 옆얼굴과 두꺼운 가슴에서 눈을 거두고 일어났다.

양지바른 산기슭에 널린 조상의 무덤 사이를 준근은 아무 느낌 없이 다만 재동영감과 명주의 눈에 안 띄도록만 빠른 걸음으로 지나갔다. 무덤과는 떨어진 왼쪽에 새로 일군 붉은 흙이 드러난 아래로 고구마 잎이 엉키어 덮여 있었다.

준근은 다시 아침에 갔던 마을 북쪽 산으로 가기로 하였다.

솔잎 위에 그냥 들이 퍼져 나갔다. 들 끝을 둘러싼 잿빛 산들이 푸른 하늘에 녹아들면서도 선명한 선을 나타내고 있었다.

준근은 소나무 그늘에 앉아서 솔가지에 가려지면서 고기비늘처럼 빛나는 냇물을 바라다보고 있었다. 앞 도토리나무 뒤에서 청년이 터덕거리고 올라오며,

"오늘은 이쪽으루 왔군요."

하고 준근에게 말을 건넸다.

"생각나는 대루 막 다니니까요."

청년은 준근이 다시 들 냇물 쪽으로 준 시선을 더듬어 따르다가,

"참 저기 저 산에나 올랐으면."

하였다.

준근은 자기가 산을 바라보고 있는 것으로 청년이 잘못 짐작한 것을 알고,

"저 냇물이 어느 산을 끼구 돌았을 것 같수?"

하며 그냥 굽이를 돌면서 끊어진 냇물을 눈으로 좇고 있었다.

"어디 냇줄기가 봬야 알지. 저기 저 제일 높은 산 아니우?"

"아니, 저기 그다음 나무가 무성한 산이라우."

"하긴 산은 나무가 많어야죠, 이 산처럼."

"올해는 가을이 빠를 게요. 벌써 저렇게 하늘이 높구 냇물이 막 차 뵈는 게."

준근은 일어서며 단장으로 자기에게 그늘을 던진 소나무를 때렸다. 출렁이며 산울림이 울렸다.

소나무며 도토리나무를 막 때리며 준근은 걸었다. 준근은 먼첫

것의 산울림이 울리기 전에 새로 나무를 때리려 하였다. 마지막
으로 준근은 소나무를 힘껏 때리고 빨리 걸었다. 그러나 몇 그루
나무를 지나치지 않아 산울림은 어느새 수많은 나무 사이를 헤집
고 울려왔다.

산 한옆 바위도 없는 작은 낭떠러지에 나섰다. 낭떠러지를 끼고
도는 도랑을 물총새가 물을 거슬러 날고 있었다.

따라오던 청년이,

"이 산두 좀더 높기만 했으면 괜찮을 텐데."

하며 마침 한 팔에 앉는 메뚜기를 잡아 뒷다리를 쥐었다.

"이 산두 옛날엔 괜찮게 높던 산이었을 게요. 나무가 별루 없었
을 때는…… 그게 사태에 아래루 밀리구 밀리구 해서 지금처럼
됐지. 내가 어려서 나무하러 다니게 돼서두 어느 핸가 사태가 난
적이 있지요. 우리가 지금 밟구 있는 땅이 맨 첨 이 산의 꼭대기
흙인지두 모르죠."

"이런 데서 봐서 그런지 얼굴빛이 좋군요."

"뭘요, 서울서처럼 핏 토하진 않았지만."

"나 같애선 이런 데 와서두 그늘에만 앉았지 말구 막 돌아다니
는 게 좋을 것 같은데요. 참 아까 지팽이루 나무를 때릴 때는 건
강한 사람이나 다름없습디다."

"그래요?"

"물론 집에서야 여간 걱정치 않을 테죠."

"집에서는 아들이 폐병쟁이란 걸 모른다우."

"모르다니요?"

"이곳서 내 병을 말한 건 노형에게뿐이오."

"고맙쉐다. 나한테만 내놓구 말하셨다니. 그러게 사실 나두 늘 털어놓구 말하지요."

"사실은 난 이런 산에 와서 누구와 만나지 않구 혼자 있구 싶었지요. 그래 날 멀리하라구 내 병을 알렸죠."

"그래두 난 안 무서워하니까요."

하고 청년은 큰 입으로 어허허 웃었다.

"언제 사태처럼 밀리어나갈지 모르는 생명이 무서울 턱이 없지요."

청년은 뭔가 생각난 듯이,

"아니요, 생명이란 이상한 겁디다."

하였다.

준근은 청년이 오늘은 무엇을 또 털어놓고 이야기하려는고 생각하면서 마침 청년의 손에 발 하나를 남기고 날아가는 메뚜기를 바라보고 있었다.

"애 밴 아내의 배를 찬 적이 있어요."

"참 어찌 됐수?"

"막 공중거리루 넘어지는데 결김에 차놓구두 겁이 나둔요."

"아니, 부인과 헤진다든 거 말요?"

"거야 가을 전으룬 꼭 결판을 낼 생각이죠."

하고 다물면 길어지는 입을 한 번 꽉 다물고 난 청년은,

"그러구 쓰러져 배를 안구 낑낑거리며 돌아가는 게 또 어떻게나 미운지 그걸 또 내리짚었지요, 그랬더니 그년의 소리가 뱃속

의 애야 무슨 죄가 있느냐는 거예요, 그리구 쓰러진 채 쳐다보는 눈이 어떻게나 빛나던지, 여태 면바루 얼굴을 쳐들지두 못하던 게."

하고 이번에는 두꺼운 눈꺼풀 속에서 눈을 빛내었다.

"그게 어머니라는 걸 게요."

"글쎄요. 그래 낙태나 해버렸으면 했는데, 사실은 속으루 낙태하면서 어미까지 즉사했으면 하구 여간 바란 게 아니죠. 그런데 그렇게 단단히 차였는데두 그냥 뱃속에 붙어 있더군요. 생명이란 참 이상합디다. 그러던 게 막상 애를 낳으니까 아내 그건 더 미워져가두 애 고놈은 밉지 않거든요."

준근이 청년과 그의 아내 사이가 애로 인해서 일없이 이어지기 쉽다고 생각하고 있는데 마을 쪽에서 낮닭이 울었다. 문득 준근은 밤에 명주가 고구마밭에 갈지도 모른다는 생각을 하며 봉오리만 단 들국화 가지를 마구 꺾었다.

초저녁에 마을에서는 밀짚 모닥불을 피우고 애들이 헌 짚세기를 하늘로 던지면 박쥐들이 짚세기를 따라 내려왔다.

검은 창호지에 난 조그만 구멍으로 별들이 새어들 뿐이었다. 어둠 속에서 준근은 미열이 나기 시작하였다. 준근은 어둠 속을 더듬어 남포알을 빼 볼에 가져다 대었다.

남포알이 준근의 열을 옮겨갔다. 한자리에서 사늘한 기운이 없어지면 준근은 남포알의 다른 면으로 돌리곤 하였다.

거리에서는 준근은 저녁이면 생기는 열을 찬 남숙의 뺨으로 옮기곤 하였다. 곧 남숙의 두 뺨이 준근의 열 오른 볼처럼 되면서 더 붉어지는 것이었다. 그리고 떼려는 준근의 볼에 다시 뺨을 가져다 비비는 남숙의 눈물이 준근의 볼과 입술을 적시는 것이었다.

준근의 눈물이 한 줄기 남포알에 흘러내렸다.

준근은 저도 모르게 행복자라는 말을 속으로 외며 남포알을 도로 끼웠다. 그리고 성냥을 그어 남포에 불을 켰다. 심지에서 냇내가 피어 나왔다.

까맣게 그을은 천장을 쳐다보며 준근은 어버이의 살림이라는 것을 느낀 듯하였다. 그러나 깊이 들이마셔보는 냇내는 곧 속을 흐릿하게 할 뿐이었다. 그러다가 준근은 천장까지 거의 올라 닿은 자기의 그림자가 남폿불 흔들거리는 것과 어긋나 별나게 쭈그러지는 것을 발견하자 일어나 창문을 열어젖혔다. 뜰 안에 슬슬 연기를 올리던 쑥불이 불길을 일으켰다. 장독대 옆의 해바라기와 장독이 달빛 속에서 더 분명히 제대로 나타났다. 외양간 홰에 오른 닭들이 날갯죽지 속에 꼬아 넣었던 대가리를 뽑아내어 허공에 몇 번 흔들어댔다.

준근이 나가 쑥불을 짓밟고는 그냥 솟는 연기 속을 지나 밖으로 나섰다.

어느새 준근은 이슬에 아랫도리를 적시며 선산 허리를 질러 건너고 있었다. 이슬 맺힌 풀 속에서 벌레가 끊임없이 울었다. 준근이 가까이 가는 데서만 벌레 소리가 끊기었다가 곧 다시 한층 높이 울곤 하였다.

무덤가에 이르렀다. 비스듬한 고구마밭이 검푸른 잎을 번뜩이고 있었다. 무덤 윗가를 다 지나고 난 준근은 고구마밭 속으로 앉은걸음을 치는 명주를 달빛 속에 찾아내자 옆 큰 소나무 뒤로 몸을 숨겼다.

명주는 고구마 포기를 고르지도 않고 손가락으로 덩굴 밑을 파내었다. 잠깐 새 굵고 잔 고구마알들이 패어 굴려났다.

명주가 고구마알을 급하게 치마폭에 담는데, 발 한끝에서 재동영감의 그림자가 일어섰다. 재동영감은 명주의 뒤로 가만가만 다가갔다.

치마폭에 고구마를 다 담은 명주가 일어섰다. 재동영감이 명주의 앞을 콱 막아섰다. 그리고 재동영감은 치마폭의 고구마알을 떨구면서 뒷걸음치는 명주의 팔을 잡았다.

"요년!"

재동영감의 입술이 달빛에 검게 움직였다.

명주가 팔을 빼려 했다. 그러자 재동영감의 검게 빛나는 혀가 어느새 길게 나와 명주의 뺨을 핥았다. 명주는 팔을 잡힌 채 한 걸음 물러났다.

"캐 논 거 다 주께."

하며 재동영감의 검고 긴 혀가 와 또 명주의 뺨을 핥고는 잡은 팔을 놓아주었다.

명주는 급히 고구마를 치마폭에 주워가지고 그곳을 뛰어나왔다.

명주의 발밑에서 벌레 소리만큼 무성한 이슬이 달빛을 머금고 사라졌다.

명주가 초막 앞 자작나무 옆을 지나는데 검은 그림자 하나가 나서며 앞을 막았다. 어둠 속에서도 극서가 분명했다.

명주는 놀라듯이 흠칫하였으나 곧,

"왜 이래!"

하며 극서의 옆을 빠져나갔다.

그러나 극서를 다 지나쳤다가 명주는 다시 돌아와 치마 속에서 고구마 몇 개를 꺼내어 극서에게 쥐어주고는 뛰기 시작하였다.

그제야 준근은 소나무 뒤에서 나오며 열과는 달리 만족한 웃음을 떠올렸다.

준근은 낮에 오조 도리깨질하는 옆에서 긴 막대를 들고 오지도 않은 닭쫓기를 하며 해바라기를 하고 있었다. 튀어나는 조알이며 향긋한 먼지 속으로 준근의 마음은 젖어들어가고 있었다. 그러나 도리깨가 내릴 적마다 주름 많은 얼굴이 흔들리면서 땀이 뿌려지는 아버지와 빈 막대를 들고 앉았는 자기와는 인연이 없는 것 같이만 느껴지면서 막대를 던지고 준근은 안뜰로 들어섰다.

작두가 외양간 기슭에 날을 젖힌 채로 있었다. 준근은 가 작두 끈을 쥐고 빈 작두를 찍어보았다. 한 다리로 서기가 중심이 잘 잡히지 않아 준근은 비틀거렸다. 준근이 썰 것이 없을까 하고 돌리는 눈에 단장이 띄었다.

단장을 작두날에 가져다 대고 무심코 외양간으로 고개를 돌리자 새김질하는 소와 눈이 마주쳤다. 준근은 곧 단장을 도로 빼내고 말았다.

준근은 이번에는 얼마나 바른 원을 그릴 수 있을까 하며 눈을 감고 단장 끝으로 땅을 그으면서 한 바퀴 돌았다. 어지러운 눈을 뜨니까 마지막이 처음 시작한 선 안으로 들어와 맞닿지 않은 원에는 어느새 두꺼비 한 마리가 뛰어들어와 있었다.

준근은 단장으로 두꺼비가 웅크린 앞 땅을 두들겼다. 그러나 두꺼비는 며가지¹를 히물거리기만 할 뿐 선 밖으로 뛰지는 않았다. 준근은 두꺼비의 잔등을 두들기기 시작하였다. 두들겨도 두꺼비는 뛸 염은 않고 부풀어 커지기만 하였다. 준근은 파리를 한번 잡아다줄 생각을 하였다.

외양간에서 쇠파리를 잡아가지고 오니까, 어느 틈에 두꺼비는 선을 나와 장독대 옆의 맨드라미 밑으로 가 웅크리고 있었다. 준근은 두꺼비 앞에 죽은 쇠파리를 떨구어주었다. 그러나 두꺼비는 그저 희멀건 며가지를 히물거리기만 하였다.

준근은 보지 않으면 먹을지 모른다는 생각에 물러나 돌아섰다.

어머니가 멍석을 끌어다 놓고 막대기로 털기 시작하였다. 준근도 가 단장으로 두들기기 시작하는데 어머니가,

"애 그만둬라."

하고는 준근의 얼굴을 들여다보며,

"너 어디 아픈 덴 없니?"

하였다.

"아뇨, 왜요?"

"뭐 먹구픈 건 없니?"

"아아뇨."

아버지가 들어와 멍석을 말기 시작하였다.

368

어머니가 준근과 아버지를 한꺼번에 쳐다보면서,

"너 이젠 다시 어데루 가디 않디?"

하였다.

아버지가 멍석을 안고 나가며,

"조상 산수 걱정은 말구 네 에미 애비나 딴 사람 손에 눈 깸기

우디 말아라."

하였다.

준근이 돌아보아도 두꺼비는 파리를 안 먹었다. 어머니가 혼잣

말처럼,

"명주두 이젠 다 컸든, 걔가 참한 색싯감야, 또 어띠 바즈런한

디."

하고는 다시 준근에게,

"너두 이젠 아들딸 낳야디 않니, 우린 또 늘 사나, 아바지두 명

주 칭찬한단다, 넌 어떻든? 이젠 우리두 밭뙈기나 있든 거 다 팔

구 며누리나 잘 만나야디, 명주가 바즈런하구 참한 색싯감야, 여

러 데서 말 있는가 부더라, 극서네두 벌써 언제부텀 조르게."

하며 흐린 눈으로 준근의 낯을 살폈다.

준근이 저도 깨닫지 못하고 갑자기,

"극선 암만해두 명주완 짝이 기울러요."

하고는 자기가 한 말에 놀랐다.

마당에서 아버지가 도리깨질하는 소리가 다시 들렸다.

준근은 또 두꺼비에게로 고개를 돌렸다. 두꺼비는 아직 쇠파리

를 먹지 않고 있었다. 그러나 마침 장독에서 날아온 파리 한 마리

가 두꺼비에게 가까이 왔는가 하는 순간 두꺼비는 잽싸게 파리를 입 안으로 말아들였다.

준근은 불현듯 개구리가 뛰는 들로 나가고 싶어졌다.

아직 끓는 햇볕을 등으로 받으며 준근은 수수밭 귀를 돌았다. 애들이 수수밭에서 깜부기 먹은 검은 입으로 나왔다.

준근이 수수밭 귀를 도니 밭둑에서 명주가 개구리를 잡아 메치고 있었다. 준근이 가까이 갔다. 준근을 보자 명주는 메친 개구리의 뒷다리를 찢지 않고 거의 찬 질경이 꿰미를 감추듯이 하며 비스듬히 돌아섰다.

"멕자구(개구리) 많아?"

명주의 발 옆에서 메친 개구리가 희끄무레한 배때기를 드러낸 대로 있다가 버둥거리기 시작하였다.

"애가 벌써 그런 걸 먹어?"

"예."

개구리가 종내 버둥거려 일어서 수풀 속으로 뛰어들었다.

준근은 명주의 검붉은 얼굴이며 두꺼운 가슴을 가까이 바라보았다. 그리고 그는 현기증이 날 것같이 느껴지면서 그곳을 떠났다. 준근이 채 수수밭을 돌기 전에 뒤에서 명주가 새로 잡은 개구리를 메치는 소리가 들렸다.

또 수수밭에서 입술이 깜부기로 검게 된 애가 뛰어나와 준근의 옆을 지나 앞 밭둑길 한가운데 두 애가 웅크리고 앉은 데로 가 끼여 앉았다. 가까이 갔다. 애들은 말똥구리 구멍을 둘러싸고 말똥구리가 기어나오기를 기다리고 있는 참이었다. 냇둑을 올라온 한 애가 물을 물고 와 구멍에 부었다. 그러나 말똥구리는 좀처럼 나오지 않았다.

물을 물어온 애가 먼저 준근을 쳐다보고 저리로 달아났다. 애들이 다 먼젓애의 뒤를 따라 달아났다. 그러나 애들은 또 말똥구리 구멍이라도 찾아내었는지 한곳에 둘러앉았다가 곧 냇가로 내려들갔다.

그제야 구멍에서 말똥구리가 뿔과 발에 진흙을 묻혀가지고 기어나왔다. 준근이 얼른 말똥구리를 잡아쥐었다.

냇가로 내려갔던 애들이 입에 물을 가득가득 물고 올라와 둘러앉았다.

준근은 속으로 침입자라는 말을 외며 애들의 옆을 지나면서 둘러앉은 가운데로 말똥구리를 떨구었다. 그리고 뒤도 안 돌아보고 빨리 냇둑을 내렸다.

냇둑 밑에는 극서가 소를 먹이고 있었다.

준근은 소 앞으로 가며,

"풀 무던히 바투 깎았군."

하였다.

극서가 쑥가지로 소 등의 파리를 날리며 긴 얼굴로,

"손이 바르다구 예서만 깎아가니껜요."

하였다.

"참 전에 나부터 예서 꼴 베댔지. 이젠 극서두 어른 다 됐군. 소처럼 튼튼해지구. 전에 나 혼자하구 극서랑 여럿하구 이 냇물에

서 물쌈해서 내가 이기군 했지? 이젠 반대루 극서 혼자한테 나 같
은 거 수십 명이 들어붙어두 어림없겠는데."

극서가 소 등에 앉은 등에를 쑥가지로 헛때렸다.

"그리구 참, 명주두 어른 다 되구, 더할 나위 없이 좋은 색싯감
이던데……"

하다가 준근은 자기의 부모가 명주와의 혼인말을 벌써 내어 그것
을 극서가 알고 있지나 않을까 하는 생각이 들자 소 등의 등에를
저도 모르게 손바닥으로 쳐 떨구고는 피 묻은 손을 들고 냇물로
가 담갔다.

준근은 등에의 피가 다 씻긴 손을 그냥 물에 담근 채 이 굽이가
산에서 내려다보인 굽이 가운데 어느 굽이일까 하며 고개를 산
쪽으로 돌렸다. 산에는 검푸른 나무들이 빽빽이 들어서 있어 준
근이 가곤 하는 자리조차 쉬 어림잡을 수 없었다.

준근은 큰 참개구리로만 거의 찬 버드나무 꿰미를 들고 청년의
뒤를 따르고 있었다. 뒷다리를 찢겨 내장이 나온 개구리를 피해
걷기에 준근은 애썼다.

새로 개구리 뒷다리를 찢어낸 청년은,

"개구리 뒷다린 이렇게 단번에 찢어내야지 못 써요. 살에 피가
뭉치니깐."

하고 아직 히물히물 경련을 일으키는 개구리 뒷다리를 준근에게
내주었다.

"이젠 그만하지요."

"좀더 잡어야지 고까짓 거 먹을 나위 있수?"

하며 청년은 다시 발로 풀숲을 헤치기 시작하였다.

참개구리를 골라잡아 메친 후 대가리를 짓밟은 청년의 훌렁 걷
어올린 다리로 준근의 시선이 또 갔다. 이상한 다리였다. 무릎 위
가 긴 데 비해 아래가 무척 짧은 청년의 다리는 종아리와 발목의
구별이 없이 그저 굵게 밋밋하였다. 청년은 지금도 그런 다리로
상체만 남아 아가리를 벌리곤 하는 개구리를 풀 속에 차 넣는 것
이었다. 준근이,

"한번 귀 먹구 또 합시다."

하니까 그제야 청년은,

"그럴까요."

하며 새로 찢은 개구리 뒷다리를 쥔 손등으로 이마의 땀을 씻어
내었다. 뒷다리의 한끝이 청년의 이마에 닿으면서 피를 묻혀놓았
다. 그러나 청년은 깨닫지 못한 듯이 이번에는 마른 김풀을 줍기
시작하였다.

준근도 내장 나온 개구리를 밟지 않도록 하며 김풀을 주웠다.
마른 김풀에서는 풀냄새보다도 흙냄새에 섞여 도리깨에 맞아 떨
어지던 조알의 냄새가 풍겼다.

새로 김풀을 쥐려던 준근이 놀라 뒤로 물러나고 말았다. 내장을
뒤에 달고 있는 개구리가 김풀 속에서 기어나오고 있었다. 다음
순간 준근은 생에 대한 어떤 더러운 미련을 암시나 받은 듯이 느
껴지면서 기어나오는 개구리를 힘껏 풀 속에 차 넣었다. 준근은
다음부터 김풀은 안 줍고 그런 내장을 뒤에 단 개구리만 풀 속으

로 차 넣기 시작하였다.

청년이 벌써 길 옆에 꼬챙이로 얼거리를 해놓고 김풀에 성냥을 그어대고 있었다.

준근이 누런 김풀 연기 속에 꿰미를 올려놓았다.

좀 있다 청년이 꿰미를 뒤집어놓으며,

"참 맛있는 냄새 나눈."

하였다.

준근은 진을 내면서 검붉게 변하는 개구리 뒷다리를 지켜보다가 치미는 구역질을 참으며 고개를 돌렸다.

"사실 맛두 좋지요. 자 이젠 익은 걸루 골라 드시우."

"어디 먹힐 것 같지 않군요."

"아아니 왜 그러우. 먼저 귀 먹자구 끌구 오더니."

"어려선 참 잘 먹었는데."

청년은 하나 꺼내어 재도 안 불고 살을 뜯으며,

"먹어만 봐요, 맛이 어떤가, 참 소화가 안 될까 봐 그러우?"

하였다.

"소화두 잘 안 되지요."

"미리 겁내면 안 돼요. 막 먹어야지, 난 돌이라두 먹으면 색이 겠습디다."

준근이 그중 많이 탄 것을 하나 골라 불 속에 더 깊이 파묻었다.

"아니 그렇게 타면 맛있나요 원, 참 이리루 이사오기 전 동리엔 무척 개구리가 많아서요, 애들이 고기잽이는 않구 개구리만 잡아 구워들 먹지요, 지금 동리두 아주 이런 데서 보면 무던해요, 포플라나무가 우거진 게."

하고 마을 쪽으로 눈을 준 채로 청년은 갑자기 생각난 듯이,

"아 참, 오늘 장인이 오마 한 날이군."

하고 걷었던 바짓가랑이를 내리며,

"글쎄 장몬가 뭔가는 내 다리가 언제부터 이렇게 밋밋하냐구
아주 병신처럼 여기지 않겠수 글쎄, 이렇다구 남처럼 뛰질 못하
나 뭘 하나, 자기네 딸 병신인 줄은 모르구, 글쎄 배꼽 오른켠 위
에 적지 않게 달걀만 한 혹이 있어요, 그게 글쎄 좀만 세게 다쳐
두 막 아파 못 견디겠다는군요, 애 낳기 전에 그거의 배를 찼을
때두 사실은 그걸 겨누구 찼지요, 그땐 저두 죽어왔을 게요, 그게
병신 아니구 뭐요, 또 장인이란 게 맥힌 영감이 돼놔서 덮어놓구
살아 달라누만요, 자 그럼 용서하슈."

하고는 뛰는 걸음으로 곧 수수밭 새로 사라졌다.

수수밭에 달린 조밭 한끝에서 명주의 머리와 소의 등이 움직이
고 있었다.

갑자기 쇠뿔이 놀란 듯 조밭 위를 찌르더니 반뜀질을 시작하
였다.

조밭을 돈 곳에서 준근이 소를 쫓아가기 시작하였다.

뒤 수수밭 귀에서 극서가 뛰어나왔다.

극서가 준근을 따라 지났다. 준근이 다시 극서를 따라 지났는가
하자 그만 쓰러지고 말았다. 뒤이어 극서와 명주가 준근을 지나
쳤다. 준근은 구역질과 함께 피 섞인 가래를 돋구어 뱉아내었다.
준근이 쓰러진 앞에 벋어나온 뱀딸기 줄기의 열매가 피보다도 더

붉게 달려 있었다.

마을에서는 풋병아리 울음이 여물어갔다.

맨드라미 옆의 봉숭아는 꽃이라고는 다 지고 앉은 씨만이 햇볕
에 여물어 혼자 튀어나고 있었다.

아직 개가 응달을 찾아 엎디어 있었다. 닭들도 그늘을 찾아 걷
다가 개가 조용히 꼬리만 저어도 목을 오쫄거리며 달아났다.

준근은 문턱에 앉아서 남포알을 닦고 있었다.

뜰 한구석 응달에서 아버지가 재동영감에게,

"자우간 내년부턴 우리가 최묻이해 심으야 하겠쉐다."

하였다.

"글쎄 내년부턴 조를 심던 고구말 심던 반작이면 반작, 지덩(도
지)이면 지덩으루 하디요."

"반작이야 올부터 하야디요."

"올해는 고구마 종자가 늦었는디 잘 되디 않았이요."

"난 오죽하면 내 손으루 선산 닐궈 먹갔다구 하갔소."

"난 또 고구마루밖에 겨울 날 게 없는데요."

"좌우간 그렇게 알소."

하고 아버지가 땅에 담뱃대를 털었다.

재동영감이,

"걸루두 겨울 날디 말디 한데요."

하고는 밖으로 나가며 혼잣말로,

"안 돼!"

하며 머리를 옆으로 세게 저었다.

튀어나는 봉숭아씨에 맞아 다른 씨가 또 튀어났다.

준근은 남포알을 끼우고 단장을 끌고 재동영감을 쫓아나섰다.

재동영감의 굽은 등이 미루나무 밑을 돌아가는 참이었다. 미루나무 속에서는 청개구리가 울었다. 바람에 미루나무 잎사귀들이 완연히 빗소리를 내고 있었다.

미루나무 밑을 돌아 준근은 산 밑 가까이 간 재동영감을 빨리 따르고 나서,

"벌써 고구마 캐 먹게 됐드군요."

하였다.

재동영감은 준근에게 고개를 돌린 채 턱을 떨기만 하였다.

"내일이라두 다 캐서 노누구 맙세다."

하고 막 소리를 내어 웃으려던 준근의 입은 경련을 일으켜 일그러지고 말았다.

재동영감은 초막 가까이로 가며 겨우 들리게,

"올 고구만 안 돼."

하고는 머리를 옆으로 젓는 것처럼 하였으나 턱을 떠는 것과 분간할 수 없었다.

준근이 섰는 위의 하늘은 밑바람과는 반대로 구름이 날면서 차라리 날씨가 흐려간다느니보다는 개는 것처럼 보였다.

준근은 또 미열이 나기 시작하였다.

준근은 어둠 속에서 손을 촉각처럼 더듬어 성냥을 주워 그었다.

남포알에 성냥불이 먼저 가 비치었다. 남포 아래서 귀뚜라미 한 마리가 튀어났다. 준근은 귀뚜라미의 뵈지 않는 촉각에서 가을을 느낀 듯하였다.

밖에서 썰렁한 바람이 불며 지나갔다.

준근은 거리에서 남숙이가 밖에 내리는 봄비 소리를 듣다가,

"참말 시굴루 가세요? 가신대두 가을이 잡히기 전에 올라오세요."

한 말에 자기는 그냥 빗소리만 듣고 있었고 다시 남숙이,

"시굴 공기는 맑구 좋겠지만 역시 준근씬 제 옆에 계셔야 해요."

하였을 때 비바람이 세차게 들이쳤다. 남숙이 다가앉으며,

"왜 잠자쿠만 계세요?"

한 말에 자기는 그저,

"시굴 가선 아무래두 부모에게 내가 폐병쟁이란 걸 알리지 않는 편이 좋을 것 같군."

하였을 뿐이고, 비에 섞인 바람 소리가 멀리로 불려가자 남숙은 나직이,

"그새 제가 어디 갔었느냐구 왜 안 묻는 거예요?"

하는 것을 자기가,

"건강한 사람의 행동을 낱낱이 참견해 뭣 하게."

하니까 남숙이,

"병원에 갔었어요, 언젠가 준근씨가 우리는 우리 대에서 마지막이 되는 게 옳다구 그랬죠? 피임 조절을 했어요."

하는 것을 자기는 또,

"남숙이까지 그렇게 자기 학대를 할 필요가 어디 있어?"

하였고 남숙이 나중에,

"가을에는 꼭 오셔야 해요. 이젠 더 준근씨의 고향을 물어 알려구두 않을 테에요."

손가락 끝에서 성냥개비가 타들다가 꺼진 것도 깨닫지 못하고 있었다.

다시 준근이 성냥을 긋고 벽에 꺾이어 움직이는 그림자를 발견하자 성냥개비를 내던지며 일어서 밖으로 나섰다.

준근은 무덤 사이를 질러 건너기 시작하였다. 그러다가 그는 서편에 기운 어슴푸레한 달빛 속에 산허리를 내려오는 극서를 발견하고 서고 말았다. 그리고 극서가 향한 고구마밭머리 그늘진 속에 섰는 명주를 겨우 알아볼 수 있었다.

벌레만이 한층 높게 울었다.

극서가 명주의 어깨를 가 끌어 돌렸다. 명주의 손에서 빈 바구니가 떨어져 비스듬한 비탈의 희미한 어둠 속으로 굴러내리다 멎었다.

명주가 오른손으로 앞 수수밭머리를 가리켰다. 수수밭머리 어둑한 달 그늘 속에 재동영감의 굽은 등이 짐을 잔뜩 지고 막 돌고 있었다.

준근은 무덤 사이에 선 채 그제야 알 수 있을 만하게 헝클어진 고구마밭과 거기 나란히 섰는 명주와 극서에게로 눈을 돌리며 아름다운 풍경이나 대한 듯이 비 머금은 바람을 맞으면서 얼굴 전체에 만족한 웃음을 떠올렸다.

대낮에 성긴 소나기가 극서네 놓여난 소보다 앞서 먼저 마을로 들어갔다.

비 온 뒤라 골짜기물이 풀포기 밑과 돌자갈 사이를 지나 웅덩이에 괴기도 하였다. 돌자갈에 돋은 이끼가 물 속에서 무슨 물벌레처럼 움직이고 있었다.

준근이 일어서니 준근의 얼굴이 비치었던 웅덩이 가득히 흰 구름이 와 담겼다.

청년이 웅덩이를 건너뛰고 나서,

"예서가 마을두 그중 아름답게 뵈드군요, 저기 들이랑 냇물이 내려다뵈는 곳보다는."

하였다.

"계절의 탓두 있지요. 아직 나무들이 낙엽지지 않은 탓두 있지요."

"참, 포플라나무랑 다 낙엽지면 황량스럽기 쉽겠군."

산기슭 잔 솔포기 아래서 꿩 한 마리가 기어나 퍼그나 떨어진 다른 솔포기 밑으로 가 박혔다. 청년이 돌을 집어들고 허리를 굽히고는 조심히 가까이 갔다. 꿩이 솔포기에서 나와 산 속으로 기어 올라갔다. 청년의 무릎 아래 마디 짧은 다리가 꿩을 쫓아 사라졌다.

돌이 나무에 부딪는 소리와 산울림이 울려왔다.

돌아온 청년이 손등으로 이마의 땀을 훔치며,

"꼭 솔포기에 박혔는데 없거든, 거 참 분하다."

하였다.

"왜 날진 않죠?"

"아마 멋에 맞거나 물린 놈이에요. 거 참 분한데."

"하여간 꿩과 함께 뛸 수 있다는 것만두 좋잖수? 난 또 혈담을 토했지요."

"아니, 과하진 않았수?"

"뭣보담두 잠을 못 자서요."

"나는 그저 눕기만 하면 자지요."

"이제부터 길어질 밤이 무섭기만 해요."

하며 준근이 들국화에로 손을 내밀었다. 그러나 들국화는 꺾이기 전에 꽃잎을 거의 다 떨구고 말았다.

청년이 소나무 밑에 놓인 돌을 걷어차며 혼잣말로,

"멋 할려구 나무 밑둥이마다 이렇게 돌멩이를 모아놓았을까."

하였다.

"늦가을에 송충이가 내려와 백이라구 놓은 겁니다. 나두 어렸을 땐 이런 돌을 주워다놓기두 해봤지요. 또 겨울에 나무하러 왔다가 추워 불을 놓게 되면 으레 이런 돌을 치우구 송충이 위에 놓군 했지요. 그러다가 불이 퍼지면 솔가질 꺾어다 쳐서 끄다 못해 나중에는 불 위에 뒹굴어 끄군 했지요. 머리칼이랑 눈썹이 막 누린내가 나게 타지는 것두 모르구. 그때 내가 송충이 위에 불 놓아

준 나무가 지금은 막 이렇게 컸어요. 그새 찍히운 나무두 많은 게
요만. 난 이런 돌을 소나무 밑에 놓군 했을 때가 제일 건강했지
요."

청년이,

"이런 나무는 기둥감 넉넉할 것 같군."

하고 나무줄기를 어루만졌다.

"그래 난 올겨울은 황량한 마을에서 이곳 푸른 소나무를 바라
보면서 지낼 생각이지요."

나무그늘 속에서 명주가 난데없이 옆 소나무 뒤로 숨었다. 나무
밖에 나온 짧은 댕기를 명주의 손만이 나와 당겨갔다.

청년이 돌을 하나 집었다.

준근은 청년이 돌로 명주가 숨은 나무를 때릴 것을 알며 무심코
옆의 나무를 단장으로 때리기 시작하였다.

그러나 준근이 단장으로 나무 때리는 소리보다 더 큰 소리와 함
께 거기 튀어나는 돌부스러기에 준근은 놀라고 말았다.

청년이 혼자,

"정통으루 맞눈."

하며 준근의 옆으로 다가서며,

"그애 꽤 쓰겠군요."

하고는 긴 입에 웃음을 퍼뜨렸다.

"애 먹일 메뚜기라두 잡으러 왔을 게요."

"난 무에나 숨김없이 털어놓구 말합니다만, 이런 좋은 일이 있
어서 혼자만 있구 싶어했군요."

하고 청년은 산울림이 울게 어허허 웃었다.

"오해하지 마슈. 저애에게는 벌써 극서라는 동네 소년이 정해져 있다우."

"사실 난 있는 대루 털어놓는 성밉니다만 요새두 이혼 문제루 처가에 갔다가 게서 묵게 되는 날은 아내와 부부관곌 합니다. 아마 이혼은 수삼 일 내루 결말이 날 게요만."

준근은 서울서 법학 공부를 한다는 이 청년을 새로이 쳐다보면서 두 토막으로 잘려도 하나하나 따로 살아나는 지렁이의 어느 토막인 듯도 하다는 생각을 하며 솔밭 속에서 잔디밭으로 나섰다.

청년은,

"내일부터 난 오잖어야겠군."

하고 크게 허허댔다.

준근은 개구리 구워 먹던 날 명주네 소가 놓여난 것을 극서와 함께 잡으러 쫓아가다가 결국 극서한테 지고 쓰러져 혈담을 토하고 말았다는 말을 할까 하다가 되는 대로,

"그렇게 내놓구 말해주니 고맙수, 사실 나두 숨김없이 말한다면 자꾸 저애에게 연정이 느껴져 못 견디겠수, 검붉은 볼이랑 두꺼운 가슴이랑 그걸 어떻게든 내 걸루 만들구 싶수, 내 건강한 애를 낳아줄 여자두 저애뿐이지요, 요새는 막 밤만 되면 저앨 억지루라두 멀리, 서울은 말구 어디 멀리 데리구 달아날까 하는 생각뿐이우."

하였다.

청년은 혼자 홍분하여 눈을 빛내었다.

준근은 참으로 오래간만에 소리를 내어 웃을 수가 있었다.

마을의 개 짖는 가까운 소리를 도리어 흐리게 들으며 등 뒤로 햇볕을 받고 준근은 들로 나갔다.

들은 거의 수수가 익어 있었다. 메뚜기가 수수밭에거나 밭둑에 거나 마구 날아다녔다.

시냇물은 더 맑게 더 차갑게 흐르고 있었다. 장포²잎 아래 감탕 흙에 게 허물이 잠잠히 엎드려 있었다. 붕어가 민첩하게 와 게 허물을 쪼았다. 그러나 게 허물은 가볍게 움직이고 나서는 그대로 감탕흙에 잠잠히 엎드렸다.

준근이 도로 밭 새로 돌아서는데 청년이 밭둑길을 분주히 걸어오며,

"산에 안 뵈시기에 어디 있나 했더니, 참 이젠 들이 좋을 겝니다, 날거리 잘하눈."

하였다.

"벌써 산은 추울 것 같애서요."

참새떼 한 무리가 밀려와 가을걷이한 조밭에 앉았다.

청년이 생각난 듯이,

"참 또 혼자 있구 싶어서 이리루 나온 게 아니우?"

하고 언제나같이 크게 어허허댔다.

준근이 산에서 혼자 있고 싶었다고 한 말을 명주와 몰래 만나려는 계획이나 있었던 줄로 알고 있는 청년이 이번에도 들에서 명

주와 남몰래 만나려는 것으로 알고 있음이 틀림없다고 생각하며 함께 따라 크게 웃으려던 것이 얼굴에 경련만 일으키고 말았다.

청년은 눈을 빛내며,

"그렇지 않어두 이제 혼자 있게 될 게요."

하였다.

오늘은 또 무슨 털어놀 이야기를 하려는고 하며 준근이,

"뭐 결말이라두 났수?"

하였다.

"오늘 안으루 다 끝장을 낼려구 합니다, 한데 글쎄 이혼은 하게 됐는데 우스꽝스럽게시리 그게 애와 떨어지지 못하겠다구 하면서 애 유모라두 되겠다는 거예요, 어림두 없지, 글쎄 여태껏 앨 그런 것한테 맽겨둔 것두 뭣한데 유모가 되겠다니 원, 어림두 없지."

하며 입을 길게 다물었다.

준근은 애로 인해서 청년과 청년의 아내의 사이가 무사해지기 쉽다던 추측이 여지없이 깨어짐을 도리어 유쾌하게 여기며,

"시원하겠수."

하였다.

청년은,

"참 오늘은 바빠서요, 용서합쇼, 아 참 이젠 그렇게 햇볕을 등으루만 쬐지 말구 앞으루 쬐시우."

하고 급하게 돌아섰다.

"고맙습니다."

곧 청년은 조밭에 그냥 남은 허수아비에 가려지곤 하면서 수수

밭을 돌았다.

허수아비 어깨에 산에서 날아오기도 하고 마을로 날아가기도 하는 참새와 메뚜기의 그림자가 무성하게 떨어지곤 하였다.

준근이 햇볕을 안고 눈을 감으면 참새며 메뚜기의 그림자가 자기를 겹겹이 둘러쌈을 느꼈다. 준근이 머리를 흔들었다. 그러니까 참새와 메뚜기의 그림자는 흰 눈이 되어 바람에 날리는 것이었다. 눈보라였다. 눈으로 어깨가 무거워 준근이 눈을 떴다.

높은 하늘과 햇볕이 준근의 어깨를 누르고 있었다. 준근은 그곳에 주저앉고 말았다.

옆 도랑에 괸 썩은 물에 날개가 째진 잠자리 한 마리가 꼬리를 담그면서 날았다.

준근은 조용히 잠자리의 꼬리가 지어놓은 썩은 물의 약한, 그리고 둔한 파문을 지켜보면서 거리의 남숙에게 다시 온전한 여인이 되라고 하리라는 결정을 지었다.

먼 조밭 속에도 허수아비가 서 있었다.

소나기

* 이 작품은 『신문학』(제4집, 1953. 3)에 처음 발표되었다. 여기서는 황순원 소설선
  『별』(문지스펙트럼 1-001, 문학과지성사, 1996)에 수록된 것을 텍스트로 삼는다.
1 별로 '別로'라는 한자어로 '별나게'라는 의미.

별

* 이 작품은 『인문평론』(1941. 2)에 처음 발표되었다. 여기서는 황순원 소설선 『별』
  (문지스펙트럼 1-001, 문학과지성사, 1996)에 수록된 것을 텍스트로 삼는다.
1 동복(同腹)누이 같은 어머니에게서 태어난 누이.
2 란도셀 주로 초등학교 아이들이 어깨에 메고 다니는 멜빵 가방.
3 장가락 가운뎃손가락.
4 숫한 '순박하고 어수룩하다'는 뜻이지만, 여기서는 '숫처녀' '숫보기' 등의 접두사
  적 의미와 같은 뜻으로 쓰인 말인 듯하다.

겨울 개나리

* 이 작품은 『현대문학』(1967. 8)에 처음 발표되었다. 여기서는 『탈/기타』(황순원
  문학전집 5, 문학과지성사, 1990)에 수록된 것을 텍스트로 삼는다.

산골 아이

* 이 작품은 『민성(民聲)』(1949. 7)에 처음 발표되었다. 여기서는 황순원 소설선 『별』(문지스펙트럼 1-001, 문학과지성사, 1996)에 수록된 것을 텍스트로 삼는다.

1 섬피 섬피나무. 그 껍질로 새끼를 엮는다.

2 당 장(場)의 사투리.

목넘이마을의 개

* 이 작품은 『개벽』(1948. 3)에 처음 발표되었다. 여기서는 『목넘이마을의 개/곡예사』(황순원 문학전집 2, 문학과지성사, 1992)에 수록된 것을 텍스트로 삼는다.

1 망판 매판의 북한어. 매판은 짚으로 둥글고 넓적하게 결어 만든 방석을 말한다.

2 구들널기한 냄새 볏짚이 썩으면서 나는 약간 고소하면서 퀴퀴한 냄새를 뜻하는 듯하다.

3 작답 토지를 개간하여 논을 만드는 일.

4 오조 갈을 해 들였다 일찍 익는 조를 수확했다는 의미.

황소들

* 이 작품은 단편집 『목넘이마을의 개』(육문사, 1948. 2)에 처음 수록되었다. 여기서는 『목넘이마을의 개/곡예사』(황순원 문학전집 2, 문학과지성사, 1992)에 수록된 것을 텍스트로 삼는다.

1 일간(日間) 일하는 집 또는 방을 일컬음.

2 사나나달 3, 4일이나 4, 5일.

3 치룽 싸리를 결어서 만든 뚜껑이 없는 그릇.

4 떵거칠어져 몹시 거칠어져 있었다는 의미의 강조어법.

집

* 이 작품은 단편집 『목넘이마을의 개』(육문사, 1948. 2)에 처음 수록되었다. 여기서는 황순원 소설선 『별』(문지스펙트럼 1-001, 문학과지성사, 1996)에 수록된 것을 텍스트로 삼는다.

1 부연 지붕에 덧얹은 짧고 네모난 서까래.

2 계량(繼糧) 한 해에 추수한 곡식으로 다음 해 추수할 때까지 양식을 이어가는 것.

3 기경머리 묵힌 땅을 농사지을 땅으로 갈아엎어야 할 시기.

4 일학 날마다 일정한 시간에 앓는 학질.

5 화라지 옆으로 길게 뻗어나간 나뭇가지.

사마귀

＊이 작품은 단편집『늪』(한성도서, 1940. 8)에 처음 수록되었다. 여기서는 황순원
소설선『별』(문지스펙트럼 1-001, 문학과지성사, 1996)에 수록된 것을 텍스트로
삼는다.

소리

＊이 작품은『현대문학』(1957. 5)에 처음 발표되었다. 여기서는『학/잃어버린 사람
들』(황순원 문학전집 3, 문학과지성사, 1991)에 수록된 것을 텍스트로 삼는다.

1 된비알 몹시 험한 비탈.

2 봉창 벌충하다, 혹은 되갚다는 의미.

3 헤실 손실의 사투리.

4 바르다 부족하다나 인색하다는 뜻으로 자손이 귀하다는 의미.

5 쓴외 맛이 쓴 참외.

6 풀낏 얼핏, 살짝.

7 튀 잡은 짐승을 끓는 물에 잠깐 담갔다가 꺼내 털을 뽑는 일.

8 안는 닭 알을 품는 닭.

닭제

＊이 작품은『늪』(한성도서, 1940. 8)에 처음 수록되었다. 여기서는『늪/기러기』
(황순원 문학전집 1, 문학과지성사, 1992)에 수록된 것을 텍스트로 삼는다.

학

＊이 작품은『신천지』(1953. 5)에 처음 발표되었다. 여기서는『학/잃어버린 사람
들』(황순원 문학전집 3, 문학과지성사, 1991)에 수록된 것을 텍스트로 삼는다.

필묵장수

* 이 작품은 『현대문학』(1955. 6)에 처음 발표되었다. 여기서는 『학/잃어버린 사람들』(황순원 문학전집 3, 문학과지성사, 1991)에 수록된 것을 텍스트로 삼는다.

뿌리

* 이 작품은 『주간조선』(1975. 6)에 처음 발표되었다. 여기서는 황순원 소설선 『별』(문지스펙트럼 1-001, 문학과지성사, 1996)에 수록된 것을 텍스트로 삼는다.

1 마가을 늦가을.

내 고향 사람들

* 이 작품은 『현대문학』(1961. 3)에 처음 발표되었다. 여기서는 『너와 나만의 시간/내일』(황순원 문학전집 4, 문학과지성사, 1991)에 수록된 것을 텍스트로 삼는다.

1 연함(椽檻) 서까래 끝의 암키와를 받기 위해 평고대 위에 덧대는 나무.

2 기식엄엄한 호흡이 힘이 없어 끊어지려 하는 상태.

원색오뚝이

* 이 작품은 『현대문학』(1966. 1)에 처음 발표되었다. 여기서는 『탈/기타』(황순원 문학전집 5, 문학과지성사, 1990)에 수록된 것을 텍스트로 삼는다.

1 벙을다 '사이가 벌다'는 의미의 옛말.

2 다랭이 '바구니'라는 뜻의 평북 지방 사투리.

3 모말 곡식 따위를 되는 네모반듯한 말.

4 물력가게 집짓는 데 쓰는 돌, 기와, 흙 등의 재료를 파는 가게.

5 칸델라 함석으로 만든 호롱에 석유를 넣어 불을 켜 들고 다니는 등.

곡예사

* 이 작품은 『문예』(1952. 1)에 처음 발표되었다. 여기서는 황순원 소설선 『별』(문지스펙트럼 1-001, 문학과지성사, 1996)에 수록된 것을 텍스트로 삼는다.

1 편답 널리 돌아다님. 편력.

2 수삼차 여러 차례, 여러 번.

3 화양식(和洋式) 일본식과 양식이 절충된 스타일의 주택.

4 반닫이 앞의 위쪽 반만이 문짝으로 되어 있어 아래로 잦혀 열게 되어 있는 길고 네모난 궤.

5 동자 밥짓는 일.

독 짓는 늙은이

* 이 작품은 『문예』(1950. 4)에 처음 발표되었다. 여기서는 『늪/기러기』(황순원 문학전집 1, 문학과지성사, 1992)에 수록된 것을 텍스트로 삼는다.

1 조마구 조마귀의 사투리. 독의 몸을 늘일 때에 쓰는 방망이의 일종.

2 부채마치 조마귀와 같은 구실을 하는 방망이.

3 전 물건의 위쪽 가장자리가 조금 넓적하게 된 부분으로, 여기서는 독 입구의 넓적한 가장자리를 말한다.

황노인

* 이 작품은 『신천지』(1949. 9)에 처음 발표되었다. 여기서는 『늪/기러기』(황순원 문학전집 1, 문학과지성사, 1992)에 수록된 것을 텍스트로 삼는다.

1 작숙 고모부(혹은 이모부)를 일컫는 평안도 방언.

늪

* 이 작품은 단편집 『늪』(한성도서, 1940. 8)에 처음 수록되었다. 여기서는 『늪/기러기』(황순원 문학전집 1, 문학과지성사, 1992)에 수록된 것을 텍스트로 삼는다.

허수아비

* 이 작품은 단편집 『늪』(한성도서, 1940. 8)에 처음 수록되었다. 여기서는 『늪/기러기』(황순원 문학전집 1, 문학과지성사, 1992)에 수록된 것을 텍스트로 삼는다.

1 며가지 모가지의 충청도 방언.

2 장포 창포.

황순원 문학의 다면성

박혜경

1. 황순원 문학의 전반적 특성

대한민국에서 정규 교육을 받은 사람이라면 황순원의 「소나기」를 모르는 사람은 없을 것이고, 그들에게 황순원은 대부분 서정성이 풍부한 깔끔하고 순수한 이야기를 들려주는 작가의 이미지로 각인되어 있을 것이다. 「소나기」를 비롯해서 「별」「학」「목넘이마을의 개」 등, 학창 시절 우리가 국어, 혹은 문학 교과서를 통해 접할 수 있는 황순원의 작품들은 대체로 작가에 대한 이 같은 대중적 통념에 부합하는 특성들을 공유하고 있다. 한국 산문 문체의 모범으로 평가되는 소설 문장의 탁월한 미학적 완결성이나 좀처럼 감정의 과도한 흐름에 휩쓸리지 않는 엄격한 지적 절제와 미학적 균형은 황순원의 작품들이 지닌 전반적인 특성이라 할 수 있다. 이 때문에 그의 작품들은 사건의 극적이고 역동적인 전개 과정에서 비롯되는 서사적 재미보다 마치 한 편의 수채화를 접하는 듯한 정적이고 아스라한 서정적 울림을 자아내는 것으로 알려져 있다.

황순원 문학의 이러한 특징은 서사 전개 면에서 사실주의적 세부 묘사를 과감하게 생략하는 대신, 그것을 비유적이거나 암시적인 이미지로 깔끔하게 정제해냄으로써 간결하면서도 함축적인 표현 효과를 노리는 황순원 특유의 문체미학과 긴밀한 연관을 맺고 있다. 이른바 시적인 문체로 알려져 있는 황순원의 문체는 작중 상황에 대한 충실한 사실적 재현보다 표현 대상의 특정한 이미지를 좀더 선명하게 부각시키는 압축과 생략의 기법에 탁월한 능력을 발휘하며, 그 때문에 독자들의 정서적 감응력에 더 강하게 호소해오는 특성을 지니게 되는 것이다. 황순원의 작품들 속에 담겨진 이야기들이 대체로 역사적 현실과 무관하거나 그로부터 일정한 거리를 둔 이야기라는 것, 그리하여 그의 작품들은 시대성이나 사회성과 연관된 삶의 종합적인 국면 대신에 시적인 문체로 정갈하게 걸러진 단편적인 희로애락의 세계를 주로 다루고 있다는 일반적인 평가도 그의 문학의 이러한 특성과 일정한 관련이 있을 것이다. 확실히 황순원의 작품들 속에는 일상화된 삶의 현장과 끊임없이 거리를 취하려는 욕망, 일상적 삶의 자질구레한 사실주의적 디테일과 감정의 군더더기들을 제거하고 그 자리를 시적인 이미지로 채워 넣으려는 미학적 욕망이 내재해 있다. 이러한 욕망은 그의 문학을 관류하는 삶의 순수성이나 아름다움을 향한 강한 욕구와 통해 있으며, 그의 문학 전반에서 드러나는 특유의 결벽주의적 태도 역시 황순원 문학에 대한 대중적인 이미지 형성에 깊은 영향을 미쳤다고 할 수 있다.

그러나 미학적 순수성이나 역사성 부재 등과 같은 통념화된 선입견으로 황순원의 문학 세계를 단번에 규정지으려 하는 것은, 그것이 전혀 근거 없는 선입견은 아니라고 해도, 다분히 일방적이고 편향된 평가라 아니할 수 없다. 황순원의 문학 세계 전반을 꼼꼼히 살펴본 사람이라면 황순원의 작품 세계가 의외로 매우 광범위하고 변화무쌍한 양상들을 지니고 있음에 놀랄 것이다. 처음으로 시를 쓰기 시작한 16세부터 86세의 나이로 타계하기까지 오로지 문학에만 자신의 전 생애를 투여했던 작가의 투철한 장인의식은 작품 하나하나의 완결성을 지향하는 노력 못지않게 단일한 문학적 경향에 안주하지 않음으로써 꾸준히 자기 문학의 폭을 넓혀가려는 지속적인 시도를 보여주고 있기 때문이다. 그 때문에 황순원의 작품들을 통독하는 과정에서 우리가 경험하게 되는 신선한 놀라움은 계속해서 그의 문학에 대한 우리의 고정된 이미지를 수정할 것을 요구한다.

2. 입사담적인 성격의 소설들

이 선집은 황순원의 작품들 가운데 대중적으로 많이 알려진 편이면서도, 황순원 문학 세계 전반의 다양한 면모를 비교적 잘 보여주고 있다고 판단되는 작품들로 구성해보았다. 「소나기」 「별」

「산골 아이」「황소들」「닭제」 등이 입사담(initiation story)적 성격의 작품이라고 한다면,「목넘이마을의 개」「집」「학」 등의 작품은 많든 적든 특정한 시대적 배경과의 관련성을 더욱 두드러지게 나타내고 있는 작품들이다. 또 「늪」이나 「허수아비」 등은 작중인물의 내면 묘사가 두드러지는 황순원 초기 단편들의 특징을 잘 보여주고 있는 작품들이고,「황노인」「내 고향 사람들」「곡예사」 등의 작품들은 자신의 경험적 사실에서 즐겨 작품의 소재를 취하곤 하는 작가의 특성이 잘 드러나 있는 작품들이다. 물론 이러한 분류는 또 다른 분류와 겹치거나 더 작은 분류로 세분화될 수 있는 것이고, 이 역시 그만큼 황순원의 문학이 한마디로 규정될 수 없는 다채롭고 입체적인 특성을 지니고 있음을 말해주는 것이다. 한 예로 입사담적인 성격을 보여주는 것으로 분류된 작품들만 해도, 각 작품들 사이에는 공통점만큼이나 단일한 분류 기준으로 통합되지 않는 이질적인 요소들이 혼재해 있다.

먼저 가장 널리 알려져 있는 「소나기」의 경우를 살펴보기로 하자. 현행 중학교 국어 교과서에 실려 있는 이 작품에 대한 기존 참고서들의 해설을 보면, 작품의 주제를 대부분 '소년과 소녀의 순수한 사랑'이라는 식으로 규정하면서, '소년과 소녀의 순수한 사랑과 소녀의 죽음을 서정시 같은 보편적 정감의 세계로 묘사함으로써 성적 성숙의 단계로 넘어가는 사춘기 시절의 정서적 경험에 부합하는 내용을 다루는 작품'으로 서술하고 있다. 그러나 일견 단순해 보이는 이 작품 속에는 어린아이들의 순수한 사랑이라는 의미 이상의 깊은 의미가 담겨 있는 것으로 보인다. 이 작품의 입사담적인 성격은 소년이 살고 있는 농촌 마을에 '바깥 세계'에서 온 소녀가 출현하는 사건에서 시작된다. 햇볕에 검게 탄 소년의 구릿빛 얼굴과 뚜렷한 대조를 이루는 소녀의 마냥 희기만 한 팔과 목덜미는 소년의 마음을 단번에 빼앗게 되고, 소년은 개울물 위에 비친 자신의 얼굴을 보고 처음으로 '싫다'는 생각을 한다. 소녀가 소년의 마음속에 불러일으킨 파문은 바로 자신이 가지지 못한 것에 대한 자각과 동경인 셈이다. 그러나 분홍 스웨터를 입은 '마냥 희기만 한' 소녀는 또한 병약한 아이이기도 하다. 갑자기 소나기가 내리던 날, 비좁은 수숫단 속에 앉아 비를 피하면서 소년과 소녀는 급속히 가까워지게 되지만, 그 소나기는 또한 원래 병약했던 소녀의 병을 덧나게 해서 소녀의 죽음을 앞당기는 원인이 되기도 한다. 소나기는 바로 소년에게 소녀와의 만남과 이별이라는 성장의 두 계기를 마련해주게 되는 것이다. 소녀와의 만남을 통해 낯선 세계에 대한 동경과 좋아하는 사람의 죽음이라는, 그때까지 경험해보지 못한 삶의 비밀을 체험한 소년은 이미 그러한 일들을 겪기 이전의 철모르는 어린아이일 수는 없을 것이다. 작품에 언급되어 있지는 않지만, 이런 의미에서 우리는 소녀의 죽음 이후 소년이 아마도 조금은 우울한, 그러나 더 깊고 찬찬한 눈빛을 지닌 아이로 성장했을 것이라는 짐작을 해볼 수 있다.

이와 더불어 이 작품에서 작중인물들이 특정한 고유명사 대신 미성년기의 아이들을 지칭하는 소년, 소녀라는 일반화된 명칭으로 불려지고 있다는 점, 그리고 작품의 전체적인 서술이 접속어나 부사, 형용사의 사용을 억제하면서 전체적으로 간결한 단문장들의 연속으로 이루어져 있다거나 장면 묘사가 두드러지는 양상을 보여주고 있는 점 또한 작품 전체의 분위기를 아이들의 눈높이에 맞추는 문체적 효과와 더불어 서사적 상황의 생생한 현장감보다는 시적인 서정성이 두드러지는 미학적 효과에 기여하고 있다. 장면 묘사가 눈에 비친 그대로 사물을 인식하는 아이들의 인식적 특성을 반영하고 있다면, 단문장들은 아직까지 복합적인 사유의 능력을 지니지 못한 아이들의 순진하고 미성숙한, 그러면서도 때묻지 않은 내면 세계를 투영하는 것으로 볼 수 있다. 그러나 작품 속에서 햇볕에 그을린 소년의 구릿빛 얼굴과 창백하고 하얀 소녀의 얼굴이라는 대립적 이미지는 시골과 도시, 자연과 문명, 육체적 건강함과 허약함, 삶과 죽음이라는 다양한 의미의 대립항들로 전이될 수 있다. 그런 의미에서 이 작품 속에는 입사담적인 요소 이외에, '시골/자연/육체적 건강함/삶'으로 이어지는 항목과 '도시/문명/육체적 허약함/죽음'으로 연결되는 항목 사이의 대립을 통해 자연과 문명의 관계를 성찰하는 작가의 특정한 시각이 반영되어 있는 것으로도 해석할 수 있다.

같은 입사담적인 요소를 지니고 있는 작품이라고 해도 「별」의 경우는 이와 다른 특성을 보여준다. 이 작품에서 어린 소년의 의식을 사로잡고 있는 별처럼 아름다운 죽은 어머니의 이미지는 소년이 타인들과의 정상적인 관계 형성을 통해 성장기적 과정을 밟아나가는 데 일정한 심리적 장애 요인으로 작용한다. 소년은 죽은 어머니를 이상화하고, 현실에서 어머니의 역할을 대신하는 누이를 추한 존재로 인식함으로써, 모성의 세계에 고착된 심리적 편향성을 보여주게 되며, 따라서 죽은 어머니는 소년으로 하여금 타인들과의 적극적인 관계맺음을 통해 정상적인 내적 성장 과정을 밟아나가는 것을 방해하는, 아름답지만 동시에 불구성을 내포한 이미지로 작용하게 되는 것이다. 이런 의미에서 이 작품은 입사담의 형식을 취하면서도 실제로는 입사에 실패한 이야기를 들려주는 작품이라고 할 수 있다. 이에 비해「황소들」은 입사담의 전형적인 이야기 패턴에 부합하는 이야기를 들려준다.「별」의 소년이 모성적 세계와 자기동일시를 함으로써 입사의 과정에서 일정한 심리적 장애를 겪고 있다면,「황소들」의 바우는 아버지와 자기동일시를 함으로써 성공적인 입사의 과정을 밟아나간다. 작품은 해방 직후 농민 운동에 가담하는 아버지의 뒤를 몰래 따라가는 바우의 모습을 좇는 방식으로 서술되지만, 아버지가 가담한 농민 운동은 자체의 서사적 의미보다 이 작품이 지닌 입사담적 정황의 배경으로서만 작품의 후면에 그 희미한 모습을 드러낼 뿐이다. 바우는 역사적 질곡에 대항하는 아버지에 대한 정서적 유대감을 통해 아버지를 고통으로 몰아넣은 현실에 눈뜨게 되고, 그것은 아버지를 보호해야 한다는 강한 책임감과 더불어 스스로 아버지와 대등한 위치에 올라서려는 자기각성의 단계에 이르게 된다. 이처럼 바우가 아버지와 강한 연대감을 가짐으로써 스스로 '아버지 됨'의 인식에 도달해가는 과정은 모성의 세계에서 부성의 세계로 전이되는 입사담의 대체적인 성격과 일치하는 것이다.

「산골 아이」가 들려주는 두 개의 에피소드는 할머니가 어린 손자에게 들려주는 이야기나 호랑이와 싸워 손자를 구해낸 동네 할아버지의 이야기 등을 통해 윗세대에서 아랫세대로 전수되는 입사의 교훈을 들려준다. 그런데 이 작품에서 특징적인 면은 이러한 입사의 교훈이 세대와 세대를 잇는 공동체적인 삶의 기율과 긴밀하게 연결되어 있다는 점이다. 개인의 삶이 공동체적인 삶의 기율에 감싸여 있던 시대의 갈등 없는 입사 체험은 작품 전체의 설화적 분위기와 어우러져 인정(人情)에 기초한 삶의 훈훈한 온기를 발산한다. 그에 비해「닭제」는 단순히 부성적 세계로의 입사담이라고 규정짓기 어려운 독특한 샤머니즘적 요소를 지니고 있다. 늙은 수탉 한 마리를 키우던 소년은 그 수탉이 뱀으로 변해 제비 새끼를 잡아먹을 것이라는 생각으로 수탉을 죽인다. 그후 시름시름 원인 모를 병을 앓게 된 소년은 제비 새끼들이 완전히 하늘을 날 수 있게 된 어느 날 얼굴 가득 미소를 떠올리게 된다는 것이 이 작품의 대략적인 줄거리다. 여기에서 수탉의 죽음에서 제비 새끼의 비상에 이르는 과정은 소년이 자신의 유년기를 마감하는 제의적 죽음을 거쳐 새로운 세계로의 입사를 준비하는 재생의 상징적 과정으로 해석할 수 있다. 다시 말해 소년의 원인 모를 병은 죽음과 재생의 연결고리를 잇는 '상징적인 죽음'으로서의 의미를 지니는 것이다. 따라서 이 작품의 입사담적 요소는 미성년에서 성년에 이르는 과정 이전에, 죽음과 삶이라는 좀더 근본적인 문제와 연관된 제의적 성격을 강하게 드러낸다.

3. 모성의 세계

입사담적인 성격의 작품들도 그렇지만, 황순원의 작품들에는 어린아이들이 등장하는 소설들이 유난히 많다. 이러한 소설들에서 어린아이들이 보여주는 순진성의 세계는 문명에 오염되지 않은 원초적인 생명력에 대한 강한 믿음과 애착을 보여온 작가의 심리적 성향과 깊은 관련을 맺고 있다. 그러나 「사마귀」의 경우는 황순원의 작품에서 아이들의 세계가 「소나기」의 경우처럼 순수하고 사심 없는 긍정적 세계로만 인식되고 있지 않음을 보여주는 다소 특이한 유형의 작품이라고 할 수 있다. 작품 속에 담긴 병적이고 불구적인 어린아이들의 세계는 비정상적인 가족 관계에서 비롯되는 정신적 내상(內傷)과 연관된 것으로 암시되고, 그것은 작중인물들 사이의 철저한 소통 부재의 현실이라는 양상으로 나타난다. 그런데 여기에서 눈여겨보아야 할 것은 이러한 불구적인 어린아이들의 세계 이면에 불구적인 모성의 이미지가 드리워져 있다는 점이다. 이 작품이 그려 보여주는 아이들의 거칠고 위악적인 천진성의 세계는 결국 황폐하고 왜곡된 어른들의 세계를 거울처럼 투영하고 있는 것으로 볼 수 있다.

방금 불구적인 모성의 이미지에 대해 언급했지만, 모성의 세계는 기실 황순원의 문학 세계에서 가장 중요한 의미를 지니는 중심적인 모티프라고 할 수 있다. 「별」이나 「사마귀」 등의 작품에 나타난 부정적인 모성의 이미지와는 달리 황순원 문학의 주류적인 모성 이미지는 생명의 순수성을 훼손하고 파괴하는 현실과 맞서는, 아니 그 생명의 힘으로 생명을 파괴하는 현실까지도 끌어안으려고 하는 무조건적인 포용성으로 나타난다. 이러한 모성의 세계 안에는 생명은 본질적으로 선한 것이며, 그 생명의 선함은 어떠한 상황 속에서 지켜져야 하는 것이라는 작가의 생명에 대한 강한 윤리적 믿음이 담겨 있다. 이 책에 수록된 작품들 가운데는 「겨울 개나리」와 「목넘이마을의 개」「뿌리」「원색오뚝이」 등이 그러한 모성의 세계를 잘 보여주는 작품들이다. 어머니가 직접 작품 속의 작중인물로 등장하지 않는 경우에도 모성의 힘은 이들 작품의 전체적인 흐름을 이끄는 주도적인 테마를 이루고 있다. 그것은 이를테면 「겨울 개나리」에서는 생면부지의 환자를 헌신적으로 간호하는 힘으로, 「목넘이마을의 개」에서는 역사적 질곡을 넘어서는 놀라운 생산성의 능력으로, 「뿌리」에서는 죽은 아들을 보듬어 안음으로써 생명 파괴의 현실을 견디는 감동 어린 모성 본능으로 나타난다. 이러한 모성적 포용력은 비단 여성 인물들에게만 해당되는 것은 아니어서 「원색오뚝이」에 등장하는 윤노인 또한 작고 여린 생명에 대한 연민 어린 보살핌이라는 모성적 특질을 나누어 갖고 있다고 볼 수 있다.

4. 역사적 질곡에 대한 표현

「목넘이마을의 개」에서도 암시되는 것처럼, 황순원의 작품에서 모성의 세계는 종종 역사적인 질곡에 대한 문학적 대응으로서의 의미를 지닌다. 그러나 이처럼 모성의 힘에 의탁한 역사 인식의 방법은 역사가 몰고 온 부정적인 현실과 정면에서 대응하는 방식이라기보다 역사적 현실을 부정하면서도 그것을 감싸안는, 그럼으로써 역사의 힘에 파괴되고 훼손된 삶에 대한 어떤 윤리적인 치유의 가능성을 제시하려는 태도에 가깝다고 할 수 있다. 「목넘이마을의 개」는 버려진 개 흰둥이가 새끼를 낳는 장면을 통해 피폐한 일제 시대의 삶을 넘어서는 생명 외경의 경지를 보여주고 있고, 「소리」 또한 6·25전쟁에 참전했다 돌아온 후 망나니로 돌변한 덕구가 이제 막 부화하려는 달걀 속에서 오무작거리는 병아리를 보고, 전쟁터에서 겪은 공포와는 다른, "난생처음 맛보는 야릇한 두려움"이라는 생명 외경의 감동을 느끼는 장면을 그리고 있다. 생명을 파괴하는 전쟁과 부화하는 병아리로 상징되는 생명 탄생 사이의 선명한 대비는 역사적 현실에 대응하는 작가 특유의 문학적 태도를 잘 보여준다. 이들 작품에서 모성과 생명의 세계가 인간을 질곡으로 몰아넣는 역사적 현실과 정면으로 부딪치기보다 그 현실을 부정하면서 동시에 그 현실을 받아들이는 부정과 화해의 양가적 의미를 지니는 것이라면, 「학」은 두 작중인물이 공유했던 순수한 유년기의 체험을 되살리는 방식으로 역사적 질곡이 가져온 현실에 대한 화해의 발판을 마련한다.

이처럼 황순원의 작품에서 역사가 문제되는 것은 무엇보다도 그것이 생명이라는 본원적 가치와 대립하는 부정적 힘으로 인식되고 있기 때문이다. 이런 의미에서 역사가 '악'이라면 생명은 무조건적인 '선'이다. 이때 생명은 역사의 차원에 속한 개념이 아니라, 역사에 의해 훼손되기 이전의 삶의 본래성을 표상하는 일종의 초역사적인 개념이라고 할 수 있다. 그 때문에 황순원의 작품에서 역사와 생명의 대립은 종종 윤리적인 대립의 양상으로 나타나게 되고, 역사는 그 시대적 특수성이라는 차원에서 인식되기보다 생명을 파괴하는 보편적인 힘으로 균질화되는 양상을 보여주게 된다. 이것은 황순원의 문학이 역사에 대한 소극적인 대응을 보여준다거나, 더 나아가서 역사성이 부재한 세계를 그리고 있다는 비판을 불러오는 요인이 되기도 한다.

그러나 해방을 전후해서 씌어진 일련의 작품을 살펴보면, 역사성 부재라는 항간의 비판이 황순원 문학에 대한 일정한 편견이나 단견에서 비롯된 것이라는 지적에 공감하게 된다. 그 가운데서도 해방 이후의 현실 상황에 대한 분석이 가장 탁월하게 형상화된 작품으로 평가받는 「집」에 이르면 이러한 공감은 좀더 구체적인 근거를 갖게 된다. 해방 후의 토지 개혁을 배경으로 막동이네 집이 그들이 의식하지 못하는 사이에 마을의 새 지주인 전필수의 손으로 넘어가게 되는 과정을 그리고 있는 이 작품에서 작가는 토지 개혁을 둘러싼 여러 인물들의 욕망과 이해 관계가 엇갈리는 상황을 작가의 도덕적 판단을 배제한 엄정한 객관적 서술로 그려나감으로써 역사적 상황에 대한 사실주의적 접근 방식을 뚜렷하게 보여준다. 이 책에 수록된 작품 이외에도 비슷한 유형으로 묶을 수 있는 황순원의 작품들로 「노새」「술」「두꺼비」 등을 추가할 수 있는데, 이들 작품에서는 작중인물들을 둘러싸고 있는 시대적 상황의 무게가 좀더 사실적인 실감으로 부각되면서, 작품 전체가 황순원의 이전 작품들에서는 볼 수 없었던 서사적 생동감을 지니게 된다. 특히 이들 작품의 서술 과정에서 작가는 작중인물들을 작가가 긍정하는 인물과 부정하는 인물로 편 가르기를 하거나 작중 상황에 대한 작가적 논평과 해설 등을 끼워넣는 방식 대신에 작중 상황과 인물들에 대해 최대한 객관적이고 중립적인 관점을 취함으로써, 표면적으로는 대립적인 이해 관계 안에 놓여 있는 것으로 보이는 작중인물들 모두가 기실은 역사라는 부당한 힘의 지배 아래 놓인 존재들임을 보여준다. 다시 말해 이러한 관점을 통해 각 인물들의 개인적인 이해 다툼이나 생존을 위한 몸부림이 사실은 보이지 않는 역사의 거대한 힘의 조종을 받고 있는 것이라는 점이 더욱 효과적으로 드러나게 되는 것이다. 「집」의 경우에도 표면적으로는 전필수의 치밀한 계략이 막동이네 집을 삼켜버리는 것으로 설정되어 있지만, 그 일련의 과정은 기실 해방 이후에 전개된 독점자본주의로의 체제 변화와 긴밀하게 연관되어 있는 것이다.

5. 사라져가는 세계에 대한 그리움

황순원의 문학에서 역사에 대한 부정적인 인식은 때로 역사의 흐름을 좇지 못한 채 뒤처지는 사람들에 대한 우호적인 연민의 정서를 낳기도 한다. 「필묵장수」의 서노인이나 「내 고향 사람들」

의 김구장 등이 바로 그러한 인물들이다. 이들은 변화해가는 세
태에 적응하지 못한 채 사라져갈 운명에 놓여 있는 삶을 대변하
는 인물들로, 이들을 바라보는 작가의 시선 속에는 따스한 애정
에 감싸인 비애의 정조가 드리워져 있다. 이들 작품에서 작가는
개인적 욕망이나 이해타산을 좇는 세태를 따라 발 빠르게 변해가
는 사람들 틈에서 바보스러울 정도로 고지식하게 자신의 낡은 삶
의 방식을 고수하는 사람들에 대해 각별한 애정을 기울인다. 더
이상 필묵을 찾지 않는 세태에서도 필묵장수의 삶을 이어가는 서
노인의 순박하기 짝이 없는 삶이나 시대의 변화와 더불어 물샐틈
없는 양반의 법도를 좇아 살던 김구장의 삶 속에 스며들기 시작
한 쇠락의 기운을 바라보는 작가의 시선에는 세속적인 타산을 좇
는 근대적 삶과 더불어 몰락해가는 '옛것'에 대한 작가의 그리움
이 짙게 배어 있다. 이러한 사라져가는 순박함의 세계에 대한 그
리움은 잃어버린 고향에 대한 그리움과 통해 있다. 「내 고향 사람
들」 중의 한 구절에서 작가는 "내가 지금 생각하고 있는 고향은
이렇듯 옛투로 사진을 찍던 시절, 이런 노인네가 살던 곳"이라고
말하고 있다. 여기에서 작가가 생각하는 고향은 할아버지의 이름
으로 표상되는 옛것의 아우라가 은은히 배어 있는 세계다. 「황노
인」 역시 자신의 가계(家系)에 대한 자부심과 더불어 전통적인 할
아버지의 세계에 대한 작가의 심리적 경사가 잘 드러나 있는 작
품이다.

그러나 황순원의 작품에서 나타나는 전통적인 삶의 방식에 대
한 작가의 호의 어린 시선이 곧바로 우리의 유교 문화적 전통 자

체에 대한 조건 없는 긍정을 의미하는 것은 아니다. 전통적 세계
를 바라보는 작가의 우호적인 시선은 오히려 인간 본연의 자연스
러운 성정이 삶의 어떠한 제도적 규범보다 앞서는 것이라는 작가
의 인간주의적 관점에 바탕을 두고 있는 것이라고 할 수 있다. 이
처럼 인간의 자연스러운 성정이나 생명력을 억압하는 인위적이거
나 제도적인 힘들에 대한 부정은 황순원 문학에 나타나는 근대성
에 대한 비판적인 시선과도 통해 있다. 황순원 문학에서 근대적
인 삶의 변화란 무엇보다 끊임없이 이기적이고 타산적인 욕망들
을 만들어내면서 인간이 지닌 생명 본래의 도덕성과 건강성을 파
괴하거나 위협하는 세계로 변화함을 의미한다. 그런 의미에서
「늪」이나 「허수아비」 같은 초기의 단편들에 등장하는 남자 주인
공들이 속해 있는 세계 또한 근대성의 의미를 표상하는 세계라고
할 수 있다. 두 작품의 남자 주인공들은 모두 우직스러운 대신 사
색적이고 건강한 대신 병적이고 섬약한 체질을 드러내 보이는데,
특히 수시로 그들을 엄습하는 '떨림'이나 '현기증' 등의 심리적이
거나 육체적인 불균형 상태는 그대로 그들이 속해 있는 세계의
불안정성을 표상하는 것이다. 자신을 유혹하던 당돌한 소녀 때문
에 '떨림'이라는 심리적 균열을 겪던 「늪」의 태섭은 소녀의 떠남
으로 심리적 안정을 되찾고, 도시에서 병든 몸으로 고향에 돌아
온 「허수아비」의 준근은 고향 처녀인 명주의 원시적인 건강성에
이끌린다. 여기에서 태섭과 준근이 앓고 있는 병은 근대적인 삶
의 변화 속에서 그들이 경험하는 자의식적 불안을 표상하는 은유
적 장치라고 할 수 있으며, 그러한 자의식적 불안은 이른바 '옛

것'의 세계에 속하는 인물들이 보여주는 원시적인 생명성이나 주어진 삶에 묵묵히 순종하는 우직하고 맹목적인 순박함과 뚜렷한 대조를 이루고 있다.

설화의 세계에 속하는 우직하고 순박한 인물들이 황순원 문학의 주요한 인물 유형을 이루고 있는 것 못지않게 근대적 세계로의 변화 과정이 가져온 자의식 불안의 심리적 질환으로 고통받는 남자 주인공들 역시 황순원의 문학 세계에서 중요한 의미를 지니는 인물 유형이라고 할 수 있다. 황순원의 작품들에서 설화적 세계가 개인의 삶과 공동체적 삶의 윤리가 분리되어 있지 않던 세계, 인간의 삶이 생명의 본원적인 '선(善)함'이라는 윤리적 훈기에 감싸인 세계를 의미한다면, 근대는 공동체적인 삶의 기반이 무너지면서 개인과 세계를 잇는 통합적 세계관이 상실되어버린 시대, 그 때문에 인간의 삶이 심각한 존재론적 불안정성에 직면하게 된 시대를 의미한다. 다시 말해 근대가 초래한 존재론적 불안정성은 원래의 자연이 지닌 생명의 순수성 속에서 자연과 인간, 인간과 인간이 화해로운 공존의 삶을 유지하던 세계의 상실을 의미하는 것이다. 이런 의미에서 본다면 근대적 유형의 인물들 역시 근대성의 세계가 지닌 어떤 결핍의 지점들을 보여주는 방식으로, 근대성의 세계가 역사의 뒤편으로 밀어내버린 건강하고 안정된 생명성의 세계, 생명의 선한 본성이 살아 있는 과거의 세계를 우리의 기억 속으로 되불러오려는 황순원 문학의 지속적인 노력의 연장선상에 있는 인물들로 볼 수 있다. 설화적 인물들과 근대적 인물들 모두가 근대 세계에 대한 반성적 성찰이라는 황순원 문학의 근본적인 문제의식의 틀 안에서 지금도 여전히 우리에게 그 살아 있는 삶의 이야기들을 들려주고 있는 것이다.

1915년(1세) 3월 26일 평안남도 대동군 재경면 빙장리 1175번지에서
　　　　　부친 찬영씨와 모친 장찬붕 여사의 맏아들로 태어남.

1919년(5세) 3·1운동 발발. 평양 숭덕학교 고등과 교사로 계시던 부친
　　　　　이 태극기와 독립선언서 평양 시내 배포 책임자의 한 분으로
　　　　　일경에 붙들려 징역 1년 6개월의 실형을 받음.

1921년(7세) 평양으로 이사.

1923년(9세) 평양 숭덕소학교 입학.

1929년(15세) 3월 숭덕소학교 졸업. 정주 오산중학교 입학. 남강 이승
　　　　　훈 선생 만남. 9월 건강 때문에 평양 숭실중학교로 전학.

1930년(16세) 시를 쓰기 시작.

1934년(20세) 3월 숭실중학교 졸업. 일본 동경 와세다 제2고등학원
　　　　　입학. 동경에서 이해랑·김동원씨 등과 함께 극예술 단체인
　　　　　'동경학생예술좌' 창립.

1935년(21세) 1월 17일 양정길과 결혼. 시집『방가』를 조선총독부의 검열을 피하기 위해 동경에서 간행했다 하여 여름 방학 때 귀성했다가 평양 경찰서에 붙들려 들어가 29일간 구류당함. 동인지『삼사문학』의 동인이 됨.

1936년(22세) 3월 와세다 제2고등학원 졸업. 와세다 대학 문학부 영문과 입학. 동경에서 발행하는『창작』의 동인이 됨.

1938년(24세) 4월 장남 동규 출생.

1939년(25세) 3월 와세다 대학 졸업.

1940년(26세) 7월 차남 남규 출생.

1943년(29세) 9월 평양에서 향리인 빙장리로 소개. 11월 딸 선혜 출생.

1946년(32세) 1월 3남 진규 출생. 5월 월남. 9월 서울중고등학교 교사 취임.

1950년(36세) 한국전쟁 발발. 경기도 광주로 피난. 1·4 후퇴 때는 부산으로 피난.

1953년(39세) 8월 피난지에서 환도.

1955년(41세) 3월 장편『카인의 후예』로 아시아 자유문학상 수상. 서울중고등학교 교사 사임. 『현대문학』추천 작품 심사위원에 피촉.

1956년(42세)『문학예술』추천 작품 심사위원에 피촉.

1957년(43세) 4월 경희대 문리대 교수로 취임. 예술원 회원 피선.

1961년(47세) 7월 장편『나무들 비탈에 서다』로 예술원상 수상.

1964년(50세) 12월『황순원 전집』전 6권을 창우사에서 간행.

1966년(52세) 3월 장편 『일월』로 3·1 문화상 수상. 단편 「소나기」가
　　　　인문계 중학교 3학년 국어 교과서에, 단편 「학」이 실업계 고교
　　　　3학년 국어 교과서에 수록됨. 3·1 문화상 심사위원에 피촉.

1970년(56세) 8월 15일 국민훈장동백장 받음.

1971년(57세) '외솔회' 이사에 피촉.

1972년(58세) 12월 19일 부친 별세.

1974년(60세) 1월 10일 모친 별세.

1980년(66세) 경희대학 교수 정년퇴임과 동시에 명예교수로 취임. 12
　　　　월 문학과지성사가 낱권으로 기획한 『황순원 문학전집』(전 12
　　　　권) 중 제1권 『늪/기러기』, 제9권 『움직이는 성』 간행.

1983년(69세) 12월 장편 『신들의 주사위』로 대한민국 문학상 본상
　　　　수상.

1987년(73세) 10월 제1회 인촌상 문학부문 수상. 12월 예술원 원로회
　　　　원에 추대.

1990년(76세) 8월 15일 선친께서 건국훈장 애족장을 추서받음.

1996년(82세) 정부에서 은관문화훈장을 추서했으나 수여 거부.

2000년(86세) 9월 14일 오전 4시 서울시 동작구 사당동 자택에서 타
　　　　계. 9월 16일 정부에서 금관문화훈장 추서.

작품 목록

1. 시

작품명(참고)	발표지	발표 연월일
「나의 꿈」	『동광』	1931. 7
「아들아 무서워 마라」	〃	1931. 9
「默想」	조선동아일보	1931. 12. 24
「젊은이여」	『동광』	1932. 1
「街頭로 울며 헤매는 者여」	『혜성』	1932. 4
「넋잃은 그의 앞가슴을 향하여」	『동광』	1932. 5
「荒海를 건너는 사공아」	〃	1932. 7
「떨어지는 이날의 태양은」	『신동아』	1933. 1
「밤거리에 나서서」	조선중앙일보	1934. 12. 18
「새로운 行進」	조선중앙동아일보	1935. 1. 2
「歸鄕의 노래」	조선중앙일보	1935. 1. 25
「거지애」	〃	1935. 3. 11
「새 出發」	〃	1935. 4. 5
「밤 車」	〃	1935. 4. 16

작품명(참고)	발표지	발표 연월일
「街路樹」	조선중앙일보	1935. 4. 25
「굴뚝」	〃	1935. 5. 7
「故鄕을 향해」	〃	1935. 6. 16
「午後의 일 片」	〃	1935. 6. 25
「고독」	〃	1935. 7. 5
「찻속에서」	〃	1935. 7. 26
「무덤」	〃	1935. 8. 22
「개미」	〃	1935. 10. 15
「도주」	동인지『창작』제2집	1936. 4
「잠」	〃	1936. 4
「七月의 追憶」	『신동아』	1936. 7
「과정」	『작품』제1집	1938. 10
「행동」	〃	1938. 10
「무지개가 있는 소라껍데기가 있는 바다」	『단층』	1940. 6
「臺詞」	〃	1940. 6
「그날」	『關西시인집』	1945. 8
「저녁 저자에서」	『민성』	1946. 7
「향수」	『조선시집』	1952. 12
「제주도말」	〃	1052. 12
「나무」	『새벽』	1956. 1
「세레나데」	『한국시집』	1960. 3
「童話」	『현대문학』	1974. 3
「초상화」	〃	1974. 3
「獻歌」	〃	1974. 3
「쏘에의 의미」	『한국문학』	1977. 3
「돌」	〃	1977. 3
「늙는다는 것」	〃	1977. 3
「고열로 앓으며」	〃	1977. 3
「겨울 풍경」	〃	1977. 3
「전쟁」	〃	1977. 4

작품명(참고)	발표지	발표 연월일
「링컨이 숨진 집을 나와」		1977. 4
「位置」	『현대문학』	1977. 4
「宿題」	〃	1977. 4
「모란」1·2	『한국문학』	1979. 5
「꽃」	〃	1980. 6
「낭만적」	『현대문학』	1983. 3
「관계」	〃	1983. 3
「메모」	〃	1983. 3
「우리들의 세월」	『월간조선』	1984. 3
「도박」	한국일보	1984. 3. 25
「密語」	『현대문학』	1984. 7
「한 風景」	〃	1984. 7
「고백」	〃	1984. 7
「기운다는 것」	『문학사상』	1984. 10
「산책길에서 1/2」	『현대문학』	1992. 9
「죽음에 대하여」	〃	1992. 9
「미열이 있는 날 밤」	〃	1992. 9
「밤 늦어」	〃	1992. 9
「기쁨을 그냥」	〃	1992. 9
「숫돌」	〃	1992. 9
「무서운 아이」	〃	1992. 9
『放歌』(시집, 총 27편의 시 수록)	동경학생예술좌	1934. 11
『골동품』(시집, 총 22편의 시 수록)	〃	1936. 5

「잡초」「꺼진 등대」「1933년의 수레바퀴」「강한 여성」「옛사랑」「압록강의 밤」「황혼의 노래」「이역에서」(시집 『放歌』에 수록)

「종달새」「반딧불」「코끼리」「나비」「게」「오리」「사람」「맨드라미」「앵두」「해바라기」「옥수수」「호박」「파리」「갈대」「선인장」「팽이 담뱃대」「빌딩」「지도」「우체통」「괘종」「공」(시집 『골동품』에 수록)

「당신과 나」「신음 소리」「열매」「골목」(『목탄화』에 수록)

2. 소설

작품명(참고)	발표지	발표 연월일
「거리의 副詞」	『창작』 제3집	1936. 7
「돼지係」	『작품』 제1집	1938. 10
「별」	『인문평론』	1941. 2
「산골 아이」	『민성』	1949 7
「그늘」	『춘추』	1942. 3
「기러기」	『문예』	1950. 1
「병든 나비」	『혜성』	1950. 2
「황노인」	『신천지』	1949. 9
「노새」	『문예』	1949. 12
「맹산할머니」	『민성』	1949. 8
「독 짓는 늙은이」	『문예』	1950. 4
「두꺼비」	『우리공론』	1946. 7
「술」(발표시 원제 '술 이야기')	『신천지』	1947. 2
「아버지」	『문학』	1947. 2
「담배 한 대 피울 동안」	『신천지』	1947. 9
「목넘이마을의 개」	『개벽』	1948. 3
「몰이꾼」(발표시 원제 '검부러기')	『신천지』	1949. 2
「이리도」	『백민』	1950. 2
「모자」	『신천지』	1950. 3
「여인들」(발표시 원제 '간도삽화')	〃	1953. 10
「무서운 웃음」 (발표시 원제 '솔개와 고양이와 매와')	〃	1953. 6
「메리크리스마스」	영남일보	1950. 12
「어둠 속에 찍힌 판화」	『신천지』	1951. 1
「곡예사」	『문예』	1952. 1
「목숨」	『주간문학예술』	1952. 5
「과부」	『문예』	1953. 1
「소나기」	『신문학』 제4집	1953. 3
「학」	『신천지』	1953. 5

작품명(참고)	발표지	발표 연월일
「맹아원에서」(발표시 원제 '태동')	『문화세계』	1953. 11
「사나이」	『문학예술』	1954. 2
「왕모래」(발표시 원제 '윤삼이')	『신천지』	1954. 1
「필묵장수」	『현대문학』	1955. 6
「부끄러움」(발표시 원제 '무서움')	〃	1955. 12
「불가사리」	『문학예술』	1956. 1
「잃어버린 사람들」	『현대문학』	1956. 1
장편『카인의 후예』 (5회 연재 후 중단)	『문예』	1953. 9~
장편『인간접목』(발표시 원제 '천사') (이후 1년간 연재)	『새가정』	1955. 12
「산」	『현대문학』	1956. 7
「비바리」	『문학예술』	1956. 10
「내일」	『현대문학』	1957. 2
「소리」	〃	1957. 5
「다시 내일」	〃	1958. 1
「링반데룽」	〃	1958. 4
「모든 영광은」	〃	1958. 7
「이삭주이」(발표시 원제 '꽁뜨三題')	『사상계』	1958. 7
「너와 나만의 시간」	『현대문학』	1958. 10
「한 벤취에서」	『자유공론』	1958. 12
「안개 구름 끼다」	『사상계』	1959. 1
「할아버지가 있는 데쌍」	〃	1959. 10
『나무들 비탈에 서다』	〃	1960. 1~7
「손톱에 쓰다」(발표시 원제 '꽁뜨二題')	『예술원보』	1960. 12
「내 고향 사람들」	『현대문학』	1961. 3
「가랑비」	『자유문학』	1961. 6
「송아지」	『사상계』	1961. 11
『일월』	『현대문학』	1961. 1~5(1부), 1962. 10~1963. 4(2부),

작품명(참고)	발표지	발표 연월일
『일월』	『현대문학』	1964. 8~1965. 1(3부)
「그래도 우리끼리는」	『사상계』	1963. 7
「비늘」	『현대문학』	1963. 10
「달과 발과」	〃	1964. 2
「소리그림자」	『사상계』	1965. 4
「온기 있는 破片」	『신동아』	1965. 6
「어머니가 있는 유월의 대화」	『현대문학』	1965. 7
「아내의 눈길」(발표시 원제 '메마른 것들')	『사상계』	1965. 11
「조그만 섬마을에서」	『예술원보』	1965. 12
「원색오뚝이」	『현대문학』	1966. 1
「수컷 퇴화설」	『문학』	1966. 6
「자연」	『현대문학』	1966. 8
「닥터 장의 경우」	『신동아』	1966. 11
「우산을 접으며」	『문학』	1966. 11
「피」	『현대문학』	1967. 1
「겨울 개나리」	〃	1967. 8
「차라리 내 목을」	『신동아』	1967. 8
「막은 내렸는데」	『현대문학』	1968. 1
『움직이는 성』	〃	1968. 5~10, 1969. 7~9, 1970. 5~6, 1971. 3~6, 1972. 4~10
「탈」	조선일보	1971. 9
「숫자풀이」	『문학사상』	1974. 7
「마지막 잔」	『현대문학』	1974. 10
「이날의 지각」	『문학사상』	1975. 4
「뿌리」	『주간조선』	1975. 6
「주검의 장소」	『문학과지성』	1975. 겨울
「나무와 돌, 그리고」	『현대문학』	1976. 3
「그물을 거둔 자리」	『창작과비평』	1977. 가을
『신들의 주사위』	『문학과지성』	1978. 봄~1980. 여름

작품명(참고)	발표지	발표 연월일
「그림자풀이」	『현대문학』	1984. 1
「나의 죽부인전」	『한국문학』	1985. 9
「땅울림」	『세계의 문학』	1985. 겨울
『황순원 단편집』 (단행본, 이후 『늪』으로 改題)	한성도서	1940. 8
『별과 같이 살다』(장편소설)	정음사	1950. 2
『목넘이마을의 개』(단행본)	육문사	1948. 2
『기러기』(단행본)	명세당	1951. 8
『곡예사』(단행본)	〃	1952. 6
『카인의 후예』(장편소설)	중앙문화사	1954. 12
『학』(단행본)		1956. 12
『인간접목』(장편소설)	〃	1957. 10
『잃어버린 사람들』(단행본)	〃	1958. 3
『너와 나만의 시간』(단행본)	정음사	1964. 5
『나무들 비탈에 서다』(장편소설)	사상계	1960. 9
『일월』(장편소설)	창우사	1964. 12
『움직이는 성』(장편소설)	삼중당	1973. 5
『탈』(단행본)	문학과지성사	1976. 3
『신들의 주사위』(장편소설)	〃	1982. 8

「늪」「허수아비」「배역(配役)들」「소라」「갈대」「지나가는 비」「닭제」「원정(園丁)」「피아노가 있는 가을」「사마귀」「풍속(風俗)」(단행본 『늪』에 수록)

「저녁놀」「애」「머리」「세레나데」「물 한 모금」「눈」(단행본 『기러기』에 수록)

「별과 같이 살다」「황소들」「집」(단행본 『목넘이마을의 개』에 수록)

「청산가리」(단행본 『학』에 수록)

「참외」「아이들」「솔메마을에 생긴 일」「골목 안 아이」(단행본 『곡예사』에 수록)

「두메」「매」「필묵장수」(단행본 『학』에 수록)

3. 기타

작품명(참고)	발표지	발표 연월일
「자기확인의 길」 (수도문화사, 1951)에 수록	『작가수업』	
「그와 그네」	『문학예술』	1955. 8
「유랑민 근성과 시적 근원」	『문학사상』	1972. 11
「말과 삶과 자유」	『문학과지성』	1985. 봄
「말과 삶과 자유」 II	『현대문학』	1986. 5
「말과 삶과 자유」 III	〃	1986. 9
「말과 삶과 자유」 IV	〃	1987. 1
「말과 삶과 자유」 V	〃	1987. 5
「말과 삶과 자유」 VI	〃	1988. 3

▌참고 문헌

황순원의 작품들에 관해서 지금까지 씌어진 비평적 형식의 글들이나 문학사 기술의 일부로 다루어진 논의들은 일일이 열거하기가 번거로울 정도로 그 양이 많다. 황순원 문학에 대한 연구 성과는 양적인 측면에서 한국 문학을 대표하는 작가로서 황순원이 차지하는 문학적 · 문학사적 비중에 상응할 만한 수준에 이르러 있는 것이다. 그러나 지금까지 이루어져온 논의들 가운데 상당수의 분량을 차지하는 것은 그때그때 발표되는 작품들에 대한 소략한 비평적 언급이나, 초기 단편들, 혹은 각 장편들을 따로 분리해서 다루는 글들이고, 황순원 문학 세계 전체를 종합해서 다루는 논의들은 상대적으로 그 양이 많지 않은 편이다. 그러나 작가가 타계한 이후 최근 몇 년간 황순원 문학을 대상으로 한 학위 논문들이 활발하게 쏟아져 나오면서 황순원 문학 전체를 대상으로 그의 문학적 특성을 조명하려는 시도들 또한 점차 활기를 띠어가는 추세다. 황순원의 문학 세계를 다룬 글들 가운데 참고할 만한 글들을 정리해보면 다음과 같다.

곽경숙, 「황순원의 초기 소설 연구」, 『한국언어문학』 제48집, 한국언어문학회, 2002.

권영민, 「일상적 경험과 소설의 수법」, 『황순원 문학전집』 4, 문학과지성사, 1991.

김경수, 「소설에서 드러나는 무의식의 세계: 황순원의 「늪」」, 『문학사상』, 1996. 6.

김교선, 「성층(成層)적 미적 구조의 소설」, 『현대문학』, 1966. 5.

김남영, 「황순원의 소년 주인공 단편소설 고찰: 「황소들」「소나기」를 중심으로」, 『한국 문학 이론과 비평』 제18집, 한국문학이론과 비평학회, 2003.

김만수, 「황순원의 초기 장편소설 연구」, 문학사와 비평연구회 편, 『1960년대 문학 연구』, 예하, 1993.

김미영, 「황순원 초기 소설의 동물 상징 연구」, 동국대 문화예술대학원 석사학위 논문, 2002.

김미현, 「유랑의 형식과 대위법의 언어: 황순원의 『움직이는 성』」, 『현대문학』, 1999. 2.

김병익, 「순수문학과 그 역사성」, 『상황과 상상력』, 문학과지성사, 1988.

───, 「한국 소설과 기독교」, 김주연 편, 『현대 문학과 기독교』, 문학과지성사, 1984.

───, 「시대의 전율(戰慄)과 인간의 결벽」, 『한국 문학의 의식』, 동

화출판공사, 1976.

김보경, 「황순원 엽편소설 연구」, 숙명여대 석사학위 논문, 2004.

김윤식, 「민담(民譚), 민족적 형식에의 길」, 『소설문학』, 1986. 3.

─────, 『한국 근대 문학사상사 연구 2』, 아세아문화사, 1994.

─────, 「동양 3국 속의 황순원 문학: 「땅울림」에 대하여」, 『문예중앙』, 2001년 여름호.

김윤정, 『황순원 소설 연구』, 한양대 박사학위 논문, 1987.

김은경, 「김동리 · 황순원 문학의 비교 고찰: 전통과 근대의 관계를 중심으로」, 『한국현대문학연구』 제11집, 한국현대문학회, 2002.

김인환, 「인고의 미학」, 『황순원 문학전집』 6, 문학과지성사, 1990.

김종욱, 「희생의 순수성과 복수의 담론: 황순원의 『카인의 후예』」, 『현대소설연구』 제18호, 한국현대소설학회, 2003.

김종회, 「황순원 소설의 작중인물 연구」, 『한국 소설의 낙원 의식 연구』, 문학아카데미, 1990.

─────, 「소설의 조직성과 해체의 구조: 황순원 장편소설의 작중인물을 중심으로」, 『한국 문학 이론과 비평』 제18집, 한국문학이론과 비평학회, 2003.

김주연, 「싱싱함, 그 생명의 미학」, 『황순원 문학전집』 11, 문학과지성사, 1985.

김주현, 「『카인의 후예』의 개작과 반공 이데올로기의 문제」, 『민족문학사 연구』 제10호, 민족문학사연구소, 1997

김치수, 「외로움과 그 극복의 문제」, 『황순원 문학전집』 12, 문학과지성사, 1993.

김치수, 「소설의 조직성」, 『황순원 문학전집』 10, 문학과지성사, 1989.

김 현, 「소박한 수락(受諾)」, 『황순원 문학전집』 12, 문학과지성사, 1993.

노애리, 「황순원 단편소설 연구」, 서울대 석사학위 논문, 2000.

문영희, 「황순원 문학의 작가 정신 전개 양상 연구」, 경희대 석사학위 논문, 1988.

박남훈, 「한국 소설에 나타난 기독교 토착화 양상」, 『한국문학논총』 제30집, 한국문학회, 2002.

박양호, 『황순원 문학 연구』, 전북대 박사학위 논문, 1994.

박영식, 「황순원의 성장소설 연구」, 영남대 석사학위 논문, 2000.

박혜경, 『황순원 문학의 설화성과 근대성』, 소명출판사, 2001.

박혜련, 「황순원 소설에 나타난 타자성의 윤리 연구」, 서울시립대 석사학위 논문, 2004.

방민호, 「현실을 포획하는 상징의 세계」, 『관악어문연구』 1921, 서울대학교, 1994.

브루스 풀턴, 「황순원 단편소설 연구」, 서울대 석사학위 논문, 1999.

성민엽, 「존재론적 고독의 성찰」, 『황순원 문학전집』 8, 문학과지성사, 1990.

송상일, 「순수와 초월」, 『황순원 문학전집』 7, 문학과지성사, 1992.

신동욱, 「황순원 소설에 있어서 한국적 삶의 인식 연구」, 『삶의 투시로서의 문학』, 문학과지성사, 1988.

양선규, 『황순원 소설의 분석심리학적 연구』, 경북대 박사학위 논문, 1991.

염무웅, 「8·15 직후의 한국 문학」, 『창작과비평』, 1975년 가을호.

유종호, 「겨레의 기억」, 『황순원 문학전집』 2, 문학과지성사, 1992.

─────, 『한국인과 문학사상』, 일조각, 1964.

유현경, 「황순원 소설의 사회언어학적 분석」, 『비교문화연구』 4집, 경
희대 비교문화연구소, 2000.

윤지관, 「소설의 정치적 차원」, 『민족현실과 문학비평』, 실천문학사,
1990.

이남호, 「물 한 모금의 의미」, 『문학의 위족(僞足)』, 민음사, 1990.

이동하, 「한국 소설과 구원의 문제」, 『현대문학』, 1983. 5.

─────, 「소설과 종교: 『움직이는 성』을 중심으로」, 『한국문학』, 1987. 9.

이보영, 「황순원의 세계」, 『황순원 문학전집』 12, 문학과지성사, 1993

이상섭, 「'유랑민 근성'과 '창조주의 눈'」, 『황순원 문학전집』 9, 문학
과지성사, 1989.

이승준, 「황순원의 『신들의 주사위』 연구: 가족사 소설의 관점에서」,
『한국문학연구』 제4호, 고려대 한국문학연구소, 2003.

이어령, 「식물적 인간상」, 『사상계』, 1960. 4.

이은영, 『이니시에이션 소설의 서사 구조와 비유 연구: 김남천·황순
원의 단편소설을 중심으로』, 서강대 박사학위 논문, 2000.

이재선, 「황순원과 통과제의의 소설」, 『한국 현대문학사』, 홍성사,
1983.

이정숙, 「지속적 삶과 변모하는 삶」, 김용성·우한용 지음, 『한국 근
대 작가 연구』, 삼지원, 1989.

─────, 「황순원 소설에 나타난 인간상」, 서울대 대학원 논문집, 1975.

이정숙, 「자아 인식에의 여정」, 구인환 외, 『한국 현대 장편소설 연구』, 삼지원, 1990.

이태동, 「실존적 현실과 미학적 현현(顯現)」, 『황순원 문학전집』 12, 문학과지성사, 1993.

이혜경, 「황순원 소설에 투영된 근대의 풍경: 『신들의 주사위』를 그한 예로」, 『한국 문학 이론과 비평』 제18집, 한국문학이론과 비평학회, 2003.

이형기, 「유랑민의 비극과 무상(無償)의 성실」, 『황순원 문학전집』 1, 삼중당, 1973.

임진영, 『황순원 소설의 변모 양상 연구』, 연세대 박사학위 논문, 1999.

장소진, 「역사적·사회적 억압과 개인적 실존의 모색: 황순원의 『일월』론」, 『한민족문화연구』 제12집, 한민족문화학회, 2003.

장현숙, 「황순원 작품 연구: 모성 문제를 중심으로」, 경희대 석사학위 논문, 1982.

장현숙, 『황순원 문학 연구』, 시와시학사, 1994.

정과리, 「사랑으로 감싸는 의식의 외로움」, 『황순원 문학전집』 5, 문학과지성사, 1990.

———, 「현실의 구조화」, 『말과 삶과 자유』, 문학과지성사, 1985.

정수현, 『황순원 단편소설의 동심 의식 연구』, 연세대 박사학위 논문, 2004.

———, 「결핍과 그리움: 황순원의 작품집 『늪』」, 『여성 문학 연구』 통권3호, 한국여성문학학회, 2000.

조남현, 「황순원의 초기 단편소설」, 전광용 엮음, 『한국 현대소설사

연구』, 민음사, 1984.

조남현,「순박한 삶의 파괴와 회복」,『황순원 문학전집』 3, 문학과지
　　성사, 1991.

───,「황순원 소설의 원형」,『문학과의식』 50호, 문학과의식사,
　　2000.

조연현,「황순원 단장(斷章)」,『현대문학』, 1964. 11.

진형준,「모성으로 감싸기, 그에 안기기」,『깊이의 시학』, 문학과지성
　　사, 1986.

천이두,『한국 문학과 한(恨)』, 이우출판사, 1985.

───,「서정과 위트」,『황순원 문학전집』 7, 삼중당, 1973.

───,「인간 속성과 모랄」,『현대문학』, 1958. 11.

───,「청상의 이미지 오작녀」,『한국 현대소설론』, 형설출판사,
　　1991.

최경희,「황순원 소설의 꿈 연구」, 경희대 석사학위 논문, 2001.

최동호,「동경(憧憬)의 꿈에서 피사의 사탑까지」,『말과 삶과 자유』,
　　문학과지성사, 1985.

한승옥,「황순원 장편소설에 나타난 죄의식」,『한국 현대 장편소설 연
　　구』, 민음사, 1989.

허명숙,『황순원 소설의 이미지 분석을 통한 동일성 연구』, 숭실대 박
　　사학위 논문, 1996.

───,「황순원 소설의 상상적 특질과 그 역사성」,『민족문학사연구』
　　17집, 민족문학사학회, 2000.

홍정선,「이야기의 소설화와 소설의 이야기화」,『말과 삶과 자유』, 문

학과지성사, 1985.

위의 글들 가운데 김경수의 「소설에서 드러나는 무의식의 세계: 황
순원의 「늪」」, 김남영의 「황순원의 소년 주인공 단편소설 고찰: 「황소
들」「소나기」를 중심으로」, 김미현의 「유랑의 형식과 대위법의 언어:
황순원의 『움직이는 성』」, 김인환의 「인고의 미학」, 김종욱의 「희생의
순수성과 복수의 담론: 황순원의 『카인의 후예』」, 김주현의 「『카인의
후예』의 개작과 반공 이데올로기의 문제」, 김치수의 「외로움과 그 극
복의 문제」, 김치수의 「소설의 조직성」, 김현의 「소박한 수락」, 성민엽
의 「존재론적 고독의 성찰」, 송상일의 「순수와 초월」, 유종호의 「겨레
의 기억」, 이남호의 「물 한 모금의 의미」, 이동하의 「소설과 종교: 『움
직이는 성』을 중심으로」, 이상섭의 「'유랑민 근성'과 '창조주의 눈'」,
이승준의 「황순원의 『신들의 주사위』 연구: 가족사 소설의 관점에서」,
이혜경의 「황순원 소설에 투영된 근대의 풍경: 『신들의 주사위』를 그
한 예로」, 이형기의 「유랑민의 비극과 무상의 성실」, 장소진의 「역사
적·사회적 억압과 개인적 실존의 모색: 황순원의 『일월』론」, 정과리
의 「사랑으로 감싸는 의식의 외로움」, 정과리의 「현실의 구조화」, 정
수현의 「결핍과 그리움: 황순원의 작품집 『늪』」, 조남현의 「순박한 삶
의 파괴와 회복」 등의 글들은 개별 작품들에 대한 작품론의 성격이 강
한 글들이고, 박혜경의 『황순원 문학의 설화성과 근대성』, 양선규의
『황순원 소설의 분석심리학적 연구』, 임진영의 『황순원 소설의 변모
양상 연구』, 장현숙의 『황순원 문학 연구』 등은 황순원의 전체적인 문
학 세계를 대상으로 한 종합적인 논의의 성격을 지닌 글들이다. 또 천

이두의 「서정과 위트」, 김주연의 「싱싱함, 그 생명의 미학」, 최동호의 「동경의 꿈에서 피사의 사탑까지」 등은 황순원의 시들을 논의의 대상으로 분석한 글들이다.

논의의 관점에 따라 분류할 경우, 황순원의 작품들이 보여주는 모성적 특성에 주목한 글들로는 장현숙의 「황순원 작품 연구: 모성 문제를 중심으로」, 진형준의 「모성으로 감싸기, 그에 안기기」 등을, 설화적 특성들을 분석한 글들로는 김윤식의 「민담, 민족적 형식에의 길」, 유종호의 「겨레의 기억」, 홍정선의 「이야기의 소설화와 소설의 이야기화」 등을 거론할 수 있다. 또한 박영식의 「황순원의 성장소설 연구」, 이은영의, 『이니시에이션 소설의 서사구조와 비유 연구: 김남천·황순원의 단편소설을 중심으로』, 이재선의 「황순원과 통과제의의 소설」 등은 황순원의 작품들 중에서 성장소설적인 양상을 보여주는 작품들을 논의의 대상으로 하고 있으며, 김병익의 「한국 소설과 기독교」, 박남훈의 「한국 소설에 나타난 기독교 토착화 양상」, 이동하의 「한국 소설과 구원의 문제」 등의 글들은 황순원의 문학에 나타난 기독교적인 영향에 논의의 초점을 맞춘 글들이다.

황순원의 문학에 대한 논의들은 어떤 형태로건 작품의 문체론적 특성에 대한 언급을 포함하고 있는 경우가 많으며, 그 중에는 문체론적 연구나 담론 양상에 대한 연구, 시점에 관한 연구 등 황순원 문학의 기법적인 측면을 집중적인 분석의 대상으로 삼고 있는 글들 또한 전체적인 연구 성과의 많은 비중을 차지하고 있다. 그 가운데 참고할 만하다고 판단되는 글들을 따로 모았다.

구수경, 「황순원 소설의 담화 양상 연구」, 충남대 석사학위 논문, 1987.

구창환, 「황순원 문학서설」, 『조선대 어문학논총』 제6호, 1965.

권영민, 「황순원의 문체, 그 소설적 미학」, 『말과 삶과 자유』, 문학과 지성사, 1985.

김윤식, 「묘사의 거부와 생의 내재성」, 『한국현대문학사』, 일지사, 1992.

김 현, 「안과 밖의 변증법」, 『황순원 문학전집』 1, 문학과지성사, 1992.

──, 「계단만으로 된 집」, 『말과 삶과 자유』, 문학과지성사, 1985.

노승욱, 「황순원 단편소설의 은유와 환유」, 『외국문학』 제52호, 1998.

문화라, 『1950년대 서정소설 연구』, 이화여대 박사학위 논문, 2002.

박선미, 「황순원의 문체 연구: 『나무들 비탈에 서다』를 중심으로」, 이화여대 석사학위 논문, 1986.

박 진, 『황순원 소설의 서정적 구조 연구』, 고려대 박사학위 논문, 2003.

──, 「황순원 단편소설의 겹이야기 구조 연구」, 『현대문학이론연구』 제15집, 현대문학이론학회, 2001.

송하섭, 『한국 현대소설의 서정성 연구』, 단국대학교 출판부, 1989.

신희교, 「황순원의 「그늘」에 나타난 초점화 연구」, 『한국언어문학』 제48집, 한국언어문학회, 2002.

우한용, 「황순원 초기 장편의 양식적 고찰: 『별과 같이 살다』를 중심으로」, 『국어문학』 제25집, 전북대학교, 1985.

우한용, 「소설 구조의 기호학적 특성고(特性攷) : 황순원의 『신들의 주
　　　사위』를 중심으로」, 최현무 엮음, 『한국 문학과 기호학』, 문학
　　　과비평사, 1992.

윤현정, 「황순원 서정소설 연구」, 이화여대 석사학위 논문, 2002.

이은영, 「주체의 인식 공간과 공간성 연구 : 황순원의 『일월』의 비유적
　　　공간 읽기」, 『한국소설연구』 제4집, 한국소설학회, 2002.

이정자, 「황순원과 김승옥의 문체 연구」, 『한국문학논총』 제1집, 1978.

이호숙, 「황순원 소설의 서술 시점에 관한 연구」, 이화여대 석사학위
　　　논문, 1988.

조기원, 『현대 단편소설의 문체론적 연구』, 고려대 교육대학원 논문,
　　　1982.

천이두, 『종합에의 의지』, 일지사, 1974.

─────, 「시적 이미지의 미학」, 『문학과 시대』, 문학과지성사, 1982.

한국문학전집을 펴내며

　　오늘의 한국 문학은 다양한 경험과 자산에서 비롯된 것이지만, 그중
에서도 우리 앞선 세대의 문학 작품에서 가장 큰 유산을 물려받고 있
다. 그럼에도 우리는 가끔 우리의 문학 유산을 잊거나 도외시한다. 마
치 그것 없이는 살아갈 수 없는 소중한 물을 쉽게 잊고 사는 것처럼
그동안 우리는 우리가 이루어놓은 자산들을 너무 쉽게 잊어버리고 있
었는지도 모르겠다. 인기 있는 외국 작품들이 거의 동시에 번역 출판
되고, 새로운 기획과 번역으로 전 세계의 문학 작품들이 짜임새 있게
출판되고 있는 요즈음, 정작 한국 문학 작품들을 체계적으로 정리하
지 못하고 있었다는 점을 최근에 우리는 깊이 반성하게 되었다. 그리
고 이러한 때늦은 반성을 곧바로 '한국문학전집'을 기획하는 힘으로
전환하였다.

　　오늘의 시점에서 '한국문학전집'을 기획한다는 것은, 우선 그동안
양적으로나 질적으로 괄목할 만한 수준에 이른 한국 문학 연구 수준

을 반영하는 새로운 시각이 전제되어야 할 것이다. 그리고 '우리 것을 지키자'는 순진한 의도에서가 아니라, 한국 문학이 바로 세계 문학이 되는 질적 확장을 위해, 세계 문학 속에서의 한국 문학의 정체성을 찾는 일을 간과해서는 안 될 것이다.

이번 기획에서 우리가 가장 크게 신경 썼던 점은 크게 두 가지이다. 하나는, 그동안 거의 관습적으로 굳어져왔던 작품에 대한 천편일률적인 평가를 피하고 그동안의 평가에 대한 비판적 평가와 더불어 새로운 평가로 인한 숨은 작품의 발굴이었다. 그리하여 한국 문학사를 시기별로 구분하여 축적된 연구 성과들 위에서 나름대로 중요한 작품들을 선별하는 목록 작업에 가장 큰 공을 들였다. 나머지 하나는, 그동안 여러 상이한 판본의 난립으로 인해 원전 텍스트가 침해되고 있는 심각한 상황을 고려하여 각각의 작가에게 가장 뛰어난 연구자들을 초빙하여 혼신을 다해 원전 텍스트를 확정하였다는 점이다.

장구한 우리 문학사의 주옥같은 작품들을 한자리에 모아, 세대를 넘고 시대를 넘어 그 이름과 위상에 값할 수 있는 대표적인 한국문학전집을 내놓는다. 이번에 출간되는 한국문학전집은 변화된 상황과 가치를 반영하는 내실 있고 권위를 갖춘 내용으로 꾸며질 것이며, 우리 문학의 정본 전집으로서 자리매김해 한국 문학의 전통을 계승하고 발전시키는 데 기여하고자 한다. 이 기획이 한국 문학의 자산들을 온전하게 되살려, 끊임없이 현재성을 가지는 살아 있는 작품들로, 항상 독자들의 옆에 있게 되기를 기대한다.

(주)문학과지성사

01 감자 김동인 단편선

최시한(숙명여대) 책임 편집

수록 작품 약한 자의 슬픔 / 배따라기 / 태형 / 눈을 겨우 뜰 때 / 감자 / 광염 소나타 / 배회 / 발가락이 닮았다 / 붉은 산 / 광화사 / 김연실전 / 곰네

극단적인 상황과 비극적 운명에 빠진 인물 군상들을 냉철하게 서술해낸 한국 근대 단편 문학의 선구자 김동인의 대표 단편 12편 수록. 인간과 환경에 대한 근대적 인식을 빼어난 문체와 서술로 형상화한 김동인의 주옥같은 작품들을 만날 수 있다.

02 탈출기 최서해 단편선

곽근(동국대) 책임 편집

수록 작품 고국 / 탈출기 / 박돌의 죽음 / 기아와 살육 / 큰물 진 뒤 / 백금 / 해돋이 / 그믐밤 / 전아사 / 홍염 / 갈등 / 먼동이 틀 때 / 무명초

식민 치하 빈궁 문학을 대표하는 최서해의 단편 13편 수록. 식민 치하의 참담한 사회적 현실을 사실적으로 전해주는 작품들. 우리 민족의 궁핍한 현실에 맞선 인물들의 저항 정신과 민족 감정의 감동과 울림을 전한다.

03 삼대 염상섭 장편소설

정호웅(홍익대) 책임 편집

우리 소설 가운데 서울말을 가장 풍부하게 살려 쓴 작품이자, 복합성 · 중층성의 세계를 구축하여 한국 근대 장편소설의 대표작으로 꼽히는 염상섭의 『삼대』. 1930년대 서울의 중산층 가족사를 통해 들여다본 우리 근대의 자화상이다.

04 레디메이드 인생 채만식 단편선

한형구(서울시립대) 책임 편집

수록 작품 논 이야기 / 레디메이드 인생 / 미스터 방 / 민족의 죄인 / 치숙 / 낙조 / 쑥국새 / 당랑의 전설

역설과 반어의 작가 채만식의 대표 단편 8편 수록. 1920~30년대의 자본주의적 현실 원리와 민중의 삶을 풍자적으로 포착하는 데 탁월했던 채만식. 사실주의와 풍자의 절묘한 조합으로 완성한 단편 문학의 묘미를 즐길 수 있다.

05 비 오는 길 최명익 단편선

신형기(연세대) 책임 편집

수록 작품 폐어인 / 비 오는 길 / 무성격자 / 역설 / 봄과 신작로 / 심문 / 장삼이사 / 맥령

시대를 앞섰던 모더니스트 최명익의 대표 단편 8편 수록. 병과 죽음으로 고통받는 인물 군상들을 통해 자신이 예감한 황폐한 현대의 징후를 소설화한 작가 최명익. 너무나 현대적이어서, 당시에는 제대로 평가받을 수 없었던 탁월한 단편소설들을 만난다.

06 사하촌 김정한 단편선

강진호(성신여대) 책임 편집

수록 작품 그물 / 사하촌 / 항진기 / 추산당과 곁사람들 / 모래톱 이야기 / 제3병동 / 수라도 / 인간단지 / 위치 / 오끼나와에서 온 편지 / 슬픈 해후

리얼리즘 문학과 민족 문학을 대표하는 김정한의 대표 단편 11편 수록. 민중들의 삶을 통해 누구보다 먼저 '근대화의 문제'를 문학적으로 제기하고 예리하게 포착한 작가 김정한의 진면목을 본다.

07 무녀도 김동리 단편선

이동하(서울시립대) 책임 편집

수록 작품 화랑의 후예 / 산화 / 바위 / 무녀도 / 황토기 / 찔레꽃 / 동구 앞길 / 혼구 / 혈거부족 / 달 / 역마 / 광풍 속에서

한국적이고 토착적인 전통 세계의 소설화에 앞장선 김동리의 초기 대표작 12편 수록. 민중의 삶 속에 뿌리 내린 토착적 전통의 세계를 정확한 묘사와 풍부한 서정으로 형상화했던 김동리 문학 세계를 엿본다.

08 독 짓는 늙은이 황순원 단편선

박혜경(인하대) 책임 편집

수록 작품 소나기 / 별 / 겨울 개나리 / 산골 아이 / 목넘이마을의 개 / 황소들 / 집 / 사마귀 / 소리 / 닭제 / 학 / 필묵장수 / 뿌리 / 내 고향 사람들 / 원색오뚝이 / 곡예사 / 독 짓는 늙은이 / 황노인 / 늪 / 허수아비

한국 산문 문체의 모범으로 평가되는 황순원의 대표 단편 20편 수록. 엄격한 지적 절제와 미학적 균형으로 함축적인 소설 미학을 완성시킨 작가 황순원. 극적인 사건 전개 대신 정적이고 서정적인 울림의 미학으로 깊은 감동을 전한다.

09 만세전 염상섭 중편선

김경수(서강대) 책임 편집

수록 작품 만세전 / 해바라기 / 미해결 / 두 출발

한국 근대 소설의 기념비적 작품인 「만세전」, 조선 최초의 여류화가인 나혜석의 삶을 소설화한 「해바라기」, 그리고 식민지 조선의 현실을 담아내고 나름의 저항의식을 형상화하기 위한 소설적 수련의 과정을 단적으로 보여주는 「미해결」과 「두 출발」 수록. 장편소설의 작가로만 알려진 염상섭의 독특한 소설 미학의 세계를 감상한다.

10 천변풍경 박태원 장편소설

장수익(한남대) 책임 편집

모더니스트 박태원이 펼쳐 보이는 1930년대 서울의 파노라마식 풍경화. 근대 자본주의 사회의 이데올로기와 일상성에 대한 비판에 몰두하던 박태원 초기 작품의 모더니즘 경향과 리얼리즘 미학의 경계를 넘나드는 역작. 식민지라는 파행적 상황에서 기형적으로 실현되던 근대화의 양상을 기층 민중의 생활에 초점을 맞춰 본격화한 작품이다.

11 태평천하 채만식 장편소설

이주형(경북대) 책임 편집

부정적인 상황들이 난무하는 시대 현실을 독자적인 문학적 기법과 비판의식으로 그려냄으로써 '문학적 미'를 추구했던 채만식의 대표작. 판소리 사설의 반어, 자기 폭로, 비유, 과장, 희화화 등의 표현법에 사투리까지 섞은 요설로, 창을 듣는 듯한 느낌과 재미를 선사하는 작품. 세태풍자소설의 장을 열었던 채만식이 쓴 가족사소설의 전형에 해당한다.

12 비 오는 날 손창섭 단편선

조현일(홍익대) 책임 편집

수록 작품 공휴일 / 사연기 / 비 오는 날 / 생활적 / 혈서 / 피해자 / 미해결의 장 / 인간동물원초 / 유실몽 / 설중행 / 광야 / 희생 / 잉여인간 / 신의 희작

가장 문제적인 전후 소설가 손창섭의 대표 단편 14작품 수록. 병적이고 불구적인 인간 군상들을 통해 전후 사회 현실에서의 '절망'의 표현에 주력했던 손창섭. 전쟁 그리고 전쟁 이후의 비일상적 사태를 가장 근원적인 차원에서 표현한 빼어난 작품들을 선별했다.

13 등신불 김동리 단편선

이동하(서울시립대) 책임 편집

수록 작품 인간동의 / 흥남철수 / 밀다원시대 / 용 / 목공 요셉 / 등신불 / 송추에서 / 까치 소리 / 저승새

「무녀도」의 작가 김동리가 1950년대 이후에 내놓은 단편 9편 수록. 전기 작품에 이어서 탁월한 문체의 매력, 빈틈없는 구성의 묘미, 인상적인 인물상의 창조, 인간에 대한 깊이 있는 통찰이라는 김동리 단편의 미학을 다시 한 번 경험할 수 있는 기회이다.

14 동백꽃 김유정 단편선

유인순(강원대) 책임 편집

수록 작품 심청 / 산골 나그네 / 총각과 맹꽁이 / 소낙비 / 솥 / 만무방 / 노다지 / 금 / 금 따는 콩밭 / 떡 / 산골 / 봄·봄 / 안해 / 봄과 따라지 / 따라지 / 가을 / 두꺼비 / 동백꽃 / 야앵 / 옥토끼 / 정조 / 땡볕 / 형

고단한 삶을 살아가는 순박한 촌부에서 사기꾼에 이르기까지 다양한 삶의 모습을 문학 속에 그대로 재현한 김유정의 주옥같은 단편 23편 수록. 인물의 토속성과 해학성, 생생한 삶의 언어와 우리 소리, 그 속에 충만한 생명감을 불어넣은 김유정 문학의 정수를 맛본다.

15 소설가 구보씨의 일일 박태원 단편선

천정환(성균관대) 책임 편집

수록 작품 수염 / 낙조 / 소설가 구보씨의 일일 / 애욕 / 길은 어둡고 / 거리 / 방란장 주인 / 비량 / 진통 / 성탄제 / 골목 안 / 음우 / 재운

한국 소설사상 가장 두드러진 모더니즘 작품으로 인정받는 「소설가 구보씨의 일일」을 비롯한 박태원의 대표 단편 13편 수록. 한글로 씌어진 가장 파격적이고 실험적인 작품으로 주목 받은 박태원. 서울 주변부 중산층의 삶이라는 자기만의 틈실한 현실 공간을 구축하여 새로운 소설 기법과 예술가소설로서의 보편성을 획득한 작품들이다.

¹⁶ 날개 이상 단편선

김주현(경북대) 책임 편집

수록 작품 12월 12일 / 지도의 암실 / 지팡이 역사 / 황소와 도깨비 / 공포의 기록 / 지주회시 / 동해 / 날개 / 봉별기 / 실화 / 종생기

근대와 맞닥뜨린 당대 식민지 조선의 기념비요 자화상 역할을 하는 이상의 대표 단편 11편 수록. '천재'와 '광인'이라는 꼬리표와 함께 전위적이고 해체적인 글쓰기로 한국의 모더니즘 문학사를 개척한 작가 이상. 자유연상, 내적 독백 등의 실험적 구성과 문체로 식민지 근대와 그것에 촉발된 당대인의 내면을 예리하게 포착해낸 이상의 문제작들을 한데 모았다.

¹⁷ 흙 이광수 장편소설

이경훈(연세대) 책임 편집

한국 최초의 근대 장편소설 『무정』을 발표하면서 한국 소설 문학의 역사를 새롭게 쓴 이광수. 『흙』은 이광수의 계몽 사상이 가장 짙게 깔린 작품으로 심훈의 『상록수』와 함께 한국 농촌계몽소설의 전위에 속한다. 한국 근대 문학사상 가장 많이 연구되고 있는 작가의 대표작답게 『흙』은 민족주의, 계몽주의, 농민문학, 친일문학, 등장인물론, 작가론, 문학사 등의 학문적·비평적 논의의 중심에 있는 작품이다.

¹⁸ 상록수 심훈 장편소설

박헌호(성균관대) 책임 편집

이광수의 장편 『흙』과 더불어 한국 농촌계몽소설의 쌍벽을 이루는 『상록수』. 심훈의 문명(文名)을 크게 떨치게 한 대표작이다. 1930년대 당시 지식인의 관념적 농촌 운동과 일제의 경제 침탈사를 고발·비판함으로써, 문학이 취할 수 있는 현실 정세에 대한 직접적인 대응 그리고 극복의 상상력이란 두 가지 요소를 나름의 한계 속에서 실천해냈고, 대중적으로도 큰 호응을 불러일으킨 작품이다.

¹⁹ 무정 이광수 장편소설

김철(연세대) 책임 편집

20세기 이래 한국인이 가장 많이 읽고 가장 자주 출간돼온 작품, 그리고 근현대 문학 가운데 가장 많이 연구의 대상이 된 작가 이광수의 대표작 『무정』. 씌어진 지 한 세기가 가까워오도록 여전히 읽히고 있고 또 학문적 논쟁의 중심에 서 있는 『무정』을 책임 편집자의 교정을 충실하게 반영한 최고의 선본(善本)으로 만난다.

²⁰ 고향 이기영 장편소설

이상경(KAIST) 책임 편집

'프로문학의 정점'이자 우리 근대 문학사의 리얼리즘의 확립을 결정적으로 보여주는 이기영의 『고향』. 이기영은 1920년대 중반 원터라는 충청도의 한 농촌 마을을 배경으로 봉건 사회의 잔재를 지닌 채 식민지 자본주의화가 진행되어가는 우리 근대 초기를 뛰어난 관찰로 묘사한다. 일제 식민 치하 근대화에 대한 문학적·비판적 성찰과 지식인의 고뇌를 반영한 수작이다.

21 까마귀 이태준 단편선

김윤식(명지대) 책임 편집

수록 작품 불우 선생 / 달밤 / 까마귀 / 장마 / 복덕방 / 패강랭 / 농군 / 밤길 / 토끼 이야기 / 해방 전후

'한국 근대소설의 완성자' '단편문학'의 명수. 이태준은 우리 근대 문학의 전개 과정에서 결코 간과할 수 없는 역할을 담당했던 작가 가운데 한 사람이다. 문학의 자율성과 예술성을 상실하지 않으면서도 현실 문제에 각별한 관심을 보여주었던 그의 단편은 한국소설사에서 1930년대를 대표하는 것으로 인정받고 있다.

22 두 파산 염상섭 단편선

김경수(서강대) 책임 편집

수록 작품 표본실의 청개구리 / 암야 / 제야 / E선생 / 윤전기 / 숙박기 / 해방의 아들 / 양과자갑 / 두 파산 / 절곡 / 얼룩진 시대 풍경

한국 근대사를 증언하고 있는 횡보 염상섭의 단편소설 11편 수록. 지식인 망국민으로서의 허무적인 자기 진단, 구체적인 사회 인식, 해방 후와 전후 시기에 대한 사실적 증언과 문제 제기를 포함한 대표작들을 통해 횡보의 단편 미학을 감상한다.

23 카인의 후예 황순원 소설선

김종회(경희대) 책임 편집

수록 작품 카인의 후예 / 너와 나만의 시간 / 나무들 비탈에 서다

인간의 정신적 순수성과 고귀한 존엄성을 문학의 제일 원칙으로 삼았던 작가 황순원. 그의 대표작 가운데 독자들의 가장 많은 사랑을 받은 장편소설들을 모았다. 한국전쟁을 온몸으로 체득하면서 특유의 절제되고 간결한 문장으로 예술적 서사성을 완성한 황순원은 단편에서와 마찬가지로 변함없는 감동의 세계를 열어놓는다.

24 소년의 비애 이광수 단편선

김영민(연세대) 책임 편집

수록 작품 무정 / 소년의 비애 / 어린 벗에게 / 방황 / 가실 / 거룩한 죽음 / 무명 / 꿈

한국 근대소설사와 이광수 개인의 문학 세계에서 중요한 의미를 갖는 단편 8편 수록. 이광수가 우리말로 쓴 최초의 창작 단편 「무정」, 당시 사회의 인습과 제도를 비판한 「소년의 비애」, 우리나라 최초의 서간체 소설인 「어린 벗에게」, 지식인의 내면적 갈등과 자아 탐구의 과정을 담은 「방황」, 춘원의 옥중 체험을 바탕으로 씌어진 「무명」 등 한국 근대문학의 장르와 소재, 주제 탐구 면에서 꼼꼼히 고찰해야 할 작품들이다.

25 불꽃 선우휘 단편선

이익성(충북대) 책임 편집

수록 작품 테러리스트 / 불꽃 / 거울 / 오리와 계급장 / 단독강화 / 깃발 없는 기수 / 망향

8·15 해방과 분단, 6·25전쟁으로 이어지는 한국 근현대사의 열병을 깊이 있게 고찰한 선우휘의 대표작 7편 수록. 평판작 「불꽃」과 「깃발 없는 기수」를 비롯해 한국 근현대사의 역동성과 이를 바라보는 냉철한 작가의식이 빚어낸 수작들을 한데 모았다.

26 맥 김남천 단편선

채호석(한국외대) 책임 편집

수록 작품 공장 신문 / 공우회 / 남편 그의 동지 / 물 / 남매 / 소년행 / 처를 때리고 / 무자리 / 녹성당 / 길 위에서 / 경영 / 맥 / 등불 / 꿀

카프와 명맥을 같이하며 창작과 비평에서 두드러진 족적을 남긴 작가 김남천. 1930년 대 초, 예술운동의 볼세비키화론 주장과 궤를 같이하는 「공장 신문」 「공우회」, 카프 해산 직후 그의 고발문학론을 담은 「처를 때리고」 「소년행」 「남매」, 전향문학의 백미로 꼽히는 「경영」 「맥」 등 그의 치열했던 문학 세계의 변화를 일별할 수 있는 대표작 14편 수록.

27 인간 문제 강경애 장편소설

최원식(인하대) 책임 편집

한국 근대 여성문학의 제일선에 위치하는 강경애의 대표작. 일제 치하의 1930년대 조선, 자본가와 농민·노동자의 대립 구조 속에서 농민과 도시노동자가 현실의 문제를 해결하고자 하는 주체로 성장하는 과정과 그들의 조직적 투쟁을 현실성 있게 그려 낸 작품. 이기영의 「고향」과 더불어 우리 근대 소설사에서 리얼리즘 소설의 수작으로 꼽힌다.

28 민촌 이기영 단편선

조남현(서울대) 책임 편집

수록 작품 농부 정도룡 / 민촌 / 아사 / 호외 / 해후 / 종이 뜨는 사람들 / 부역 / 김군과 나와 그의 아내 / 변절자의 아내 / 서화 / 맥추 / 수석 / 봉황산

카프와 프로문학의 대표 작가 이기영. 그가 발표한 수십 편의 단편소설들 가운데 사회사나 사상운동사로서의 자료적 가치가 높으면서 또 소설 양식으로서의 구조미를 제대로 보여주는 14편을 선별했다.

29 혈의 누 이인직 소설선

권영민(서울대) 책임 편집

수록 작품 혈의 누 / 귀의 성 / 은세계

급진적이고 충동적인 한국 근대의 풍경 속에 신소설이라는 새로운 서사 양식을 창조해낸 이인직. 책임 편집자의 꼼꼼한 텍스트 확정과 자세한 비평적 해설을 통해, 신소설의 서사 구조와 그 담론적 특성을 밝히고 당시 개화·계몽 시대를 대표하는 서사 양식에 내재화된 일본적 식민주의 담론을 꼬집는다.

30 추월색 이해조 안국선 최찬식 소설선

권영민(서울대) 책임 편집

수록 작품 금수회의록 / 자유종 / 구마검 / 추월색

개화·계몽시대의 대표적인 신소설 작가 3인의 대표작. 여성과 신교육으로 집약되는 토론의 모습을 서사 방식으로 활용한 「자유종」, 구시대적 인습을 신랄하게 비판한 「구마검」, 가장 대중적인 신소설 가운데 하나로 꼽히는 「추월색」, 그리고 '꿈'이라는 우화적 공간을 설정하여 현실 비판의 풍자적 색채가 강한 「금수회의록」까지 당대의 사회적 풍속과 세태의 변화를 민감하게 반영한 작품들을 수록했다.

31 젊은 느티나무 강신재 소설선

김미현(이화여대) 책임 편집

수록 작품 안개 / 해방촌 가는 길 / 절벽 / 젊은 느티나무 / 양관 / 황량한 날의 동화 / 파도 / 이브 변신 / 강물이 있는 풍경 / 점액질

1950, 60년대를 대표하는 여성 작가 강신재의 중단편 10편을 엄선했다. 특유의 서정적인 문체와 관조적 시선, 지적인 분석력으로 '비누 냄새' 나는 풋풋한 사랑 이야기에서 끈끈한 '점액질'의 어두운 욕망에 이르기까지, 운명의 폭력성과 존재론적 한계를 줄기차게 탐문한 강신재 소설의 여정을 한눈에 볼 수 있는 기회.

32 오발탄 이범선 단편선

김외곤(서원대) 책임 편집

수록 작품 일요일 / 학마을 사람들 / 사망 보류 / 몸 전체로 / 갈매기 / 오발탄 / 자살당한 개 / 살모사 / 천당 간 사나이 / 청대문집 개 / 표구된 휴지 / 고장난 문 / 두메의 어벙이 / 미친 녀석

손창섭·장용학 등과 함께 대표적인 전후 작가로 꼽히는 이범선의 대표작 14편 수록. 한국 현대사의 비극에 대한 묘사를 바탕으로 하면서도 잃어버린 고향, 동양적 이상향에 대한 동경을 담았던 초기작들과 전후의 물질적 궁핍상을 전통적 사실주의에 기초해 그리면서 현실 비판적 성격을 강하게 드러낸 문제작들을 고루 수록했다.

33 메밀꽃 필 무렵 이효석 단편선

서준섭(강원대) 책임 편집

수록 작품 도시와 유령 / 깨뜨려지는 홍등 / 마작철학 / 프레류드 / 돈 / 계절 / 산 / 들 / 석류 / 메밀꽃 필 무렵 / 삽화 / 개살구 / 장미 병들다 / 공상구락부 / 해바라기 / 여수 / 하얼빈산협 / 풀잎 / 낙엽을 태우면서

근대 작가의 문화적 정체성이 끊임없이 흔들렸던 식민지 시대, 경성제대 출신의 지식인 작가로서 그 문화적 혼란기를 소설 언어를 통해 구성하고 지속적으로 모색했던 이효석의 대표작 20편 수록.

34 운수 좋은 날 현진건 중단편선

김동식(인하대) 책임 편집

수록 작품 희생화 / 빈처 / 술 권하는 사회 / 유린 / 피아노 / 할머니의 죽음 / 우편국에서 / 까막잡기 / 그리운 흘긴 눈 / 운수 좋은 날 / 발 / 불 / B사감과 러브 레터 / 사립정신병원장 / 고향 / 동정 / 정조와 약가 / 신문지와 철창 / 서투른 도적 / 연애의 청산 / 타락자

한국 근대 단편소설의 형식적 미학을 구축하고 근대적 사실주의 문학의 머릿돌을 놓은 작가 현진건의 대표작 21편 수록. 서구 중심의 근대성과 조선 사회의 식민성 사이에서 방황하는 지식인의 내면 풍경뿐만 아니라, 식민지 조선의 일상을 예리하게 관찰함으로써 '조선의 얼굴'을 담아낸 작가 현진건의 면모를 두루 살폈다.

35 사랑 이광수 장편소설

한승옥(숭실대) 책임 편집

춘원의 첫 전작 장편소설. 신문 연재물의 제약에서 벗어나 좀더 자유롭고 솔직한 그의 인생관이 담겨 있다. 이른바 그의 어떤 장편소설보다도 나아간 자유 연애, 사랑에 관한 작가의 생각을 엿볼 수 있는 작품. 작가의 나이 지천명에 이르러 불교와 『주역』 등 동양고전에 심취하여 우주의 철리와 종교적 깨달음에 가닿은 시점에서 집필된, 춘원의 모든 것.

36 화수분 전영택 중단편선

김만수(인하대) 책임 편집

수록 작품 천치? 천재? / 운명 / 생명의 봄 / 독약을 마시는 여인 / 화수분 / 후회 / 여자도 사람인가 / 하늘을 바라보는 여인 / 소 / 김탄실과 그 아들 / 금붕어 / 차돌멩이 / 크리스마스 전야의 풍경 / 말 없는 사람

1920년대 초반 자연주의, 사실주의적 색채가 강한 작품 세계로 주목받았던 작가 전영택의 대표작선. 이들 작품에서 작가는, 일제 초기의 만세운동, 일제 강점기하의 극심한 궁핍, 해방 직후의 사회적 혼돈, 산업화 초창기의 사회적 퇴폐상에 대한 자신의 경험을 소박한 형식 속에 담고 있다.

37 유예 오상원 중단편선

한수영(동아대) 책임 편집

수록 작품 황선지대 / 유예 / 균열 / 죽어살이 / 모반 / 부동기 / 보수 / 현실 / 훈장 / 실기

한국 전후 세대 문학의 대표 작가 오상원의 주요작 10편을 묶었다. '실존'과 '행동'에 초점을 맞춘 그의 작품은, 한결같이 극한 상황에 처한 인간 존재의 의미를 묻는 데 천착하면서 효과적인 주제 전달을 위해 낯설고 다양한 소설적 실험을 보여준다.

38 제1과 제1장 이무영 단편선

전영태(중앙대) 책임 편집

수록 작품 제1과 제1장 / 흙의 노예 / 문 서방 / 농부전 초 / 청개구리 / 모우지도 / 유모 / 용자소전 / 이단자 / B녀의 소묘 / O형의 인간 / 들메 / 며느리

한국 농민문학의 선구자로 평가받는 이무영의 주요 단편 13편 수록. 이들 작품에서 작가는, 농민을 계몽의 대상이 아닌, 흙을 일구는 그들의 삶을 통해서 진실한 깨달음을 얻는 자족적 대상으로 바라본다. 이무영의 농민소설은 인간을 향한 긍정적 시선과 삶의 부조리한 면을 파헤치는 지식인의 냉엄한 비판 의식이 공존하고 있다.

39 꺼삐딴 리 전광용 단편선

김종욱(세종대) 책임 편집

수록 작품 흑산도 / 진개권 / 지층 / 해도초 / GMC / 사수 / 크라운장 / 충매화 / 초혼곡 / 면허장 / 꺼삐딴 리 / 곽 서방 / 남궁 박사 / 죽음의 자세 / 세끼미

1950년대 전후 사회와 60년대의 척박한 삶의 리얼리티를 '구도의 치밀성'과 '묘사의 정확성'을 통해 형상화한 작가 전광용의 대표 단편 15편 모음집. 휴머니즘적 주제 의식, 전통적인 서사 형식, 객관적이고 냉철한 묘사 태도, 짧고 건조한 문체 등으로 집약되는 전광용의 작품 세계를 한눈에 살필 수 있는 계기.

40 과도기 한설야 단편선

서경석(한양대) 책임 편집

수록 작품 동경 / 그릇된 동경 / 합숙소의 밤 / 과도기 / 씨름 / 사방공사 / 교차선 / 추수 후 / 태양 / 임금 / 딸 / 철로 교차점 / 부역 / 산촌 / 이녕 / 모자 / 혈로

식민지 시대 신경향파·카프 계열 작가로서 사회주의 리얼리즘 문학을 추구한 작가 한설야의 문학적 특징을 잘 드러내는 단편 17편을 수록했다. 시대적 대세에 편승하며 작품의 경향을 바꾸었던 다른 카프 작가들과는 달리 한설야는, 주체적인 노동자로서의 삶을 택한 「과도기」의 '창선'이 그러하듯, 이 주제를 자신의 평생 과제로 삼아 창작에 몰두했다.

41 사랑손님과 어머니 주요섭 중단편선

장영우(동국대) 책임 편집

수록 작품 추운 밤/인력거꾼/살인/첫사랑 값/개밥/사랑손님과 어머니/아네모네의 마담/북소리 두둥둥/봉천역 식당/낙랑고분의 비밀

주요섭이 남녀 간의 애정 문제를 주로 다룬 통속 작가로 인식되어온 것은 교정되어야 마땅하다. 그는 빈민 계층의 고단하고 무망(無望)한 삶을 사실적으로 재현하는 데 탁월한 기량을 보였으며, 날카로운 현실인식과 객관적 묘사의 한 전범을 보여주었고 환상성을 수용함으로써 보다 탄력적인 소설미학을 실험하기도 하였다.

42 탁류 채만식 장편소설

우찬제(서강대) 책임 편집

채만식은 시대의 어둠을 문학의 빛으로 밝히며 일제 강점기와 해방기의 우리 소설사를 빛낸 작가다. 그는 작품활동 전반에 걸쳐 열정적인 창작열과 리얼리즘 정신으로 당대의 현실상을 매우 예리하게 형상화했다. 특히 『탁류』는 여주인공 봉의 기구한 운명의 족적을 금강 물이 점점 탁해지는 현상에 비유하면서 타락한 당대의 세계상을 여실하게 드러내주고 있다.

43 벙어리 삼룡이 나도향 중단편선

우찬제(서강대) 책임 편집

수록 작품 젊은이의 시절/별을 안거든 우지나 말걸/옛날 꿈은 창백하더이다/여이발사/행랑자식/벙어리 삼룡이/물레방아/꿈/뽕/지형근/청춘

위험한 시대에 매우 불안하게 살았던 작가. 그러나 나도향은 불안에 강박되기보다 불안한 자유의 상태를 즐기는 방식으로 소설을 택한 작가였다. 낭만적 환멸의 풍경이나 낭만적 동경의 형식 등은 불안에 대한 나도향 식 문학적 향유의 풍경으로 다가온다.

44 잔등 허준 중단편선

권성우(숙명여대) 책임 편집

수록 작품 탁류/습작실에서/잔등/속습작실에서/평대저울

한국 근대소설사에서 허준만큼 진보적 지식인의 진지한 자기 성찰을 깊이 형상화한 작가는 없었다. 혁명의 연성을 기꺼이 인정하면서도 혁명과 해방으로 인해 궁지와 비참에 몰린 사람들에 대해 깊은 연민과 따뜻한 공감의 눈길을 던진 그의 대표작 다섯 편을 한데 모았다.

45 한국 현대희곡선

김우진 김명순 유치진 함세덕 오영진 차범석 최인훈 이현화 이강백

이상우(고려대) 책임 편집

수록 작품 산돼지/두 애인/토막/산허구리/살아 있는 이중생 각하/불모지/옛날 옛적에 훠어이 훠이/카덴자/봄날

한국 현대희곡 100년사를 대표하는 작품 아홉 편. 1920년대부터 1980년대까지 각 시기의 시대 정신과 연극 경향을 대표할 만한 희곡들을 골고루 선별하였고, 사실주의 희곡과 비사실주의희곡의 균형을 맞추어 안배하였다.

46 혼명에서 백신애 중단편선

서영인 책임 편집

수록 작품 나의 어머니/꺼래이/복선이/채색교/적빈/낙오/악부자/정현수/학사/호도/어느 전원의 풍경─일명·법률/광인수기/소독부/일여인/혼명에서/아름다운 노을

일제강점기 한국문학을 대표하는 여성 작가이자 사회운동가인 백신애의 주요 작품 16편을 묶었다. 극심한 가난과 봉건적 인습의 굴레에 갇힌 여성들의 비극, 또는 그로부터 벗어나고자 하는 의지를 섬세한 필치와 치열한 문제의식으로 그려냈다. 그의 소설을 통해 '봉건적 가족제도와 여성의 욕망'이라는 해묵은 주제가 오늘날에도 여전히 풀리지 않는 과제로 존재하고 있음을 알게 된다.

47 근대여성작가선

김명순 나혜석 김일엽 이선희 임순득

이상경(KAIST) 책임 편집

수록 작품 의심의 소녀/선례/돌아다볼 때/탄실이와 주영이/경희/현숙/어머니와 딸/청상의 생활─희생된 일생/자각/계산서/매소부/탕자/일요일/이름 짓기/딸과 어머니와

일제강점기 한국문학을 대표하는 여성 작가들의 주요 작품 15편을 한 권에 묶었다. 근대 여성의 목소리로서 여성문학은 봉건적 가부장제에서 벗어나고자 개인으로서 여성의 자유로운 선택을 가로막는 온갖 질곡에 저항해왔다. 여성이 봉건적 공동체를 벗어나 개성을 찾아 나서는 길은 많은 경우 가출, 자살, 일탈 등으로 귀결되었지만, 그럼에도 여성 자신의 힘을 믿으면서 공동체의 인습에 저항하고 새로운 공동체를 지향하는 노력이 있었다. 여기에 식민지라는 조건 속에서 민족의 해방은 더 큰 과제이기도 했다. 이 책에 실린 여성 작가의 작품들은 신여성의 이러한 꿈과 현실, 한계를 여실히 드러내 보여준다.

48 불신시대 박경리 중단편선

강지희(한신대) 책임 편집

수록 작품 계산/흑흑백백/암흑시대/불신시대/벽지/환상의 시기/약으로도 못 고치는 병

여성의 전쟁 수난사를 가장 탁월하게 그려낸 작가 박경리의 대표 중단편 7편 수록. 고독과 절망의 시대를 살아내면서도 현실과 타협하지 못하는 결벽성으로 인간의 존엄을 고민했던 작가의 흔적이 역력한 수작들이 담겼다.